我经常像大鹏一样朝下看，
看棉絮般的白云，看白云若无其事地游动，
看翅膀下连绵的大山、蚯蚓一样扭动的大江，
看散落在大地间如镜的湖泊和参差的城镇。

笔记

九万里风

陆春祥 著

广西师范大学出版社
·桂林·

九万里风
JIUWAN LI FENG

图书在版编目（CIP）数据

九万里风 / 陆春祥著. --桂林：广西师范大学出版社，2020.8（2020.11 重印）
　ISBN 978-7-5598-2943-6

　Ⅰ. ①九… Ⅱ. ①陆… Ⅲ. ①散文集－中国－当代 Ⅳ. ①I267

中国版本图书馆 CIP 数据核字（2020）第 100024 号

广西师范大学出版社出版发行
（广西桂林市五里店路 9 号　邮政编码：541004）
　网址：http://www.bbtpress.com
出版人：黄轩庄
全国新华书店经销
广西广大印务有限责任公司印刷
（桂林市临桂区秧塘工业园西城大道北侧广西师范大学出版社集团有限公司创意产业园内　邮政编码：541199）
开本：889 mm × 1 194 mm　1/32
印张：13.125　　　字数：300 千字
2020 年 8 月第 1 版　2020 年 11 月第 2 次印刷
定价：60.00 元

如发现印装质量问题，影响阅读，请与出版社发行部门联系调换。

目 录

序言：假装逍遥游

东

鹏的翅膀	2
上虞之光	11
范规众随	23
诸暨三贤	33
梅花之城	43
娘家小院	55
寻一朵"心兰"	61
石上岩下	70
在日照，问候灰陶尊	83
和谢在杭一起游太姥	93

我从春秋战国来　　　　　　100

西

九寨之外　　　　　　　　　114

过江阳　　　　　　　　　　125

艾芜的清流　　　　　　　　135

长安水边　　　　　　　　　144

秦风起　　　　　　　　　　158

从西岐出发　　　　　　　　164

南

潮之州　　　　　　　　　　184

和冼妮娜聊冼星海　　　　　197

岭外八记　　　　　　　　　206

苴莳记　　　　　　　　　　217

亨特广州观察记　　　　　　224

花城四记　　　　　　　　　242

北

斯文·赫定的亚洲地理　　　260

新巴尔虎湖山歌　　　　　　285

贺兰山下　　　　　　　　　299

天留下了敦煌　　　　　　　315

中

李白的天姥　　　　　　　340

云台广陵散　　　　　　　359

横峰葛事　　　　　　　　368

惊蛰　　　　　　　　　　376

玉茗花开　　　　　　　　387

药　　　　　　　　　　　398

后记：可爱的手札　　　　405

序言：假装逍遥游

1

假装逍遥游，那就得先说一下《逍遥游》。

庄子说，大鹏鸟的前身是条鱼，大鱼鲲。但庄子、《齐谐》都没有说清楚，大鱼鲲是如何变成大鸟鹏的，他们说不清楚，是不知道呢还是故意不说，无法考证。不过，三百多年后，汉代的戴德，他在《大戴礼记·易本命》里有个说法启发了我："鱼游于水，鸟飞于云，故冬燕雀入于海，化而为蚧。"就是说，燕子到了冬天，就潜伏到海底，化身为蛤蚧（大壁虎）。既然，燕子都有这样的变身本领，那鲲变成鹏，也是分分钟的事吧。

鱼变鸟，从生物变异角度看应该可能的，不然谁能知道，那样子颇雄武的大壁虎又会变成上下翻飞的燕子呢？水终究有限，而天空太广阔了，可以任意飞翔。

不过，有动力问题要解决。几千里大的鲲，可以像潜艇一样，无声无息，从北海到南海，没有什么动物能阻止它的潜游。而变身后的鹏，它的背脊就有几千里宽，如何振翅呢？没事，它贴着水面也能飞，不过，周围一切都要像发射导弹一样清场，它的翅膀在水面上拍击，激起的水浪就会达三千里远，谁不避开谁遭殃。但它不是随随便便就能飞上高空的，它得等风，等六月刮起的大风，世上最强的台风是十七级，大鹏需要借的风起码一百七十级以上，借着这像羊角般弯曲的巨大旋风，时机和客观条件百分百配合，大鹏终于飞上了九万里高空。

大鹏上了九万里高空，它背驮着青天，然后计划向南乘风飞翔，飞往南海。

2

大鹏上天大费周折，地上的蝉和学鸠看不下去了，它们叽叽喳喳地议论说：我一下子腾起来就能飞，碰上树木，我就停下来，飞不动，落到地上就是了，哪里还用得着飞到九万里高空再向南飞呢？

这不，小雀子也凑上来：就是就是，那大鹏要飞到哪里去呢？我向上跳跃，不超过几丈就落了下来，我就在飞蓬和青蒿之间飞来飞去，这就是我飞翔的高度，大鹏这是要飞到哪里去呀，真让人不理解！

蓬间雀怎么能理解大鹏的志向呢？对于它们的讥笑，大鹏根本听不到，即便听到了也毫不在乎。

3

庄子数次借大鹏的大和雀鸟的小作对比，是在表达学道，人们可以凭借修行而成其大，从而抵达无待之境，自在逍遥，而我，只是借大鹏的外在形式，作鹏飞状，假装一下，其实还是见识有限的蓬间雀。

这几年，我学着大鹏，从萧山国际机场坐着各家航空公司的"大鸟"飞往全国各地逍遥。没有九万里高，却有九万里长，其实还远远不止。现在，2019年9月30日上午，我看一下"航旅纵横"上这几年的飞行数据：飞行次数，51次；飞行时间，146小时40分钟；飞行里程，86813公里。

我经常像大鹏一样朝下看，看棉絮般的白云，看白云若无其事地游动，看翅膀下连绵的大山、蚯蚓一样扭动的大江，看散落在大地间如镜的湖泊和参差的城镇。只是，我不是大鹏，可以自由翱翔，我坐的这只铁鸟，娇贵得很，它经常懒得不肯飞，所谓等候指令、流量控制，有次飞桂林，从上午八点一直等到下午五点。它还怕大风，怕暴雨，怕浓雾。一句话，这只铁鸟，完全不像大鹏可以盲飞盲降（据说俄罗斯飞行员可以），故此，我只能假装逍遥。

接下来，你会看到，本书《九万里风》，史无前例地以方位来分辑（我个人的出版史），一看就知道是我高空盘旋的结果，但按东西南北中分，自觉也不是很科学，比如"中"辑的几篇，《李白的天姥》应该是"东"，但里面的内容太杂，唐诗东路，汇聚起了全国各地的诗人，是多人多地"综"合的结果；《药》写秋瑾，应该也是"东"，但写的重点却是湖南株洲她的婆家，所以就将它纳入了"中"。

从东游到东，从东游到西，从东游到南，从东游到北，这完全是汉乐府《江南》中"莲叶何田田"的句式呀，也确实很相像，每次我都从"东"出发嘛。2017年6月，我去呼伦贝尔采风，先从萧山机场飞呼和浩特，再转二连浩特到满洲里，活动结束，从海拉尔转道北京，然后，再由北京飞重庆参加一个散文论坛，活动结束，乘重庆高铁到成都。散文集《连山》首发，活动结束，再由成都飞回杭州。我就像一条鱼，东西南北，忽来忽去，嬉戏于莲叶之间。莲叶，就是那些活灵灵的文章素材。

大鹏有大鹏的优势，飞得高看得远。

然而，蓬间雀也有它们的灵活之处，它们在草蓬间跳来跳去，深入蓬蒿间，观察细致，天文地理，鸡毛蒜皮，甚至，可以深入挖掘出祖宗十九代的陈年轶事。所以，《九万里风》的"风"，还是各地的历史人文风土人情，你看到东西南北中的某个地方，有那么深厚的人文历史，不要惊异，这只是九牛一毛的观察，冰山的八分之一而已。

4

你读《九万里风》，会发觉我对历史人文着墨特别多，我承认，对这些比较着迷，我也喜欢借历史说话，只是要巧妙和有趣，春风风人的那种。还要再解释一下，每个作者的写作，一定和他的学识和爱好有关，这数十年来，我一直沉浸在汉魏六朝至唐宋元明清的历代笔记阅读中，古代笔记多多少少影响了我的写作。另外，我始终有个观点，作品和现实的关系，不是说你写了现实，就是现实主义，而我写历史只是故纸堆里盘东西，只要将历史和现实打通，历史写作，也是现实表达。历史是面镜子，大多时候，会比现实还现实，给人的启迪更多更深刻。

我去各地采风，他们都会提供一大堆历史资料，这需要仔细甄别。许多材料限于当地研究者的学识和能力，也有不少牵强附会，张冠李戴。在当地人看来，有历史总比没历史好，有了，就可以为这个地方增彩，特别是历代名人的争执。而甄别的过程，其乐无穷，它不仅考验你的耐心，更考验你的学习积累，如果你能挖出当地没有的历史新材料，或者，你从那些平时习以为常的材料中挖掘出新观点，那就是对当地文化的贡献。从文化的发展进程看，许多成果都是人们不断怀疑不断补充的结果。

高空中的雄鹰，慢悠悠地盘旋着，它那双锐眼，观察着天地间的一切细微，突然，它开始俯冲，毫不犹豫，加速，再加速，它的目标，是大地上草丛间的那一只蹲着的小兔。鹰虽凶猛，但它识别猎物的眼睛，我们都要赞叹。常常想，要是有一双发现新材料的鹰眼就妥了。嗯，现在只能试着做雏鹰。

5

对我而言，《九万里风》的写作是一种尝试和转型。我希望，富足起来的人们，今后跑到各地游玩，除了吃喝玩，做更多的打探，探天探地探历史，或许，那个地方的历史人文，就和你有关，刚刚搭上你肩膀的那张银杏叶，那棵老树，就是你的十八代祖宗，不，三十六代祖宗栽下的，这种打探出来的惊喜感，要远远好于让味蕾一时满足的简单行游。

庄子的大鹏，修养成其大而达无待之境，一种隐喻而已，其实，真正的逍遥，不在九万里的高空，而在踏实的内心，您在纸上感受《九万里风》，若有微澜从内心起伏，老夫我就心满意足了。

谢谢您的阅读。

东

鹏的翅膀
上虞之光
范规众随
诸暨三贤
梅花之城
娘家小院
寻一朵"心兰"
石上岩下
在日照,问候灰陶尊
和谢在杭一起游太姥
我从春秋战国来

鹏的翅膀

1

我面前就是鹏,我和它近距离对视。

它静卧在舟山群岛靠西的海面上,它不是一只鸟,它是一座岛,叫大鹏,只有四平方公里,它和金塘大岛只相隔一条两百米的内海峡。

在我未登岛很久前,1835年的某一天,英国传教士麦都思一行就到了金塘。他们在海湾的北边登陆,进入城镇。他们发现,这里的人民异常友好,传教书籍很容易散发,发放速度也极快,妇女走过来索要书,小孩子们跟着走了很长的路,也求着要书。他们踩着鹏的翅膀上了大鹏岛,一边走,一边散发传教书,好多人都从田里跑过来,急切地想拿到书,把书当成了很贵重的财宝。

显然,麦都思有些扬扬得意,他在为自己传教的成功而兴奋,可是,他不知道的是,那时的中国农村,绝大部分百姓,没有见过外国人,惊异度不亚于看到外星人,看到蝌蚪形文字,他们只是好奇而已。

但麦都思们,发书传教只是一个幌子,他们另外还有重要任务,名曰考察当地的地理环境和风土人情,实际上是对清政府进行军事窥探。

这是英国人的一贯做法,他们在积聚力量,等待时机。

1792年9月,著名的大英帝国马戛尔尼使团,打着为乾隆祝寿的旗号，驾驶着"狮子号"军舰、"克拉伦斯"号商船等组成的庞大船队，浩荡向大清国而来。1793年6月下旬，舟山成为船队的第一个登陆地。使团副使的儿子小斯当东，这个小中国通，写有《英使谒见乾隆纪实》一书，对定海县城的观察就很直露：

> 城墙高三十尺，高过城内所有房子，整个城好似一所大的监狱。城墙上每四百码距离即有一方形石头碉楼。胸墙上有枪口，雉堞上有箭眼。除了城门口有几个破旧的熟铁炮而外，全城没有其他火力武器。城门是双层的。城门以内有一岗哨房，里面住着一些军队，四壁挂着弓箭、长矛和火绳枪，这就是他们使用的武器。

英国人踏在定海的土地上，新奇至极，他们将之喻为东方的威尼斯，美丽的海边古城，定海的山山水水，尽然摄入眼中。当然，清帝国的军事处于什么水平，他们的心里也一下子有了底。

即便人家怀着狼子野心，乾隆依然微笑迎宾，他下令："遇有英吉利贡使到境，不动声色摆列队伍，妥为照料。"嗬，这是面子问题，也是军事实力的象征。

于是，各地官员不敢怠慢，舟山总兵就派了警卫，陪同斯当东一行游览，无数好奇的群众，争先恐后围着洋人，真正的西洋景啊。这位总兵，唯恐接待不周丢了乌纱帽，尽心尽情招待，连着接见使团两次。

尽管斯当东并没有写出这位总兵的名字，但法国现代作家佩雷菲特在《停滞的帝国》一书里，还是将他找了出来，我佩服他研究得如此深入。此总兵叫马瑀，这马大司令（总兵为二品武官），因为有事情瞒着没报告，后来还受到了皇帝谕旨的谴责。乾隆是怎么知道的呢？他也是多心，他早就防着英国人，中国人、英国人，全监控。

总兵，平淡的武官名，但在鸦片战争史上，却成了一个光辉照耀的词语。

名词即将诞生。

2

英国人为了自己的利益，终于失去耐心。

因为他们牢记马戛尔尼对清朝的判断：极其虚弱，"好比是一艘破烂不堪的头等战舰"。在被林则徐烧掉两万箱鸦片后，1840年6月，英国军队全副武装来攻打这艘烂舰了，他们拿广州没办法，掉头北上。

6月23日，英国军舰直逼舟山。

舟山鸦片战争遗址公园，位于定海城西的晓峰岭上。我站在二层台前观海。前面是一片海，几座山头，那些山头都是小岛，公园脚下，是大片的城区，楼房林立。这些街区，一百七十多年前，还是一片海，英军的炮舰，当年就是泊在那些山头附近向遗址这边炮击的，这种老城墙，正如斯当东的描写，不是太高，也不那么坚固，炮弹一炸，就会有缺口。

英军有强大的自信，他们相信自己的坚船利炮，打掉这座小县城，还不是像捉鸟那么简单呀，即便大鹏，也十拿九稳。海军司令伯麦，要求定海知县姚怀祥投降献城，自然被严正拒绝。

7月5日下午至7月6日，中国军民的英勇不屈像快镜头一样在我眼前闪现：

水师总兵张朝发，负伤落水遇难；

姚知县带领部队守城抵抗，受伤，投梵宫池殉难；

典史全福被俘不屈，骂贼而死；

中营书记李昌达投池殉难，其妻房氏也效夫继殉；

定海城中许多不愿受辱的军民，纷纷以身殉国。

第一次保卫战结束，定海沦陷。

我走进纪念馆后面的三忠祠，小广场上，高大的御碑迎面而立，道光皇帝以无限悲壮的口气写下了告全国军民书，主要意思为：我们以万分悲痛的心情，纪念三总兵的为国捐躯，这场战斗，悲壮惨烈，葛云飞所带部队，表现尤其突出，我们要给牺牲的总兵安排好后事，安抚好他们的家人，待定海收复后，建立总兵祠以作永久纪念。

三忠祠内，皇帝书写的"忠尽可风"匾额下，葛云飞、王锡朋、郑国鸿各自坐立，塑像虽和颜悦色，神光可鉴，但仍然可以读出各自不屈的神情，我似乎听到了他们在硝烟中的奋力指挥和大声呼喊。

是的，第二次定海保卫战，从1841年9月26日开始，整整六天六夜，是中国军队抵抗最壮烈的一次，一天连亡三总兵，参战的五千八百名士兵，基本阵亡，全国震惊，世界也为之注目。

葛云飞，葛总兵，用他的鲜血谱写成了一首抗击英军的壮歌。

我去过萧山进化，葛云飞的老家。在进化的山头埠村，有两处旧居，都建于清晚期，一处宫保第，一处葛氏宗祠。葛云飞就出生在宫保第。正房五间，二层，带两间厢房，简单不豪华，江南农村典型的民居。而葛氏宗祠，则是葛年少时的读书地，也不大，门厅进去是正厅，然后是厢房。宫保第和舟山的总兵祠，都有一块大青石,两只浅窝作抓手,重达三百斤,据说是葛练武时用的举重物。

嘉庆二十四年(公元1819年),三十岁的葛云飞考中武举人,道光年间中武进士,道光十八年(公元1838年)官至定海总兵。葛从小受的教育,就是精忠报国,所以,武将不怕死。他这个有文化的武将,临到紧要关头,总是冲在最前面,毅然点着火炮,轰断英舰的桅杆,打响了第二次定海保卫战的第一炮。

战斗异常惨烈,阵地纷纷失去。求援无果,腹背受敌,英军步步紧逼。葛总兵带着最后的两百士兵,手持利刃,退至竹山门,与英军近身肉搏。虽勇猛无比,身先士卒,但经不住如蚁英军围攻,葛先后身中四十多刀,如一只折翅的大鹏,最后坠崖身亡。

此后的定海,深陷英军的统治,长达五年多。

英国人将他们的占领地描述得像花一样美。1860年4月23日,英国《泰晤士报》有个记者这样写:

> 金塘岛及附近岛屿非常肥沃,植被茂盛,山上到处是竹林和灌木丛,有杜鹃花和其他美丽而鲜艳的野花。——有许多整洁的泥墙茅草屋和少数红砖房组成的小村庄,隐匿在山谷中缭绕的袅袅炊烟之中,从陆地上吹来的新鲜芬芳的微风,还传来鸟类的各种婉转啼鸣声,就连单调枯燥但欢快高昂的青蛙鸣叫声,也给浪迹天涯的游子带来喜忧参半的思乡之情。

这记者,在别人的土地上如此思乡,实在有点矫揉造作。不过,数百年后,我确实深深震撼,描述所言不虚,金塘岛、大鹏岛,都有一种安详的美,天空湛蓝,日光和暖,山静海平,不急不躁。

彼时,大鹏港边,日夜停泊着的英舰英船,铃声、警报、炮弹声、号角声此起彼伏，而大鹏岛，却锥心无泪，只有静默疗伤。

3

积贫积弱，一去不复返，大鹏开始振翅。

舟山国家远洋渔业基地，我看到了许多停泊着的、比大鹏大得多的巨轮，远洋运输大船。一溜蓝色货卡，整齐排列，在等着卸货，乳白色的包装，沉甸甸的，在四月的暖阳里泛着寒气，这些都是远洋捕捞来的海产品，到基地还要深加工。

海产品差不多就一个品种：鱿鱼。舟山远洋，有五百多条船，占全国的五分之一，但鱿鱼产量，却占全国远洋捕捞的百分之七十以上。也就是说，舟山，是名副其实的中国鱿鱼第一市。

我很好奇，舟山并不产鱿鱼，为什么会成为全国第一？鱿鱼的故事一定有趣。

基地的总经理助理吴布伟，一个精干的中年人，显然是远洋的专家，远洋的故事，他装了一肚子，他向我们熟练地介绍：

鱿鱼营养价值极高，富含高密度蛋白质，一年生，也就是说，你不捕，它也要死去。我们捕鱿鱼，主要在印度洋、大西洋、太平洋三大海域。远洋捕捞，是国家战略，我们是在为国民提供蛋白质。远洋捕捞船，就是流动的国土，在公海上捕捞，风险也有很多，海况、涉外、政治、市场，等等，都要我们用机智去化解风险，但国家强大了，我们渔民心里还是踏实的。

我访问了两位捕鱿船长。

陆亨辉，浙普远98号的船长，敦厚结实。他的船，有九百吨，已经属于捕捞大船了，多的时候五十来人，少的时候，只有三十来人，常年在大西洋和南太平洋之间奔波，差不多要两年才回来一次！我第一次知道，鱿鱼不是捕的，而是一条一条钓上来的。陆船长的船，机器钓和手钓都有，以机器钓为主。大的鱿鱼，一条有数百公斤，小的只有一两斤重。

陆船长：海域不一样，鱿鱼的味道和价格就不一样，阿根廷鱿鱼最贵，可卖两万多一吨。

闻此，我"呀"的一声，算一下，一斤鱿鱼也只有十来块钱啊，工人的工资怎么算呢？

两千块一吨，钓一斤，一块钱！

我感叹，风里来，雨里去，长年生活在大洋上，这鱿鱼的成本应该不低，但我们吃到的鱿鱼，也就十来块一斤。

张军磊，浙普远6003号船长，高个精明。他的船，只有二百八十吨，二十来人，每次出海六个月左右。如果是去日本海，十天就可到达。因为全是手钓，一个人一天也只有一两百公斤的量，半个月左右卸一次货。他们钓的，都是一斤左右的小鱿鱼。

手钓，并不是我们看到的休闲钓，后者修身养性，悠游得很，而钓鱿鱼，却苦累，好多时候，都是晚上钓，每人一个位，一蹲数小时。

辛苦程度如何？

张老大摇着头笑笑，你们自己可以想象的。

是的，不要说远洋钓鱿辛苦，即便我们全副武装走进鱿鱼深加工车间，看着那不停分拣的工人的双手，也感到十分不容易。从剥鱿鱼片，到做鱿鱼饼，再反复过水加层冷冻，最后切成圈圈装箱，发往全球各地，工人们紧张得一刻也不停。

在成品车间，我仔细看了几只包装箱上的蓝色印刷字：单冻鱿鱼圈，发往阿尔及利亚。发往地还有埃及、俄罗斯、西班牙、韩国等，哈，好多国家呀。陪同的公司领导说，他们的产品，远销全球近九十个国家和地区。

俯瞰舟山国家远洋渔业基地规划蓝图，恰似一只展翅的大鹏，两翼已经鼓足张开，向东方而去。

4

海岛上来了一列长长的绿皮火车。

这一长列火车，有八节，静卧在南洞渔村的村口，实在有点让人惊奇。白底黑字的方向指示牌标着：南洞至嘉峪关。

嘉峪关，古代丝绸之路的要塞，在遥远的西部，这长车，它的志向，是要跨过海，从南洞奔向远方。

在我看来，这列车，虽为旅游产品，却是一个很好的象征啊，列车就如海岛的翅膀，它一直想要飞翔的。

南洞是定海白泉镇下边的一个村，刚刚，我听到了最新消息，舟山跨海铁路指挥部已经设立，白泉，就是终点站。

我们都很兴奋，这舟山岛，刚成为国家自贸区，又快要通火车了。

远洋渔业，海洋综合开发，是岛的巨翅，这飞驰的火车，是岛的另一翅。有了双翅，大鹏再也不会静默了。大鹏振动着沧桑而沉重的双翅，背负着时代赋予的强大使命，鹏程万里，一直飞向远方，更远的远方。

南洞是定海白泉街道下邊的一個村,剛剛,我聽到了最新消息,舟山跨海鐵路指揮部已經設立,白泉就是終點站。

首屆三毛散文獎
領獎后采風

上虞之光

舜与诸侯会，事讫，因相虞（按：虞通娱）乐，故曰上虞。
——《水经注》引《晋太康三年地记》

1. 重华

上虞之光，自重华始。

重华即舜。舜是后人赠他的谥号，他并不知道自己叫舜。郦道元的记载，重华与诸侯商量什么事，我们也不知晓，但可以肯定的是，他们这个重要会议开得很成功，很圆满，于是放松地庆祝了一番，这一来，中国历史上一个重要的地名诞生了——上虞。

现在，我们来说说重华这个苦孩子、孝孩子。

重华一生下来，就有异相，双眼放射出满满的光芒，重瞳，也就是有两个瞳孔。

重华姓姚，母亲早死，他的父亲瞽瞍，是一个瞎眼的老头。姚老头出身其实挺高贵的，他是颛顼帝的六世孙，不过，从五世祖开始，他们家都是平民。姚老头眼虽瞎，估计尚有些本事，后来又娶了个婆娘，也就是舜的后娘嚚，看名字就知道她是个厉害的角色。后娘给他生了个弟弟，叫象。那时，南方草木茂盛，遍地都是亚洲象，我推测，这弟弟叫象，应该很壮实，人高马大。

正常情况，这样的家庭，日子应该幸福，人口不多，重华和弟弟、后娘，都可以干不少活，但事实是，重华的日子不好过，姚老头、后娘、象，性格古里古怪，品性也不敢恭维。象人高马大，却懒得很。他们都不喜欢重华，不仅不喜欢，还千方百计害他。

于是，"象耕鸟耘"来了。

这个成语有数种解释，但我宁愿相信，是大象和鸟来帮助重华耕种。重华每天都承担着姚家的巨大劳动重任，面对阔大无垠的田野，重华一个人根本无力完成开垦和耕种，但他不绝望，他始终信心满满，他对瞎眼老爹、苛刻的后母、跋扈的象弟弟一如既往地真诚，任凭他们怎么刁难、使坏，都以善良之心相待。

绍兴市上虞凤凰山下，中华孝德园里，韩美林主持雕刻了一组大型象雕：舜耕群雕。十五头大小不一的石象，扑闪着大耳朵，鼻子垂地，正全力驯服地耕着地。群象全长六十八米，高二十七米，重华立于最高的那头大象上，左手扶犁，右手擎托日月星辰，这是怎样的一种气度呀，天地任我行，群象任我驱。重华全身都散发着巨大的光芒，以德报怨，上苍对他厚报，这是人类的孝顺之光，美德之光。

虽已初春，江南的冷雨仍然让人寒意顿生，但我面对那群象巨雕，心中却产生了巨大震撼，一点也不觉得冷。我甚至暗自欣喜，重华需要这雨水，它就是庄稼的甘露啊，明年一定会有好收成的，他希望，好收成能让后母、弟弟的脸上溢出笑容，活得开心些。

重华三十岁时，仍然安心地做着自己的事，耕田狩猎，奉孝父母。尧帝将一切都看在眼里，他一直在寻找合适的继承人，重华的境界，非一般常人能比，先将女儿娥皇、女英嫁给他，然后，将整个天下交给他，嗯，让德行高的人接班，放心；天下的黎民，有福。

在上虞的几天时间里，看到虞舜的古迹几遍全境，舜庙、舜井、百官桥、舜江（今曹娥江）、舜山、陶灶、渔浦湖（今白马湖）、百官街道、象田村、虹漾村等，我想，这绝对不是偶然。我住的上虞宾馆，大堂外五十米左右，古老的"舜井"藏在树林中，郦道元说，葛洪曾坐此井边饮泉。舜井石砌护栏，八角棱形宽大，井深数米，清澈见底，井旁还有关于可饮用的最新检测报告。

中华美德自重华始。

男二十四孝，第一孝就是"孝感动天"：

> 虞舜，瞽瞍之子。性至孝。父顽，母嚚，弟象傲。舜耕于历山，有象为之耕，鸟为之耘。其孝感如此。帝尧闻之，事以九男，妻以二女，遂以天下让焉。

离开上虞宾馆的那天早晨，阳光晴好，再一次经过舜井，大樟树掩映下，舜井水漾着异常明丽的晶光。

2. 曹娥

从小就沐浴着重华的中华美德之光，上虞孝顺儿女辈出。

曹娥的故事，起源于一场祭祀。

《后汉书·列女传》这样说：

> 孝女曹娥者，会稽上虞人也。父盱，能弦歌，为巫祝。汉安二年五月五日，于县江溯涛婆娑迎神，溺死，不得尸骸。娥年十四，乃沿江号哭，昼夜不绝声，旬有七日，遂投江而死，至元嘉元年，县长度尚改葬娥于江南道傍，为立碑焉。

汉安二年，即公元143年，五月五日，纪念伍子胥的日子。曹娥的父亲曹盱，有一副好嗓子，是上虞县非常有名的神职人员，每逢重大的占卜祭祀活动，他必定出席主持。

端午前后，江南常常阴雨连绵，江水猛涨。这一天的舜江浪涛拍岸，刚开始，祭祀活动还正常，没多久，江涛就迅猛冲击着祭祀船，伍子胥并没有保佑纪念他的人们，一个猛浪，站在船头主持祭祀的曹盱就被打下江中，浑浊的江水迅速将他吞没。

消息立即传回家，只有十四岁的少女曹娥，锥心痛楚，她沿着江一边哭，一边寻，爹爹呀爹爹呀爹爹呀，凄惨之音，草木为之含悲。天黑下来了，夜已经沉沉睡去，曹娥依然不停地哭号，日以继夜，夜以继日，一直十六天，父亲的尸体还是没能找着。到第十七天，五月二十二日，曹娥做了一个惊人的决定，在父亲溺水处投江。虽然连续数日的奔波疲劳，但她仍呈现出无比英勇的豪气，那一个纵身，中华美德史上于是有了如椽的一笔。

后来的传说很神奇，曹娥投江五天后，她抱着爹爹的尸体浮出江面。一时轰动上虞，孝迹继而传遍整个江南大地。

八年后，元嘉二年，即公元151年，上虞知县度尚，他将曹娥的墓改葬于舜江南岸，并立碑纪念。自此，曹娥，就成了中华孝女的典型符号。

公元2018年4月23日中午时分，我来到了曹娥江（舜江）边的曹娥庙，祭拜这位"真女子"。

自然关注曹娥碑，这是一块名碑。

蔡邕暮夜造访，手摸碑文而读，并在背面题下了"黄绢幼妇，外孙齑臼"八个字，这一语双关，既赞美碑文写得好，又留下了中国第一个字谜。《世说新语》描述，曹操也曾费尽心思地猜过这个字谜，自叹脑子差杨修三十里路程。王羲之曾以小楷书写碑文，有人考证，现藏于辽宁博物馆的绢本曹娥碑文，就是王的手迹。李白到剡溪，自然要来曹娥庙，有诗为证："笑读曹娥碑，沉吟黄绢语。"我在曹娥庙看到的，是王安石女婿蔡卞临摹旧时碑文重写的，这块书于宋元祐八年（公元1093年）的碑文，四百多个字，满满记载了曹娥投江寻父的孝行，虽是楷体正字，笔法却无限清新，如山涧流泉肆意飞流。

一千多年来，曹娥始终安静地坐在那，任由人们祭祀膜拜，各种牌匾，都是对她孝行的褒赞："真是女子！"她是性情刚烈的真孝女，不仅是女子榜样，也是男子榜样；"江以孝永"，舜江因曹娥更名为曹娥江，曹娥也被列入女二十四孝的第一孝。曹娥江，中华民族孝行之江。

忽然，我看到了蒋中正先生的题匾："人伦之光"，细笔圆润，行云流水。是的，人与人之间善的关系实现，千种万种，孝行必定是第一种。曹娥寻父，感动天地的高尚人伦。

3. 王充

我是在《论衡·订鬼篇》中认识王充的，中国历史上著名的无神论者，但没注意他是上虞人。

数十年来，我一直沉浸在历代笔记中，笔记除博大精深外，也有不少局限，海量的鬼神描写，虽奇思妙想，但大多是作者精神无法遣怀的时候，借用鬼神来说人事，看相、说梦、算命、占卦，无奇不有。有怕鬼的，一定就有不怕鬼的，东晋干宝《搜神记》中的"宋定伯捉鬼"，就有无限生趣。干宝用笔记的形式，极尽嘲笑鬼，而王充则从理论上解决了鬼的有无问题。

15

王充的本事在于，他不是强行狡辩，而是用智慧和理论说服人：

人死了，精神就散了，怎么会变鬼？精神和身体，如同火和蜡烛的依存，烛没了，怎么会有火？从古至今（指王充那个时代，公元27年—约97年），不知道有几千几万年了，死去的人一定比活着的人多，如果有鬼，世界就基本上是鬼的了，为什么你们即便看到鬼也只是很少呢？

不要说两千年前，喜欢图谶的人们无法反驳王充的观点，即便现在，你也无法有力反驳他，虽然我们可以用未知领域的神奇不可测来搪塞，但你终究说服不了大量的无神论者。

章镇西南林岙村，我正行走在上虞茶场的千亩茶园中。茶垄蜿蜒，春雨浸润，茶园越发显得青葱，一个长长的墓道，在两旁樟树和松柏的簇拥下向前延伸，王充墓就在眼前。这个圆形冢，墓碑上的青石面板已有些斑驳脱损，但碑文上的"汉王仲任先生充之墓，清咸丰五年"字样却依然清晰，碑前有几束枯萎的菊花，显然，清明时节，人们并没有忘记他。

茶园西侧，几间茅屋，是王充史迹陈列室，门前有一页摊开的石书，镌刻着《论衡·对作篇》中的名句：

> 是故《论衡》之造也，起众书并失实，虚妄之言胜真美也。故虚妄之语不黜，则华文不见息；华文放流，则实事不见用。故《论衡》者，所以铨轻重之言，立真伪之平，非苟调文饰辞，为奇伟之观也。其本皆起人间有非，故尽思极心，以讥世俗。

这一段文字，并不艰深，他表达的几层意思也相当明确：

从古至今，许多书记载已经失实，虚妄超过真实，虚妄不除，实事难以被人们认识；《论衡》全面分析是非之言，努力确立起判断真伪的标准，但我不随意玩弄笔墨，故作玄虚；正因人间有许多错误，所以我要用尽心思，以此来讥刺和鞭挞社会上的不良风俗。

章镇馆的庭院中，王充在天空下独自站立，他右手抚须，左手握卷，双眼眺望远方，眼神自信而笃定。《论衡》八十五篇，在谶纬迷信和神学思想横行的东汉时空，无疑是一道夺目的求实光芒。

平地起高楼，自此，中国古典哲学史上无数巨大丰碑中，多了一座不朽的《论衡》。

4. 越瓷

CHINA，瓷器，中国，源头在上虞。

上浦镇的大善小坞村，有山叫禁山，它是四明山余脉，林深草茂，蜿蜒连绵。

2013年6月，江南的梅雨，依旧不知趣地让人们讨厌着，雨不停地下，小河满了，山土松了。一场热带风暴后，禁山南麓，有村民在小溪边突然发现了大量的青瓷碎片，这显然是暴雨的功劳，大暴雨将松软的土刷了一层又一层，仍然"刨根究底"，但幸运的是，数千年前的青瓷碎片，终于有了和阳光对视的机会。

八百多平方米的发掘现场，成堆成叠的碎片，犹如青瓷集团军，浩大而壮观；而大量高品质的青瓷，如樽、簋、洗、盆、灯、罐等近三十种器皿，则犹如集团军的各级将官，身份显赫；那五条完整的窑炉生产线遗迹，则如青瓷的大军营，其中三条均为长条形斜坡状龙窑，火膛、窑床、出烟孔均保存完好，分别系东汉、三国、西晋三个时期完整的窑炉序列。

这是一个惊人的发现。

"禁山窑址"横空出世,一下子就成了"2014全国十大考古新发现"。

此前,上浦四峰村的四峰山南麓,已经发现东汉时期的小仙坛窑址群,由小仙坛、大园坪、小陆岙三处窑址组成。大善小坞村,也发现了凤凰山窑址群,由尼姑婆山窑址、凤凰山窑址、前山窑址三处窑址组成。它们都是全国重点文物保护单位。而整个上虞,上浦、梁湖、百官、汤浦、小越、章镇等曹娥江两岸的乡镇街道,已经发现近四百处自东汉至北宋年间的烧造窑址,禁山窑址的发现,再次向世人有力地证明,上虞的曹娥江流域,是中国成熟青瓷的起源地及第一个烧造中心。

大善小坞村的越窑青瓷博物馆内,有一组长长的模拟仿制窑炉,有窑工正往窑里塞柴,有窑工正捧着刚制作完成的泥罐健步往窑边走着,黄色的烟膛中有红光闪现,这样的再现情景,很容易将我们带往火热的烧造现场。从窑址上发掘出来的各色青瓷,有整器,有碎片,青中带黄的颜色,拙而古,显然,它刚拂去上千年的尘埃,跨越时空远道而来,虽风尘仆仆,却依旧泛着鲜亮的光。

东山脚下,我在董文海的越窑青瓷坊歇脚。

董陶瓷世家出身,浙江省非遗传承人。高个子,却不善言辞,他那握着我的双手,也许刚刚从陶土中洗净。当我惊叹于他陈列着的各种作品后,他却很腼腆:越窑青瓷,博大精深,我只想重现它的光彩。细聊的半个小时中,能时时感觉他负着重重的使命感,他和儿子董晖正全力破译越窑青瓷的密码,为的就是找回历史记忆,恢复它的辉煌,并将其传承下去。他说很欣慰,六岁的小孙子,对制瓷很感兴趣，好多工艺都懂了。我问董，做瓷四十多年，最难的是什么？他答我：心态。古代工匠一辈子做一件事，他们的作品是心血的结晶，所以有灵气，而今天的人们，轻而易举做出产品，看起来极精致，但没有生命力。

难得他的坦诚。也许，我们的许多工艺和古人的距离，就差这么一点点，而这一点恰恰是数百上千年来最难达到的。董的绍兴话夹杂着普通话，我听着有点累，但他语速沉稳而坚定，双眼始终明亮，我知道，那种明亮皆因他的愿望和使命凝聚，内里涵养着一股巨大的力量，有了这股力量，越瓷一定会如谢安"东山再起"。

在上虞，有许多人正为越窑青瓷的"东山再起"而殚精竭虑。

上虞青·现代国际陶艺中心，已有数位国内外顶级制瓷高手入驻，韩美林，阿根廷陶瓷艺术协会主席维拉凡尔德，美国纽约州立大学艺术学教授路佛德，土耳其亚萨尔大学艺术与设计学院教授蒂尔巴斯，等等，他们都在做同一件事，要让越窑青瓷重新"夺得千峰翠色"。

5. 春晖

一百多年前，上虞乡绅陈春澜的二十五万银圆，为著名的春晖中学校奠下了坚固的基石。这所白马湖畔的乡间学堂，更因那些先后来此执教和讲学的名师而声动中国。

夏丏尊、丰子恺、朱自清、朱光潜、杨贤江、匡互生、叶天底、刘薰宇、张孟闻、范寿康等名师先后执教；蔡元培、黄炎培、胡愈之、何香凝、俞平伯、柳亚子、陈望道、张闻天、陈鹤琴、黄宾虹、叶圣陶等一批大家来此讲学、考察。

每一位名师，都和春晖有着特别的缘分，自然也就有了各自别样的故事，春晖因他们而生辉。

春晖的校训：与时俱进。

春晖的教育方针：实事求是。

春晖的训育方向：勤劳俭朴。

春晖首开浙江省中学界男女同校先河。

人格教育。

爱的教育。

个性教育。

……

我在春晖中学校校史馆，细细品读那一百多年来长长的故事。

"爱的教育"镜框，一下牵住了我的眼光。这几个字，我很敏感，《笔记中的动物》序言就是《爱的教育》，它源于亚米契斯，那本书，我想表达的是"我们和动物在同一现场"，爱动物，也爱自己。所以，我主观断定，这镜框一定和那个意大利作家有关。

果然。

亚米契斯的小说《爱的教育》，应该是世界上最受欢迎的读物之一，它也成了春晖中学的主要课程。春晖中学的著名领衔教师，也是著名作家的夏丏尊这样推荐《爱的教育》：

> 这书一般被认为是有名的儿童读物，但我以为不但儿童应读，实可作为普通的读物。特别地应介绍给与儿童有直接关系的父母教师们，叫大家流些惭愧或感激之泪。

1921年底，上虞崧厦镇人夏丏尊，由湖南第一师范来到了春晖，被聘为首席教师，并负责招聘教师，随后，夏的学生丰子恺，最先应聘来教音乐、美术。

白马湖畔的小平屋里，国文老师夏丏尊看着从长沙街头买来的《爱的教育》原版书，心中涌起一种责任：教育之没有情感，没有爱，如同池塘没有水一样，没有水，就不成池塘，没有爱，就没有教育。于是，昏暗的煤油灯下，他对照日、英版本，抗击着寒风和虫蚊，寒以继暑，用一年多的时间，将它译成了中文。美术老师丰子恺，义不容辞地设计了封面，配了插图。1924年，《爱的教育》中译本，首次由上海开明书店出版。严格说，是春晖中学校诞生了《爱的教育》。

春晖花开，南国香来。有了爱，就有了一切，夏丏尊等先贤们，以极大的智慧和暖暖的爱意，培育着求知若渴的春晖学子们，拨亮他们的心中之光。

4月23日下午，世界阅读日，我带着刚出版的《相看》（笔记新说系列青少年版）走进春晖中学校的春晖外国语学校，和学子们谈阅读，我的开场白是：我也是带着"春"字进你们春晖的。春来春晖校，春光无限好，我膜拜春晖，因为这里散发着中国现代教育与新文学运动新春之光芒。

巧的是，《相看》的扉页这样写着：千年笔记，永恒的光。嗬，要有光，必须添光。

重华，曹娥，王充，越瓷，春晖，每一个名词，都是中国历史不可或缺的标记，皆如浩瀚苍穹中闪烁着光芒的巨星。

上虞之光，中华美德之光，中华文明之光，中华文化之光，更是我们生命成长必需之灵光，它自遥远的时空划过天际而来，闪耀而永恒。

世界讀書日，我去春暉外國語學校講閱讀。去春暉，

春光無限。我瞻拜春暉，因為這裡散發着中國現代教育與新文學運動春之光。

戊戌袁祥

范规众随

这是一部南宋版的河长制法规，八百五十年的风霜，光芒依旧璀璨。

1

乾道三年（公元1167年）十二月，临安城已经进入隆冬季节，西湖边的风虽寒冷，四十二岁的范成大心里却热血上涌，他有了一个新职务：处州知州。南渡已经四十年，年轻有思想的孝宗皇帝，高举中兴大旗，而他去处州做主官，也可以实现自己的仁政理想。

韩愈韩昌黎在范成大的心中，地位极其崇高。他不仅喜欢他的诗文，更敬慕他被贬潮州时的心态和作为，韩在潮州只有短短的八个月，却让潮州的山水从此姓韩——那里的百姓，感念韩愈的德政，江改为"韩江"，山也成为"韩山"。

和韩愈去潮州不同的是，范成大此行是被贬重新起用，他不知道自己能干多久，但心里有一股劲，即便几个月，也要为处州的百姓做一些实实在在的事。

2

果然，范成大在处州确实没待多久，但一年多时间里，他却做了两件大事。

前一件,推行义役,略述之。

《宋史》范成大本传记载:

> 处民以争役(劳役不均,不堪其劳)嚣讼,成大为创义役,随家贫富输金买田,助当役者,甲乙轮第至二十年,民便之。其后入奏,言及此,诏颁其法与诸路。

老百姓为什么要常常打官司呢?因为大户人家不愿服役,而贫苦人家愿意服役却不愿交钱。这一对矛盾,王安石变法的时候就看到了,他推出的一系列改革中就有"免役法",主要内容有两条:一条是由当役人户的轮充差役,改为输钱雇役,也就是说,役户本来是轮流服役,但你出钱了就可不出工;另一条是雇役费用由当役人户按户等与类别分担,即大户人家田多家财多,分担的也要多,这样,农民的徭役负担就会有所减轻,国家财政收入也会增加不少。但王安石的"免役法"最终流产,原因是不仅触动了大地主阶级的根本利益,而且对农民来说,即便少交许多也是过高。

而范成大推行的义役,却在王安石"免役法"的基础上有了新创:输金买田,以助役户。具体的措施为:根据各户服役任务及家产厚薄分摊银钱,这些钱用来购买农田,作为服役的费用;每年以田租收入补助服役者;管理田产的人由大家集体投票推选;大家自主排定服役时间,轮流服役;官府不得插手干预。

范成大义役法的聪明之处在于,充分让百姓自治,自己的事自己决定,政府不干预,避免了那些贪心胥吏的索贿,百姓放心。

义役法率先在打官司最厉害的松阳县实行,效果大好,此后在处州的六个县全部实施。过了两年,宋孝宗颁令:缮写规约,颁之天下。

3

现在，我来重点说范成大在处州做的第二件事：修堰定规。《宋史》范成大本传同样记载了这件事的始末：

> 处多山田，梁天监中，詹、南二司马作通济堰在松阳、遂昌之间，激溪水四十里，溉田二十万亩。堰岁久坏，成大访故迹，叠石筑防，置堤闸四十九所，立水则，上中下溉灌有序，民食其利。

戊戌冬日，丽水莲都区的堰头村，寒风逼人，一道弧形的白色大虹，横躺在瓯江与松阴溪的交汇处，虹的上空，雾气弥漫，一直缭绕至青山的怀抱，薄纱遮盖着差不多半个湖面。

虹就是通济堰，虹的骨骼，就是通济堰整个石头坝体。古堰画乡管委会副主任熊夏敏说，好久都不见这么大的水了，而且，这种雾气，冬日里也少见，今天是突然降温，再加上水量丰沛，才有了画一样的风景。

詹、南二司马庙，就伫立在通济堰边，它听着"哗哗"的水声，已经伫立了一千五百多年。

南朝萧梁天监四年（公元505年），詹、南二司马主持建设了这座通济堰，这是浙江省最古老的水利工程，全国文物保护单位，也是灌溉工程世界遗产。

这两位司马，人们至今也不知道他们的具体姓名，但只要你站在通济堰坝边，或在亭子上远望碧湖平原时，你就会发出感慨，这"哗哗"不断的水流，就是百姓的命根子。275米长的弧形大坝，并不是最长的，但它就像金锁，牢牢地锁住了奔流不羁的江水，泽惠于民。

碧湖平原是处州境内的三大平原之一，重要产粮区，地势落差20米，通济堰就是利用这样的地势营造的，不靠外力，自流灌溉，河水让这一片土地成为著名的粮仓。

我在通济堰图的碑前细观，这密密麻麻的线条，看着如人像，又像植物图，更像那根系发达的人参根须，这些根须幻化为众多的支渠和毛渠：干渠分凿出支渠48条，各支渠再分凿出毛渠321条，并在堰渠上建有大溉闸6座，小溉闸72座，分流调节；各支渠均可利用尾闸拦蓄余水，形成引灌为主，储、泄兼顾的竹枝状水利网络。

毛渠，我很喜欢这个词语，细小，小到几十厘米，但它是粮田旱涝保收的重要命脉；入微，瓯江水流到这里，已没有"哗哗"的喧闹，只是静静地"汩汩"流淌，旱季里的清流，按时足额注入农田，犹如三伏天人们喝到的甘露。毛渠极似人的毛细血管，是粮田的生命通道。

不仅如此，通济堰还有其他诸多功能，清代处州知府、著名笔记作家刘廷玑有一首诗挺生动："门前衣浣白，阶下米淘泔。事事行无碍，年年乐且湛。"这就是一幅沿渠百姓的生活图啊，洗衣、淘米、行船、炊烟袅袅、鸡犬相鸣，一切皆因有了这一渠的清流。

我们往岛上的大港头村去，水面显得浩渺波荡，小熊指着阔大的水面说，以前，这里是货运的集散码头，船来舟往，热闹非凡，龙泉的青瓷，也从这里运往全国各地，那边，保定村堰岸旁，有许多的青瓷窑，元明时期，这里的窑场，是龙泉窑系青瓷的重要窑场之一。

4

范成大到处州不久,立即全面考察了通济堰。

范知州和军事判官张澈一起,将干渠、支渠、毛渠的沿岸,统统走了一遍,走村访田问情况,发现了不少问题:溪远田高,堰坏已五十年;往迹芜废,中下源尤甚。而且,木结构的拦水坝多有损坏,必须大修一次了!

维修方案的制订,维修资金的落实,民夫役工的分派,各种材料的调配,一切准备就绪。乾道五年(公元1169年)正月,堰头村人还沉浸在春节的喜庆氛围中,通济堰大坝上下已经热火朝天了,正好是枯水期,必须在四月的雨季来临前,争分夺秒,将通济堰大坝及各壅塞的水渠修复疏通。

大规模的修复工程,我们只有通过想象来复原它的场景了。各种忙碌的人事中,范知州及张澈的身影一定是清晰的,他们亲力亲为,各个分区的日常进度,各种尺寸的石材打凿,各种木料、竹料的质量,都要问,都要管,这是百年大计,千年大计,事关沿渠百姓的切身利益,必须事必躬亲。

有目的的劳动,且事关自身,劲头往往充足。三个多月后,詹、南二司马庙,鞭炮齐鸣,众声沸腾,庆祝通济堰修复工程竣工典礼在这里隆重举行,说隆重,却并没有什么奢侈场景,大家只是高兴,官员和百姓一起欢乐,因为,清澈的溪水又可以一路欢歌唱到农户的田头了。

5

修完通济堰，范知州并没有认为大功告成，他想得挺远，要使堰坝百年千年一如既往地发挥良好作用，就要制定一个长久的规则，使用、保护、维修，一切都按规则来。

范知州的文笔不用说了，他是诗文高手，又有亲身的修堰经历，制定起这样的规则来，自然也是方方面面非常周到。通宵达旦数日后，几番意见征求下来，《通济堰规》(二十条)正式颁布。

我在詹、南二司马庙里，看到了通济堰大碑，这是中国现存最古老的水利法规碑文实物，碑高165厘米，宽86厘米，字迹已经模糊不清，碑阳碑额部分的"重修通济堰规"六个大字还依稀辨得出，下面是堰规的正文；一版转二版，碑阴上半部分继续刻着堰规，下半部分，则刻着范知州的十四行跋语。跋语中，他将通济堰的由来与功用、重修与过程、制定堰规的目的与期待，全部作了说明。我特别感动的是，他自始至终都没有忘记和他一起修堰的张澈，爱护和保护堰坝，言辞恳切，他用真情打动百姓。

范知州的二十条规则，我仔细研读后，三点感受最深。

第一，紧紧抓住管理这个牛鼻子。通济，就是济通，只要有人妥善管理，不愁堰不通畅。

堰首、监当、甲头，三个位置最为重要，这是管理的核心。堰首相当于今天的河长，他是总管，他必须有一定的经济实力，而且人品要好，两年一个任期，他的职责就是，堰坝哪里有问题就要立即想办法解决；他的待遇，即免去他所摊派到的堰工。可以看出，这个职位不好干，没什么利益，责任却很重大，弄不好大家都要怪你。监当相当于今天的监理，或者监事，他的职责就是辅助堰首各项工作，并且还要具体承担分内工作。甲头的职责相当具体，堰坝哪里要管要修，他那个地方的事情统统要管。根据管理层级，堰首只有一人，监当可以多人，而甲头则处在基层的基层，由监当具体分管。

275米长的堰坝，看着简单，其实有很多管理环节。要保证水流通畅，还要让来往船只经过堰坝，季节不同，船闸的开闭也不同。因此，还有六名具体巡查堰坝的看守，他们叫"堰匠"，险情发生，船只需要经过，闸门的开闭这些活，均由堰匠们完成。

另外还有"堰司"，专门记录派工和纳钱情况，做到账目清楚，人人心中有数。

第二，经费保证。这是济通的另一个重要前提，有人办事，但假如资金不到位，则什么事也干不了。

谁受益，谁出钱。每秧五百把以上敷一工，贫寒者二百把以上敷一工，一百至二百把，出钱八十文，二十至一百把，出钱四十文。怎么出钱，怎么出工，都有具体规则：乡村实行三分法，三分之二敷工，三分之一敷钱，工和钱之间如何换算？每工折钱一百文。

第三，监督执行。良好的制度，也必须有人监督才行，否则，时日长久，难免出现各种各样的情况，而从众心理，或者法不责众，则会迅速使堰坝处于荒芜乃至崩溃状态。

范知州对这一点，早就高瞻远瞩，比如细致到役工各项劳动的质量，都有具体的要求，不能出工不出力，或者偷工减料：早晨五点到七点就要出工，下午五点到七点才能收工，一天要干足十二个小时；上山砍竹子，每一工必须砍满二十捆，每根竹子尺寸要标准：长一丈、径七尺；每天点两次工，人不在，工数不算。比如用水高峰时期，各农户不得用板木乱截下源人家的水流，如果被查到，罚钱十贯，钱入堰公用。

6

萧何帮刘邦打天下，出台了许多安邦定国的好政策。惠帝继位后，他见曹参丞相不怎么理政事，就纳闷了：为什么你不出台新的政策呢？曹丞相笑笑：陛下您比不过高祖，我呢，更比不上萧何，他的好政策，我们照着执行就是了！

范成大之后，元、明、清各朝，也均是在他的《通济堰规》基础上修修补补，春祥谓之"范规众随"。

南宋开禧元年（公元1205年），参知政事何澹，改木筱坝为石砌拱坝，这是一大创举；元至正二年至三年（公元1342—1343年），县尹梁顺主持大修；明万历三十六年（公元1608年），丽水知县樊良枢，增订新规八则；清康熙三十二年（公元1693年），知府刘廷玑自捐俸银五十两，主持大修；清道光四年（公元1824年），知府雷学海立新规八条；清光绪三十二年（公元1906年），知府萧文昭主持全面大修，颁新规十二条；民国时期三次大修；中华人民共和国成立后有十二次大修的记录。

自范成大后，通济堰历史上曾经多次大修，但无论哪一次大修，众人似乎都约定俗成，范知州定的二十条规则，是根本之根本，我们只要根据实际出现的问题，略加修订就可以了。

眼见为真，我眼前的通济堰，依然年轻勃发，生动如龙，青山之间，碧波之上，声浪奔腾。

7

通济堰，堰坝下白浪激流处有伫立不动的"思想者"白鹭。半个小时了，它竟然一动不动，它在想什么呢？我真的很好奇，但有一点是肯定的，它一定很享受那些"哗哗"的声浪，还有不断溅落到它身上的水珠，它是不是在等待从坝上冲下来的鱼呢？不能这样想，这样想就俗气了。

寒风将我逼进堰坝头上一家叫"堰·遇"的民宿，坐在暖和的大厅里，落地玻璃窗前，嗑瓜子，喝茶，看堰坝湖面上的风景。

湖边上，一只旧船，懒洋洋地躺着，船舱内的三个格子里，中间长着水葫芦，两头则栽着青菜。船舷下，三只母鸡和一只公鸡，它们在啄食，青菜啄一下，水葫芦也去啄一下，边啄边交流，"咯咯咯"，应该是交流。不久，又有两只母鸡跑过来，绕着公鸡"咯咯"，我确定，这是一个幸福的团队——我只能猜它们是团队。坝边不时有人走过，但鸡群照样笃悠悠地踱着方步。

湖面远处，特别是堰坝上空，雾气氤氲，散了又集聚，聚了又散开，我盯着它们看，看要往什么方向跑去，而原来，雾的生命并不久长，它们没有跑到天上去变成白云。

眼睛有些无聊地盯着鸡和雾，心里却一直想着范成大。

八百五十年前的大冬天，也是这样寒冷的日子，范知州和张澈，正领导着一场前所未有的修坝运动呢，没有那一次大修，就没有二十条堰规，也就没有我今天的从容感叹。不过，他们一定没有我这样的温暖空间，他们的脸被寒风刮得粗糙无比，他们胼手胝足，功在当代，泽被后世，我猜是这样伟大的词语支撑并温暖着他们坚定的信念。

我久久注视，通济堰依然激荡咆哮，那清澈的声浪，就是干渠支渠毛渠沿岸植物禾苗快乐生长的生动号角。

夏日田園雜興·其七
宋·范成大

晝出耘田夜績麻，
村莊兒女各當家。
童孫未解供耕織，
也傍桑陰學種瓜。

戊戌袁祥

诸暨三贤

诸暨是越国美女西施的故里，诸暨枫桥人王冕、杨维桢、陈洪绶，小时候也一定是听着西施故事长大的，枫桥离浣纱江边的苎萝村并不远，西施姐姐留下什么最重要的精神？忍辱负重嘛。

是的，要成就一番事业，必须忍辱负重。元明清数百年长长的时光里，王冕、杨维桢、陈洪绶，皆成了中国书画、文学、书法史上鼎鼎有名的巨星。

1. 梅翁王冕

王冕有许多别号，我喜欢带"梅"的三个：梅花屋主、梅叟、梅翁。种梅，写梅，画梅，梅成了他一生中须臾不离的亲密爱人。

王冕祖上虽然也算宦族，可他却是田家子，贫穷得很。桥亭村，他的祖居背依郝山，屋前面是一大片广阔的农田。七百多年前，王冕就出生在这座茅屋里。

小王禀赋特异，小时了了。说他未满周岁就张嘴讲话，三岁就与人对答如流，王氏宗亲都将他视为神童。家贫要谋生计，老父派小王牧牛，他却偷偷跑到学堂边听学生读书，晚上回家，父亲问：牛呢？哎呀，忘记了！小王自然挨了一顿暴打，打过之后，小王依然如故，他的心思，根本就不在牛上。还是王妈妈懂儿子，既然小王如此喜欢读书，那就让他读吧，我们家不远的衣僧寺，寺中有长明灯，那里可以读书的。自此，寺庙里，佛膝上，有了一个小王冕，他在佛的陪伴下，快乐地沉浸在知识的海洋里。

这样的好学精神，感动天地，小王变老王，变成了博学的画家、诗人，于是就有了流芳百世的《墨梅》画和诗：我家洗砚池边树，朵朵花开淡墨痕。不要人夸好颜色，只留清气满乾坤。

我老王，画梅写梅，不求人夸，只愿给人间留下清香的美德。

王冕深深懂得梅花的品格。

爱梅大有人在，南宋的诗人张镃算是极致。南宋周密的笔记《齐东野语》卷十五，有《玉照堂梅品》，写了张钟情于梅的事情，他特地制定了五十八条护花策，试举梅花痛恨的十四条如下：

> 狂风、连雨、烈日、苦寒、丑妇、俗子、老鸦、恶诗、谈时事、论差除、花径喝道、对花张绯幕、赏花动鼓板、作诗用调羹驿使事。

梅是有生命的，鲜活灵动，许多人喜欢梅，但不一定懂梅。对于折花、插瓶、拉狗屎、晒衣服等不文明行动，梅花会感到屈辱。梅花甚至都厌恶诗，讨厌谈论时事，当然，它喜欢宾客能诗，喜欢名笔传神，喜欢花边歌佳词。

然而，张镃是有名的富家子弟，有钱有时间，而王冕和他不完全一样，他喜欢梅，更多是以梅花的品格来修心修身。

四十岁时，北上游历后的王冕回到枫桥，在九里山下买地筑屋植梅隐居。那数千株梅花，五百株桃杏，充填着他丰富的精神世界，什么科举，什么功名，都一边去吧，梅已经幻化成他笔下的《素梅》(58首)、《红梅》(19首)、《墨梅》(4首)，还有汪洋恣肆的《梅先生传》，包括北游期间，他写下的大量记游、写景、叙事、抒情诗篇，这些都达到了元代文学的顶峰。

我猜测，博学的王冕，一定读过周密的笔记，他知道，梅花只是一个象征，他的梅花诗文画，也是象征、自喻——墨梅尽抒我意，我是王冕，我是不会向世俗献媚的！

我看到了一块长条石碑，上书"踪寄白云"，当地文史工作者说，这是仅存的王冕手迹，它在王冕的隐居地被发现。

看着石碑，望着王冕故居后的郝山，那大片梅林、桃杏林上空的白云忽然飘浮升腾起来，梅花屋主，或者梅翁，或者梅叟，正扛着锄头，悠闲地行走在花树间，手一下一下地撩着撞他面的白云，他每天都去看望那些梅伙伴，细细地锄草培土，和它们倾心交流。梅的四季，就是人的四季，梅心也如人心，你懂的，所谓诗画，都只是心灵的喷流而已。

一天劳作结束，布衣梅翁，回到茅屋，开始了他的另一种精神日常，铺开宣纸，倒上墨，挥笔，唰唰数下，一幅墨梅图唤出，拿过印泥，盖上花乳石闲章，梅翁低声吩咐老妻：明天拿去换米吧。

王冕笔下的梅，枝梢遒劲，千花万蕊，骨格清健，神韵俊逸。整个元明的艺术天空，顿时明亮起来。

2. 文章巨公

公元1370年，农历夏五月，明代大文豪宋濂，一边含着悲痛，一边在想着杨维桢生前的嘱咐，要替他写好墓志铭。宋濂的《元故奉训大夫江西等处儒学提举杨君墓志铭》这样赞生前好朋友杨维桢：

> 元之中世,有文章巨公,起于浙河之间,曰铁崖君,声光熙熙,摩戛霄汉;吴越诸生多归之,殆犹山之宗岱,河之走海,如是者四十余年,乃终。

戊戌年初夏的一个周末,此刻,我就站在枫桥全堂村的铁崖山下,杨维桢年少时苦读的地方。

史载,少年杨聪明异常,却不喜欢读书,杨爸爸费尽心机,在村口铁崖山上筑一读书高楼,此山高十余丈,因岩石赭黑如铁而得名。杨爸爸在楼里"聚书数万卷",将少年杨关在楼中,还要"去其梯"——梯子撤去,也就是说,他只能待在楼上读书。吃饭怎么办呢?"以辘轳传食",装个轮索,上下传递。杨爸爸够狠的,为了儿子的成功,也不管他愿不愿意,豁出去了。少年杨呢?偏偏争得一口气,我不用你们催,我用实际行动做给你们看!他每天黎明即起,夜晚也是一直秉烛,父母想见他,不行,三天见一次,每次讲话一炷香时间。五年的苦读,连杨爸爸也感叹了:杨维桢,一定能实现我的理想!

铁崖山下有一口塘,面积超亩,以前,这里叫泉塘,也有人说是朱熹的半亩方塘。少年杨苦读时,眼光常常穿过梅树林,落在泉塘上,那里,有满塘的荷花,夏季的清晨,泉塘的水波映着朝霞,少年杨从水光里看到了希望,他要用扎实的功底去发愤图强,去治国安邦。

1327年3月,杨维桢考中了极其难考的进士,授承事郎、天台县尹兼劝农事。

然而,书生杨直率的性格,并不适合官场,尤其是元朝官场,在好多岗位,他都一再被贬,弄得头破血流。

甚至，他曾一度辞官，跑到我家乡隐居，"脱命于富春山谷中，托故人义门氏家"（杨维桢《半间屋记》）。在那里，他交了好多朋友，也留下了许多墨迹。他写下《桐庐太守歌》《览古》《富春夜泊寄张伯雨》等多首诗，他还替严光的三十五世孙严君友撰写《高节先生墓志铭》。在桐庐隐居的时光里，他和友人一起，泛舟富春江，诗酒言欢，弹曲唱和，涵养诗文。

《东维子集》《铁崖古乐府》《复古诗集》《铁崖文集》等集子，收录杨维桢几十年的精品佳作，虽散佚不少，但仍有五百余卷之多。

杨维桢的诗文，一如他那倔强的个性，独辟蹊径，标榜"复古"，崇尚"自然性情"，"铁崖体"腾空而降。如上宋濂所赞：四十年里，他的诸多学生，像群山崇拜泰山、像河流归顺大海一样，崇拜杨大师。

除了诗文，还有他晚年极具杨氏个性的"乱头粗服"书法。当时流行赵孟頫温润秀丽的赵氏书风，而杨氏书法，完全不守规矩，一如他的诗文，横空出世。

西施故里，郑旦路上的"诸暨三贤馆"里，我看到了杨维桢的书法代表作：《真镜庵募缘疏卷》，应该是影印，通篇皆为醉墨狂舞，线条忽浓忽淡，字形忽大忽小，随势构字，任由心出，八面用锋，夸张率性，犹如一酒醉汉子，或似不衫不履的游僧，手里捏着个葫芦，踉踉跄跄，时而低吟，时而狂吼，旁若无人，这种神态，是他笔、墨、线和心灵的无奈、痛苦、悲愤紧紧相连的结晶，也就是说，杨维桢书法的巨变开合，有着鲜明的时代节奏。

我也崇拜杨大师。

多年来，我一直在读历代笔记，明代笔记里，杨的影子经常出现，不过呢，他都是以放荡不羁的形象出现，喝花酒，还创造出一种"金莲杯"，明代都穆的笔记《都公谈纂》卷上有这样的场面：

某天，杨廉夫、倪云林一起在友人家喝酒。当时，席间有歌妓，杨廉夫一时兴起，就将歌妓的鞋子脱下来，将酒杯放到鞋中，让在座的客人传递着喝花酒，还叫它"鞋杯"。倪见之大怒，将酒桌一下子掀翻。杨非常没面子，也一脸不高兴，后来，两人竟然不再见面，差不多断交了。

杨维桢显然习惯了这样的场面，也很乐意干这样的事，但倪瓒的洁癖非常严重，一个特别爱干净的人觉得这样喝酒，实在恶心。

关于杨老师喝花酒的放浪行为，连他的学生——著名作家陶宗仪也有微词：

> 杨铁崖好声色，每于筵间见歌儿舞妇女有缠足纤小者，则脱其鞋载盏以行酒，谓之"金莲杯"。（陶宗仪《南村辍耕录》）

不为尊者讳，挺真实，杨也不是圣人嘛。其实，深入到杨维桢的内心世界，就会理解他这种放浪行为，这其实是一种极端的抗争，颠覆的叛逆。一个正统的儒士，变成如此追求声色的浪子，一定有他的百般无奈，而这种无奈的深处，正是元末社会动荡给士人们带来的恐惧和灾难，以及他官场的屡屡失意，各种累积，构成了他的复杂人生，放浪放纵是表象，深度忧患才是内里，他依然是"铁崖山"锻造出来的"铁人"，铁冠，铁笛，铁意心中有，声色转瞬过。

真一个乱世奇才。

回望"铁崖山"，山脚岩石上开着簇簇黄色五角小花，鲜亮透明，那是景天，一味经典中药，味苦、酸、性寒。景天还有数十种别称，如戒火、护花草、八宝草、土三七、观音扇、美人草，专治烦热惊狂、蛇虫咬伤等。

嗯，这种草，说不定少年杨苦读时就生长在那些岩石上了，草的先辈、先辈的先辈，一定见证了少年杨的苦读时光。

景天的五色小黄花，看似杂乱无序，细看，却也如杨氏草书，秩序井然，变化多姿。

3. 老莲的画

老莲是陈洪绶的号。

这老莲，确实老练，小时候就如此，还不是一般的老练，思想、才情，都老练。

1602年夏天，萧山长河的一户来姓私塾，来了个虎头虎脑的小朋友，他就是老莲，不，还是先暂时称他幼时的名字莲子吧。莲子只有四岁，他要在这里跟未来的老丈人启蒙读书，老丈人就是私塾老师。

有天早上，来老师收拾某间屋子，里里外外全部整理了一番，他还用石灰粉刷了墙壁，弄好屋子出门时，老师告诫那些晨读的孩子：你们不要进去，不要弄脏我的墙壁！

这莲子，自然也在警告之内，他忽闪着大眼睛，朝屋里的那面白壁看了又看，忽然心生一计，他对小伙伴说：你还不赶紧去吃早饭呀，去迟了，没得吃。小伙伴一听，赶紧跑开。

莲子不慌不忙，拖来一张大桌子，从容爬上桌，在白壁上画了幅一丈多高的关羽像，关公浓眉大眼，拱手而立，威武有力，神态呼之欲出。

关公像画完，小伙伴来了，一看，白壁上突然多了个吓人的像，以为闯下大祸，吓得哇哇大哭，哭声将来老师引到。来老师惊讶地看着关公像，不得了，连忙跪地叩头，他不仅没责怪莲子，还大赞他的技法。后来，这间屋子，来家专门用来供奉关公像。

莲子就这么传奇。

1607年，莲子九岁，父病重，去世前，陈父将著名画家杭州人蓝瑛，请到了家里，从此，蓝成了莲子的绘画导师。然而，不久，蓝老师就感叹了：使斯人画成，道子、子昂均当北面，吾辈尚敢措一笔乎？

蓝老师是发自内心地爱才，他从此不画人物而专攻山水。以后的事实充分证明了蓝老师的眼光，老莲的人物画，"明三百年无此笔墨"。

我专门购了一本陈老莲的人物画集。

《阮修沽酒图》《史实人物图》(之一、之二)，《南生鲁四乐图》，《陶渊明故事图》(长卷)，《仕女图》，《婴戏图》，《索句图》，《观音罗汉图》，《观音像》，《红叶题诗图》，《品茶图》，《张荀翁像》，《斜倚薰笼图》，《达摩禅师像》，《苏李泣别图》，《高贤读书图》，《老子骑牛图》，等等，一幅一幅，都呈现在我眼前。

泡了杯浓浓的太平猴魁，差不多用了一个下午的时间，我以极其贫乏的绘画鉴赏力，细细欣赏。各个人物的奇特造型，各朝人物的细致衣纹，劲挺有力的线条，勾画时轻重顿挫、圆转方折的笔法，我只懂这些，我只能看表面，然后，看着人物，思绪乱飞，想些画中人物的轶事。

喏，这幅《陶渊明故事图》，全卷十一段，采菊、寄力、种秫、归去、无酒、解印、贳酒、赞扇、却馈、行乞、灌酒，陶的人生精彩片段都在这里了，不阿权贵，弃官归田，生活清苦，安于清贫，嗜酒如命，却又清高孤傲，老莲细节抓得极准。这幅《阮修沽酒图》，阮隐士头戴黑色簪巾，右侧居然还有一朵小白花，长长的胡须，有一根竟然拖到了胸膛上，左手提大黑壶，右手策粗长杖，杖上挂着什么东西？你猜。几串铜钱，一串红果。阮修一定是从山野隐士朋友那里来，喝了一整天的酒，对影成三人，但还不忘野花、野果。这是阮修吗？这分明就是老莲自己的写照嘛！

明亡后，老莲回到故乡，混迹浮屠，纵酒自放，醉后恸哭不已。他哭什么？为坠落的朝代，为未竟的理想。

陈家村，陈老莲的故居遗址，我进纪念馆拜访大师，"一代宗师"端坐着，目光似乎深沉望着远方，一块木板上，刻着迅翁的一句话：老莲的画，一代杰作。是的，老莲的画——远不止人物画，还有花鸟，还有版画——和书法，都有极高的造诣，都是杰作。

现在，我们来玩一个打牌喝酒的小游戏。

两个人？三个人？四个人？五个人？人数没有关系，越多越热闹。

牌发上来，是"水浒叶子"，从宋江、林冲、呼延灼、杨志到徐宁，等等，一共四十位梁山好汉。宋江，首席饮；林冲，面肥者饮；呼延灼，左右席饮；杨志，貌美者饮；徐宁，举箸者饮。

哈哈，想赖皮，没门，必须喝下，除非你抓到鼓上蚤，免饮。

酒喝好了，那就玩牌，宋江万万贯，花荣百万贯，林冲七万贯，樊瑞七文钱，公孙胜半文钱，谁大谁小，你一下子就明白了。

这些版画，都是老莲的独创，将酒令牌局寓于现实，反抗，讽刺，戏谑，朗朗笑声中完成了对时政的调侃。

梅翁王冕，铁笛道人杨维桢，陈洪绶老莲，七百多年过去了，他们的名字，依然如深涧传笛般响亮而悠扬。

王是楊維楨陳洪綬一個小小的楓橋，七百年間橫長出三大文壇巨星，每個都綻放出獨特的花朵。
戊戌初夏 春祥書

梅花之城

梅花之城在浙江建德。

"天下梅花两朵半，北京一朵，南京一朵，严州半朵。"

睦州，严州，梅城，州名，州治，一千八百多年的浑厚铸就了梅城的光辉。

1

严光将臭脚搁在刘秀肚皮上酣睡，造成了巨大的天文事件，《后汉书·严光传》称有"客星犯御座甚急"。也只有刘秀能理解这个老同学，"朕与故人严子陵共卧耳"，罢了罢了，随他去吧。这严光一下就回到了浙江老家，找了奇异俊秀的富春山住了下来，山畔有江，曰富春江，上游新安江，下游钱塘江。

地以人名。隐居在富春山下的严光，成了中国著名的隐士。为纪念他，严州诞生。严光的岳父梅福，又是个乐于助人的汉子，富春山附近的这座小城，就被人亲切地称作梅城。

这是我在梅城听到的第一个传说。我以为，以梅福称梅城，估计是附会，但无论如何，严光和梅福应该是中国比较著名的一对翁婿了。

建德建县于三国东吴时期的黄武四年（公元225年），县城就在梅城。隋文帝仁寿三年（公元603年），设睦州，下辖建德、寿昌、淳安、遂安、桐庐、分水六县，我老家起先就是分水，后属桐庐。

睦州府最初建在崇山峻岭中的雉山，那里山有多高？河有多急？史载有三位桐庐知县在去往雉州汇报工作的途中遭水而溺。唉，县令如此密集非正常死亡，可见雉州的山高地僻。唐武则天神功元年（公元697年），睦州府从雉山迁往梅城。

唐开元三年（公元715年）正月的一天，李隆基上朝，当堂处理一些违纪违法的官员，有一个重要环节，就是打板子，御史大夫宋璟监督执行。宋御史不忍心下重手，让人轻责犯事官员。这一下，麻烦缠身，皇帝不高兴了，要降宋璟的职，宰相姚崇、卢怀慎都极力说理说情，没用，宋璟仍然被贬为睦州刺史。

上面这个细节，是南宋著名的笔记作家洪迈告诉我的，他在《容斋随笔》三笔卷第一记载了这件事，也就是说，来睦州的官员，好多都是被贬的，这里，离京城太远了，虽不是蛮荒之地，但也算偏远。

宋璟是个好官，唐朝四大名相之一，十七岁就中进士，才华横溢，其《梅花赋》是文学史上的名篇，他的墓碑由唐代著名的书法大家颜真卿撰写。

原《建德日报》总编辑、建德文史专家陈利群先生，这样向我说了他的推断：梅城应该和宋璟有关。为纪念宋璟和《梅花赋》，宋璟的故里河北邢台南和县有梅花园、梅花亭，宋璟墓地河北邢台沙河市有梅花园、梅花亭；广东顺德有梅花园、梅花亭（宋璟自睦州刺史后任广州都督）。睦州和后来的严州在府衙东北角建有"赋梅堂"，这一纪念宋璟的建筑，在南宋《严州图经》的子城图上标注得非常醒目。陈利群推测，后人修建严州古城时，以梅花为雉堞，也是为了纪念宋璟和他的《梅花赋》，这既是一种文化的传承，也是对梅花高洁品格的颂扬。

睦州下属的淳安，出了著名的农民起义领袖方腊，这方腊燃起的战火，差一点就将北宋王朝葬送，宋徽宗一气之下，将睦州改为严州，严加看管！

朱元璋的老家离严州近，他自然知道这三省通衢的重要，他派亲爱的外甥李文忠坐镇严州，而且，还在严州设立浙江行省，大大提高了严州的规格。李文忠修建严州城，将城墙的城垛做成了梅花形，"天下梅花两朵半，北京一朵，南京一朵，严州半朵"，严州差不多和南北二京平起平坐了。

对梅花之城的三个来历，我这样理解，梅福之说有其隐逸的高洁之义，宋璟之说是人们对好官的敬仰，城垛之说是实在的寓意外形，前两者都属精神领域，第三则属物质范畴。

此刻，2018年8月12日上午十点，我正伫立在梅城的古城墙"澄清门"上，"摩羯"台风刚刚带来的一场急雨，将梅城的古城墙洗涮了一遍，暑气顿消，墙砖凸处的"梅朵"甚至还带有些许水滴。新安江、兰江、富春江三江交汇，宽阔的江面上，一座小白塔坚强挺立，那是航标灯塔，指引着三江水滚滚向前。

江水汤汤，梅城的故事悠长。

2

江涵养了诗，诗固化了水。历代诗歌构成了梅城的血肉筋骨。

谢灵运有《七里濑》赞：石浅水潺湲，日落山照曜。

沈约有《新安江至清浅见底贻京邑同好》赞：千仞写乔树，万丈见游鳞。

孟浩然的《宿建德江》更是新安江极好的广告诗：

> 移舟泊烟渚，日暮客愁新。
> 野旷天低树，江清月近人。

日暮时分，一条小船靠近了烟雾迷茫的小洲，船上懒洋洋地站起一旅人，面对远处的群山，他万般感慨，天与水的尽头，都是树，那种水墨画上淡淡痕迹的远树，而眼前，这建德江，却是如此清澈高冷，月亮快要上来了吗？不然，水中的影子怎会这般清晰可见呢？

夜泊前添愁，愁更愁，是啊，多年的努力，原本以为可以好好奔长安作为一番，却不料希望落空，不过，这睦州广袤的天地和山水，还有这明月，却让人暂时宁静无忧，诗韵和这江水浑然天成。

唐武宗会昌六年（公元846年）秋天，江南丘陵连绵，翠绿的山道两旁，秋果硕硕，枫叶红了，四十四岁的杜牧，从池州刺史任上调任睦州刺史。睦州是偏僻小郡，"万山环合，才千余家。夜有哭鸟，昼有毒雾。病无与医，饥不兼食"（杜牧《祭周相公文》）。如此条件，且离长安越来越远，杜刺史的心情可想而知。

然而，杜大诗人到了睦州后发现，这地方的山水和百姓其实都挺不错，"水声侵笑语，岚翠扑衣裳"（《除官归京睦州雨霁》），谢灵运的"潺湲"用得太好了，他要继续用！于是，著名的《睦州四韵》将唐代睦州山水活画了出来，成为唐诗中的经典：

> 州在钓台边，溪山实可怜。
> 有家皆掩映，无处不潺湲。
> 好树鸣幽鸟，晴楼入野烟。
> 残看杜陵客，中酒落花前。

几乎所有的文人学士，都对严光崇拜之至，杜刺史也不例外。工作之余，他一定会去梅城下游三十里的严子陵钓台，除膜拜之外，更有对富春山水的流连。在杜诗人眼里，这两岸的山水，实在太可爱了，有白墙黑瓦，有茅屋人家，忽隐忽现，溪水潺潺，流过山石，漫过山涧，小鸟在茂林中幽幽地啼叫，日近正午，农户人家的炊烟袅袅升起，家家都住在风景里，而我，客居于此，真被眼前的美景陶醉了，我像一个喝醉酒的人一样，倒在了落花前。

据《严州图经》标注，梅城曾建有"潺湲阁"。

我幻想着走进潺湲阁。阁中，谢灵运、杜牧的塑像一定大大地醒目，是他们的诗，成就了这个阁。自然，沈约、吴均、刘长卿、王维、李白、孟浩然、白居易、苏轼，等等，这些历朝历代著名文人墨客抒写睦州山水的诗画，也都要一一展示。看那些诗，诗意画面感顿生；看那些画，画意却如诗般凝练，睦州的美丽山水，都如精灵般生生活化了。

想象不尽，一时竟有点恍惚。

3

现在，梅城进入了范仲淹的时间，他的任期虽只有半年，却翻开了睦州文化史上灿烂的一页。

范仲淹敬仰的大师韩愈，因为提了不该提的意见——谏迎佛骨，由吏部侍郎被贬至八千里路外的潮州，但韩愈并没有颓废，到潮州的第三天，就积极投入了工作，驱鳄鱼，办学校，兴水利，虽只有短短的八个月，却使潮州的山水皆姓韩，千百年来，潮州人民以无限崇敬的方式，纪念着他们的老长官。

巧的是，景祐元年（公元1034年）春，右司谏范仲淹，也是因为提了不该提的意见——反对宋仁宗废郭后，被贬为睦州知州。但范仲淹比韩愈幸运，睦州到京城开封的距离，要比潮州离长安近得多。

范仲淹到梅城，做下最重要的一件事，我以为就是建严先生祠并写记。

如本文开头述，桀骜不驯的严光，将脚搁在什么地方睡合适呢？"早知闲脚无伸处，只合青山卧白云"（林洪《钓台》），富春江畔，富春山下，此地正合适。中国历史上有许多著名的隐士，而以皇帝老朋友身份出现的，恐怕只有严光了，这大约就是后人无限崇拜的原因，高官厚禄，唾手可得，可他却弃之如浮云，他爱的是富春山上的白云，富春江中的清流。

古往今来，因仰慕严子陵高风而到钓台拜访的文人骚客，据记载的就有一千多位，他们留下了两千余篇称赞严光高尚气节的诗文。等范仲淹到严子陵钓台时，严光祠已经破败不堪，他必须马上做点什么，于是立即组织人员全力以赴修缮。并且，写下了著名的《桐庐郡严先生祠堂记》（据谭其骧先生考证，睦州郡也称桐庐郡），结尾有名句：

> 仲淹来守是邦，始构堂而奠焉，乃复为其后者四家，以奉祠事。又从而歌曰：云山苍苍，江水泱泱。先生之风，山高水长。

范仲淹不仅大修严祠，还为严祠的长久保护建立了制度，免除严先生四家后裔的徭役，让他们专门负责祭祀的事情。严先生的高风亮节,又一次被大大拨亮,先生之风,永世流传。

范仲淹在睦州的半年,诗情才情皆大爆发,他创作了一生六分之一的诗歌,比如《江上渔者》,活画出新安江富春江的日常形态:

江上往来人,但爱鲈鱼美。
君看一叶舟,出没风波里。

比如《潇洒桐庐郡十绝》,我最喜欢的四句:

潇洒桐庐郡,春山半是茶。
新雷还好事,惊起雨前芽。

清明前后,正是茶叶采摘季,范知州行走在他辖下的各个县乡,群山青翠,而春山的一半是茶,那春雷呀,你不要叫醒那些睡着的萌芽。

诸多日常,范知州都以诗歌的图像形示于人。

范仲淹之后,南宋的张栻也来严州任职,他继续将严先生的精神发扬光大,在梅城建起了严先生祠:

栻窃惟此邦炎所以重于天下者,以先生高风之所以存也。虽旧隐之地,祠像具设,而学宫之中丞尝独旷,其何以慰学士大夫之思,乃辟东偏肇举祀事。

在张知州的心中,严州之所以为天下人所注重,都是因为有严子陵。他看到的现实是,只有严先生的隐居地钓台才有祠堂祭祀,而我们州府所在地梅城，比如学堂内却没有祭祀他的地方，这怎么能抚慰士大夫们景仰严先生的感情呢？于是，他让人将学宫东侧偏房整理出来，用来塑像祭祀。

建德文史专家朱睦卿先生的老家就在梅城，他对这座古城的历史如数家珍，他告诉我，南宋时，梅城是有一处严先生祠，明万历年间移建到城东的建安山麓，光绪二年又南移至东湖之滨（现在的建德市第二人民医院大门之南），该祠结构弘敞，梅城人都叫它"严陵祠"。

自然，睦州人民也不会忘记范知州，桐庐建有范仲淹纪念馆，梅城以前有范公祠，现在也新建了"思范坊"。

4

说梅城，不得不说陆游。

其实，在陆游之前，宋仁宗皇祐元年（公元1049年），他的高祖陆轸就曾做过睦州知州。陆轸在明州、湖州、越州任上都留有良好的政绩，睦州任期结束回京，升任吏部尚书。陆轸七十七岁去世，朝廷赠太傅、谏议大夫。

梅城旧有"世美祠"，供奉着陆轸的遗像，陆游的《先太傅遗像》这样写："以公自赞道帽羽服像，刻之坚珉，慰邦人无穷之思。"从陆游的描写上看，他应该仔细观察过高祖的遗像，这像刻在坚硬的玉石上，道帽羽服，肃穆庄严，州人常常进祠膜拜缅怀。

陆游到梅城的时候，睦州早改称严州了。

南宋孝宗淳熙十三年（公元1186年），陆游出任严州知州，此时，梅城已经变成这个国家的重要城市了，被称为"京畿三辅"，是首都的直辖州府。陆游出发前，孝宗曾接见并勉励他：严陵山水极美，公事之余，卿可前往游览赋咏啊。年逾花甲的陆游在梅城做了三年的知州，公务繁忙，迎来送往不断，深感体力不支，他从心底里羡慕范仲淹，范是那么潇洒，还写十绝，而他却是"桐庐朝暮苦匆匆，潇洒宁能与昔同。堆案文书生眼黑，入京车马涨尘红"（《读范文正潇洒桐庐郡诗戏书》），颇有如现代公务员说的那种忙，堆成山的文件让人看得眼发黑，星期六一定不休息，星期日休息不一定。

虽如此，年老的陆知州依旧勤勉，他体察民情，极重视农事农耕，严州的各县乡，田间地头，经常有他的影子，仅我的家乡桐庐，他就留下二十多首诗，我最喜欢他这一首《渔浦》：

桐庐处处是新诗，渔浦江山天下稀。
安得移家常住此，随潮入县伴潮归。

严州这一片大地，处处都是怡人的景色，生机勃勃，有江有山，江是大江秀江，山是峻山俊山，真想将整个家都安在此，做个平平常常的老百姓。

宋王朝的吏部安排官员也有趣，宋理宗宝庆二年（公元1226年）十一月，陆家出了第三位知州——陆游最小的儿子陆子遹，也以奉议郎的身份知严州。

严州是南宋时期善本书的重要出版地之一，宋版严州本，"墨黑如漆，字大如钱"，校雠精良，刻印精细，是宋刻本中的上品。据资料，现存世的八十余种宋版严州本，多藏于国家图书馆、上海图书馆，皆为国宝级珍品，如《艺文类聚》严州本，为唯一传世刻本，弥足珍贵。

陆游自然十分重视出版业，他曾主持刻印了八十卷的《南史》，还重刻《世说新语》《刘宾客（禹锡）集》等。陆游父子，在严州共刻印了23种陆游的作品，总卷数达到341卷。《剑南诗稿》《续稿》《老学庵笔记》的初刻本，均在严州问世。

严州的出版业一直繁荣，延续到清代。

我们进梅城严州府路的青柯亭参观。朱睦卿指着院里那棵老桂花树对大家说：这里原来是严州府衙的后院，这棵桂花树，宋代就有了，估计在一千年以上，赵起杲就在这里刻印了著名的《聊斋志异》。

乾隆三十年（公元1765年），蒲松龄的老乡、山东莱阳人赵起杲调任严州知府。此前，他曾意外得到两册《聊斋》的手抄本，十分珍惜，后来，他又在福建和北京找到两个抄本，互相校勘，形成了一个比较完善的本子。他调到了有刻印传统的严州，一下子激起了要刻印这部书的决心。他请来专业人士担任编辑，多方筹措资金，十二卷本刻成。正准备续刻余下的四卷时，赵突然病逝在府学监督考试任上，他应该是牺牲在工作岗位上的好官。半年后，在朋友们的大力帮助下，十六卷本的《聊斋志异》终于完成出版。

因刻印书籍，本来就不宽裕的赵知府耗尽了家财，以致死后不能归乡入土。新安江畔有赵起杲的墓，不过，人们已无法确切知道它在何处，我猜，唯有浩荡的江水，陪伴着他那坟上的青青墓草。

5

三江口有座历史悠久的南峰塔，和梅城隔江对望。

南峰塔高约37.5米，七层八角，空心砖塔，内有盘旋楼梯通向塔顶。该塔差不多和梅城同龄，始建于三国，毁于隋，现塔为明嘉靖二十七年（公元1548年）重建，塔下有碑，碑文为明嘉靖都御史胡宗宪所撰。

我们登上南峰塔望远，乌龙山逶迤连绵而远接天际，富春江衔新安江、兰江阔波向前，塔下有硕大梅苑，白梅、红梅、青梅、花梅、蜡梅，五十几个品种，数千株梅花，将南峰层层点染。

梅花盛开的季节，这座江南古城的千年文脉和城脉似乎一下子被激发了，梅城的灵魂顿时鲜活无比。

天下梅花两朵半，北京一朵，南京一朵，严州半朵不。

南宋南京一九不严州丰不不。

南宋辖淳安建德桐庐分水寿昌遂安六县。我们从南京分水人也。我期待严州再发达。

戊戌荷月
陆春祥

娘家小院

世上所有的女子，都应该有娘家。

玉环楚门，山后浦15号，紧靠山，有座不老不新的三层楼房，从楼房平角望过去，宽大黄色寺院，檐角瓦楞微翘，风铃叮当声，伴着缓慢而呢喃的念经声，不时传来。那是静修的尼庵。茂盛的迎春藤，从楼房的栅栏里伸出丛丛绿意，走进门，一棵石榴，一棵蜡梅，一排山茶树，几株冬青，树枝亲密地搭掩出一条十几米长的绿道，楼房被忽略，小院直接将我牵引至院中的草坪。

一位高个白发老者，伸出双手，热烈地将我迎进小院。

我一屁股在桂花树下的休闲椅上坐定，伸个懒腰，开始仔细打量。桂树分两大杈，直摇上至二楼，树下一杆大阳伞，撑起一片舒适的天空，一张茶色玻璃桌，上面摆着馋人的食物，女主人——脸上挂着笑眯着眼的慈祥老太，嘴里也喊着欢迎欢迎，一边仍然往桌上端东西，碗和碟，大的小的。两位老人几乎同时安慰我：到这里，就像在家一样，随便，随便。我到达小院的时候，正是中午，一桌美食，狼吞虎咽。慈祥老太又捧出一小壶酒，一二三四，四只小酒盅里，浮着几朵碎金黄，这是桂花酒，绍兴加饭，酱暗色，温热。喝一口，醇，有甜味；香，桂花的香，淡淡的。

桂花树下喝桂花酒，小院待客的经典节目。这桂花，是上一年精心采制而成。沐着清风，轻轻地端起小酒杯，慢慢凑近鼻子，闻一闻，再端远些，又闻一闻，这是浓香过后，经过积淀后的那种香，还没往嘴里送，似乎就要醉了。

这是一棵著名的桂花树。说它著名,是因为主人家的老二,将它介绍到了好多公开的场合,此桂花,如清新靓女出T台,引人关注。

看老二怎样惦记这棵桂花树:

母亲将自己酿的米酒热好,把刚采做的桂花糖融到了酒里,满上了三盅花瓷酒杯,摆到了桂花树下的小桌上。阳光从桂花树叶间漏下来,在米色的桌布上一毫米一毫米微微移动,假如一毫米阳光是一段时光,我便随着这时光移动到了我的少年。

这棵树,还成了好几个地方高考阅读的练习题,让许多高中生费尽心思猜,猜写作者写桂花树的用意。

老二笑着对我说:桂花树是我少年欢乐的伙伴,也是我们家的成员之一,它还是我成长的见证人。如今,我已人到中年,而这棵树却越来越年轻,越来越让我感叹。

葛水平走进小院的时候,我已经微醺。慈祥老太又烫了一壶酒,把海鲜和千层糕又热了热,白发老爹端起小酒杯,不断地劝我们:就像在家一样,在家一样!同样的程序,此景正合"添酒回灯重开宴",只是我们不是白居易和朋友们离别,我们是相聚,我和彭程、龙一、蒋蓝等一群文友,相聚到楚门,到这家老二日夜惦记的娘家小院。

我们都赞白发老爹有风度。有风度的老爹,原来是楚门中学的数学老师,但他兼教绘画,还教音乐,钢琴、二胡都会。我们盛赞小院,老爹就和我们说起,为什么会选择这个地方造房子。

"三十八年前,我们造房子的时候,周围极少有人家,有人不理解,为什么要从街道中心搬到如此荒凉的地方?我就是想让孩子们拥有一个可以独立活动的院子。楚门是半岛,淡水资源缺乏,此处又是山腰，几乎所有的村民都不相信，我能在这里打出水。老伴在院子里扒开一点点泥土，将一只空碗倒扣，第二天起来一看，嘿，碗里都是水汽，这是土办法，却很灵光，说明下面有水。即便打井，人家也认为，不打个十米八米，不可能有水。谁想，井打到三四米，就有两股泉水直冒，大热天，泉水甚至喷起了烟雾。这口井，水清澈带甜味，我们一直用了三十多年。"

老人有三个孩子，老大老二都是女儿，除了一直陪着我们闲聊的老二，老大在北航做音乐教授，小儿子在杭州开公司，两外孙女，一个博士毕业留美就业，一个正在英国读硕士，孙女在省城的重点中学。从他脸上始终洋溢的笑容可以读出，孩子们的良好发展，是他幸福的源泉。

这个小院，应该是他们一家五口甜蜜时光的见证地。我进门的时候，看到一副对联：依金山千朵红花似锦艳，面银市万家灯火如画妍。横批：山乡乐园。背后的青山，如画的小院，房前的街道，大约就是老人的精神乐园了。老二说，这副对联是老爸自己拟的，多少年都没变，年年写，年年贴。我读对联，越读越切景，老人心态的宁静与平和，万分的满足感，都在字里行间微微跃动着。

慈祥老太从客厅里抱出一大堆零头布，微笑着问葛水平和陪同我们的玉环市文联主席李枝霞：你们要不要做件连衣裙呀？我手脚很快的，这种裙子，夏天穿凉快。

两位女士心花怒放，欣然起身去量尺寸，她们已经知道，慈祥老太是当年楚门街上有名的裁缝，她的手艺，数一数二。老二说，妈妈常常忙到年三十，把别人的衣服都做完了，才做她们姐妹的衣服。现在，妈妈年纪大了，仍然闲不住，还不时去逛布集市，每次都买回大量的零头布，做衣服送人。老二指指自己说，她身上的裙子，就是老娘做的，这样的裙子，老娘已经送出了两百多件。老娘现在的日常生活就是，念经，做衣服，喝咖啡。

老二的话刚说完，老娘就拎着一壶咖啡出来了。美国带回来的咖啡，现磨现煮的，她连问，口味怎么样？苦不苦？要不要加糖？

喝完一杯，慈祥老太笑眯眯紧接着又倒了一杯，我开玩笑，这一杯，就是四十元呀。一杯，又一杯，我听着院子里小鸟的啁啾声，一连喝了四杯。

白发老爹站起身，指点我看小院里的鸟窝。

"看，红枫的顶上，看清没？那棵枝杈上，是珍珠鸟的窝。这边，蜡梅树上，有两个，松散型的，不怎么精致，那是我替布谷鸟搭建的，它们每年都会来，拖儿带女的。这棵含笑树顶上，有一个白头翁的窝，窝里还有四颗蛋，想看看吗？"

白头翁？我知道，雀类的一种，性活泼，不怕人，难怪这么大胆。老人立即搬来梯子，我好奇登上，这显然是一棵精心修剪的含笑树，树顶比较平整，鸟窝隐藏在顶上的树枝间，不细看，还真看不出，轻轻拨开，我看见了鸟蛋，椭圆形，青色，像极了快要成熟的葡萄。我知道，小白头翁正在娘胎里沉睡着，看了一眼，不敢多惊动它们，迅速退下。

忽然，老二拿着手机，有点惊奇地站起身对老爹说：奇怪了，弟弟从来没写过东西，今天突然在群里发了一篇文章，你看看。

哈，弟弟在文章里写了什么呢？我凑近去分享，原来是写童年的感受和体验，但许多文字是写小院的：父亲举债三千买地盖房，把家建成了小花园；父亲批完作业去帮工，母亲日夜帮人做衣服，家里成了小型服装厂；小院里也常常有聚会，父亲拉小提琴，母亲拉二胡，学生们唱歌；父母有时带我们去周边旅游，让我们了解外面精彩的世界。四十多岁的弟弟，于是感叹：现在终于懂得了父母的用意和情怀，他为父母骄傲，他也为身为音乐教授和著名散文家的两个姐姐骄傲。

傍晚，我们走出小院，去往玉环市区。霞光中，回望两位挥手目送我们的老人，龙一感叹：真是一对神仙眷侣呀。

小院的主人姓苏，老二叫沧桑，看名字好像是已经活了几百年的古人物，其实是位漂亮温婉的中年女作家，吴侬软语，时不时会用鲜活的文字撩拨人的心灵，把一碗普通的海鲜面也吃成了浓浓的乡愁。高个白发风度翩翩的苏爸爸，今年七十九岁；微笑眯眼慈祥的苏妈妈，今年七十五岁。一对古稀老人，却不古不稀，全身散发出满满的青春气息。

苏沧桑的娘家小院，老人和小鸟一起居住，青树和鲜花和杂草一起呼吸，虽只是楚门街上的一个普通小院，却有着极佳的象征意味，小院在她梦中百般萦绕，它是中国所有女子都会惦记的娘家小院。

我和葛水平龙一萍程绍堂一起去沱桑老家,见到了沱桑一名字的命名者、苏老爹才沱桑呢,而沱桑正绽放着美丽。我们叫她弟小妹。她的娘家小院在玉狐梁门。

春祥匆匆记

寻一朵"心兰"

去瑞安，寻一朵兰。

1

南宋一片叶，这叶就是瑞安人叶适。

叶适出自苦寒贫家，居无定所，然年少聪颖，刻苦勤学，又多方拜师结友，终于潜修成学问大家。叶适亦官亦学，两次谪居期间，开馆授徒，著书立言，将永嘉学派集聚大成，名声与朱熹的道学、陆九渊的心学并列，终成南宋学派之大气候，对宋以后的中国影响深远。

暂且先让时光转回北宋。

杭州人沈括，在钱塘故里守丧期间，发现了毕昇的活字印刷，并写在了他的大著《梦溪笔谈》里，这是活字印刷起源于中国的铁证。我根据《宋史》判断，毕昇死后，他的印书馆被转让，毕昇的印刷设备被沈括的堂侄沈文通得到，文通曾经做过开封府知府，他的家人将活字印刷设备带回杭州，因此，沈括才有机会仔细观察和研究毕昇的活字印刷设备，否则，不可能记述得这么详细。

古代中国有了活字印刷技术，书籍传承才真正开始便捷起来。

许多时候，经济就是文化得以持续发展的重要推手，瑞安平阳坑东源村的王氏家族，他们自福建迁居而来，将木活字印刷家族谱牒这项重要的谋生手段悉心传承。他们深谙谱学，雕刻印刷手艺精湛，收入颇丰。古老技艺，不断焕发出新的生机。

高则诚是瑞安历史文化的一个重要符号。

高则诚，名明，号菜根道人，瑞安柏树村人。则诚和同时期的诸暨枫桥人杨维桢都是元朝初年的进士。元代科举极其难考，但难不倒高则诚和杨维桢他们。我们不去说高则诚的为官经历，只说他辞官归隐后写的《琵琶记》，此戏一反传统，将一个无情郎，脱胎改造成了无奈郎，别看这一字之差，蔡中郎的戏剧形象却是一百八十度大反转，由此也奠定了高则诚在中国戏剧史上南戏祖师的地位。连朱元璋也大为赞赏：五经四书，布帛菽粟也，家家皆有，高明《琵琶记》如山珍海错，贵富人家不可无！

自三国东吴赤乌二年（公元239年）开始建罗阳县，至唐天复二年（公元902年）改名瑞安，这座一千七百多年的浙南古城，一直是温州的中心，这里名贤辈出，文风鼎盛，书院众多，文脉长传。

在"东南小邹鲁"肥沃的土壤中，"心兰"的种子要开始萌芽了。

2

清同治十一年（公元1872年），中国历史上有两件事值得人记忆。

这一年的8月11日，陈兰彬、容闳，带领着詹天佑、梁敦彦等三十位第一批中国少年留学生赴美求知，这是第二次鸦片战争失败后，洋务运动中的一项重要强国措施。

这一年，在浙南瑞安这座小城里，"心兰"破土而出。这是一家书社、图书馆，这朵将要盛开的兰，与那些小留学生一样，在后面的二十余年时间里，以阅读开启国人的心智为主要目标，为普通民众增知而孜孜以求。

资金从何而来？这是一百多年前就非常先进的"众筹"股份制模式：

二十家各出钱十五千，集资共三百千，用于购置书籍。剩余集资款则购置了飞云江南岸的滩涂田四十余亩，以每年所得田息数十千，作添购新书及日常管理运营开支。

作为公共书社的运行，此种方法即便今天也不落后，它为"心兰"的盛开开垦了肥沃的土壤，阳光和雨水充沛，作物才能丰收。

心兰书社的旧墙上，八条借阅规则，依然散发着浓郁的书香气息：

一、每日阅书，上午九点钟起，十一点钟止，下午自一点钟起，五点钟止。

二、阅书人受授归原，均须经司书报人手，不得擅自抽插，随意转给，以致遗失。

三、阅书报人不得高声吟哦，恐声浪激荡，有碍他人思潮。

四、如欲借阅之图书现正有人阅览时，须待其阅毕，不得强索。

五、所阅之书，每次但取一本，阅毕然后换阅他本。

六、阅书能用摘录功夫最易获益。凡阅书有欲摘录者，尽可随意抄写。惟纸墨笔砚，皆须各人自备。书中不得加评语，亦不得加圈点。

七、阅图有欲影摹者，所用之纸，必先一验，方可影绘。因恐用纸太劣，则墨易透纸，或将原图污损故也。

八、藏书期垂久远，观书诸生，须知珍惜，倘有墨污，擅加丹黄，以及卷页缺少破损折皱，点检后，照原书计价赔罚，如有保状，保人亦一例议罚。

这心兰八条，和现代图书馆的管理极其相似，有劝说，有告诫，有鼓励，有惩罚。它用无声的语言告诉读者，这是一个阅读的地方，阅读需要极其安静的环境，书籍需要阅读者的悉心爱护，我们鼓励抄书，抄写是最好的阅读方法！

让"心兰"种子萌芽的，以许启畴为首创，陈虬、陈国桢等先后有二十六位进步开明人士直接参与。

许启畴（1839—1886），字拙学，号雪航。居瑞安大沙堤，工武术，精书画，著有《意园诗钞》，是浙南地区著名的中医师和书法篆刻家。设立"心兰"的倡议甫一提出，立即得到一大批瑞邑名流的响应。陈虬曾在1893年《拟广心兰书院藏书引》中说："吾友许拙学先生，于同治壬申尝首创心兰书社，同人以为便。"

陈虬说的"便"，是方便他们自己吗？是的，仅1885年至1893年的八年时间里，书社同人中就有七人蝉联五科举人，创办者本身就是受益者。

但又不全是创办者同人得便利，瑞安的普通百姓也都是受益者。心兰书社设立后，瑞安人买书、读报渐成为一种时尚，当时著名的维新报纸《时务报》的统计资料说，在县级行政区中，瑞安阅读报纸的人最多，一大批瑞安人外出求学，乃至漂洋过海出国留学。

许多杰出人才也都和心兰有关，如革命志士金鸣昌，杰出中医师何迪启、陈葆善等，以及并称"东瓯三杰"的陈虬、陈黻宸、宋恕。后来陈虬成为我国近代著名的改良思想家，与汤寿潜合称"浙东二蜇"；陈黻宸则成为我国近代著名的教育家、哲学家和史学家，被誉为"浙江大儒""史学巨子";宋恕则成为我国近代启蒙思想家。

3

戊戌初秋,一个阳光晴好的下午,我的思绪似乎还跳跃在东源村的木活字方格里,车子已将我带到公园路一带,市河边,大榕树下,一阵锣鼓声铿锵传来,我随即驻足,原来是市民业余剧团在演出,女主角演唱的绵绵声传来,那一定是赵贞女上京寻夫了。

瑞安公园路和邮电北路交界处,有一座中西合璧的精致老式建筑,这里就是心兰书社的旧址,外观的白墙灰瓦,大厅里铺地的青砖,古旧长桌,老式吊灯,灰扑扑的内墙,一切,都显示着它的古朴。

我一一细看。

大厅的南壁,有一块心兰书社的总序,主旨鲜明,这是中国最早的图书馆之一;大厅的北壁,则是一面浮雕,雕绘着心兰的创始人及读者借阅图书的场景。其他壁墙上,有多块展示图片,心兰的百年发展历史脉络清晰。那四只展柜,我又盯着看,里面都是当时所藏的各类书籍。

心兰的藏书,讲究中西结合。创办者清楚得很,封关闭国只能是国家落后的重要原因,国学自然重要,但西学同样能让人大大开阔眼界。这一本赫胥黎的《天演论》,是西学进化论名著,"物竞天择,适者生存",晚清知识分子如梦初醒。我知道,《天演论》正式出版在1898年,这一定是心兰后期添置的书。展柜上还有不少当时宣传变法维新的杂志,比如有章士钊任主笔时期的《苏报》,比如有黄遵宪、梁启超等主办的《时务报》等。

数十年的不断投入和积累,心兰书社的藏书已蔚为大观,达到

"寻常文史，略可足用"。

还有让我惊喜的。

大厅的北两侧，各有东西两个房间。东屋有个椭圆形窗口，伸进一望，里面有不少书架，架子上叠满了书，一位姑娘端坐着，她是图书管理员。姑娘告诉我，这里的书，和瑞安图书馆的图书打通借阅，2015年6月，心兰书社正式对公众免费开放，那时是每周三周六两天借阅，第二年一直到现在，他们都是每天开放的。再转到西屋，大吃一惊，这一屋子都是古籍呢，这是心兰的书吗？陪同我的王键先生笑着说：这是我收藏的呢，放到心兰展示的。

4

第一次见王键是在我的工作室，他来杭州参加《2016浙江散文精选》首发式，仪式结束后，他送了几篇稿子给我看，简短的自我介绍，我得知，他开有一家规模较大的物业公司，搞物业管理，坚持写作已经数十年。

王键的文字精练老成，文章也大气，看得出，他读书不少。

两杯清茶，心兰东边的阅览室里，我和他闲聊读书藏书，果然，这是一个爱书之人。

他告诉我，以前，他常到上海的文庙和徐家汇大木桥路的云州古玩市场去逛，还有杭州的二百大周六早市，现在主要利用网络拍卖收藏古籍。

我问：你收藏的古籍年份最早的是什么书呢？

王键答：南宋的"单刻小字华严经"，但只有一折。

我惊异：宋版书，价值连城呀！

王键笑笑：是的，这一折（一页）我买来就花了一万多呢。

我再问：还有哪些古书呢？

王键很有耐心地告诉我：还有元代的通志散页、明万历刻本《栾城应诏集》、清初《唐诗解注》、清《先贤赞像》拓本、清《多宝塔碑》拓本、清末精写本《空城计》等吧。

我知道瑞安名人辈出，又问道：你收藏的书里有多少是关于瑞安先贤的呢？

王键答：有好多啊。孙诒让的《周礼政要》《名原》《古籀拾遗》，姚琮的《味箪斋诗钞》等，这些都是自己比较喜欢的。我还有民国版的《瑞安县志稿》，共22册（28卷），这是老瑞安志里内容最翔实的一套，也是我写地方性文章的资料库。

我笑问：这么多年搜书，一定有很多好玩的故事吧？

王键：是的。几年前我买了一册《淳化阁法帖》拓本，当时颇不在意，后来空闲翻阅的时候，发现里面钤有一枚藏书印，原来这本法帖曾是清初徐乾学的藏书。徐乾学是清代大臣、学者、藏书家，顾炎武外甥，康熙九年（公元1670年）进士第三（探花），授编修，后升左都御史、刑部尚书。曾主持编修《明史》《大清一统志》等书籍。徐家有"传是楼"，乃中国藏书史上著名的藏书楼。所以这些都是我的意外收获。

我自语：哦，徐乾学，我知道，最近的电视剧《一代名相陈廷敬》里有他。

我还是有疑问：你为什么将这么多古籍放到心兰书社展览呢？

王键微笑：这里也是我们管理的物业，书总归是要让人看的，看的人越多，就越有传播价值，这样才有意义。

我相信他的真诚。这位心兰的守护人，除担任瑞安市作协的秘书长，十余年来，还担任瑞安博物馆之友联谊会的副会长兼秘书长，我后来又在瑞安博物馆看到他捐赠的包括瓯窑、越窑在内的十件藏品。

5

心兰书社不远处，就是心兰的另一位创办者陈虬创办的利济医学堂，这是中国第一所新式的中医学校。利济医学堂的对面，为大名鼎鼎的玉海楼，晚清经学、朴学大师孙诒让的故居，这也是与天一阁、文澜阁等齐名的著名藏书楼。孙诒让感于当时国势衰微，民智晦盲，毅然办实业、兴新学，瑞安学计馆（今瑞安中学前身）、温州中学堂等三百多所新式学堂都是他所兴办。

在心兰书社、利济医学堂、玉海楼里，我一直惊叹、流连、思索，为什么这么多和书有关的第一，都集中出现在小小的瑞安呢？

"心兰"之名，取之何处？

现在还没有确切的说法，不过，据王键认为，极有可能是取《易经·系辞上》里的"二人同心，其利断金；同心之言，其臭如兰"的心和兰两字。两人同心协力，力量足以折断金石；同心之人意见一致，就像兰花香味那样容易让人接受。

在东源村的中国木活字印刷展示馆里，我用木活字拓了四个字纪念：四时充美。句出《史记·李斯列传》，一年四季都美好富足，我非常喜欢。

天瑞地安。

大地上的这朵心兰，四时充美，芳香依然，这家中国最早的公共图书馆，犹如无涯书海里的长亮明灯。

讀書從來都是小衆的事，而壹百多年前，心蘭卻在最大程度上站大衆有了免費閱讀的平台。居然衆籌。

戊戌瑞安歸來
陸春祥

四時完美。

石上岩下

天地至精之气,结而为石。

缙云山孤石干云,可高三百丈,黄帝炼丹于此。

石 上

1

如果不是一场灵异事件,缙云这块挺天巨石,不会那么出名。

唐天宝七载(公元748年),对李隆基来说,是一个快乐的年份,他龙心大悦,加封连连。随侍左右的高力士,被封为骠骑大将军;杨贵妃的三个姐姐,分别被封为韩国夫人、虢国夫人、秦国夫人;贵妃的干儿子安禄山,竟然赐丹书铁券。他不知道,他的随性,他的短视,为强盛的王朝埋下了不可逆转的祸根。

又有喜事来了,处州刺史苗奉倩飞报:六月八日,我州李源溪上空,有彩云飘起,覆盖缙云山独峰之顶。云中仙乐响亮,鸾鹤飞舞。不久,就听那特起的孤石上空,山呼万岁者九,诸山皆有回应,从下午三点一直延续到晚上九点(自申至亥乃息)。音乐迷李隆基一听急奏,大为惊叹:如此美事,真乃我朝盛事,那里是仙人荟萃之都也!于是亲书"仙都"二字。宋代乐史的《太平寰宇记》和李昉的《太平御览》,都记载了这件事。

有了李隆基的"仙都"御笔,建县不久的缙云,和黄帝的关系,算是得到了官方认可。

2

其实，缙云是极有名的，因为它和黄帝紧密相连。

下面三种记载，都将意义指向了黄帝。

《史记·五帝本纪》说缙云氏是黄帝时的官名：黄帝受命，有云瑞，故以云纪事，他置五官，春官为青云，夏官为缙云，秋官为白云，冬官为黑云，中官为黄云。

唐代张守节的《史记正义》则直接说缙云氏就是黄帝：黄帝，有熊国君，乃少典国君之次子，号曰有熊氏，又曰缙云氏，又曰帝鸿氏，亦曰帝轩氏。

南朝刘宋裴骃的《史记集解》，又进一步考证了缙云氏的姓：缙云氏，姜姓也，炎帝之苗裔，黄帝时任缙云之官也。

我更愿意相信第一种说法的可能性。

这个号称缙云氏的官，或者这位官的后人，来到了南方括苍山脉的缙云，将黄帝的势力扩张至此，并结合缙云地理人文，制造了关于黄帝的所有传说。缙云县城就叫五云镇，缙，赤色帛，五彩祥云，一个很好的诠释。

3

如果没有那块顶天巨石，黄帝和缙云仍然没有太大的联系。

天地间，突地竖起了一块耸天巨石，它是云的根，灵气的精华，犹如天柱，天下第一，高170.8米，底部面积2468平方米，顶部面积710平方米。神奇的是，顶部树木茂盛，树林间还有一个湖，水深数米。坐看人间万事，仰望流云星空，这样一个与天相接的平台，自然应该是黄帝炼丹升天的极好场所了。

于是，黄帝与缙云、与巨石的联系产生了。这里，自春秋时期起，就与黄山、庐山并列，成为轩辕黄帝的三大行宫之一——三天子都，成为南方黄帝的祭祀中心。缙云堂，就是江南人民最早祭祀黄帝的建筑。李隆基题词之后，缙云堂索性直接改为"黄帝祠宇"了。

历代文人对"天下第一石"赞不绝口。魏晋南北朝时期，道教名士葛洪、陆静修、孙游越、陶弘景、徐则，等等，都在缙云山中传教，缙云堂名气极大。

山水诗鼻祖谢灵运，一见此石，从此心中念念不忘：漾百里之清潭，见千仞之孤石。历古今而长在，经盛衰而不易（《归途赋》）。本文题记中的第二句，则出之他的《游名山志》；他还在《山居赋》的自注中标记：方石，直上万丈，下有长溪，亦是缙云之流云。

我的桐庐老乡徐凝如此赞：

黄帝旌旗去不回，空余片石碧崔嵬。
有时风卷鼎湖浪，散作晴天雨点来。

徐诗的诗意广阔，黄帝升天后，只留下"片石"，这巨石，在巨人眼里，自然是小的片石了，但我最喜欢后面两句，朗朗晴日，大风从顶峰吹过，湖中的水浪，会散作雨点纷纷飘下。多么让人欢喜的场景呀，童真、童趣，只不过，它是由缙云山的风调皮捣蛋造成的。

4

此刻，己亥三月初十日的下午，晴空高照，我伫立鼎湖峰下，我在等缙云山的风，等它挥手落下的雨点。

此前的两天时间里，我已在心中和现场，试图从一千个角度，观察和想象这根擎天柱——鼎湖峰，为什么会生长？顶上有什么？柱石中心有多少隙缝？

站在朱潭山湖的丁步桥正中，水流急湍，昨天的雨下得挺猛，急流将双眼晃得有点颤颤的，不能久视。正望前方，鼎湖峰就在眼前，它特立独行，和群山格格不入，似乎伸手可揽，那光光的身子，顶上的树林如同发丝，总之，它像一根粗针，牢牢地钉在大地上，唯一的方法，用一只手，装作托住它的样子，留下你的影像，如此而已。

在太极广场，鼎湖峰则要低调许多，也许，它胸怀博大，想让身边的三块岩石，更加出彩一些。三岩石，也是三奇，左边一块，顶端长有一棵松树，树的造型，酷似繁体字的"华"，"华"通"花"，人们谓之"妙笔生花"；中间一块，似天狗喘月；靠近鼎湖峰的右边一块，似猫头鹰。三石各自向天，一个标准的"山"字，你，读者，游客，观望者，都是人，加个单人旁，那么，就是个工工整整的"仙"。李隆基没到过现场，不过，他的"仙都"，似乎正巧合。

鼎湖峰下有好溪，它属于瓯江的上游支流，以前叫恶溪，险滩遍布，水势湍急，段成式做处州刺史的时候，曾经对恶溪进行了大规模整治，恶溪就成好溪了。站在好溪的桥上，直面鼎湖峰，感觉它粗壮阳刚，鼎立如山，有一种大力士般的稳定。阳光下，它的倒影映在溪面上，就在我眼皮底下。鼎湖峰上的白云走得极慢，是那种无所事事的悠闲，鼎湖峰底部的水边，有数粒小白点，那是游人在戏水，石的巨大，人的渺小，竟是那么的明显。

黄帝祠中，瞻仰过黄帝，登上缆车，上步虚山顶，那里有个亭子，正对着鼎湖峰，我要从另一个角度，平视它。

终于，它完全出现在我的对面了。顶上树木森森，看不清是什么树，应该是一些平常树种，惊奇鸟儿的勤奋，是它们的不倦行动，使寸草不生的石顶，有了如此的生机。鼎湖，看不见，它隐藏在树林中，面积不会太大。湖有多深？水从哪里来？自然是天水，独峰上不会有泉。峰顶有野兽吗？湖里有鱼吗？一切，都让人好奇，深深地好奇。

从前有采药人上去过，巨石的腰间及峰顶，说不定有珍贵的石斛。现代有登山者上去过，据说是花了八个小时才攀上去的。石高任鸟飞，自然，飞鸟尽可以将它们当成乐园的。

峰顶上有什么，猜也猜不透，也许，这就是鼎湖峰的神秘之处。空山新雨后，云雾缭绕时，缙云山，黄帝祠，令人万般遐想。

石城，缙云的另一个称呼。

千岩竞秀，重岩叠嶂，我想到了《石头记》，想到了美猴王，想到了原始人汪洋恣肆的岩画艺术。岩石，就是地球诞生的最初状态。

小赤壁，婆媳岩，大肚岩，舅甥岩，缙云那些大大小小的岩石，似乎都在各自诉说着千万年的悠长故事。

画中：时光绿道，由此及彼

近云丽舍，在仙都景区的入口处，临溪背山，他们递给我一间"早起"的房间，不知道是不是有意安排，是想让我早起去看景吗？还是他们知道我有早起阅读的习惯？

晚餐后，我和裘山山，在友人的陪同下，走溪边绿道。

溪就是好溪。好溪连着段成式。

这些年，我一直沉浸在历代笔记新说系列的写作中，自然对段成式极为熟悉。段的文学成就巨大，他的诗，和李商隐、温庭筠齐名，《全唐诗》就收录其作品三十多首；他比别的文人更胜一筹的是，他还有一本笔记巨著，三十卷的《酉阳杂俎》，笔记中的翘楚。这书我至少读过三遍，我将其当作天书，内容繁杂，包罗万象，称它是一本博物的文学的辞典，也不为过。

唐宣宗大中九年（公元855年），五十三岁的段成式，从京城长安到处州任刺史。此前，他应该已经完成了《酉阳杂俎》的写作。有文学情怀的段，做事也挺有思路，他在处州最突出的政绩，就是治理水患，兴修水利。恶溪源出磐安的大盘山，段刺史科学决策，方案翔实，将水路疏浚和筑坝开渠相结合，不仅水路成黄金运输线，更使溪水浇灌大量农田，百姓受益一千多年。恶溪终成好溪。

我们走绿道，友人讲绿道。缙云的绿道建设，自三年前启动以来，已经有景城绿道二十二公里，乡村绿道五十二公里，山地绿道二百三十六公里，我们走的这条仙都风情绿道，今年获评浙江省十大最美绿道。

友人说，这条绿道一直走，直通缙云县城。晚风拂脸，空气沁人心脾，两边时有锻炼人群急急走过，跑过，他们都在吸氧——缙云的平均负氧离子含量，每立方厘米高达4600个。

次日晨起，我和王必胜，又沿着小赤壁下的绿道去吸氧。右边崖壁赭白相间，酷似长江赤壁，如焰火炼过，时有岩泉滴下，石壁上有不少苔藓，有的小如豌豆，但都有浓浓绿意。六百五十米后，转向大肚岩方向，一小女孩坐在绿道上，父亲在拍照，女孩身后，红蓝黄三条直线伸向远方。

绿道旁，好山脚下，有独峰书院。南宋淳熙七年（公元1180年），大儒朱熹在此讲学。出倪翁洞，有骑行驿站，右边绿道旁，一大片草坪醒目，阳光正好，几顶帐篷搭着，大人孩子追逐嬉闹，风筝在蓝天飞翔。

缙云绿道，是缙云的绿枝，有这样一个比喻，我以为十分贴切：缙云山是骨，好溪水是脉，以满眼满山的绿为底，王羲之、谢灵运、李白、白居易、段成式、李阳冰、朱熹、范成大、王十朋等历代文人雅士抒写缙云，自然就是绿道的魂了。

由表到里，如此底蕴深厚的绿道，也是千年时光的精神之道了。

由此及彼，我要去岩下了。

岩　下

1

岩叫百丈岩，数道飞瀑直接撞下山谷，白练如丝，险峰下的村子，自然就是岩下村了。岩下藏在括苍山脉的起始峰处，海拔六百多米，东临仙居，北接磐安，距缙云壶镇十五公里。

岩下有一条古道，从缙云到仙居，曰普通岭。但普通岭不普通，它在一千五百年前的魏晋南北朝时期，是条重要的盐道，婺州、处州到台州，盐夫们挑着盐，必须经过此地，然后通过水陆路集散。

自两汉开始，盐铁一直是国家专营，到魏晋南北朝时期，商品经济不发达，食盐更特出地显现着国家财政与社会发展的重要地位。浙东濒海一带，基本上都是盐业生产的重要基地，历朝都重视。

普通岭上下，常见的场景是，崇山峻岭间，古道蜿蜒曲折，两旁的树木交叉掩映，盐夫们挑着盐担，拄着搭柱，一步一步稳稳地走着，尽管重负，尽管艰难，几百米就需要补充体力，但他们的脚步却迈得坚实，担子上是他们全家的生计，唯有安全送达，才有生存的希望。一月一月，一年一年，他们从青年挑成了中年，从中年挑成了老年，挑不动了，儿孙们接着挑，一个朝代结束了，盐夫们的后代依然在挑盐。

望着百丈岩上飞溅下来的白练，踩着盐夫们走过的古道，我的思绪也随古道向前延伸，一直延伸到东海边，盐田上。

2

朱元璋的孙子建文帝朱允炆继位后的第四年（公元1402年）七月，就被他的叔叔朱棣打得不知去向。而这一年，有个叫朱庆的朱姓人士，率着族人，迁居到岩下建村。朱姓是明朝的皇姓，但不是朱皇帝的后人，他们的始祖，是五代梁太祖时期的朱国器，曾任山东淄州刺史，后被贬为永嘉司户，后人就一直散居在南方各地。

朱氏宗祠，坐落在岩下村南的显眼处，从祠前往上走，就是普通岭。三进两院的宗祠，精致灵巧，外墙正面青砖，其余立面均为石砌。现有祠堂建于1683年，三百多年来，也算经历了不少世事的沧桑。这里是朱姓后人议大事断家务的权威所在，一个决定的作出，如同那些石头一样，坚固而不可更改。

下午四点，我在村口朱伟萍的烧饼店前停下脚步，肚子并不饿，但我还是特意买了一个烧饼，为的是和她闲聊而不影响她的生意。五十来岁的朱，几年前做出了回家做烧饼的决定，当然，这个决定并不需要放到祠堂去讨论，现在看来，回家十分正确。岩下村每年约有十万人来玩，以前她在外面做烧饼，现在家门口就能赚钱，外面卖八块一个，家门口五块一个。不要小看这缙云烧饼，松脆香软，诱人得很。友人说，缙云烧饼已经在全国开炉烘烤，十八个亿的产值让缙云烧饼风光无限。

3

初次踏进石头村，到处都是风景。

山高路远，岩下村的朱姓后人，修路造桥建房，均就地取材。里坑溪、百丈前溪、岩下溪，还有那深深的大山，溪中山上，到处都是石头，大小不一颜色各异的石头，极好的建筑材料。削去棱角的乱石，一一堆叠，它们变得十分听话，尽管有些小缝隙，但都互助团结，组成牢固的联盟。看那些门梁，竟然都是长条青石，尽管不规则，却也是石头中的杰出者，它们的肩膀宽阔，担着比别的石头更重的大任。石头房冬暖夏凉，极具艺术气质，我们走进岩下村，仿佛进入古希腊古罗马的城堡，神秘而新奇。

看一个村子有多古老，有时候只要看看村里的树就行。里坑溪边，毛竹山下，四棵红豆杉，一棵香榧，粗壮茂盛，它们都和岩下村同龄。这应该是建村之始就栽下的。古树会说话,有思维,它们见证了岩下村六百多年的风雨,如今依然葱翠,迎接着四方纷至沓来的游人。

几乎家家门前,都挂着像鲳鱼形状的扁笋,大小不一,扁扁的身材,白白的,一个个在风中招展。它们是经过煮熟压干后的嫩笋头,经过阳光的热烈拥抱,挤去所有水分,就可以长久保存。这种笋干,四季可吃,经过水的复活,味道依然鲜美。

岩下村周围的大山里,有三千多亩竹子,竹子长在山上是风景,清明时节,黄泥土深处,竹笋露出毛茸茸的惺忪个头,胖乎乎傻乎乎,它们东蹲西卧,个大鲜嫩,几成独特风景。砍回来的成年竹子,可以制成各种竹工艺品。听说,壶镇有一个青年电商,专卖那种挠背上痒痒的俗称"不求人"的竹制品,一年就卖了一千多万。

在岩下村,人也是风景。

楼下明堂,一座石头老屋,建于康熙年间,十八间房,七百多平方米。两位老婆婆坐在屋角突出的石垛上,她们眯着眼,看来来往往的行人,我们站在边上和她们闲聊,一问,银白发老婆婆已经九十三,花白发老婆婆也已八十四。我们夸银白发婆婆长寿,也夸花白发婆婆健康,银白发却笑着说,她娘才长寿呢,前几年刚去世,一百零八岁生日过后去世的。王必胜看着银白发婆婆,赞她穿着的北京布鞋,银白发婆婆调皮地要求和他换鞋,必胜兄笑了:老太太,我有脚臭!银白发婆婆说我不嫌。必胜兄后来和我们说,老太太手劲挺大!

与世无争,静看人生,石头村的日子,不会催人。

4

我们住村头的民宿"岩下时光"。

黄昏中,门前那棵枯了的枫香树迎我进了院子。枫香虽枯,却有生机,细看,原来是粗壮的凌霄藤,已经长出了朵朵新叶,它们枝枝蔓蔓,纵横交错,依偎着枫香,散发着春的气息。

岩下时光,由一所小学的旧校舍改造而成,学校的操场就成了一个非常舒适的院子。青石板走道的左边空地上,种着一些芥蓝、青菜之类的蔬菜,右边有一排桂花树,两边的草坪上,青草长短不齐,高大的盆景正在泛青。这个院子在眼下四月的春光里,正灿烂着笑脸。

清晨六时,我站在二楼的走廊,望山的深处,前方山峦间,薄雾层层,整个石头村很安静,偶尔几声鸡鸣犬吠,石桥上有三两早起的人们经过,他们往山里去,内心笃定,做着未完的各种琐事。溪水很热闹,淙淙作响,它们是好溪的支流,从岩下村奔涌而出,汇入好溪,尔后,再一直流到瓯江。

封溪桥边,我碰到了昨天下午为我们导游的小金,她背着儿子,正要去浦江,说去学习。她没有导游证,昨天为我们解说的导游词都是她自己写的。她从百丈岩上面的岩背村嫁下来,1976年出生的她,有两个儿子,大儿子已经在杭州师范大学读书。她匆匆和我告别,司机催着她上车。

看着小金匆忙的背影,我思忖,岩下村古老的气息里,亟须新鲜血液的输入。年轻人回家,山也熟,水也熟,石头更亲,石头的家园,一定会生机无限,盛放出五彩祥云般的花朵。

己亥三月初十晨六时半，我在"严下时光"接到陆地喜报：六时十七分，小瑞瑞来了，顺产，六斤二两，母女平安。这是她奶奶早就取好的小名，我祥她瑞，我可爱的金猪宝贝。

端。大名、陆修蕴、陆地自拟。

哈，他女儿，我不干涉。此前，老

夫已替孙儿拟名"学而"，陆

学而，男女皆可。学而时习之

不亦悦乎？者夫陆愿修蕴

自由生长，健康平安。

绪云采采即

陆春祥记

在日照，问候灰陶尊

1

这是一场普通的宴会，主角乃齐桓公、鲍叔牙、管仲、宁戚。酒酣兴浓，齐桓公对鲍叔牙说：为什么不说几句好听的话助助兴呀？鲍叔牙随即上前：主公呀，您不要忘记当年逃到莒国，寄人篱下的日子；管仲呀，您也不要忘记绑在囚车上等死的时候；宁戚呀，您更不要忘记赶车喂牛的时光，千万记着自己的出身！

鲍叔牙像吃了一串子的枪药，但齐桓公却出了一身冷汗，头脑顿时清醒不少：是呀是呀，我们不能花天酒地，我们君臣都要记住鲍叔牙的话，齐国才能振兴强大。接下来，著名的成语诞生了：勿忘在莒。我们不要忘了在莒国的日子。

莒国的日子是什么样的日子呢？齐桓公的脑海中，各种难受立即如影一样袭来。鲁庄公八年（公元前686年），齐公子小白，因内乱而跑到莒国避祸，自然，还有一帮追随他的鲍叔牙们。生活虽不至于贫困，但那种寄人篱下的日子，也不好受，细节不堪回首。

而当时的莒国，虽是小国，力量却不弱，鲁国也要和它结盟。我在莒县城西的浮来山上，看到那棵著名的长寿银杏（近四千年）树下有块碑，就是公元前715年莒鲁会盟碑，《左传》上明确记载着这件事。莒国不强大，鲍叔牙也不会带着公子小白跑去避难。

在公元前431年被楚灭国前，东夷小国莒一直繁荣，夏为莒部落，商属姑幕国，周为莒子国，历史悠长。再往前说，在新石器时代，莒地就有独特的文化。

2

己亥四月十四日上午，日照市莒县博物馆，我伫立在灰陶尊前，向它致以诚挚的敬意，感谢它为我们带来的原始汉字文明。1976年，它出土于莒县的陵阳河遗址，是新石器时代大汶口文化的重要遗存。

人们注意它，并不仅仅是陶的材质或者是尊的形状，而是它身上的刻纹，不，应该是刻文，文字的文，它已经具备汉字诞生前最初的原始意义，且是复杂的多种意义。

灰陶尊，看着像一个大陀螺，51厘米高，口径30厘米，壁厚1.5厘米，腹下饰两周凸弦纹，腹上就是刻文图形，我来仔细描述一下这个"文"：

文分上中下三部分，上为空心圆圈；中为空心往两头略翘的抛物线，也可以理解成一横；下为中空的五角方形冠。专家们的解读是，上，表示太阳中天，中表示云彩，下表示山峦，但对于太阳出现在什么时候，却有不同争论：有人认为，这是一天中太阳达到的最高位置；有人认为，这是早晨太阳冉冉升起在山岗上的景象。由于一年中，中天太阳的最高和最低，分别对应着夏至和冬至，因此，也可用这种方法来确定二至的来临。而夏至和冬至这两个节气，在莒地，都有祭日、祭天的习俗。专家们推测，这个陶文，实际是用来祭祀夏至和冬至的祭文。

专家们依据《周易·离》对日中的解释，推测出这个陶文读"昃"（zè）：日中则昃。但是，我再查了查，发现，这个"昃"字，古汉语表达的却是"太阳偏西",有成语"昃食宵衣",形容君主很勤奋,太阳偏西才吃饭,天未亮就起床。而认为是早晨太阳的专家,则将这个陶文解读为"旦"字,很显然,日出地平线,也有专家解释为"炅""昊"字,但不管哪个字,它都和日照有关,至于太阳在天空中的具体角度,相差的时间,则不用太较真。它表明,莒地的先民们,早在五千多年前,就能通过太阳发现春夏秋冬四季的天文现象,莒地农耕文化的发达,灰陶尊上的陶文足以证明。

3

让莒民们自豪的是,灰陶尊上这个和"日"有关的字,虽不能完全算汉字,却是中国文字史上的始祖,第一个"太阳"表达。它早于甲骨文一千多年。我认同这种说法,在"日照"说日,特别有意思。

世界各地都有太阳神崇拜,最近两年,我就数次和它亲密接触。

去年九月底,我去宁夏贺兰山下看岩画。太阳神是岩画的标志。这太阳神,神就神在如铃的双环眼,光芒四射;头部圆状,顶部也呈光芒放射状;两只耳朵,如帝王蟹的大螯,折起坚硬挂下;鼻子和嘴唇处,和人一样,没有十分特别。这个造型,即便今天看来,也极为新颖奇特,没有超一流的想象力,绝对画不出来。

在先民们的认知里,有了太阳,就有了一切。

中华民族的祖先黄帝炎帝,都和太阳有关,黄者,光也,黄帝就是光明之神;炎者,日也,炎帝更是太阳神的化身。在中国其他地区,也多有太阳的图腾崇拜,仰韶文化的彩陶制品中,有大量的太阳图；马家窑文化的彩陶中，也有不少太阳纹饰图案，去年六月，我去四川广汉三星堆，看到了让人震撼的五辐太阳轮，轮形器的中间大圆犹如太阳，五根放射状直条极像太阳的光芒，而整个五辐轮，就是太阳。

4

据《山海经》记载，日照就是太阳神诞生的地方。

《山海经·海外东经》："下有汤谷，汤谷上有扶桑，十日所浴……有大木，九日居下枝，一日居上枝。"意思是，黑齿国的下面是汤谷，汤谷上有一棵扶桑树，那里是十个太阳洗浴的地方。水中那棵大树，下面的树枝上住着九个太阳，上面的树枝上住着一个太阳。

《山海经·大荒南经》："大荒之中，有山名曰天台高山，海水入焉。东南海之外，甘水之间，有羲和之国，有女子名曰羲和，方日浴于甘渊。羲和者，帝俊之妻，生十日。"最荒远的地方，有一座高山，名叫天台山，海水从这座山流入。东南海的外面，甘水的旁边，有一个羲和国，那里有一个名叫羲和的女子，正在甘渊中为太阳洗澡。羲和是帝俊的妻子，她生了十个太阳。

而据《尚书·尧典》可知，羲和浴日的汤谷，就在嵎夷，孔安国注说：东夷之地称嵎夷。也就是说，位于山东东部沿海的汤谷，是上古时期羲和族人祭祀太阳神的地方。那棵扶桑树好高呀，高达三千里，沿着扶桑树，可以一直爬到天上去，而树上则常年住着十个太阳，每个太阳出去工作一天，其余九个休息，天下四季平安，万物生长正常，要不是住在树下的九个太阳不听指挥，硬要和树上的那个太阳一起出去工作，也就不会大地焦烤，民不聊生，难怪天帝生气，派后羿将九个不听话的太阳干掉。

我相信，这样的神话，在商周时期一定到处流行，不然，我就不会看到三星堆那一棵太阳神树了，神树上现存九只"金乌"，从结构看，显然少了一只，"金乌""赤乌""阳乌"，古代都是指太阳。

各种美好传说一再表明，日照，既是东夷文明的摇篮，也是东方太阳文化的发源地。

5

如前《山海经·大荒南经》所述，天台山是东夷古人祭祀太阳的场所。

天台山因《山海经》而成名，在日照市东港区涛雒镇的南面，又称扶桑山，海上仙山。

去年，差不多一个月的时间，我一直在古印加帝国中的"太阳城"——马丘比丘（参见美国作家金·麦夸里的《印加帝国的末日》）徘徊遐思，现在，我去海上仙山，观赏关于东方太阳城太阳神崇拜的一系列传说遗迹。

这里显然是数万年前远古时期先民们生活过的地方，看，这个沙发形状的石椅，非常豪华，两边扶手特别粗，如动车上商务座的那种靠椅，石椅靠背上，刻着光芒四射的太阳图案，线条深纹清晰。我笑了，稍微布置一下，现在坐着也非常舒服。什么人能坐这个位置呢？十有八九，这是太阳部落的首领专座。哈，首领稳稳地坐在上面，一板一眼地发话了：今天开会，专题研究一下，咱们今年祭日祭天的具体安排。我抬眼四望，还有石砌的图腾柱，石头房基，石盆，石斧，石臼，旧石器时代的遗迹随处可见。

当然，汤谷是最重要的地方了，天台山汤谷中有太阳神石、太阳神陵，还有商王到东海来祭祀太阳神留下的石刻岩画。汤谷中还有祭祀羲和与女娲的老母洞，虽然有修整痕迹，看上去也相当神秘。

对天台山的崇拜，也少不了那些方士道家。

这几天正看新版电视剧《封神演义》，我以为，剧中的苏妲己呆板有余，神韵不足；姜子牙外拙内聪，活灵活现。而在日照，到处能听到看到姜太公，太公岛、太公路、太公的各种传说，特别亲切。昨天晚上，我们看"海之秀"大型灯光秀节目，"姜太公"在广阔的夜空中闪亮登场。节目演绎了这样一个故事：很久以前的日照海边，渔民们捕鱼为生，他们勤劳善良，崇拜太阳，一个叫水娃的男孩，打鱼过程中救了龙女，两人产生感情，而龙王大发雷霆，并百般刁难阻拦。终于，水娃在姜太公与太阳鸟的帮助下，经受住了考验，与龙女幸福地生活在一起，渔民们也建立起了美好的家园。灯光熄灭，人们纷纷起立鼓掌。姜太公，太阳鸟，日照人民喜欢的吉祥符号。

每年的农历六月十九，日照都会在天台山顶举行太阳节，行鞠躬大礼，敬献祭品，恭读祭文，敬献鼓乐，向太阳表达万分的虔诚和尊敬。

而在太阳文化博览园的太阳神殿内，你可以探究太阳的各种神秘和传奇，生命之光，炎明之光，多彩之光，幽寒之光。神奇的日光，人类文明的摇篮。

6

在日照，除了问候灰陶尊，我还去问候了著名的高脚蛋壳黑陶杯，它是龙山文化的典型代表和巅峰之作。

山东散文名家丁建元先生，老家就在日照，对日照如数家珍，他陪我去看两城镇遗址。

东港区两城镇，巨大的黑色陶甗、巨大的蛋壳黑陶、巨大的米黄色陶鬶——闪过，在它们的一路指引下，我们来到隐藏在一片村落中的遗址。已经发掘的数千平方现场，上空遮盖着顶棚，四周被铁丝网拦着，一片高高低低的黄土坑，实在看不出什么。先前挖掘出来的三千多件文物，据说都已经分散到全国各地的博物馆了，日照博物馆居多。

这个遗址，其实规模极大，它是龙山文化的第一个典型遗址，全国重点文保单位，总面积达112万平方米。1934年，著名考古学家梁思永等人首次发现；1936年，当时的中央研究院历史语言研究所正式开始发掘。遗址的文化堆积，以龙山时代为主，还有少量的周代和汉代遗存。

两城镇遗址发掘出来的东西，最多的是玉器、石器、骨器；兽面玉锛，部落首领的权力象征，精美绝伦。陶器也非常丰富，尤以黑陶为主，蛋壳杯是突出代表，已经被中国国家博物馆收藏。还有小麦、大豆、稻谷、粟、猪骨架遗存，酿酒的漏盆，则将中国的酿酒技术提前了两千年。远望遗址，一时想象不尽，那些桑叶树下面，那些长着庄稼的地底，深埋着一个四千八百多年前的古城，考古专家推测，这极有可能是当时亚洲最大的城市。

我们去陶艺专家刘加东的两城黑陶厂参观。

那些现代的黑陶产品，我几乎一点兴趣也没有，我的兴趣点，直接看仿古的蛋壳杯。高个子刘加东，1991年开始从事黑陶研究和制作，是中国黑陶艺术专委会的理事，首席设计师。除了常见的黑陶，他还制作有灰陶、褐陶、红陶、白陶等多个系列的两百多种产品，喏，那个白陶鬶，特别显眼：三脚圆肚，尖嘴突出，陶面圆润。

蛋壳黑陶杯，既然是标志产品，自然也是刘加东的研究重点。

我面前的这只蛋壳杯，薄如纸，黑如漆，明如镜，硬如瓷。如蛋壳一样薄，名称定义就将这种黑陶的特征作了定性。我好奇，这么细腻的杯壁，使用黏土的颗粒直径应该极小极小，现代用丝网过滤一下就可以，那么，四千多年前，那些艺人如何过滤陶土？还有，陶的烧制温度在九百度以上，这蛋壳杯的下端居然有这么多的镂空！温度如何控制？如何雕刻、造型？即便现在，也需要极高的水平才能制作出来，无法想象。刘加东做的蛋壳杯，仿真度极高，他说，他的作品，如蛋壳杯、白陶鬶、陶豆等，已经被日本国家博物馆、美国芝加哥博物馆等收藏，2003年，中国驻马来西亚使馆，还将蛋壳黑陶杯、龙瓶各一件，送给首相做生日礼物。

蛋壳黑陶杯，灰陶尊，我与它们倾情交流，我闻出了陶土中所散发出的那个时代的高度文明气息，一时陶醉。

7

东夷小镇，日照精心打造的滨海特色小镇。小镇由四个小岛屿组成，水映蓝天，绿荫簇簇，恰似黄海边漾着的一艘候风起航的帆船。走进小镇，东夷文化和海洋文化完美融合，日照的远古和现代皆扑面而来。

我住东夷小镇的得驿伴海庭墅，凌晨四点二十醒来，一看窗外，天空已经发亮，太阳就要升起。心里感觉有点奇怪，日照的天亮得这么早吗？躺在床上，再也不睡，听鸟声啾啾，也听偶尔传来的三两声鸡叫。

早餐时，建元兄问我昨晚睡得如何，我说了疑问，他一听就笑了：咱们日照，以前有句老话，更夫打更，不打五更。五更时天就亮了。

哈哈，我恍然，难怪，日出初光先照，日照的太阳真勤奋，比别的地方都起得早，那光，也是四千多年前灰陶尊上的日字陶文透过时空发出来的光芒。

看友陶尊，思商汤王澡盆上之箴言：

苟日新日日新又日新。

太阳出来日日新。

日照归来

陆春祥

和谢在杭一起游太姥

出生在杭州的福建长乐人谢肇淛,字在杭,我与他神交已久,他的笔记名著《五杂组》我至少细读过两遍。万历己酉年(公元1609年)二月中旬,谢正好在老家丁忧,其间,他和几位朋友去游太姥山,《游太姥山记》详细写下了游玩的地点路线以及当时的心情。现在,我就跟着他去游太姥。

谢在杭一行游太姥,差不多费时五日,而我只有大半天,显然是蜻蜓点一下水,只能拣印象深刻的略说一二。

1

太姥其实是一个人,种蓝为生,人们叫她蓝姑。有一年,当地发生疫情,蓝姑用山上的茶叶熬成汤,救了无数人。蓝姑积德升仙,成了太姥娘娘,她升仙的地方,就是太姥山,又叫才山。

己亥五月十四日上午,阳光热烈,我们的车子在连片的栀子花丛中盘行,向太姥山核心景区进发,浓郁的花香从窗外钻进我的鼻子,福鼎的栀子花已经成为产业,有几万亩,如此多的栀子花,似乎都带着太姥娘娘的体香。

现在,我站在国兴寺的遗址前仔细打量。七根打磨精制的石柱在蓝天下挺立,一株千年苏铁依然茂盛,数千平方的遗址,长短不一的石条、石雕、石槽等,杂乱横陈,古井无波,杂草摇曳。三百六十根石柱只剩眼前这七根,看着这废墟,震撼而略有心痛。

寺毁于南宋淳祐甲辰年间（公元1244年）的一场大火，繁荣和湮灭，似乎只是瞬间的事。不知为什么，从行程看，谢在杭在此曾歇脚一夜，却只有短短的一行字："寺创于唐乾符，故甚宏丽，今其遗址犹存。"我揣摩良久，大概，他写多了古人事，今天只想和朋友们开心游玩，不想再去回忆吧。

九千万年前，地壳运动进入燕山期，东南沿海一带火山岩剧烈喷发，天崩地裂，板块互相碰撞挤压，山变成海，海变成山，于是造就了这座千岩竞秀的太姥山。游太姥需要胆量和想象，古藤如柱，蟠蜒绝壁，幽岩秘壑，石壁罗立，你得小心再小心，石头与石头之间，也许就是一个深邃的无底洞，底下连着大海，谢在杭就告诫不要乱钻岩洞："僧言，往年有新戒坠井者，三日浮尸官井洋而出。"夫妻峰，九鲤峰，金龟爬壁，一片瓦，锯板峰，这些岩石都是太姥山的标志象征，看着它们，你只会发现自己的想象力枯竭。看，此刻，我、王祥康兄也和谢在杭一样，仔细端详着眼前这锯板峰：两片锯开的石板，薄细而宽大，极好的板材，另外三片，墨线已经打好，只等仙人来锯，哈，真的很像。

然而，岩石的形象，只不过是人们的"形似强名之耳，山之奇胜固不在此"，谢在杭的如此判断，我深以为然。如果仅仅局限在岩石的形象上，那是没真正看懂太姥山。太姥就是一个活生生的人，她扶危济困，她给人毅力和力量，她停伫东海边，日日听海，看沧桑巨变，观人世谢替，从容淡定，风雨不动。

而我们，和谢在杭一样，山川无穷，杖履有限，唯有爱之惜之。

2

谢在杭一行是二月十九日出发游太姥的。第一日午饭后，太阳晴好，晒得人有点犯困，而他们经过一个叫胡坪的地方时，"正值畲人纵火焚山，西风急甚，竹木迸爆如霹雳"。这些畲人，就是现今主要居住在浙闽粤等地的畲族百姓。

从太姥山下来，我们走进山脚的才堡畲族村，蓝姑就是他们的祖先。蓝溪环绕，河水清澈，游鱼自在，这里有距今三千五百多年的青铜器时代聚落遗址，茶园边，青年男女对着茶歌，高声入云。种白茶，喝白茶，在福鼎的三万多畲族人，他们大多集聚在山边海边，以茶为业，以海为生。

相传，蓝姑当年救人的茶，就是白茶的始祖绿雪芽。此茶早于大红袍，唐代陆羽的《茶经》，清初周亮工的《闽小记》，均有记载。

我在太姥山一片瓦景区的大岩石下面，看到了一棵三百多年的绿雪芽老茶树，岩石下，枝叶茂盛，轻风摇曳，但枝干并不粗壮，然而，就是这棵老白茶树，福鼎现今的三十多万亩白茶，均和它有关，它是母树，始祖。

在福鼎的日子，就是聊白茶喝白茶的日子，时光和淡黄色的茶汤融为一体。

在天湖茶业，我们体验了四十分钟的"绿雪芽申时茶会"。静坐，吐纳，冥想，一盏茶，一盏茶，又一盏茶，一共七盏茶，从第四盏开始，背上额上始有微汗冒出，每盏茶七十多毫升，盏与盏之间，是无声的味腔连接，至第七盏饮完，五百毫升绿雪芽入肚，全身大汗淋漓，通体舒畅。冥想间，我端坐在太姥山顶，苍穹下，岩石上，面对着太姥娘娘的无限慈祥，试着和谢在杭他们愉快交流。山静似太古，日长如小年。

白茶大镇点头镇，六妙庄园茶的仓储令人震撼，几千平方的专业储柜，大的可以储上百千克，小的只储数千克，不仅满足自身需要，也向其他茶户开放寄存，这就是一个白茶银行呀，仅点头镇，就有三万多亩茶园，茶叶的存储显然至关重要，关乎口味和品质。

车子从六妙庄园再往山顶盘旋，那里是名气响当当的纪生缘茶园。老板纪相炳，二十多年前在天津创业，靠着小店铺起家，将白茶卖到了数十个省份，硬是打拼下了福鼎白茶的一片天地。如今，他又回家乡创业，思路显然开阔许多。在山岗茶园，我栽下了一棵白茶树，应邀题写"贞之以白"，要保持白茶的品质，"贞"是我的希望。纪相炳目光远大，他知道，从此后，我们一直会惦记这棵远方茶树的，关注它的成长，也就是关注福鼎白茶。

现今，喝白茶已经是一种时尚，英伦哈里王子大婚时，他们选用的茶就是福鼎白茶。福鼎有三十多万亩白茶，百分之八十的人从事白茶行业，福鼎就是白茶，白茶就是福鼎，这只白茶大鼎，在中华茶大观园里，已经举足轻重。

3

中饭后，谢在杭他们登上了摩尼宫边的石岩船，"凭高四望，海色际天，崳山、秦屿诸岛出没波心，若鸥凫泛泛耳"。

此刻，我们的船，正向浮在东海上的那只海鸥——崳山岛（也称福瑶列岛）驶去。

二十分钟后，崳山岛就在我们脚下了。

嵛山岛二十多平方千米，五百多米高，一个镇的建制，下辖五个行政村，五千六百多人。早在北宋初期就有人迁入，岛上有妈祖宫、天福寺、白云道观等古迹。它是个传奇的岛，奇在岛上有名为日、月、星的三个天湖，蓄水量达160万方以上，更稀奇的是，它们都是淡水湖。淡水哪里来？我相信这一种说法：嵛山岛和太姥山，本来是连体，九千万年前的那场造山运动，将它们分割开来，而它们的根，依然是一个整体。这就是说，岛上的淡水天湖，再怎么干旱，都不会枯竭。而且，山下日光普照，山上云雾缭绕，不断的云雾也是水自然的保护者。

　　我们在浓雾中静观大天湖（日湖），水清如镜，微波漾起，湖边长着鲜灵的各色野花，一株野百合两瓣低垂，没有开花的样子，像极了害羞的少女。

　　藏在山顶的万亩草场，也是嵛山一绝。这连绵不绝的草场，似乎有让你置身广阔无垠大草原上的恍惚。植物学家说，海蚀地貌上也生长着如此茂盛的水草，在中国可以说是绝无仅有。大海中的牧场，深深藏着自然的诸多秘密，令人遐想无限。草场下方，浓雾罩着小天湖（星湖）不见踪影，遗憾间，浓雾似乎知我意，星湖渐渐露出清秀温婉的一角，正赞叹，浓雾又迅速盖上来，几番来回，只见星湖模糊的亮倩身影，始终不见它完整颜容。

　　除《五杂组》外，谢在杭还写有《太姥山志》，我翻读山志，他显然没有到过嵛山，只是在太姥顶上指点远望，或者想象，他一定看不见深藏着的三个天湖，我比他幸运。

　　夜宿月亮湾清溪阁，淙淙流水，石蛙伴鸣，明月高悬海上，房外成片的艳山姜怒放着白色的花朵，满阁沁香。

　　太姥听东海。白茶鼎中华。嵛山藏天湖。

太姥山是福鼎的根,根上长出了茂盛的白茶,天湖则给白茶以无限的涵养。

感谢谢在杭。谢谢谢。

贞之以白

题福鼎纪生缘茶园
并致纪相炳先生
己亥夏日
陆春祥

我从春秋战国来

古邑赣榆，处苏鲁交界，江苏北大门，海州湾畔，古属琅琊郡，自秦起设县。孔仲尼，端木赐，徐君房，我和他们一起，在赣榆厚重的历史中穿越。

1. 夹谷的莺

己亥五月十七日下午四点，日照莒县浮来山，四千岁的银杏树前，围了不少人，我却专注于树下那块会盟碑。公元前715年9月26日，莒国和鲁国在此会盟。对莒鲁两国而言，莒是小国，却不弱；鲁是大国，却不强，双方深知，两国彼此相邻，唯有搞好关系。《左传·隐公八年》如此记载："九月辛卯，公及莒人盟于浮来。"这一天，鲁隐公和莒子友好会谈，会盟成功。

7月3日上午十点，骄阳已经有点烤人，江苏连云港市赣榆区的夹谷山，我在齐鲁会盟遗址前，听讲会盟故事。春秋晚期，鲁定公十年（公元前500年），齐鲁两国在此会盟。对鲁齐两国而言，鲁是小国，却因为有孔仲尼这样的名人而自信，齐国强大，且晋楚霸权已经衰落，齐景公以为，这下，可以毫无顾忌地控制鲁国了。《春秋》如此记载："（鲁定公十年）夏，公会齐侯于夹谷。"这一天，鲁定公和齐景公会谈，在孔司空的努力下，会盟总算成功。

今年以来，我开始重读《史记》，十二本纪和三十世家中，那些诸侯国之间，会盟就像玩家家，今年和你会，明年和他盟，结盟，翻脸；又结盟，又翻脸，再结盟。据浙江传媒学院的任中峰博士统计，两三百年的春秋历史中，诸侯间共有275场会盟，平均一年一场多。这些会盟中，齐鲁两国显然活跃，鲁国参加了其中的183次，齐国参加了116次，两国单独会盟达29次。春秋时空下，那些诸侯和卿大夫，赶来赶去参加各种大会，犹如现今各类专家赶场，甚是有趣。大国君主趾高气昂，声如洪钟，气场十足；小国君主低声下气，点赞附和，唯唯诺诺。不过，就在这样的"游戏"中，国际社会之间的权力秩序得到了确认和体现，周天子领导的天下，基本名存实亡。

《春秋》和注释《春秋》的《左传》，皆以鲁国历史作主线，所以，我们看到历史舞台上的鲁国，似乎是个主角，自然，会盟记载也就十分详细了。

从中都宰，到小司空，孔子入仕后，短短两年时间就显示出了他强大的政治能力，两个地方和部门，都被他管理得成效卓著，鲁国开始由乱到治。夹谷会盟前，孔子已经嗅出了齐景公的不良企图，他们想武力劫持鲁定公，让鲁国彻底臣服，孔子建议鲁定公："有文事者必有武备，有武备者必有文事。"也就是说，我们必须做好各项充分的准备，配备精兵强将，牢牢掌握主动权，防止会盟出现变数。

显然，主动权一开始就掌握在孔子手里，因为他是这次会盟中鲁国君主的相礼。更因为，孔子所掌握的周礼知识，天下闻名，人人佩服。

会盟开始，各自奏乐。齐国先来。齐国响起的是夷狄之乐，这怎么行，你们齐国这样的大国，难道如此不懂礼数吗？庄严的场合，怎么能奏那些不上大雅之堂的夷狄之音呢！赶紧停止，撤下，听我们鲁国奏的周乐吧。齐国乐队立即被斥退，齐景公脸上红一阵白一阵。表演第二轮，舞蹈。齐国想扳回一局，一队滑稽戏演员——侏儒上场，众人起哄。对严重不符合周礼的节目，孔子大怒：真是下三烂，难道你们齐国就这样对待我们的君主吗？齐景公的脸上挂不住了，给边上的莱人（被齐国征服的莱国人）武士使眼色，他们的原计划是，用莱人劫持鲁定公。莱人武士于是列队上场，情况危急，孔子一边用身体挡着鲁定公，让他退下，一边自己迎身而上，严肃地对齐景公警告：两君和好，你们却让俘虏来捣乱，什么意思呀，这不像大国君主的风度！刚才的一切，齐景公都看在眼里，原来的计划，肯定不行了，立即改变，和鲁国盟好吧。

齐景公依然不甘心，写盟书时，齐写：齐军出境，鲁国必须派三百乘车随从。见此，孔子要求立即加上这样的限定句：可以，但齐国不归还我们汶阳一带的土地，鲁国绝不干这样的事！

齐景公无奈地挥挥手：好吧，好吧，郓城、汶阳、龟阳等地，都还给鲁国。

齐鲁会盟，强弱之间的游戏，只要条件基本合理，小国只有接受，接受了，就表示顺服，那么，大国才会给你支持和帮助。在孔仲尼的努力下，鲁国显然取得了外交上的胜利，齐国不仅签了盟约，更归还了原来抢走的土地。

自然，孔子回国，也得到了重用，第二年，升任司寇，权力相当于宰相，他可以全力实施他的政治理想了。

个子敦实、七十多岁的夹山乡老文化站站长陈肇山，站在"孔子相鲁会齐侯处"碑前，给我们讲这块碑：1984年，连续数天的大雨，土质松软，他正在夹谷山进行着日常的考古，突然，发现了草丛中隐约躺着的这块长石碑，挖掘整理，弄清爽后，碑的正文清晰，落款的小字模糊不清，但依然可以辨出是明朝万历年间立的碑，至于什么人立，为什么立，如何立，当地的史志并无记载，至少，目前没有发现。

一道夹谷深裂之中，鲁苏交界处的夹谷山并不高，整个海拔只有三百来米，赣榆当时属齐国地界。陪同人员告诉我，两千五百多年前，夹谷山下还是水，会盟处在谷的中间位置，这是一个合适的高度，夹谷会盟后，谷因圣迹成佳境，石似莺啼作好声。夹谷因了孔仲尼在会盟上的表现而一举成名，而夹谷山的裂谷中，山风吹过石洞石隙，会发出像莺一样的阵阵鸣叫，更让人迷恋。

一个鲜花盛开的季节，唐代咸通进士胡曾登上了夹谷山，他吟咏道：

夹谷莺啼三月天，野花芳草整相鲜。
来时不见侏儒死，空笑齐人失措年。

哈，他三月天来，我五月天来，依然看到道边诸多怒放的各色野花，只是，会盟处唯有那碑挺立，边上的圣人殿（夹谷书院），石础石基上，已经长着粗壮的树木。我俯身探究，草丛中，一块石基上，立着一个石制的小方形香炉台，里面插着几十根没有燃尽的残香，应该是有人在祭祀。

栗树林中，一阵劲风吹过，风中似乎夹着莺啼的声音，我知道，那极有可能是我的幻觉，不过，我依然相信，那是一只莺或数只莺，那莺，也许就是孔圣人的使者，它正穿越两千五百年的时空袅袅而来。

2. 子贡晒书

那莺，叫声响亮，其实就是孔圣人的得意门生：端木赐，子贡，他要替孔老师去完成一项重要的任务，不，应该是使命。

先说子贡。

七十几位高徒中，颜回、子贡、子路，孔老师最喜欢。

虽然孔老师将子贡和宰我都列入言语科，但在我眼里，子贡是全能型的，言语、品德、意志、能力皆高，他还擅长做生意，《论语》第十一章《先进》篇中，孔老师这样评价颜回和子贡："回也其庶乎，屡空。赐不受命而货殖焉，亿则屡中。"颜回的修养已经差不多了，可是常常穷得一文不名；端木赐不受官府之约束，自行经营生意，猜测涨跌常常很准。哈，要是放现在买卖股票和基金，那不得了，子贡的钱一定不少。司马迁在《史记·货殖列传》中也高度评价子贡，并提出了独特的观点，我深以为然：子贡善经营，在曹国和鲁国的生意相当成功，赚了很多钱，是孔子所有学生中最富的。子贡所经过的国家，没有哪个君主不对他行宾主之礼，孔子的名声能够传扬天下，与子贡在人前人后的帮助是分不开的。

孔老师去世后，一般的学生都守丧三年，子贡却守了六年，这七十二个月里，子贡放弃工作，陪伴老师，这是什么精神？在子贡眼里，孔老师的品德是万仞高山，他要努力学好几辈子。

赣榆西北部塔山水库的西端，有座小山叫子贡山，原来叫万松山，山实在太小，海拔仅47.7米，我们的车子一加马力，就冲到了山顶。我们看端木书台，这里是子贡晒书的遗址。

子贡山和塔山，东西对峙，中间由一条2200米长、4.37米高的拦河大坝紧紧连接，2.82亿方碧波就在大坝里面安静地卧着。宽阔无垠，看不到边，这是海吗？不是，这是水库，高峡平湖，这里的库水，流经赣榆的十几个乡镇，滋润着沿途40多万良田，赣榆的水稻产量，雄踞全国千余个产稻县之首。

清代嘉庆《海州志》载：子贡山，治西三十里，相传先贤端木氏读书处，上有祠，祠旁有大石，曰晒书台。山势圆洁，二水回环，诸峰拱揖，称胜境焉。

子贡为什么会在这里晒书呢？那真是说来话长。

齐鲁之间，骨头连着筋，却常常发生摩擦，强齐自然经常欺侮弱鲁。某一年（有说是孔子刚任司寇的那一年，据整个事件发生的前后推断，我以为应该是在孔子辞官后周游列国期间），齐国又要侵犯鲁国了，孔子派出能言善辩的子贡救鲁。子贡用十年时间，成功地改变了国际局势：存鲁，乱齐，灭吴，强晋，霸越。而子贡晒书，就是他征途中间的一个小小插曲。

下面这个晒书前的长故事，出自司马迁的《史记·仲尼弟子列传》，可信度应该高，我简洁叙述一下。

事件的起因，自齐国的宰相田常开始，他要夺权叛乱，却害怕国内的诸家势力，就想调动他们的军队去攻打鲁国。孔子听到这个消息，对他的学生说了这种忧愁：鲁国，是我们祖宗坟墓所在的地方，是养育我们的国家，国家到了如此危险的地步，你们几个人为什么不挺身而出呢？子路，子张，子石，纷纷请命，孔老师都不答应，子贡请求，孔老师立即答应。

子贡先到齐国，游说田常，主要意思是：您打鲁国，一会儿就攻下了，一点成就感也没有，您的国君却会更加骄傲，那些攻打的将军也更加会受到重用，功劳没你的，您在齐国的日子反而难过；不如去打强大的吴国，久攻不下，齐国的力量都被吴国拖住，您在齐国，想干什么就可以干什么！

子贡这样的计划，田常还有什么理由不听呢，田常道：你的计划真好，但我的军队已经开赴鲁国了呀，现在从鲁国撤兵转而攻打吴国，大臣们会怀疑我的。子贡笑答：这个不难，您先按兵不动，我立即赶往吴国，让它出兵援鲁攻齐，您就可以打吴了。

子贡是这样说服吴王的：您吴国要称霸，一定不能让其他强大的敌国出现，而现在，强齐要攻弱鲁，鲁国被打下，齐国就会和吴一争高下，如果您去援鲁，就是扼制了齐。吴王显然心动，但有顾虑：我打败了越国，越王现正卧薪尝胆呢，我担心救鲁，他会趁势进攻，我不放心！等我灭了越国，再去帮您吧。子贡又笑：这个好办，我去越国，请求越王随您出兵，他就兴不起风浪了。

越王听说子贡要来，发动全国上下清洁道路，并亲自到郊外，以隆重的礼节迎接子贡。子贡开心呀，他这样游说越王：您这些年想报仇复国，吴王担心也正常，不过，我以为，您复国的机会来了，给您两个小建议，一是派军队随吴王出征，消除其顾虑并增强他打齐国的信心，另一个是给他送宝物美女，把您国家的宝贝统统拿出来送他。无论吴王胜败，您都有机会，他胜了，一定会再去打晋国，而我会去游说晋国，事先做好防范，这样，他的精锐已经消耗在齐国，他的主力也会被牵制在晋国，那个时候，您就直接去打吴国，一定能灭掉他。越王太高兴了，送给子贡一百镒黄金，一把剑，两支好矛，子贡都没有接受，直接回了吴国。吴王也大喜，调动九个郡的兵力去打齐国，越国三千士兵随行。

子贡再跑到晋国，将整个计划告诉了晋君，请晋君做好全面防范。

子贡这一次出使的最后结果，似乎是个奇迹：保存了鲁国，扰乱了齐国，灭掉了吴国，晋国强盛，越国称霸。这恐怕是春秋时代最著名的一场出使了，没有谁能比得上子贡的口才和智慧。

回到子贡晒书场景。

子贡完成使命，归鲁途中，经过万松山，总之，是山的风景迷住了子贡，他心情大好，在美景中流连徘徊。海边的天气，说变就变，突然间的一场大雨，浇得子贡浑身透湿，连包里的书也都淋着水。一会儿，雨过天晴，阳光又暖暖地照射下来，子贡在一块平坦的巨石上歇着，晒晒衣物，再将包里的书拿出来，竹简在石头上细细摊开。淌完水滴的竹简还是潮湿的，那穿竹简的细麻绳，最怕水，一湿就容易烂，这可是他的宝贝书呀，孔老师送他的特别礼物，必须保存好。

传说总是神奇的，子贡将竹简摊开在石面上，转眼间即已干透，竹简上的字，经过大雨的洗礼，更加醒目。于是，万松山就变成了子贡山，晒书石称为端木书台。尽管没有具体的记载年份，但将子贡从《史记》中请出来，他就变得活灵活现了。

子贡出使途中，一定还会有其他动听的细节，但在赣榆万松山晒书，最为传神，谁的智慧都不会凭空天生，一定是长久阅读和经验打通的活学结果。

赐，你回来了？孔老师看着风尘仆仆归来的子贡，捋一捋胡须，朗声地笑了。

3. 徐福寻仙

秦王嬴政让极其动乱的战国时代终于结束，秦国变秦朝，既是秦国七百多年艰苦立国的结果，也显现了嬴政卓越的政治能力。始皇这个称号，气势，谋略，全在里面了。看看他怎么说的：从现在开始，废除追加谥号的做法，我是始皇帝，后世用数字计算，二世、三世一直到万世，永远传承下去！

这样的皇帝，自然要干大事。书同文，量同衡，车同轨，什么都要统一起来。

而且，从统一全国的第二年开始，他就频繁出巡，目的很清楚，"示疆威，服海内"，他的足迹"东穷燕齐，南及吴楚"。

赣榆，秦时属琅琊郡，秦始皇曾两次巡视。

7月3日下午，海州湾，微风起波，我们坐上快艇，向大海中的秦山岛驶去。秦山岛，原名琴山，因岛如瑶琴孤悬海中而得名，这把瑶琴，离岸直线距离约8000米，岛的面积0.2平方千米，最高峰只有55.9米。郦道元《水经注》载："赣榆县北、东侧巨海，有秦始皇碑在山上，去海百五十步。"也就是说，自秦始皇来过琴山岛后，岛就变成了秦山岛，嘉庆《赣榆县志》也载：秦始皇登此岛求仙，勒山而过，石至今犹存。

岛不大，南北相距一千米，我上岛寻碑。

郦道元说的这秦碑，也叫李斯碑，上有一行十三字，字大如斗，世称斗籀，"秦碑籀迹"是赣榆八景之一。绕岛一周，遍寻不着，陪同人员告诉我，您只能在诗文里寻找了。嗯，看赣榆知县俞廷瑞游秦山岛后一首题诗的前四句：

三神不可即，犹见始皇碑。

岛迹留贞珉，蝌文映水眉。

俞知县是康熙九年（公元1670年）上的岛，从诗句看，他显然看到过秦碑。但出生在赣榆倪林村的倪长犀,是康熙十二年进士,也是外放的知县,和俞应该是同时代的人,其登临诗中却有"相传十三字,壁立海天涯"的句子。我不知道倪有没有看到碑,但李斯写的十三字显然没看到,否则干吗用"相传"呢?我查了《史记》的《秦始皇本纪》《李斯列传》,均未发现李斯在秦山写字的内容。不过,碑肯定有,秦始皇喜欢到处立碑,碑上的字估计也在,只是,不知道流落在何处,有人说,几百年前就被人偷运出岛了。或许,秦碑就静静地躺在秦山岛周围的某一处海底,淤泥、海水、游鱼相伴,秦碑在海流中逐渐老去。

在秦山岛顶的山岗上,我看到了徐福。他面朝东方伫立,双手背后交叉,双眼凝视前方,思考中带着明显的焦虑,这茫茫大海深处,到底有没有神仙?为什么寻了两次均不见踪影呢?这如何向始皇交代?

《史记·秦始皇本纪》中,对这场旷日持久的寻仙活动,有比较详细的记载。他想万万世,吃仙药成仙,自然是一种最好的办法。

齐人徐市(fú)上书报告,海中有三座神山,名曰蓬莱、方丈、瀛洲,仙人居之。请得斋戒,与童男女求之。

秦始皇毫不犹豫立即批准:遣徐市发童男女数千人,入海求仙人。

一般的人,应该预想得到结果,花了大量的钱,带了大量的人,九年过去了,始终没有找到仙药,徐市心里的焦急程度可想而知,这个时候,他也没有办法,只有继续哄秦始皇:蓬莱的仙药,其实是采得到的,只是,那岛边上有大鲛鱼守卫着,希望皇上派出特等射击手,用最强劲的弓弩,用最坚利的箭,射死大鱼,仙药就可以弄到了。

一个执迷成仙的人,是听不进别人劝的,一般的人也不敢劝,谁劝谁倒霉。不要怪嬴政,比他小一百多岁的刘彻和小八百五十多岁的李世民,总算是清醒的人吧,一样迷仙,搭仙台,寻仙人,制仙药,要不是李世民吃了那仙丹,也不会死得那么快。

徐巿第二次出海寻仙,显然是做好准备一去不回的,他带着三千童男童女,五谷百工,泛海扬长东渡而去,先后到过朝鲜半岛和日本列岛,最终落脚日本。

7月4日上午,烈日盖头,我走进了赣榆区金山乡的徐福村。

徐福,又名徐巿,字君房,齐地琅琊人,战国末期的公元前255年出生,著名方士。公元前219年、210年,徐奉秦皇之命,两次携童男女出海寻仙而一举成名。

徐福故居,徐福庙,徐福广场,徐福祠,我一一走过。这些仿古建筑,到处都弥漫着徐方士的气息。祠前广场,赵朴初先生题写的"徐福村"碑醒目伫立。徐福祠西,一块菜地上,竖着"徐福种药地遗址"方条石碑。在徐福茶厂,我们静下心来喝徐福茶,嫩绿舒展,清香钻进鼻腔,夏日里的一杯绿,瞬间沁入心底。

徐福东渡,人们可以展开无限的遐想。仅是那三千童男女,就留下多少有趣的话题。他经过的地方,也留下了无数的传说。山东龙口,那里有徐福镇,也称徐福故里,不过我没到过;浙江岱山岛,我去过多次,摩星山西侧有徐福公祠,传说岱山岛是徐福东渡的过境地、候风潮站,一徐姓朋友,说是徐福的后人,言之凿凿。

但赣榆的徐福村,显然得到了国际社会的高度认可。

1988年10月16日,日本佐贺市议长木下棋一郎,率40多人的代表团拜访徐福村。1990年5月1日,日本新宫市长田阪匡玄出席了徐福祠的揭幕典礼。佐贺市有徐福登陆处遗址，新宫市有徐福公园，园内有徐福墓，日本歌山县，有徐福碑、徐福丘等。

据史料记载和民间传说，徐福率众在日本的熊野、九州等地登陆后，以和平的方式，融入了日本土著民族，在那里拓土开地，繁衍生息，并利用带去的五谷和百工，向日本民众广泛传播先进的农业和医药技术。徐福在日本民间享有崇高的威望，被尊称为"农耕之神""医药之神""蚕桑之神""航海之神"，这些称号可以看出，徐福在日本完成了他另一种漂亮的使命。有人说，徐福是中国第一位华侨，第一位航海家，我觉得甚为恰当。

徐福寻仙久久不归，秦始皇显然不甘心，他在苦苦等待，秦山岛上，盛开的五彩花树，也撩不起他的兴趣，他喜欢看海市蜃楼，那些忽隐忽现的楼台亭阁，虚无缥缈的神仙居所是他的向往，徐福的船队更让他望眼欲穿。然而，终究等不来早已东去的徐福，身死沙丘了。

不过，从国际交流和文化发展的角度看，秦始皇派徐福寻仙，歪打正着，成就了一桩文化盛事。

国家与国家，诸侯与名士，皇帝和方士，方士与大海，权力与计谋，长生与仙药，一切早已烟消。然而，两千五百年的时光，长长的故事，依然如夹谷山的出谷黄莺一样绕梁悦耳。

代拟孔夫子言：

我喜欢端木赐，子贡，嘴巴巧，脑子灵，有孝心，这样的学生多多益善啊。子贡晒书画

陆春祥

| 西 | 九寨之外
过江阳
艾芜的清流
长安水边
秦风起
从西岐出发

九寨之外

二十年前，四川省阿坝藏族羌族自治州的九寨沟县叫南坪县。隋唐时期的南坪，威武得很，是个州，称扶州。南坪又叫羊同，故事长长。九寨沟县不仅有世人瞩目的风景，九寨之外，更有深藏不露的深厚历史文化。

1. 九寨密码

出成都，一直沿着岷江源头西行，过汶川、茂县、松潘，就到了岷江发源地海拔3409米的一片花海，天广地阔，流水潺潺，让人无限欢喜。上了九寨沟县的最高峰弓杠岭后，这里的河又是另外一个流向。白水江，它的上游有黑河、白河分支，白水江是嘉陵江的上游。

经过四百多公里的曲折后，我们终于到达九寨沟县城。

初次了解到的九寨沟县，感觉非常庞杂，史脉悠久而绵长。

二十年前，当九寨沟县还是南坪县的时候，许多当地人也一直叫它扶州。

说扶州，一定要先说邓至羌。

邓至羌是氐羌族的一支，它是为了纪念三国时期的将军邓艾。公元263年，魏国大将邓艾伐蜀，与蜀国大将姜维大战，姜节节败退，邓一路追击，最终灭了蜀汉政权。邓艾大军经过的路线，其中就有九寨地域的野猪关梁子，后来，这个梁子改称邓至山，当地羌人也以之为荣，自号邓至羌，通俗地说就是：我们是居住在邓大将军经过的地方的羌族。

邓至羌在随后的南齐和北魏朝，都得到敕封，他们筑起了邓至城，开始了文明生活。邓至城应该是南坪历史上的第一座城市。

公元587年，隋文帝开皇七年，邓至城变成了扶州。唐玄宗天宝年间有个统计数字，当时的扶州有2418户，14285人，从全国看，这已经是一个中等的下州规模了。

隋唐时期，吐蕃灭了吐谷浑，开始强盛。在文成公主进藏前，唐朝和吐蕃，多次在九寨沟县和松潘县一带发生战争。

稍微岔开一下。

吐蕃兴起之前，在西藏的阿里地区和新疆西南部，生活着大小两个羊同国。到了唐朝贞观末年，这羊同国就被吐蕃灭了，吐蕃于是将羊同国的人分散到偏僻地方居住。文成公主进藏和亲，当时随松赞干布发兵的部分羊同兵，就留在了九寨沟地区。

于是，九寨沟县又多了一个名称：羊同。

羊同其实是象雄的藏文音译。西藏那曲地区的尼玛县文都乡办事处附近，有个叫穷宗的地方，那里是象雄古国的遗址。我问曾经在那曲挂职过的姜军先生，他说，象雄的藏文读法就是羊同，尼玛是羊同古国的遗址，历史相当悠久。

接下来是一个漫长的时期。五代十国，扶州被前蜀占领；后蜀又被吐蕃占领；两宋自顾不暇，这里属"诸羌之地"；元明的九寨，仍称扶州。

这一下就到了清代，这里还是叫扶州。清代的统治者，自己就是少数民族出身，故他们特别注重对边疆少数民族地区的管理。1725年，清朝在扶州城南设立了南坪营城，南坪这个县名诞生了，也就是说，清统治者最初是将这里当作一座军事基地来对待的，既可以监督，又可以管理，一举多得。

因此，九寨沟县的前身南坪县，和中国许多县市的历史相比，实在算年轻的了，不过三百来年的时光。

在九寨沟县内的非遗中心，看着她长长的历史，一路解读着她的密码，我沉思良久，蛮荒之地并不荒，她的一砖一石，一草一木，都和中华民族紧密相连。

2. 南坪弹唱

罗依乡的九寨庄园，山顶上一片缓坡，草绿天蓝，高原中午的阳光虽有些强烈，但我们还是兴致勃勃，这里马上要进行一场说唱表演呢，南坪弹唱。

省级琵琶制作和演奏非遗传承人刘玉平，县级南坪弹唱非遗传承人马四云，村里演出队的数十位男女演员，俨然如正规舞台演出，演唱前，转轴拨弦三两声。

当当当，一声娴熟的琵琶，划破了嘈杂，演唱开始。

整齐，清脆，旋律非常熟悉，演员们情绪高亢，歌声、琵琶声听起来比较简单，但山谷的穿透力极强，蓝天上的白云似乎也都停下来歇脚旁听。

这是南坪弹唱的经典曲目《采花》。我听着耳熟，是因为这曲子曾风靡过全国，周恩来甚至建议东方歌舞团把它作为出国演出的保留节目。

"琵琶之乡"九寨沟县，几乎人人会唱会哼《采花》，几乎家家都备有琵琶。

其实，在非遗中心，我早就盯上了这个"琵琶"，去年，我为了写《霓裳的种子》，几乎将琵琶及唐宋大曲的演变全部研究了一遍。

现在，我听着马四云他们的弹唱，思绪又开始穿越时空飞扬起来了。

中国的民歌，自《诗经》开始，一直朝气蓬勃地发展着。承着唐代大曲的遗脉，南戏来了，北曲来了，歌唱、舞蹈、念白、科范，南北甚至可以合套，南坪弹唱，就是集南戏北曲精华之良好呈现的地方民歌，虽属野腔俗调，但地方特色浓郁，百姓极为欢迎。

南坪弹唱，以特制的三弦琵琶自弹自唱为主，有时配以碟碗和响铃击节伴奏。它分"花调"和"背宫调"两大部分，"花调"以抒情见长，"背宫调"以叙事为主，但演唱的时候，往往两调相互交融。

"花调"其实我是知道的，我读清人范祖述的笔记《杭俗遗风》，那里面就有"杭州花调"：五人，分角色，用弦子琵琶扬琴鼓板，大户人家不兴，小户人家及街头聚会多用之。这种"花调"和南坪弹唱中的"花调"如出一辙，都是下层劳动人民喜庆时的最爱。

我也知道"宫调"，但不知道"背宫调"，有位首都来的戏曲专业博士告诉我，"背"字没什么意思，一定要说有意思，那可以这样理解：因为"宫调"有固定的曲牌，严格的韵律和字数，必须死记硬背，而且，民间传承时大多口耳相传，这个"宫调"就变成了"背宫调"。

"宫调"中，其实有半数以上的曲子源于唐宋。因此，我有理由相信，白居易当年在浔阳江边送朋友时，"忽闻水上琵琶声"，那个琵琶，虽是四弦，但和我眼前这种激情澎湃的南坪三弦琵琶也有相通的地方，她们都是在细细叙事，情感饱满，如痴如醉。

九寨沟县的文史专家考证，南坪弹唱大约有三个时期：雍乾时期,"湖广填四川"的移民带来了"宫调";同光年间的陕甘移民带来了"花调";民国初年,优秀民间艺人融合了两调,就是我们面前独具风格的南坪弹唱。

难怪,我们听抒情的"花调",似乎像青海甘肃一带的"花儿",也颇有点秦腔的激越,演员们始终有一股子激情,似乎与生俱来。

这种激情,在保华乡土门村晚餐时,达到了沸点。

乡亲们自发组成演唱队,男女老少,近三十人,分成三排,前两排坐,后一排站。依然整齐,依然豪情,依然直爽。我的眼睛始终盯着第二排的一位老者,他左手拿一张碟子,右手拿一根筷子,随着曲子强烈的节奏,他的筷子,有节奏地敲着碟子,那筷子在撞击碟子时,潇洒地转了一个小弯,犹如琵琶的滑音,那种流畅,是多年练就的自如。他不仅敲碟,还唱,头微仰着,扯着嗓子,完全沉浸在曲子的欢乐里。

见此情景,著名藏族作家阿来,不禁声喉痒痒,也加入到演唱的队伍中高歌。依旧是《采花》,不过,他们从一月极有兴致地唱到了十二月。曲子激起的声浪,直穿夜空的穹顶。

老人姓陈,今年93高龄了,他后来还即兴为我们表演了一段曲子,这回是自弹自唱,依然情感奔放。据说,土门村所有的"三句半"都是老人编写的,他还创作了许多"花调"曲的词。

大九旅集团的一位女负责人伴着老人合影,她对老人说,以后每年都会来看他,祝愿他活到120岁!

3. 白马伫舞

勿角乡英各白马古寨,高山上的藏族村寨。白马,是藏族的一个分支。

我问县文化馆的小张,勿角是啥意思?她说藏语里是深沟偏沟的意思,山道极窄陡,数个盘旋之后,我们到了英各村口。哈达,青稞酒,光线透过树荫,一队藏族同胞脸上洋溢着笑容,载歌载舞欢迎我们。

英各白马古寨,是国家级非遗㑇舞的原生地。我见过傩舞,对这个㑇舞却异常陌生。㑇舞,是白马藏族的方言,意为吉祥面具舞,该舞源自白马人的原始崇拜,一般用于祭祀和重大喜庆场合,白马人崇尚万物有灵。

都有哪些吉祥面具呢?我在四川音乐学院和九寨沟县文体局的㑇舞保护研究基地看到,狮、牛、龙、虎、猪、蛇、凤、鹿、鹰、熊,还有酬盖、酬孟、阿里尕(俗称大小鬼)等,这些面具,色彩浓烈,做工考究,还有和面具相配合的各色服装,也都鲜艳精致。

通俗地说,㑇舞就是一种仿兽舞,它是氐羌文化和藏文化的融合。

我们的先人,其实一直在跳兽舞。甲骨文里的"万",就是蝎子。

周朝王宫举行盛大宴会时,有一种舞蹈叫"万舞",就是蝎子舞,舞者左手拿尾刺,右手举铁钳,踩着节拍,一脚,又一脚,围着圈子,左右上下摇摆,缓慢而滑稽行进,当然,他们举着的,都是些道具。

寨子中心的广场上,中间燃起了一堆火,咣,咣,咣,重锣捶起;呜,呜,呜,鼓号声苍凉。一队面具人来了,狮啊,牛啊,虎啊,熊啊,他们左右分步,一步一顿,两脚迈着最大的跨步,如练武术稳扎稳打的那种,不让人看出破绽。然后,他们的臂,他们的胸,随着节奏,会扬起或挺起,这些舞姿,很明显可以看出是模仿动物的生活。

仿佛看见,原始丛林里,各种动物自由自在的日常,或追打扑食,或惊慌奔逃,而眼前㑇舞的多变舞姿,似无章法,却是完美的天人合一。

在罗依乡的九寨庄园,我们还看到了另一种㑇舞:登嘎甘㑇。"登嘎"藏语是"熊猫"的意思,因此,这种舞又叫"熊猫舞"。

两只"熊猫"上场,步履蹒跚,憨态夸张,它们喝水,吃箭竹,爬树,打滚,嬉戏,睡觉,一切的动作,都给人笨笨的感觉,这种笨拙,给人们带来了欢快。九寨沟县境内的勿角大熊猫自然保护区,是国家级大熊猫保护地之一,这样的"熊猫舞",应该是生态和图腾崇拜,人与动物和谐相处。

我们和动物,其实在同一现场。㑇舞、熊猫舞,舞姿虽原始,传达的理念却一直让人们沉思。

4. 云雾霓裳

看过不少地方的云雾,庐山云,黄山云,泰山云,松阳云。

然而,面对九寨不时涌来的浓云密雾,一时词穷,看着云雾变幻的身姿,那种曼妙,我想或许用"霓裳"可以形容它。

九寨悦榕庄。6月6日夜十点左右,窗外闪电大作,闷沉的雷鸣,从远处滚来,大雨将至,不过,我还是安心睡了。我想得美美的,大雨过后,明日清晨,一定有好看的云雾。

翌日清晨,在鸟鸣声中醒来,跑到阳台上一看,只有惊叹,满山满谷都是云雾,浓的,淡的,渐浓渐淡的,合拢,分开,又合拢,升腾中的云雾，如压了五百年刚得到自由的孙猴子，欢喜跳跃，运动变化毫无规律，嗯，这就是我理想中的云雾图呢，昨晚，我睡在云上。

"山中何所有，岭上多白云。只可自怡悦，不堪持赠君。"南北朝时的陶弘景，这样向齐高帝萧道成表明自己的隐居志向：每天都与白云为伴，只是可惜，我不能拿云来送您呢。

现在，我正用手机录像，视频也可以让别人分享的。

显然，光看录像，也不能"赠君"，怎么办呢？我一直想做一个装云实验，像明人江盈科的同学李君实（万历二十年进士，官至太仆少卿）做过的那种：

用一个大一点的净瓶，用手将云雾挽进瓶子，以满为度，然后，用纸及布绢叠封其口。数月后，持以赠人，令其人密糊一室，不通窍罅。将瓶揭去纸绢放之，从瓶中缕缕出如篆烟状，须臾布满一室，食顷方灭。（明江盈科《雪涛小说·庐山云》）

李君实的成功实验给了我充分的信心，云确实可以用来赠君的，只要实验方法得当。我没有事先准备，只能望云雾兴叹，用手撩了撩，撩了又撩，如孩童夏日里在清澈的溪流边戏水那样。

芦苇海、卧龙海、公主海、老虎海、犀牛海、长海、五彩池……九寨沟数十个著名的景点，那里皆有各自的云雾图，云仙子着霓裳羽衣，缥缈，轻烟，有时竟然变身为薄薄的一缕，自由散漫地飘浮在翠谷间。

九寨沟海子水的绿宝石蓝，显然最让人迷醉，那是水质、光线，还有化学物质等织就的蓝，也是蓝天倒映的影子。

散了的云雾，都去了哪里？它们都躲在绿宝石的蓝里了，遇着合适的机会，它们一下子就变成她们，在蓝天上任意舞蹈。

5. 阿若

6月7日傍晚，我们到漳扎镇的阿若旅行书店喝酥油茶。

暖暖的酥油茶，驱走了阴雨的寒气。藏族姑娘尤珠娜姆，脸透着别样的青春笑容，美丽而成熟，她在向我们介绍刚拍的一个微电影。哇，姑娘好美！原来，尤珠娜姆就是片中主角，故事讲述的是藏族姑娘在九寨沟经历的春夏秋冬四季，显然，她是要通过影像向外界推广美丽的九寨，影片虽然不是很专业，但唯美，人，景，衬景，都通透、亮丽，给人无限勃勃生机。

25岁的尤珠姑娘，大学毕业后，先在成都工作，后被九寨的文化和景色招引回家乡。电子商务时代，哪里都可以创业，她立志做一番电商和文创的新事业，更好地传播藏美文化。阿若书店，一楼空间宽阔，各类精品书和她自己开发的小礼品琳琅悦目，楼上就是民宿。在阿若，赏景和阅读，是身心的另一种悠然安放。

离开时，我们收到了阿若书店的小礼物和一封信。小礼物是一个柿子形的小茶盒，内里装着藏茶，精致鲜亮，寓事事如意；信的开头这样称呼我们：关爱阿若的家人。信就如向家人拉着的家常，暖意顿生。

阿若，藏语中朋友见面的招呼用语，犹如我们常说的"您好"。

送我们出门时，尤珠娜姆依然溢满笑容，虔诚地双手合十：阿若，我在阿若等你！

6. 尾声

6月8日上午，我们从九寨返成都，途经弓杠岭，海拔3400米的高处，沿路两旁全是雪，松树、竹子，还有杂木、杂草，全都披上了银装，近处，远处，满山的雪，童话般的世界，让我们兴奋不已。原来，昨夜又是大雨，而那些在空中张牙舞爪的雨点，在九寨沟的高山上，极有可能变成飘飞曼舞的大雪。

这些雪，我依然将它们看作云雾的另一种化身。

整个弓杠岭，白茫茫的晶莹，干净如斯。

九寨不只是蓝色的海子。南坪丰厚的历史人文让人惊叹。六月雪，不是窦娥冤，是炎夏里的情九寨归来索礼物。

陆春祥

过江阳

江阳三日，闻香识老窖，撑分水油纸伞，进张坝桂圆林，欢欣鼓舞。

1

长江从青藏高原格拉丹冬雪峰西侧的沱沱河汩汩而出，一路逶迤奔腾而来，到了四川泸州地界，她的身姿，突然打了个大钩，这钩并不生硬，看着反而有点圆润。这钩就在长江之南——江阳。

从重庆，一路往西。

此刻，我正站在长江和沱江的交汇处，它是钩的汇集处，江阳的市民广场。我的脚下，是一百零一个不同字体的"酒"字，一个酒父亲，率领着一百个酒儿子，以粗硬的线条方式，以中国文字几千年优美的形体流变，向人们讲述着江阳绵长的酒故事。

江阳的酒故事，从秦汉开始，至宋有"江阳食不足，泸州酒有余"，至元有"甘醇曲"，演绎了一千多年，至1573年——明万历元年，突然凝固成了一个符号，这个符号，成了中国浓香型酒的发端鼻祖。

一脚踏进泸州老窖1573广场，酒香一直撞击着我的鼻子，泸州给客人的见面礼，隆重而直接，这是粮食的精英们经过集体蜕变洗礼后的愉快重生，以一种浓烈的方式。我仔细观察七十几米长的"吃酒图"浮雕，内心连连感叹，中国的酒文化，泸州是典型代表，

"江阳酒熟花似锦",江阳处于泸州酒城的中心,1573乃王中之王。

1573酒窖。

站在用玻璃封闭起来的楼上,我往楼下的酒窖放眼。宽敞的厂房,横梁以上顶部黑黝黝的,那是久远年代酒作坊烟熏而成,地上长方形的灰色窖盖,长3.8米,宽和深均为2.4米,它不是普通的酒池,池里有深深的传统和厚厚的历史。那些灰色窖泥,已经很有些苍老的年纪,曾经被反复搓揉,但每次重新使用,它们都焕发出了新的生命,它们是四百多种有益微生物的集合体,它们负责用身体挡住酒糟和空气的接触,它们和酒糟亲密结合,耳鬓厮磨。1573酒窖,中国酿酒第一窖,国宝级的文物,我面前的文物还在尽力完成自己的使命,这实在少见,绝大部分文物都只能供人瞻仰。

忽然,我眼前出现了一个宋人笔记中的故事,场景清晰。

宋代杨亿的笔记《杨文公谈苑》有《缙云酝匠》,说的是缙云有个酿酒专卖署,酿酒师傅水平极高,他酿的酒,喝过的人无不赞美。管理专署的负责人就动了心思,他要求师傅将方子写下来,交给他建安的亲家去酿。

后来,负责人的老家来信埋怨,那边的酒酿出来,味道一点也不好。负责人就将师傅喊来责问,师傅说:方子我早写给您了,然而酿酒,是有很多讲究的,天气的温炎寒凉,水放多少,如何搅拌,效果都会不一样,这些东西我都讲不出,我只是按照感觉做。我家里有两个儿子,他们酿的酒也没有我的好喝。

这个故事使我坚定地认为,中国许多传统的工艺,都靠工匠们独自摸索,靠嫡子嫡孙耳濡目染的代代相传,但在传承的过程中,会出现许多缺失,上面那位酿酒师傅就是这样。我不知道,他的师傅是怎么传给他的,但徒弟超过师傅或徒弟不如师傅的情况常常出现，大家凭的都是悟性。

1573的酒窖边，有一些工人在忙碌着，他们着统一服装，有的手里正扬着锹，将窖池里的酒糟往外铲，有的正封闭窖池，抹了一道又一道，如抹泥墙，灰色的窖泥三抹两抹，就变成了镜面样，光光的，它们安静地守卫着自己的那一方领地。

我相信，这里的每一道工序，都是1573自己的创造，他们用自己的方法酿造老窖已经四百多年，犹如那缙云酿酒师傅，靠的不仅仅是方子，还有只可意会的心传。

还有长江边的龙泉井水。

我和蒋子龙、叶辛先生，站在龙泉井碑石边，仔细观察。

这应该是一口活井，样板井，边上立有清嘉庆十二年的《重修龙泉井碑》。碑文告诉我，泸州酒，一直用龙泉井水酿造，清冽龙泉，唇齿留香，它独有的透明、微甜、弱酸性水质，是泸州老窖品质的重要保证之一。

如果用一个字来概括泸州，这个字一定就是"酒"。我在江阳的几天时间里，闻酒，看酒，调酒，品酒，谈酒，几乎都徜徉在酒的世界里，被酒兴奋着，不是喝，闻着就醉了。

邻玉小镇，名副其实的酒镇。

赖氏集团的地下酒窖，让所有人震撼。

酒窖曲里拐弯，精心构造，沿石壁伸延，凡空隙处，均有酒坛藏放着，小的十几斤几十斤，大的几百上千斤，它们要在这窖里待上数年，甚至十年二十年三十年五十年。

每个坛都有身份证，我顺便记下：408号，42.1度酒，714公斤；409号，42.3度酒，723公斤；411号，42.5度酒，689公斤；412号，原酒，260公斤。

原酒出厂后，还要经过相当长时间的窖藏，才能有人们想象中的口味，这酒也如同人，刚出生的孩子都有成长期，他们要积聚起相当的力量，才能在社会中担负起一定的角色。

2

秋分虽将至，但阳光依然暖如初夏，当叶辛、蒋子龙撑起油纸伞，站在分水老街那狭窄的街道上时，笑容溢满了他们的脸，我细看，他们的神情，竟也有点害羞。

我知道大男人们的难为情，这油纸伞，是江南姑娘在雨巷里撑着去和心上人约会的，是西子湖畔白素贞撑着去寻找情郎的，但，此刻，我们站在分水油纸伞的生产基地、国家非遗传承人毕六福的油纸伞技艺传习所前，兴奋不已。我们来到了油纸伞的世界，这里不是江南，这里是西南的一个偏僻小镇。

分水岭，原来就叫分水。我说，我老家就是分水，我是到我老家来了。

老街上，好多牌子都直接写上"分水"：分水电信营业所，分水油纸伞直销门市部，分水名家手绘油纸伞……要不是我老家没有油纸伞，我以为就身处老家呢，恍惚间，如时空场景转换。

毕六福带我们参观他的传习所，其实就是生产基地。

老毕操一口浓重的四川话，大声讲述着油纸伞的历史，在我们的不断提问中，他娴熟地回答着一切。他的生产基地，坐落在江岸的山坡上，我们层递而下，道窄而陡，两旁有限的空地上，都晾满了大大小小的油纸伞，如茂盛的花朵，开在晴阳下，油纸发出的亮光，时而闪闪。

做伞骨，穿线架，糊纸面，工人们在各自的工位忙碌着，异常专注，动作熟练。《庄子》里老木匠和齐桓公的对话场景，似乎就浮现在我眼前：

齐桓公在堂上认真地读书，老木匠轮匾在堂下埋头做车轮。

老木匠累了，他放下手上的活计，好奇地问桓公：大王呀，您读的是什么书呢？桓公答：圣贤书。老木匠又问：圣人还在吗？桓公答：不在了。老木匠哈哈大笑，显然有些放肆：凡是能用文字记下来的，都是糟粕，圣贤书也是糟粕。桓公有些吃惊地看着老木匠：为什么呀？不可能吧！老木匠慢悠悠的样子：我是咱们国家做车轮的高手，我做车轮得心应手，完全靠感觉，我做的轮子又漂亮又结实，但我的两个儿子，他们没有一个人能继承我的手艺。

齐桓公似乎有点明白，但似乎又不明白，这手艺和我治理国家有关系吗？旁观者呵呵：有啊，如果让百姓休养生息，就如同野外的森林，自由生长，那就是一种得心应手的治国状态。

老木匠，宋代缙云酿酒师，其实都是工艺大师，讲的是心领神会。

刷刷刷，糊伞面的工人，拿着一把小刷子，是特制的那一种，小刷子的尖头部分，被改造成一个钩子，用来扎紧伞盖的线绳，上下翻飞，一把简单的伞，做起来却不简单，要想让伞遮风避雨，一定要使它有足够的抵抗风雨的能力。

伞面是可以画出花来的地方，必须画上花，以满足那些如花的撑伞女人。伞的森林中，我蹲下来数花。

红梅伞，红的朵，黑的虬枝，绽放在伞面上，奔放热烈。

玉兰花伞，洁白的玉兰，墨绿的伞面，暗香浮动。

牡丹花伞，绿叶卷红，雍容华贵，国色天香。

我还看到了一些特别的伞花。

水滴。把水滴放大，涂上色，也是花，自然的花，瞬间的花。雨花翻卷起数个跟斗，闲闲地跳落在伞面上，滴答滴答，和伞面上的雨花，汇合成一道特别的风景。

云彩。将各色云朵，打散打碎，染上淡淡的色彩，瞧，对面，远处的巷子里，缓缓移过来一女孩，撑着把云彩伞，她是那个叫彩云的姑娘吗？哈，极有可能！

伞花的世界，花朵的世界，几乎每一把油纸伞都不重样。

步至生产基地的最底一间，转角出门，一块几十平方米的菜地，上面长满了各色伞花，如大小朵的蘑菇群，鲜艳欲滴。

老毕利用了一切可以利用的场地。他的伞卖得很远，他成了江阳——不，应该是泸州的另一张金名片。

3

我刚住进江阳的南苑宾馆，工作人员就笑着敲门，她们送来一袋新鲜桂圆：这是我们江阳的桂圆，刚刚采摘来的，请您品尝。

略有吃惊，泸州也有桂圆？而且现在已经九月中旬，七月下旬我去冼星海的故乡——广州榄核镇，在星海路的两边，见到了挂满枝头的桂圆，那时，离桂圆成熟只有一周的时间了。

而江阳的桂圆，竟成熟这么迟吗？

第二天下午，有好长一段时间，我独自在张坝的桂圆林里，惊奇地数着那些老桂圆树。

事先我已知道，这片桂圆林，是生长在中国北回归线上最大的桂圆林，有一万多棵老桂圆树，一万多棵荔枝树，树龄均在两三百年以上，且仍然在旺盛生长。

我的惊奇，其实是没有往脑里深想，仔细梳理一下，白居易写过《荔枝图序》呀："壳如红缯，膜如紫绡，瓤肉莹白如冰雪，浆液甘酸如醴酪。"而且，他写得明明白白，"荔枝生巴峡间"，也就是说，四川早就生产荔枝。一骑红尘妃子笑，杨美女吃的荔枝，就是从四川赶运过去的。

张坝桂圆林，缘于三百多年前，一位姓张的人士所为。那张氏，夹裹在"湖广填四川"的人潮中到了江阳，从外带得桂圆种，种着试验，不想，从一片林，发展到一个村，甚至几个村。

几乎每一棵桂圆树，都标有年份。

按着年份，我找到了几片小桂圆丛林，因为年份的相同或相近，我猜想，那是主人一起栽下的。随着张姓人家的桂圆林不断长大，收获满满，后来的人们也都要栽种桂圆荔枝树。为了日后容易辨认，户与户之间的桂圆林，都用樟树隔开，难怪，我在桂圆林里发现了不少樟树。

树的年轮，就是真实的历史，清晰地写在大地上和天空下，真实地记载了变幻的风云。

1740年树丛。

主枝倒并不粗壮，树身上缀满了绿藤，离地一米左右，三大枝分立，各自伸向独自的天空，枝上生枝，杈上有杈，为自己撑起一片自由的天空。

1740年，是个普通的猴年，世界上也没有多少惊天动地的事情发生，那些事都离我们太远。值得说的，我以为只有一件事，和我们（应该是和我们的先人）有点关系，虚岁三十的乾隆，已经做皇帝五年了，风华正茂之时，他的宏图大志，正开始有条不紊地实施。这一年的十一月,他为修改后的《大清律例》(简称《大清律》)写了序言,并命令颁行。这是中国封建社会的最后一部法律,一直到1910年才废止。清朝经过三代君臣的努力,天下已经初步实现稳定。乾隆的目的,就是要让民众在休养生息的基础上大力发展生产,繁荣经济,其中"田宅"条,显然对张姓人家大量栽种桂圆荔枝树是一种大利好:第四条规定,所有百姓不得让土地荒芜,如果荒芜了,要按荒芜的数量判罪。让大地披上绿色,子孙也可以享受,栽桂圆林,一举数得。

1820年树丛。

这一年的一月,英国国王乔治三世死了;这一年的九月,嘉庆皇帝驾崩了,道光皇帝继位,大清衰败由此开始。其实,1793年,英帝国从马戛尔尼使团来华开始,就一直在酝酿占中国人的便宜。

1840年树丛。

我看到若干粗壮的桂圆树,离地分杈,生长旺盛,树枝上挂满果子。

突然有一棵,树枝干上还挂着一只吊袋,那应该是营养液,树木常见的那种,因为害虫,营养不够,桂圆树的生命出现了危险。

不过,1840,看着这个数字,心里就一阵痛,从这个年份开始,侵略者的足迹,就不断地踩踏着中国的大地,恣意妄为。伤心的事,略去不说。

一切人事,俱往矣,长江边上,张坝,这万株桂圆林,谁说是孤立地生长着?张姓人家绝对不会想到,这些桂圆树,会是三百年中国历史的极好见证者。

张坝桂圆个头不大,肉薄,核稍嫌大,但绝对甜,是我吃过最甜的桂圆。

在张坝艺术园,应邀涂抹了几个字:三百年寸荫。

我的意思其实有两层:三百年时光,虽风云变幻,但也只是短暂一瞬;即便时光再短,我们也要努力去拼搏。

4

老窖池。油纸伞。桂圆林。

泉井。竹子。森林。

长江在泸州地界潇洒打了个钩后,给江阳留下了一地的宝物,也给了江阳一个满意的好评,又欢天喜地向东奔赴而去。

江之南,江阳。

四川这地方，出乌木。

2012年的春节，彭州有个农民，在自家承包地里的地下深处，发现了7根乌木，最长达34米，直径1.5米，总重量达到了60吨。价值无法计算，光运费就花了百万元。然而，这起掘宝事件引发了官司，农民说，这是他在自己的领域内发现的，应该归他，所在地的镇政府说，这是国家的财产，因为土地属国家或集体所有，几乎所有的法律都表明，这个地下物应该归国家所有。

就是因为这场乌木官司，我才注意上乌木的。

现在，我就站在乌木泉边。

这口泉，已经有数百年的历史，仍然能直接饮用。泉边放着一个长柄竹勺，游客可以随意舀水喝。仔细看泉池，里面竟然横着数根乌木的细枝条，它们和泉水安然相处。这些乌木枝的主干，应该就在附近的深土里，它们躺在深土里已经数万年以上，它们是大地洗礼和成长的见证。

泉水清澈，照得见人的影子，也照得见天上飞鸟的影子。

乡村的日子单调而绵长。

清晨，大人们来担水，交流，闲谈，谈自己的孩子，谈田地的收成，也谈村里的八卦，孩子们则会三五成群追逐着嬉闹。

百余年前，一个叫汤道耕的孩子，这样回忆他的泉居时光："二三月间，日暖风和，家家妇女都到田野里面去摘龙须菜的时候，祖父却要我在半暗半明的屋子，苦读四书五经，那种闷气，真是令人难受，好在他老人家喂有一些鸭子，常常放在小河里面，怕它们浮游去远，总每天上午叫我出去看视一次。"（艾芜《〈春天〉改版后记》）

我自己也有体会，读着无味的书，或者做着枯燥的事，但一旦放下这些，走到春天里，走进阳光中，就会有别样的心情："走在青草蒙茸的河边，呼吸着水上清鲜凉润的空气，晴光朗耀的原野，开花发绿的，又展现面前，真使人快乐得想学树林中的小鸟一般，飞了起来。"（引用同上）

汤道耕，就是中国现代文学史上著名的流浪作家艾芜。

饮过清甜的乌木泉，漫步来到艾芜的故居：清流镇翠云村4社汤家大院。

2

汤家四合院中，数十米高的两株桤木挺立，抬头望，枝杈横竖斜交，如蓝天中意境阔远的写意画。

桤木的年轮上，清晰地记录着百余年来汤家的世事俗事。

1904年的端阳节过后几天，翠云村的曹家碾附近，竹林掩映着的汤家院子，添了个男孩子，祖父取名为道耕，道是辈分排字，耕，即自食其力，或者，寄托着耕读传家的寓意。

这小汤，外表沉寂，内心却向来不太安分，如他在《春天》里记叙的那样，被一心想遂科举愿的祖父强逼着读书，但心始终在那广阔的世界里。

我是在大学第一次读的《南行记》，说实话，现代文学史上一系列的作家作品都要读，书读过，题目做过，也就丢开了，只记得艾芜的名，只记得他的《南行记》，但无法体验他艰辛的南行。

想着要去清流，再次翻出《南行记》，细读，然后，又看《南行记》的电视剧六集，我想，这一次，我应该读懂了艾芜。流浪，因为生活；漂泊，因为梦想。

1921年，17岁的汤道耕，考进四川省立第一师范学校，四年后，因为不满学校守旧的教育体制，还因为抗拒旧式婚姻，于是开启了漂泊生涯。我看着青年的王志文演的青年艾芜，非常神似，连艾芜自己都说，比他还像。王志文演绎的形象是：清秀的面庞，略显单薄的身子，脖子上一直吊着一个墨水瓶。我以为，这墨水瓶，不仅是写实，也是一种隐喻，青年汤道耕日后的人生里，这小小的墨水瓶，就是他的全部希望。

成都到昆明，青年汤道耕是怎么到达的？他走了一个多月的山路，全凭着两只赤裸裸的脚板。穿布鞋，鞋容易烂，经济上划不来；穿草鞋，虽然便宜，但会磨烂脚皮，走路更痛得难忍。等他饿了一天后，才想到布包里还有一双在云南昭通买的新草鞋，卖草鞋，也许是他人生的第一次生意吧，几经周折，费尽口舌，才用草鞋换了二百文钱，十个铜板，但三个烧饼，就用去了十分之三的财产。

他的漂泊生活常常是这样的：饿肚子，找工作，做杂役，积攒钱，再往下一站漂泊。整整六年多的时间，他一直走到了缅甸的仰光，病倒在街头，幸被同为四川老乡的万慧法师收留。

充满危险的小道，奔腾不息的江水，人烟稀少且贫瘠的少数民族地区，罂粟花，鸦片烟，异国风情。出卖力气，当伙计，扫马粪。土官，洋修女，偷马贼，鸦片贩子，赶马人，英国官员，拐卖妇女的骗子，小偷，醉鬼，风骚的女子。一切的风景，一切的困苦，一切的人物，都变成了他极具个性的文学呈现。没有漂泊，就没有《南行记》。

青年汤道耕漂泊的这条道，其实相当有名，在他之前的三十年，一个著名的外国人就走过。1894年，澳大利亚人莫理循，从中国的上海开始，沿长江一路西行，经武汉、宜昌、重庆、宜宾、昭通、大理、昆明，一直至缅甸的八莫，再到仰光。

不过，莫理循生活极其优裕，用数十英镑的钱就游完了中国西部，他是考察和旅游，而青年汤道耕则几乎是用生命在体验和吟唱，因病躺在仰光的街头，他以为就要死去了："心里没有悲哀，没有愤恨，也没有什么眷念，只觉得这浮云似的生命就让它浮云也似的消散罢。"（《南行记》序）所谓以情动人，不过如此吧。

眼前高大挺拔的桤木，生机依旧。桤木虽然全国各地都有，但研究者认为，它的原生地就在四川，杜甫就有《凭何十一少府邕觅桤木栽》的诗，因此，桤木也称蜀木。国破山河在，城春草木深。那草木里，是少不了桤木的，它映照着蜀人叛逆和忍耐的性格。

3

从汤家院子出来，我们去附近的黄龙村和广泉村看梨花。

春分前三日，那些梨花开得还是很节制，乳白，清新，衬着刚绽放不久的柔嫩新叶，但我确信，它们应该是川西平原上较早迎接春天的使者。

我在梨花间的小径慢行。1600亩梨花，已经将村庄渐渐染色，站在高台上俯瞰旷野，纵横阡陌，梨枝疏条，碎碎白花，犹如散珠落玉盘，花正聚积力量，它们要将整个春天燃烧。

庄园的主人说，梨花要结的果子，是红宝石苹果梨，青皮甜脆，个头适中，清新可人，每公斤可卖到15元左右。

岑参第二次出塞去做判官，喝着酒，送别他的前任。夏秋之交的边塞，转眼间就是白雪纷飞，武兄啊，您要归京，这雪下得就如闻春风而开的梨花呀，转眼间就是千花万花绽枝头。岑参脱口而吟的《白雪歌送武判官归京》诗中，那些梨花意象，来自哪里呢？是江陵？是南阳？哈，这要问岑参自己。也许冥冥有定，数年后，他就任嘉州（今四川乐山）刺史，大历五年（公元770年），卒于成都。

不知道岑参有没有来过这成都市郊的西蜀古镇，但清流这漫天的梨花，是可以纪念岑诗人的，因为，几乎所有到清流看梨花的人，脑子里第一浮现的就是岑参的那两句诗。

岑参写的是边地飞雪，但我认为他就是在写怒放的梨花。

4

和节制的梨花不同，翠云村的大片稻田里，油菜花正肆无忌惮地盛开着。

中国的南北东西，油菜花儿处处开，不稀奇。青海门源的百万亩油菜花，让所有人震撼，而眼前这片油菜花却让人兴奋，菜地高台上，一架黑色钢琴醒目，一黑衣眼镜书生，正将柔软而悦耳的钢琴曲送到我们的耳旁。

旋律非常熟悉，是钢琴王子克莱德曼的，他将古典和现代巧妙相融合，流畅优雅，充满了诗情画意，我听了数十年，百听不厌。前些年，老克来杭州黄龙体育馆开音乐会，我还专门追着去听，听一次心醉一次。

现在，清流的稻田边，暖阳的柔光里，我喝着茶，看着花，又一次沉醉。

《德朗的微笑》。

开始就是强烈的节奏，一下一下重重地敲击着你的心灵，然后，是轻柔而抒情的相迎。德朗是谁？我不知道，但他的微笑一定让法国小号大师克拉德波里莱和克莱德曼着迷。弹琴青年已经深深入境，他眯着眼微笑着（我在稻田的外边，看不清楚，我猜），轻摇着头，双手随着节奏在琴键上起伏。他对着那些油菜花在微笑，他对着空中偶尔掠过的飞鸟在微笑。人生需要各种微笑，或许，你已经错过了那一次著名的微笑，但千万别再错过眼前，阳光和煦，春风拂脸，那大片油菜花，朵朵都张着动人的笑脸，你的忧愁，你的不快，面对着这些笑脸，全都云散。兄弟，谁愿意看你那张愁苦的脸呀，油菜花也不愿意。

《柔如彩虹》。

青年悠扬的琴声，幻化出了<u>丝丝</u>淡彩，彩虹在天空中夸张地高架着，那是雨后的清丽，那是夏季的热光，广阔，高美，温柔，还有<u>一丝丝</u>的悲伤，因为我们知道是彩虹，因为它不久即将离去，但是，我一点也不担心，失去的会再来，只要内心柔软坚强，看吧，那些小鸟，竟然将巢筑到了彩虹上！

《水边的阿狄丽娜》。

很久很久以前的古希腊，有个叫皮格马利翁的国王，雕塑了一个美丽的少女，他称她为阿狄丽娜。皮国王每天看着阿少女痴痴，是的，他已经深深爱上了少女，他向众神祈祷，期盼他的爱情降临。爱神阿芙洛狄忒为皮国王所感动，赐给雕塑少女以生命，皮格马利翁从此就和阿少女过上了幸福的生活。

一位红连衣裙少女，<u>坐在稻田水边的一只小船上</u>，忘情地拉着小提琴。中午虽有些阳光，但我还是担心少女着凉。那池塘，水中泛着树的倒影，莲花尚在沉沉地睡着，火红的裙子，晴光中，特别生动。

我知道提琴少女不是阿少女，或许，提琴少女是稻田弹琴青年心目中的阿少女。钢琴声和提琴声，声声交融，音符似乎纷纷滑落进肥沃的田野中，变成来年的希望种子。

看着金黄的油菜花，听着悠扬的琴声，飞鸟也和蜜蜂一样驻足，这里是它们的天堂。

在翠云村，普通的大地，装扮出最美的稻田时光。

似流泉清澈，传奇和浪漫，穿过一百年的旧时光，艾芜故园内的汉白玉艾芜雕像，也在静听着那飘逸的琴声。

我讀南行記。我看主志文演的艾蕪，瘦骨伶仃，然而精氣神卻似艾蕪。艾蕪說：你演得比我像。

己亥清流歸来

陸春祥

长安水边

1

唐天宝十二载（公元753年）春，长安曲江池边，杜甫看着杨氏兄妹豪华出游的场面，喷薄而出《丽人行》。他深邃而尖锐的眼光，似乎早就看到了杨氏们盛荣而极衰的结果。而中年杜甫这一叹息，使得"三月三"这一天也成为中国人看美女的著名日子：三月三日天气新，长安水边多丽人。

长安乃十三朝王城，地处渭河平原核心，颇似江南，到处是水，那方圆四十里的昆明池，刘彻的大型水军训练基地，虽吼音嘹亮，也有桨声灯影，还有曲江池、浐河、灞河、太平河、大环河等，皆清流汤汤，八水绕长安。

玄奘。空海。寒窑。汉瓦。

己亥春日，我在长安水边，捡拾千年故事碎片。

2

唐大慈恩寺遗址公园，晴阳透过树叶，斑驳陆离，我在四人雕塑前伫立。

这是一个勘查现场，玄奘的左边，小和尚右手捧着几卷图纸，左手牵着一条宽绳，绳的另一头，一位建筑师正双手捏着，低头看脚下。玄奘的右边，一位官员，作捋须思考状。而玄奘，则右手指着脚下的土地，专心致志地说着什么。

是的，玄奘在做他人生经历中的另一件大事，他要造佛塔。

杜诗人的《丽人行》向前闪回100年，公元652年。

经皇帝恩准，玄奘要在这里——慈恩寺，造一座塔，从印度带回来的657部佛经，这些写在贝叶上的梵文经，珍贵异常，还有大量的佛舍利，八尊金银佛像，许多重要的东西都要安放，另外，翻译经书，也需要专用场所。慈恩寺，太子李治为纪念他母亲文德皇后而建，北望大明宫，南对曲江、秦岭诸峰，渭河像丝带一样环绕着。在皇家寺院建佛塔，众人敬仰，佛法也会得到最大程度的尊重和推广。

玄奘和他的团队，花了不到一年时间，就建成了慈恩寺塔，因塔仿印度雁形佛塔形状，也称大雁塔。最初的大雁塔，只有五层，60米高，外砖，内里用土夯成，每一层都安放着不少佛经和舍利子。增高，加固，唐宋几代多次修建。

明万历三十二年（公元1604年），大雁塔第五次重修，这也是历史上最大规模的修建，整个土塔，被外砖严实包裹，加上去的砖身有60厘米厚，唐代的土塔被紧紧地夹在了里层，砖和土，融为了坚实的一体。大雁塔历经沧桑岁月，独特的风景依旧。

看大雁塔，玄奘是中心。

我们一直沉浸在玄奘人生最重要的大事情中，那些经书，是他饱尝"八十一难"（其实远远不止）后得到的真诚的回报。《西游记》里的唐僧师徒，只不过是几个庸俗化了的文学形象，公众以为，孙悟空能抵挡任何妖魔鬼怪，唐僧有了这样的大徒弟，万事大吉，事实上，真正的玄奘，取经路上，只有他一人。

光明堂和般若堂，整个大厅的左中右壁上，全都记叙着玄奘取经前后的故事。左右两壁，是铜雕，人物动物线条简洁流畅，情节曲折生动；中间长壁是木雕，精工细作，场面宏大，人物众多，却完全不见刀痕斧凿。

我知道，豪华盛大的场面，只是成功后的赞美，线条的背后，却是玄奘用生命付出的诸多艰辛。玄奘西行，并没有得到官方的同意和资助，而他西行的目标坚定，雪山和峻岭，狂风和沙漠，饥寒和疾病，一切凶险，甚至死亡，都不能阻止他。沙漠数日，炎炎烈阳，缺水断粮，濒死的状态，都被他的强力信念战胜。他排除万难，终于到达印度佛教最高学府那烂陀寺，向著名的佛学专家学习，取得真经。玄奘的聪慧和坚毅，仅五年，就以优异成绩显名。然后，他用四年时间在印度各地游学，声誉日起。再然后，又到最高学院教学讲经若干年。看，擂台摆出，大辩经场面，是学问和口才的集中显示，三个月，数万人，没有一个人辩得过玄奘。

17年后，唐贞观十九年（公元645年），玄奘满载而归，《玄奘回长安图》记录了这样的盛事：正月二十五，玄奘回长安，"道俗奔仰，倾都罢市"，长安城一片忙乱，人们奔走相告，生意都不做了，老百姓都跑来迎接他，甚至连李世民也来了，因为玄奘带回了许多的宝贝：佛经520箧657部，以及上万颗舍利子和大量的其他书籍、佛像。

有了慈恩寺的大雁塔，玄奘可以专心译经了。他是不会为功名利禄打动的，李世民三次要他还俗做官，做什么军事顾问——你看，他的《大唐西域记》记得多仔细啊，他到过110个国家，风土人情、山川地理、物产气候、军事政治，了然于胸。唐太宗以为，这样的人做军事顾问，去征服西域诸国，实在是不可多得的人才。而玄奘的心，只在他钟情的事业上。

翻译是再创作，真实、准确、好看，信达雅为高标准。慈恩寺的译经院，终日灯火通明，繁忙却安静有序，各地名僧20多人，在玄奘的统筹下，分别承担检查译义、润饰文句、词语推敲、记录抄写等工作。玄奘带领人先后译出经、律、论75部1335卷，译文质量极高，在中国翻译史上开创了新的里程碑。另外，他还将《老子》等译为梵文，传到印度，道教佛教，互通有无。

我们在大雁塔的内心里攀登。

一层，二层，我看到了贝叶经的复制品。彼时，印度的人造纸张极稀少，贝多罗树叶，经过处理，是极好的书写经文材料，《大唐西域记》卷十一如此记载玄奘的所见："城北不远有多罗树林，周三十余里，其叶长广，其色光润，诸国书写莫不采用。"两张贝叶经，卷放在两个长形的玻璃罩中，上面的梵文模糊可见。贝叶经已经有2500多年的历史，据资料显示，世界现存贝叶经总量不过千部，而我国的西藏占到六至八成。我在西双版纳看到过贝叶棕，有人说那就是贝多罗树叶，极像棕榈树叶，叶呈扇状散开，叶面平滑坚实。

继续登塔，三层，四层，五层，这里要停一下，原来，玄奘造的塔只有五层呢。我极力想分辨出土塔和砖塔，却根本辨不出，它们已经紧紧连体。东西南北，四个窗口，都是眺望西安的好角度。这一条朱雀大街，5公里长，105米宽，是古长安城里最繁忙的大街；那影影绰绰的屋和树和车，都幻化成遣唐使们流动的车马。马驼嘶鸣，万邦来朝，大唐盛世，气象万千。

再往上，六层，七层，终于登顶。整个西安城，尽收眼底，大雁塔北广场，数万平方的喷泉水面，映着大片蓝天，晶莹莹闪着光。小寨商圈，华侨城，电视塔，笔直的宽道伸向远方的秦岭。

在我心里，玄奘不单单是一个成功的高德大僧，他还是伟大的哲学家、文学家，他留给我们诸多的精神启示，为了自己的信仰，纵然千难万险，也要百折不挠，直至生命终结。

忽然，有人喊，天空中有云彩像雁在飞翔呢！哈，真是，蓝天上，两抹大长条白云，左右分开，恰似大雁展翅，居然还有雁头，正奋力伸展！

3

玄奘西行，创造了文化交流的千古神话，也使佛教在大唐的发展竖起了新的里程碑，遣唐使们，有许多是来取经的。

150年后，唐贞元二十年（公元804年），东瀛日本国赞岐多度郡（今日本香川县善通寺市）人空海，从难波（今日本大阪）出发，不畏艰险，来到大唐长安青龙寺学法。

我坐飞机，从杭州到东京，两个多小时就到了。而数千年前，茫茫大海，需要坚强的意志和漫长的航行，并不那么坚固的舟船，很难抵挡狂风巨浪。空海原来叫真鱼，自幼学习中国儒家经典，博览群书，青年潜心于佛教文化的探索与学习，后来出家。空海30岁入唐求法，海上漂流34天，才在福建长溪赤岸登陆，然后，经杭州、洛阳，一路辗转到了长安。其间经历危险，空海没有畏惧，他心里时刻以鉴真大师为榜样，鉴真传法的精神一直鼓励着他。鉴真曾六次东渡，前五次都以失败告终，第五次更为悲壮，60岁的鉴真，从扬州出发，结果一路漂到海南岛，吃生米，饮海水，归途中，又因长途跋涉，过度操劳，不幸身染重病，双目失明。然而，鉴真依旧没有放弃。第六次东渡，又历经曲折，苍天终于没负鉴真。鉴真大师在日本影响巨大,空海心里,有一个早已埋下的愿望,一定要去大唐探源,如玄奘一样取得真经。

青龙寺遗址博物馆的资深研究专家魏燕,从一片废墟开始,就在这里工作。三十多年来,她熟悉这里的一草一木。她为我们介绍空海。

其实,魏燕开始介绍空海一行坐船漂流到福建沿海登岸的时候,我脑子里就立即浮现出我《太平里的广记》中的一则笔记,那是宋代作家周辉《清波杂志》卷四里的一节,小标题叫《倭国》:

我(作者周辉)在泰州的时候,正好碰上一只日本船漂到那里,船上有二三十人,他们借住在郡馆。有人问日本的风俗,都听不懂他们的回答。旁边有个翻译,是宁波人,通过翻译,我们知道,日本人生病,不用医药,只将病人全身裸露,放到水边上,用水全身浇淋,再面向四方,请求神保佑,病就会好。还说,日本的妇女,都披头散发,遇见中国人到达他们的国家,就选择长相端正的,请求和他们睡觉,这叫"度种"。翻译还讲了许多,我们都听不懂。后来,朝廷下令,让日本船从泰州码头,一直开到宁波,趁顺风回日本。

看来,无论什么时候,中日两国的民间交流还是很频繁的。

回到空海。魏燕说,有一天,青龙寺的惠果大师,一直在闭关,谁也不见,而至傍晚时刻,惠果忽然让人敞开大门,说有人要来。这是空海第一次来青龙寺。空海还在寻找惠果的时候,惠果就大声地对来人说:你怎么才来呀,我等你好久了。他们就像老朋友,一见如故,相谈甚契。惠果亲自为空海灌顶,并将两部大法及诸尊瑜伽全部传授给空海,授他遍照金刚密号。而空海呢,抓住一切时间和机会,向惠果认真学习密宗,并广交朋友,遍访名胜,尽力搜求密宗经文和图像，尽得密宗真传。两年后，惠果圆寂，空海为惠果送葬后，踏上了归国的行程。

空海带回日本216部461卷经论，还有佛教各种图像。他在京都西郊立坛授法，成为日本真言密宗的祖师。空海还建学校，不分贵贱，开启平民教育先河，兴修水利，良田旱涝保收，著书立说，传播唐朝文化。魏燕说，有人将空海比喻为日本的孔子。嗯，空海在日本是个家喻户晓的文化名人。

我们在"五笔和尚的故事"图板前站立。

空海精通中国书法，草、行、隶、篆、楷，均有造诣。传说，唐顺宗时，空海曾被邀请到长安宫墙补王羲之真迹的脱落字，他大显身手，口、双手、双脚，同时持笔书写，被赞为"五笔和尚"。空海回日本后，与日本的书法名家嵯峨天皇、橘逸势，并称为"平安三笔"。

空海回国，收到一首署名鸿渐的送别诗。诗作者也是僧人，有可能就是陆羽，《奉送日本国使空海上人橘秀才朝献后却还》这样写：

禅居一海间，乡路祖州东。到国宜周礼，朝天得僧风。
山冥鱼梵远，日正蜃楼空。人至非徐福，何由寄信通。

诗是在越州写的，其时，两位僧人应该都在越州游览。明白通俗，情谊淡淡，却真诚。您在咱大唐学到了不少，回国后一定会大显身手，不过，此去经年，我们什么时候才能见面呢？

魏燕带我们来到"空海纪念碑"前，她说，这是青龙寺最早设立的纪念碑。碑底有一圈座基，两层环檐，十米左右高，简洁干净，碑顶有五个几何形状的图形，魏燕解释，那表示"空风水火地"，佛教的五轮。

青龙寺地处乐游原，就是李商隐著名的"向晚意不适，驱车登古原"的原，原并不是高原，只是略高一点而已，它坐落在长安城东南部的新昌坊。1986年，日本佛教协会赠给青龙寺千余株樱花。魏燕有点抱歉：你们要是早一个月来就好了，青龙寺里，满寺都是漂亮的樱花。

有人笑答，我们可以想象呀。是的，文化就是文明，文化没有国界，文化需要交流，无论玄奘，或是空海，他们都以自己的滴滴心血，培育浇灌着文化之花，千年传承，历久弥鲜。

4

和玄奘、空海用一生的时间去求法弘法相比，坚毅女子王宝钏，也用十八年的漫长时间，向我们传递了另一种精神，对爱情的无比坚贞，对家庭的长久责任。

曲江池边，大雁塔附近有个五典坡村，村西有著名的寒窑，它是故事主角十八年困苦生活的主要舞台。

京剧《红鬃烈马》，秦腔《五典坡》，越剧《王宝钏》，大江南北，王宝钏美丽而善良的形象，一次次敲击着人们的心灵。

相府小姐王宝钏，本来完全可以衣食无忧的，然而，一次平常的游历，却改变了她的命运。三月三日天气新，曲江池边多丽人。这一天，王宝钏带着丫鬟出游，如潮的人流中，一定有那些追花采蜜的富贵浪荡公子，美女们往往是他们追逐或调戏的对象，王小姐就这样被盯上了。英雄救美的故事，实在是太老套了，然而，它却为古今中外所津津乐道。然后，王、薛私订终身；然后王府绣球招亲；然后王父嫌贫爱富。几经周折，薛平贵终于将王宝钏迎回了自己的寒窑。再然后，薛平贵征东，建功立业，王宝钏几近绝望地等待。为爱痴狂，望眼欲穿，长久的困苦与等待，让人心生疼意。王宝钏和薛平贵的故事，几乎一点新意也没有，然而，大家喜欢。

我猫腰进寒窑参观。

向黄泥土要空间，几个平方的窑洞让人有些喘不过气，十几孔窑洞连成一体，通道逼仄，大多数只能允许一个人通过，也不知道王小姐到底是住哪一间或哪几间，王小姐挖野菜，据说附近的野菜都被她挖光了。我觉得，生活上的苦，其实难不倒王小姐，内心里的苦才难熬，爱人在哪里？爱人还爱她吗？爱人有没有娶二房？我的等待值得吗？然而，凭着超人的意志，王小姐到底还是熬过来了，熬成了西凉王后。

我妈是个戏剧迷，自小就听她唱越剧、黄梅戏，我也很早就知道有个王宝钏，后来看隋唐演义，深深迷恋于秦琼、李元霸那些英雄的故事。一直以来，我都将王宝钏当作传奇看，现在，看了这几孔寒窑，依然坚持这样的观点。不过，象征和隐喻，戏曲传递的精神，却代代相传。它是一种昭示，无论贫寒和富贵，人总有道德底线，而对底线的坚守，就是中国传统文化的主要精神之一，王宝钏是一个好榜样。

5

王宝钏十八年苦守寒窑，先悲后喜，让人怜惜，而一出生就遇大凶险的刘询，也真是让人捏一大把汗。

汉宣帝刘询，中兴之帝，不过，他差点被掐死在襁褓中。他是汉武帝的曾孙，太子刘据的孙子。刘据没等到继位，却陷入著名的"巫蛊之祸"中，连累了许多人，幸好刘彻临死之前醒悟，曾孙才得以保命。

鸿固原，在长安城南，潏河、浐河两水相绕，林深树茂，风景宜人，刘询少年时就喜欢在原上登高览胜，当上皇帝后，他就在此建设陵墓，我们现在称之为"杜陵"，汉代开始，这里就是人们的游览胜地。李白有《杜陵绝句》如此描绘：南登杜陵上，北望五陵间。秋水明落日，流光灭远山。

我去杜陵，是为了看秦砖汉瓦，中国馆藏瓦当数量和品种最多的专题博物馆，就隐在杜陵的深处。

秦砖汉瓦，我在陕西历史博物馆里看过，常走的杭州运河桥西也有秦砖汉瓦展览，砚台造型，花盆造型，那花盆，砖心里挖一个方孔，养菖蒲最合适，山菖蒲，水菖蒲，石菖蒲，古砖鲜草，烟火味十足。不过，公开售卖的东西，不辨真假，我只是好奇而已。这一回，3600版别，4600多块瓦当，从西周一直到明清，琳琅满目，终于饱了眼福。

瓦当使用及功能、瓦当发展史、瓦当分类、古砖展、佛像瓦当、瓦当王，我一个展区一个展区细看。脑子顿时觉得不够用，因为要调动许多知识和积累，虽是建筑，但涉及文字、文学、美学、书法、雕塑、装潢。瓦当的内容更驳杂，神话、图腾、自然、生态、宫廷、宫署、陵寝、地名、官名、姓氏、吉语、民俗、佛像等，几乎无所不包。

云纹瓦当。

如天空中的云，没有一片是相同的，中国古人的想象力，像云彩一样肆意流动。网云纹，叶云纹，十字纹，树云纹，房屋树木纹，勾云纹，桃云纹，水涡纹，雁网纹，嘉禾纹，花纹，葵纹，这些秦汉瓦当，简洁规整，拙巧相间，均衡对称，跳跃流动，富有旋律，匠人们融自然于心间，行云流水，极具艺术魅力。看着这些云纹瓦当的简注，脑子却不断地穿越到瓦当的生产年代。这一块，秦云纹瓦当，出自西安市蔺高村的阿房宫遗址，直径16.5厘米。当心5个乳丁，环乳丁向外四边，伸出双重阶梯状山形纹饰，山形纹将当面四分，每一区内又各饰一倒羊角形云纹。杜牧低沉的声音似乎又在我耳边响起：骊山北构而西折，直走咸阳。二川溶溶，流入宫墙。五步一楼，十步一阁。廊腰缦回，檐牙高啄。各抱地势，钩心斗角——这三百里的阿房宫，要用多少的瓦当呀，最后，楚人一炬，可怜焦土！那些瓦当，那些豪华，都如这瓦当上的云一样，烟消而散。

动物瓦当。

大自然中，人毕竟力量有限，而那些猛兽，则成为人们借力的极好象征。于是，各式各样的动物，力量型，祥瑞型，纷纷登上高堂显屋。龙纹，虎纹，豹纹，龙虎纹，凤鸟纹，云兽纹，白虎纹，虎牛纹，夔凤纹，饕餮云纹，凤鸟衔鱼纹，鹤云纹，三鹤纹，龟云纹，牛云纹，蟾蜍纹，飞鸟云纹，奔鸟纹，四凤朝阳纹，摩羯鱼纹，朱雀纹……各种动物结合，有它们挡着，妖魔鬼怪，统统跑开。

这一块，秦鹿纹瓦当，出自凤翔县雍城遗址，直径14.5厘米。当面一只雄鹿，四蹄腾空，鹿角高扬，似奔驰中突然停下来的样子，细瞧，还有一只小鹿在其胸前嬉戏。这样可爱的鹿，却被赵高牵到了朝堂上，当作他检测权威的道具。赵高故意问胡亥：这是一只什么动物呀？让秦二世万万没想到的是，这竟然是马！赵高的奸恶远非他能想象，当他杀光了兄弟姐妹，杀光了正直辅国的忠臣，自以为皇位稳固的时候，他皇位座椅的总开关，其实仍旧掌握在赵高手里。鹿变成马，不是美丽的童话，而是残酷现实权力的游戏。

汉字瓦当。

一字，二字，三字，四字，甚至八字，更多字，各式各样的标注，表意更简单，也更丰富，这是刘家的，那是王家的，这是宫殿，那是仓库，这是将军，那是商人，这是宅第，那是墓地，谁家的，怎么用，一清二楚。

这一块，汉"亭"瓦当，出自河南省安阳地区，直径15厘米。当面中央一隶书"亭"字，外周单线四格界，每格饰一单线云纹，外周一圈弦纹。一看到这个"亭"，刘邦就活生生地站在了我面前。这些时间，我重读《史记》，刘邦的形象再一次清晰起来。泗水亭长，好酒好色，不事生产，用一张假贺礼单子，骗吃骗喝，再骗了老婆，本事确实了得。亭长，秦汉时期最基层的行政单位长官，本掀不起什么大浪，无奈，刘邦从出生到起兵，都有种种异象，这似乎为他建立汉王朝寻求了某种合法性。秦始皇发现"东南有天子气"，想弄死刘邦，也徒然，有方位，没定位，瞎忙乱。所以，这个"亭"字，绝对不能小看，替人遮风避雨，是亭的本分，而从亭长位置做到皇帝的，只他刘邦一人。

这一块，汉"上林"瓦当，出自西安市汉长安城遗址，直径15.2厘米。半圆形，双栏格界，二字篆书，分左右排列。"上林"，就是刘彻苦心经营的"上林苑"，太有名了，太大了，340平方千米，上林苑里生出了多少故事和事故，我这里不细说了。我们所在的这个博物馆，就是汉代上林苑一个重要区域。

我在"天人合一"瓦当前，仔细听讲解，这是镇馆之宝。

金乌神鸟，蟾蜍玉兔，益延寿，三块瓦当，当面直径22厘米，均为汉长安城汉武帝延寿宫出土。一看就知道，这是刘彻求长生的吉祥物。公孙卿对他说：您要想长寿，就要经常和仙人会面，那必须造一座高楼，否则仙人们不来。延寿宫，延寿，再延寿。金乌就是太阳，月宫里有玉兔，看那金乌昂首展翅，一飞冲天，雄浑大器；看那玉兔，长耳翘尾，鼓目亮睛，腾空奔跃。所有的一切，都显示着旺盛和蓬勃，我就是天，天就是我，天人合一。

4000多片瓦当，每一片都有一段独自的长长的光阴。

"永受嘉福"，鸟虫篆汉代瓦当，我买了一张这四个字的拓纸。此瓦当，直径18.2厘米，四字上下排列，皆为鸟虫形，整个构图，祥瑞雍容。上苍赐福到永远，多么美好的吉祥用语呀。

6

曲江池边，水波泛起一些涟漪，日光在微波上自由舞动。

《丽人行》隆重出场。丽人们着鲜衣，舞长袖，薄纱飞扬，一圈又一圈用力甩向空中，俏身三百六十度不断地旋转。广阔的时空和千年的历史，都被凝固成了快速流动而瞬间消失的符号。

晴阳下，大雁塔的淡黄和湛蓝的天空，醒目辉映。

长安水，逝者如斯夫，不舍昼夜。

長安是漢唐的另一個代名詞。長安水邊多麗人，前人已遠逝。老杜嘆息，玄奘西行，雁塔有個影，長安長存。

長安歸來
陸春祥

秦风起

1

我天生对"秦"字有亲近感，我心目中的秦，是忍耐和力量的代名词。

《史记·秦本纪》说："秦之先，帝颛顼之苗裔。"哈，秦人是颛顼帝的后代，我的始祖陆通，也是颛顼帝的后代，这不就攀上亲了嘛。

西周中期，秦人的始祖秦非子，为周孝王养了一大批膘肥体壮的好马，受封于秦亭（今甘肃清水），"秦人"这个名词从此诞生。公元前770年，周平王东迁，秦襄公一路尽心护驾，封为诸侯，"秦"国横空出世。分封时，周天子看着人高马大的秦襄公，意味深长地对他说：那些可恶的西戎，占领着我们岐山以西的大片肥沃土地，带领你的人，将西戎打下来，那些好地就是你的！此后，秦襄公及其子秦文公，经过二十余年的浴血奋战，终于将西戎侵占的关西地区夺回。后面的历史就逐渐清晰起来了：秦人经过长达五个多世纪的艰苦创业，以忍耐和坚毅为主要品格，最终问鼎中原，统一天下。

说秦人，一定绕不开宝鸡，这个地区，差不多是秦人的命脉所在。秦人不断东扩的过程中，在宝鸡建设过四座都城：汧邑（今宝鸡陇县）、汧渭之会（今宝鸡千河与渭河交汇区域）、平阳（今宝鸡陈仓）、雍城（今宝鸡凤翔）。

戊戌冬日的一个双休，我到了秦地宝鸡。

2

中国青铜器博物馆,牵引着我们的目光。

《宝鸡日报》记者麻雪问我参观感受,我说除了震撼还是震撼。自西汉宣帝以来,两千多年间,宝鸡地面出土了数以万计的青铜器,数量、品种、精品,均居全国之首。夏商周的各类青铜器,精美而华贵,而到了秦帝国馆中,明显感到,无论食器、水器、酒器、乐器、兵器、车马器,规制和体积都要小许多,除国家的实力以外,我想更多应该是秦人的务实和节俭,这些东西,虽是国家的象征,但说白了,也只是礼节的需要。秦国的崛起,靠的是一步一步的坚实打拼。

我在一排爵前细观。这是饮酒器,深形筒腹,口缘前,有倾倒液体用的长流槽,口缘后端,有尖状的尾,流槽与杯口之间有"柱",器腹一侧有小把手,腹底有三足,尖而高,可以温酒。我眼前的爵尊中,似乎漾满秦酒的微漪,明亮而清澈,公元前238年,二十一岁的秦王嬴政,意气风发,正端坐在雍城蕲年宫的王座上,他的亲政典礼就在这里隆重举行。他举着满斟秦饮的爵尊,一饮而尽,那豪气中,满含着他统一中国的决心。

秦饮里,一直浸润着一种胜利者的霸气。

"周公东征鼎"的铭文记载:"戊辰,饮秦饮,公赏。"周公率军征伐东夷,平息了管叔、霍叔的叛乱,灭了东夷丰国、博姑国凯旋。戊辰这一天,天朗气清,在西周国都(今宝鸡周原)的宗庙里,举行盛大的庆捷大典,痛饮秦酒,犒赏功臣。

周公饮秦酒,嬴政手中的那杯酒,都是秦人的骄傲,因为他们的酒,早已成了周王朝的国酒。公元前677年,秦国建都于雍城,都要在上一层自然晾干之后才能进行。

西凤酒就在这样博采秦川四季的"海"里，完成了自己的华丽蜕变。

5

虽高大威武，却十分的文质彬彬，秦人汉子王延安微笑地向我们介绍他的创业史。从四十三岁开始创业，专卖西凤酒，凭着坚毅和聪明，他创造出的西凤六年、十五年两个品牌，已经成为西凤名牌中的名牌，他们公司的销售，占了整个西凤酒的三分之一以上。

他还亲自下厨，为我们做油泼面，秦声朗朗：多放点姜，多放点蒜，暖胃，去腻。饭后，又为我们一一照相，人像技术是他的拿手。我们感叹，这年头，卖的不是酒，而是文化。

在青铜器博物馆的文化商店里，我看中了一个逨盉模具，它是盛酒器，造型极为奇特：盉盖为栩栩如生的凤鸟，展翅欲飞；盖子和酒器的连接处，有一只正往上爬的老虎，悠然自得而不失兽王的威严；盉身上有一支龙首长管，用来倒酒；逨盉的最下端，由四个龙首支撑。

我想象着，长管龙首一旦游动起来，那嘴里，秦饮就会汩汩而出，酒连成巨大的抛物白线，流畅明亮，秦风千里，香颤山河。

不上头，不干喉，回味愉快。

秦风起，西凤来。我不是在替西凤酒做广告，我是在回味和赞赏秦人自周朝至现今的三千多年绵延时光里，那种伴随着胜利和快乐的喜悦表情。

秦有柒佰多年之國祚。秦代和秦朝是兩個概念。我敬崇秦代，我厭惡秦朝。

雍城觀后

陸春祥

从西岐出发

1

这一日的清晨,有邰氏之女姜嫄,赤着双脚,踩着坚实的步伐出门了。她要去祭祀,走着走着,前方出现了一串巨大脚印,她的双脚自然也踩了上去,当姜嫄踩在那双大脚印上时,一阵热流传遍全身,她怀孕了,生下了后稷,中国的农业之神。

后稷,名弃,被帝尧封为农师,别姓姬氏,他就是周人的祖先。

《诗经·大雅·生民》里,以丰富的想象力,叙述了伟大母亲姜嫄的这场造神史诗,"厥初生民,时维姜嫄"(初生周人的祖先,就是那个姜嫄),"履帝武敏歆"(踩着天帝的足迹怀孕)。

后稷生,百物长,民众兴,周原大地,一片欣欣向荣。

岐山人将后稷称为"麦王爷",感谢他赐予精美的面食。

红油浮面,臊子鲜香,岐山臊子面来了。我们在岐山北郭民俗村的美阳馆吃臊子面,"面白薄筋光,油汪酸辣香",一碗,两碗,三碗,四碗,五碗,以面为主,加进各种辅料,颜色和味道每一碗都不同,第五碗,必须吃,平安长寿。

2

《诗经·周颂》的第五首是《天作》,只有短短的七行二十七个字,却是最精练的周朝发展史:

> 天作高山，大王荒之。
> 彼作矣，文王康之。
> 彼徂矣岐，有夷之行。
> 子孙保之！

己亥七月中旬，虽已进入炎夏，但今日气温只有二十一度，在陕西岐山周原广场，我高声吟咏了数遍《天作》。

上天筑就了一座伟大的岐山，但大山荒凉，太王精心领导治理，荒山变成了粮仓。百姓们在此安心栖居，文王带领大家走向安康。百姓们纷纷来此定居，通往岐山的道路平平坦坦。周人子孙呀，大家要巩固发展先辈所创的基业，永远保持这种生活！

太王，就是后稷的子孙古公亶父。他是周文王的爷爷，正是古公亶父的英明决策，率领族人在岐山定居，并选择了姬昌继位，奠定了周朝八百年的基业。

看《诗经·大雅·绵》的四句：

> 古公亶父，来朝走马；率西水浒，至于岐下。

伟大的古公亶父，从清晨出发，昼夜策马，沿着渭水向西跑，终于来到美丽的岐下周原。岐山，在长安西边，因山有两岐（两峰），故称岐山，岐地也称西岐。

周朝起初的一百余年里，岐山就是中国的名山，西岐，是周的政治经济文化中心，周族由一个地方性部落逐步上升到统治全国的天子地位。

我去京当镇的宫里村，为什么叫宫里？这里就是周朝的宫殿边上嘛，王宫边上的村庄。宫里人笑着介绍：我们这里是周文王的出生地，这是中国胎教开始最早的地方。

胎教？

是的。《列女传》言之凿凿：太任之性，端一诚庄，惟德之行。及其有娠，目不视恶色，耳不听淫声，口不出敖言。……文王生而圣明，太任教之，以一而识百。

周文王姬昌的娘，叫太任，也就是古公亶父老三季历的媳妇，自开始怀了昌哥，就不看不好的东西，不听不好的声音，不说不该说的话语，总之，她将胎教当作了头等大事。而昌哥自诞生起，就显示了他的不一般，以至于古公亶父都改变了接班人的次序，想让孙子姬昌接班。太伯、仲雍，老大和老二，知道了老爹的政治意图后，高风亮节，自动让位，爹爹要先传位老三，老三的儿子才能当王，那么，我们就奔往别处去吧。

岐山祝家庄镇岐阳村，有周三王庙，庙后，周太王陵大碑在雪松林中挺立，此碑为清朝陕西巡抚所立，碑前有香烛痕迹。碑后，有一个约三米高、数十平方米的大圆冢，红砖垒围着冢身，有的砖已经有些碎裂，冢顶长着大片茂盛的杂草，茁壮指向蓝天。温亚军说，我们沿冢绕行一圈吧。嗯，一行人默默绕着圈，各自想着心里的事。这冢，里面肯定什么也没有，连衣冠冢也算不上，它只是岐山人的一种念想而已。

不过，绕行一圈，向三千多岁的古公亶父致敬，竟也十分的踏实和虔诚。周的疆域辽阔，设公爵侯爵伯爵子爵男爵附庸爵六个爵位，分封出大小国家七十多个，几百个大姓，说不定，这周太王，也是你我的祖先呢！

3

2012年3月15日上午，晴阳高照，周三王庙的广场前，"重走太伯奔吴"活动在这里举行隆重的出征仪式。重走活动的主体人群，是来自江苏无锡新吴区梅村街道的吴姓人士，他们来这里是寻祖，当年，太伯、仲雍从岐阳出发，远涉江南，定居梅村，建立了江南第一个文明古国"句吴"。

《宝鸡日报》记者麻雪和我说，她当时正跑文化旅游这条线，整个活动她都参与报道了。麻雪还帮我找出了当年的相关报道。我问她有什么体会，她说，梅村吴姓对太伯的尊敬，是用一系列具体行动来表示的，他们捐资二十一万元，分别为祝家庄镇、岐阳村设立了"思源"共建基金和太伯教育基金，这些周人后裔，感恩太伯和仲雍，感恩祖地的哺育。

尽管学界对太伯奔吴地有不同的说法，但吴的崛起及发展，诸多权威的史籍，都是有力的证明。《史记索隐》《史记正义》《汉书·地理志》《吴越春秋》《括地志》等皆认同，太伯他们奔向的是无锡的梅村。

《史记·吴太伯世家》这样记载：

> 吴太伯，太伯弟仲雍，皆周太王之子，而王季历之兄也。季历贤，而有圣子昌，太王欲立季历以及昌，于是太伯、仲雍二人乃奔荆蛮，文身断发，示不可用，以避季历。季历果立，是为王季，而昌为文王。太伯之奔荆蛮，自号句吴。荆蛮义之，从而归之千余家，立为吴太伯。

这里除了陈述太伯让位的前因后果，还有一个重要事实，就是太伯也是通过他自己的实际行动，比如兴修水利、建立农耕文明等，才赢得了当地老百姓的认同和拥立。

梅村号称江南第一古镇，有太伯庙和墓，都是全国文保单位。数年前，我去无锡就瞻仰过。

柏树青青，人们对太伯的尊敬，三千二百多年来，依然热烈。太伯井的亭子上有一副对联，甚为恰当："井邑依然旧山水，荆蛮乃是新天地"，对太伯来说，这里有和西岐一样的天空，不一样的民众，这一片新天地，需要精心引领和教化，以使我周的文明广传天下。"至德殿""至德高风""至德名邦"碑坊，都将"至德"作为主题，太伯的德行，让人高山仰止。

我看着太伯的雕像，心中感慨良多。我努力想一个问题，太伯的品格是如何铸造成的？古公亶父伟大，周文王伟大，太伯更伟大，"让"不仅仅是一种简单的辞让行为，更是高尚的自觉品德，难怪孔子要赞叹太伯"至德"了。

当年，太伯他们从西岐出发，古公亶父一定没有为他们举行过隆重仪式，弄不好他们就是悄悄地走，走吧走吧，好让老三安心当王，姬昌安心当王。这一伟大决定，周的文明种子也同时播撒到了吴地。

以前我教书的毕浦中学，边上有个村叫吴家坎，属于至南乡（后改瑶琳镇），我教的学生中，有数位都来自这个村。有一段时间，我一直沉浸在我的陆姓宗谱研究里，翻姚朝其先生的《桐分谱谍》一书，偶然读到"桐江至德吴氏宗谱"一节，吴家坎的吴姓先人，就是自元代从无锡梅村迁过来的。二十世纪五十年代以前，至南乡也叫至德乡。为什么叫"至德"？是不是吴姓人带过来的"至德"？

我没有研究考证过，如果是，则十有八九和太伯有关，对祖宗的尊敬嘛。

文化的传播，就这么神奇，如顽强的藤蔓，生生不息，联结着你我。

4

西安市长安区沣河西岸的马王村，有个著名的H18考古灰坑，吴克敬带我去那寻丰镐遗址。

克敬兄的老家在扶风县，也属同一片周原，他从小就沐浴在周风之下，他发现的青铜器，博物馆里都放了好几个。他对这一片土地，如数家珍。

丰镐城，是周人自西岐之后建设的第二个都城。古公亶父迁岐后，精心建设，西岐崛起，历经三代。到周文王时，已经积聚起了相当强的力量，他们不断征伐周边小国，扩大自己的领土。我们看《封神演义》就会发现，这个时候，周其实已经开始了灭商的准备，只是暗暗积蓄力量。纣王将姬昌拘起来，不是没有一点道理的，他心里也有点惧怕。

《史记·周本纪》这样形容文王的勤奋和仁德：

> 西伯曰文王，遵后稷、公刘之业，则古公、公季之法，笃仁，敬老，慈少。礼下贤者，日中不暇食以待士，士以此多归之。

这里有一个细节，姬昌对贤能的人以礼相待，每天接待他们，到中午还来不及吃饭，很多士人因此来归顺他。

西伯暗中做好事，诸侯之间有矛盾都来请他裁决。一个有趣的故事这样说，当时虞国芮国有人发生纠纷无法解决，他们就来到周国。当他们进入周国境内的时候，看到耕种的人彼此谦让田界，民间都把谦让长者当成风俗，虞国芮国的人还没见到西伯，就已经觉得惭愧，相互说：我们所争执的，正是周人所鄙视的，我们还去干什么呢？

文王被崇侯虎陷害，纣王将他关在羑里，他写出了著名的《周易》。

文王末年，周人开始将都城从西岐向东迁至沣河西岸的丰，就是丰京，以尽可能地和商面对面。而到武王时，又在沣河的东岸建设了一座新城，史称镐京。两京只是一河之隔，而且，武王虽居镐，祭祀什么的常常要回丰和西岐，西周诸王常常在丰镐、西岐之间来回。

克敬和我说，丰镐的具体位置，虽多方考古发掘，但到目前并没有确定，只知道在沣河两岸，八九不离十，H18灰坑，就是一个很好的例证，这一地带，应该就是周王城。

远处，一座大桥将沣河的两岸串起，沣河边长着茂盛的水草，沣河并不宽，也就两百来米，或许，三千年前，这里是汤汤大河，河水清澈，两岸田地肥沃。它们为周王朝消灭殷商和进一步发展，提供了强大的支撑。

丰镐，中国历史里程碑上的坚硬基石。

5

姬昌生了个好儿子啊!

武王姬发刚上任三天,立即召集下属开会。他问大家:有没有保存下来的,可以永远指导我们周朝子孙后代的古代规约和行动方法呢?大家都摇摇头,说没见过哎,也没听说过有这样的东西。

姬发于是很郁闷。这时有人出主意了,我们把姜太公找来问问吧,他老人家懂得多。姜尚一来,姬发就很谦虚地问:您老人家看见过黄帝、颛顼的治国方法吗?太公说,我在《丹书》上好像看到过。大王如果想听,请您斋戒三天。姬发太高兴了,果真有高人呢。他立即斋戒。

三天后,姜太公很庄重地给姬发讲起了先王的治国之道。这些治国方法,大概可以分成两个层次。第一层意思是说:干什么事情都要认真努力,绝不能懈怠,努力超过懈怠,就会吉祥,永世长存;懈怠超过努力,就会偏差,就会歪门邪道,最终灭亡。第二层意思是讲:对天下百姓要怀有仁义之心,绝不能有过多的欲望,仁义超过欲望,顺利;欲望超过仁义,凶险。总起来讲,靠仁义得到国家,用仁义保护国家,就会有百世不变的江山;靠不仁得到国家,用仁义保护国家,就会有十世江山;靠不仁得到国家,用不仁不义去保护,祸害马上就来了。大王您说的古代流传下来的规约,大概就是这些吧。我记得不完全,也就知道这么多了。

姬发听完姜太公的话,真是如遭雷击,醍醐灌顶,胆战心惊。散会后,感慨万千,思如潮涌,马上书就《戒书》若干。这些座右铭一共十七条,贴满了他的办公室和卧室及随时能看到的地方,日日提醒,时时警惕。

首先是他办公室的四周。左前方的铭为：处在安乐之中也一定要谨慎勤勉！右前方的铭是：没有让人后悔的行为！左后方的铭这样激励：时时记住自己的错误行为！右后方的铭则更具深意：一定要高瞻远瞩，不能只顾眼前！桌子上的铭文很实在：少说话，多干事，言多必失！

然后是他住所的角角落落。门口柱子上的铭文这样贴着：不要认为自己不残忍，那会导致残忍的发生；不要认为自己不会危害国家，那会导致大祸；不要认为自己没做伤害人的事情，那会对人有大伤害。门框上的铭文则如此告诫自己：人的美名积累需要一辈子时间，而失去美名却只要一件小事；一个人如果没有志气和勤劳，能说他聪明吗？一个人不经常反思自我，能说他自省吗？风吹来的时候，一定会使树摇摆，即使圣人，也要防止风吹树般的干扰。窗子上也不能空着，正好睡前可以提醒：一定要遵从天时，一定要利用地利！

连他卧室里也都贴了不少。早上起床就要用的盥盘上这样刻着：与其被人所溺（陷害），还不如溺于深渊，溺于深渊，还有机会游出来，被人所溺，那就没得救了！每天要照的镜子前这样写着：事前有所预见，事后有所思考！

姬发认为，这样日日诫勉自己还不够，还要时时。于是，他在帽子的飘带上这样写：火灭后一定要检查一下盛水的容器，常常谨慎提防，才会平安，平安才会长寿！他甚至在鞋子上也写着铭文：不能贪食，不能多喝酒，能逃则逃，如果过分了，一定要自我惩罚！周朝的君臣关系估计是相当的融洽哎，下属都敢灌他的酒呢。

姬发文武双全，他当然还要带兵呢。于是，在剑上也刻有铭文：带上它的时候，行动一定要合乎道德，合乎道德就会兴旺，违背道德就会崩溃！纣，你如此无道，就不要怪我不客气了！拉弓的时候也能看到铭文：人要能屈能伸，不要忘记自我反思！如果战斗，矛一伸出，照样有格言勉励：如有瞬息的不能容忍，就会终身铸成大错。

当然，姬发知道，国家的兴旺发达，必须有健康的体魄，否则一切等于零！于是每天锻炼身体不离手的手杖上写着：什么时候最危险？挫折而愤怒时；什么时候会失去常道？贪图物欲时；什么时候会记性不好？富贵最容易相忘！每天，固定的小道上，拐棍笃笃响，戒条心中扬！

姬发把他一个人听到的，活化成十七条座右铭，既警醒自己，又告诫后世子孙！他所向披靡，讨伐了九十九个国家，共有六百五十二个国家向周臣服！你能说他的成功和十七条自戒没有关系？

谢谢刘向、黄庭坚和洪迈先生向布衣我提供素材。

做好了充足的准备，接下来，姬发要全力克商了。

这场著名的战争，是周王朝精心策划和长时间预谋的。而商纣王竟也十分"配合"：滥施酷刑，诛杀无辜，堵塞言路，宠妲己，亲佞臣，杀比干，朝野上下人人自危，离心离德。三百辆战车，三千勇士，甲士四万五千，姬发带着他的精锐，一路杀向朝歌城，重要的是，朝歌城郊的牧野，已经有许多国家的盟军前来帮忙。此前的孟津实地军事演习，就有八百多个诸侯小国前去参盟，这么多小国都不能忍受商王了，可见纣这个带头大哥做得有多么的失败。周联军会师牧野，朝歌被围，商纣王这次慌了，极度慌乱，拼凑起十七万人马，号称七十万，亲自指挥，到牧野迎战。

这其实是中国历史上规模空前的大兵团作战了。姬发左手拿着郭的话很有道理，不仅不杀刘备，还给他一些人马和粮食，让他去招些人马来对付吕布。

再看看曹操对待关羽的一系列细节，我们就知道他还真不简单呢，难怪他那么自豪地以周公作比。

周公对待人才，是不是也有学习的榜样呢？

有的，有一个故事叫"一馈十起"，就是说吃一顿饭要站起来十次。这说的是谁呢？说是禹从舜手里接过江山后，克勤克俭，任劳任怨，事务极为繁忙，吃一次饭，要站起来十次，干什么呢？接待那些来访的人。

重视人才真的要如此吐哺吗？那倒不一定，吐哺可以看作一种姿态。

我从岐山周公庙风景区的"凤鸣岐山"高冈上下来，下山途中，有细雨滴在脸上，后山突然升起一团浓云，那云浓得非常特别，我们都惊奇地用周公祥云来形容它。坐在半山腰上的吐哺亭休息时思周公吐哺，极好的情景配合。

周公姬旦，文王姬昌之子，武王姬发的四弟，因他的封地在岐，故称周公。《尚书大传》这样记载周公的功绩：

> 周公摄政，一年救乱，二年克殷，三年践奄，四年建侯卫，五年营成周，六年制礼作乐，七年致政成王。

武王去世，年少的成王接位，给年轻的周王朝留下了一个巨大的隐忧，天下甫定，其实不安定的因素极多，幸好有成王的叔叔周公摄政。为了不断殷的香火，纣王的儿子武庚仍旧被分封到殷的旧都，但武王派了两个弟弟——管叔、蔡叔去监管。武王的这种决定，我在各类史籍中读到很多，灭了一个国家，但人家的香火还得要人祭祀，这算是一种礼节，也算英雄相惜。陈胜造反起义称王六个月被杀，汉高祖建国后依然派三十户人守卫陈胜的墓，祭祀他；崇祯吊死煤山，多尔衮依然以帝王的礼节安葬他。

问题还是来了。周公尽心尽力，政绩突出，大赢民心，但同为兄弟的管叔、蔡叔，却很不服气，到处造谣生事，甚至联合武庚叛乱。

周公于是东征平叛，这一仗，一打就是三年啊，武庚、管叔被杀，蔡叔流放，取得了彻底的胜利。不过呢，成王还是年轻，他并没有完全觉悟过来，心里还打着小九九呢，这周叔，是不是想自己掌权呢？他没有想到的是，在一场祭祀时，他发现了一份周公以前写的祷告书，内容大致这样：武王得大病，我周公诚恳地向历代祖先祷告，愿意用我自己的生命代替武王。这个时候，年轻的成王才幡然醒悟：快快迎接周叔回朝，我要向他检讨，我要将周公的赤胆忠心告知天下，永远传扬他的美德。

周公的美德一传就是几千年，几乎所有的当政者都喜欢他。

我不是当政者，但我超级喜欢他。我喜欢他的无私、大度，为国家鞠躬尽瘁。还有一点，我喜欢孔仲尼，而周公，是孔仲尼的超级偶像，偶像的偶像，偶像平方。

孔子常要梦见偶像，因为他要继承偶像拟定的各种礼制。

在孔子的课堂里，礼是一个不断被强调的字眼。对孔子来说，不合礼的，绝对不做，不仅自己不做，其他人也要遵守礼，国家也如此，如果人人遵礼讲礼，这个社会还会乱吗？社会动荡的根本原因，就是失礼。

孔老师，还有比学习更重要的事情吗？

孔老师捋着胡须，笑笑说：傻孩子，自然有了。

要孝顺父母，要尊敬兄长，行为要谨慎，不说谎话，关心别人，亲近有善行的人，这一些，都是礼，比读书重要！

孔老师讲完这几条，和蔼地看着问他的门生：这几条做好，行有余力，则以学文。读书学习，分分钟的容易，最重要的是做人。

嗯，《大学》开宗明义就讲了大学之道：在明明德，在亲民，在止于至善。国家的高级学校中，培养什么样的人才呢？彰显人的品格，要亲近老百姓，培养完善的人格。还是礼。

天地间，长袍孔子，右手放在身后，左手指着天空，向他的五位学生说孝："夫孝，德之本也，教之所由生也。"京当镇的小强村村口，这栩栩如生的群雕像，为这个传承周礼文化的美丽乡村定下了孝爱基调。

我去小强村感受体验孝文化，我想知道，周礼在周公的西岐，传承得有多深多广。刚刚孔子授孝的那个场景，就使我仿佛走进了周朝的礼学课堂。

村史馆里，"周公授礼"雕像场景感极强，周公悉心授的周礼，也就是孔子向学生传授的周礼，各种展陈，有秦汉瓦当，有周礼传承之国学传承谱系图，有《大雅》《小雅》《春秋》《尚书》《礼记》《二程遗书》等古旧版本典籍。村广场，大型中华孝文化群雕图醒目，村民们平时就在这孝墙前集会。立德，尚德，遵德，载德，润德，弘德，是的，德行才是孝道的根本，一切教化，都是在孝道的基础上产生的。

塔柏，百日红，女贞，红叶李，碧桃，小强村村道两旁花树葱茏，不同颜色的紫薇花特别奔放，一株粉红色紫薇，似乎要将整个季节占领。

周公吐哺，天下归心。周公可以延伸到所有皇粮国税享受者，两者其实是因果关系。如果我们仅仅把它当作典故去传说，而不去关注其中的因果，那真是太遗憾了！

带着另一种崇敬，我去看召公。

7

周公殿的左边，是召公殿，殿前"甘棠重荫"大碑高立，召公在殿中端坐着，"甘棠遗爱"大匾熠熠生辉，殿前空地上，一棵茂密的甘棠树，上面结满了果子。

甘棠又叫"棠棣"，当地人也称"土梨"，多野生，它们喜欢生长在阴坡处低洼处，成熟后的甘棠果，只有沙果那么大，酥而甜，开胃止泻。

《封神演义》中，周文王有九十九个儿子，路上捡了一个，凑足一百。不过，现实中的姬昌，虽没有一百个儿子，有多个却是无疑的。除了继承者武王，杰出辅政者周公，还有召公姬奭，他是文王的庶子。

召公后封于燕，是燕国的祖先，他一生辅助文成武康四代，主管教化与司法，为官清正廉洁，惠政爱民，传说他曾多次在一棵甘棠树下处理民间事务，后人恩其德，故爱其树。

《诗经·召南·甘棠》，反复吟咏"蔽芾甘棠"（这一棵浓荫密布的甘棠树呀），告诫人们不要去剪它，砍它，扳弯它，攀折它，因为召公曾在树下的草棚里为我们分忧解难，召公也曾在树下休息过，反正，我们要保护好它，让它万古长青。

曾做过周公庙管理处主任的杨慧敏先生，平时专研周秦文化，他和我们分享了《诗经》中那棵甘棠树的故事。

召公的封地在召，召在岐山之南。那棵甘棠树，就在今天的岐山刘家原村，郦道元《水经注·渭水》称它为召亭，一直到清道光、光绪年间，这棵甘棠树依然茂盛。

清道光二十三年（公元1843年），安徽宣城人李文翰任岐山知县，第二年春，他带着一帮人去召亭看周代的那棵古甘棠树。浓荫密布，白花如雪，清香袭人，三千年的古树，依然勃发青春。李知县心旷神怡，文思画思泉涌，他立即创作了一幅《甘棠图》，并题跋一则。跋曰：（该甘棠）

正及花时，腰围七尺，高约六丈余。老干横斜，着花繁茂，瓣五出如梅，白而小，如雪之糁树，而枝叶尽为所掩。里人并能名之，谓即《诗》所咏召伯蔽芾之甘棠也。夫由周以来，积三千余载，虽金石之物，莫不剥烂，而一树犹无恙，然耶？否耶？然召亭固即召伯旧治，其树亦特异，非凡木可比。

第二年，岐山人武澄慕名将《甘棠图》与跋文一起，刻在了石碑上。杨先生指着召公殿前的那块碑说：这块是仿制品，原碑放在刘家原的召公祠。

都说树有灵，能预示王朝的兴衰，我写过孔庙的那棵著名桧树，那树枯了又活，活了又枯，至今还好好地生长着。

1910年，清王朝灭亡前夜，一阵狂风将召公甘棠刮倒，当地民众立即报告县衙，县令跑来现场，动员数百民众，将甘棠扶起，并筑起一个土台子保护，不过，此后，甘棠似乎受了重创，气息奄奄，不再葱郁。

1936年，召伯甘棠再遭狂风袭击，倒地并折断。当时的县长组织人员，将树体主干抬入殿内保护。第二年三月，国民党第七十八师司令部参谋李经天，往召公殿参拜，见到了遭毁的甘棠古树，立即写信给主管此事的国家考试院院长戴季陶，请求派人拨款专项保护。

1937年的春天，在召公甘棠的侧根上，竟然长出一棵小小的甘棠树。嗬，要见证一棵树的真正死亡，并不是一件容易的事。

杨先生指着眼前这棵甘棠树笑着说：这甘棠，也算是古甘棠的化身吧，甘棠已经成为一种符号，它是我们召公故里人民对召公的一种精神依赖。

只要为百姓，为政者的善行和功绩，总是会被他们记着，世代不忘。

我仔细打量，甘棠果子泛着青色，还没有成熟，再过些时日，应该就可以尝到甘棠的滋味了。

甘棠遗爱，爱给所有人。

姜嫄，后稷，古公亶父，太伯，仲雍，文王，武王，周公，召公，《周易》，《诗经》，在西岐，我和他们（它们）一一相遇，每一个名字，都厚重如山，都是一部大书，千年经典。他们不仅是周朝历史和文化的重要符号，也是中华民族和文化的重要符号。

从西岐出发，抵达每一个蛮荒角落。

天作高山,大王荒之。
彼作矣,文王康之。
彼徂矣岐矣,
岐有夷之行。
子孫保之。

詩經周頌天作 春祥書

南

潮之州

和冼妮娜聊冼星海

岭外八记

苜蓿记

亨特广州观察记

花城四记

潮之州

隋开皇十年（公元590年），全国撤郡设州，原义安郡因地临南海，"潮水往复之意"，遂命名潮州。

1. 永远的韩文公

元和十四年（公元819年）的元月十四，已经五十一岁的韩愈，带着七八分的无奈和沮丧，告别了阴冷的长安，前往近八千里路外的贬谪地潮州。

昌黎先生韩愈在刑部侍郎的任上提了不该提的意见，被唐宪宗贬到潮州做刺史。他在潮州虽只有八个月，却干了四件大事情：祭杀鳄鱼，安顿百姓；兴办学校，发展教育；解放奴婢，禁止买卖人口；兴修水利，凿井修渠。

为官者，还有什么比安顿百姓更重要的事呢？这里单说祭杀鳄鱼。

唐代张读的《宣室志》这样记载：潮州城西，有个大潭，中有鳄鱼，此物体形巨大，有一百尺长。每当它不高兴时，动动身子，潭水翻滚，附近的森林里都听到如雷的恐怖声，马啊牛啊什么的，只要靠近水潭，就会被巨鳄瞬间吸走。数年间，百姓有无数的马牛被鳄鱼吃掉。

韩愈到达潮州的第三天，头一件事就是征询老百姓的意见和建议：有什么重要的民生问题需要解决的吗？百姓异口同声：鳄鱼的危害太大了。

韩愈听了汇报后表态：我听说诚心能感动神仙，良好的政绩能感化鸟兽虫鱼。立即命令工作人员，准备必要的祭品，在潭边上搭起小祭台，他亲自祷告：你（鳄鱼），是水里的动物，今天我来告诉你，你再也不要危害人民的财物了，我用酒来向你表示慰问，请你自重！最好自行离开！

当天晚上，潮州城西的水潭上空，传出雷般的声音，声震山野。

第二天，老百姓跑到水潭边一看，咦，水都干了。鳄鱼呢？经侦察，巨鳄已经迁移，到潮州西边六十里的地方，另找了水潭栖身。从此后，潮州的老百姓再也不受鳄鱼的危害了。

此后，关于韩愈祭鳄的真假，一直就争议不断。

赞同方认为，韩愈以他的诚心，他的文名，他的德行，感动了鳄鱼，为潮州人民解除了鳄害。于是，一直传颂。现在的潮州，遍地都是当年韩愈的影子。反对方认为，韩愈就是个书呆子，鳄鱼能自己跑掉？鳄鱼能听他的话？荒唐透顶。他是沽名钓誉，为自己的政绩制造谎言。

作者张读，出身文学世家，其高祖、祖父、外公，都是写小说的。这本《宣室志》，即取名汉文帝在宣室召见贾谊，问鬼神之事，所以，他的书多记载神仙鬼怪狐精故事，属于神怪小说。传说韩愈祭鳄，张读是第一人，后来的《旧唐书》依据的也是张读的版本。

约一千两百年后，2018年7月17日的上午十点，潮州的骄阳逼人，我伫立在韩江边的祭鳄台上观景。这里原是一个古渡口，"鳄渡秋风"，现为潮州八景之一。盛夏俯瞰韩江，江面宽阔如湖，水波泛出天蓝色，江边还有不少黑点在晃动，那是人们在尽享暑日的清凉。

一千两百年，对人类来说，已经是长长的历史，然而，却只隔着十二位百岁老人，于是，我清晰地看到了韩刺史的身影，他正在潭边高声宣读祭文呢！在百姓的利益面前，他全然没有被贬官员的落寞，依然激情高昂，为了潮州百姓生命财产的安全，鳄鱼必须赶走！

此刻，对韩愈祭鳄的真假，我在自问：祭鳄可能吗？鳄鱼会不会自己跑？

第一点，简单，祭鳄是中国传统祭祀的自然延伸，算不得什么新发明。古人碰到什么问题不能解决，既问苍天也问鬼神，杀头牲口，摆个祭台，太正常不过了。还有，韩愈这样的书生，是不可能去缚巨鳄的，不现实。

而且，有韩愈的长篇祭鳄文为证，祭文分析了鳄鱼为害的原因，要求鳄鱼有自知之明，不要太过分，限期搬迁，否则我韩书生也会来硬的，将你们斩尽杀绝！

人们一直以为，韩是借题发挥，讽刺当时的政治，在指责鳄鱼的背后，有比鳄鱼更为凶残的丑类在：安史之乱以来，那些拥兵割据的藩镇大帅，鱼肉百姓的贪官污吏，更为祸国殃民，他们才是祸害百姓的巨鳄。

也许吧，以韩愈的文才，以他的思想高度，以他个人的遭遇，借潮州鳄喻唐代现实，完全有可能。

第二个问题，鳄鱼会不会自己跑走？

有可能也不可能。可能的是，鳄鱼是水陆两栖，它如果感到不安全，或者是因为觅食的需要，也会跑路，但不可能做长距离迁徙。

因此，鳄鱼自己另找地方，只能是人们的一厢情愿，他们碰到了一个好长官，一来就为他们解决实际问题，这是个良好的开头，至于鳄鱼走不走、何时走，已经不重要了。

鳄鱼徙去，江河自此澄清。

后来的实际情况是，潮州的鳄鱼，确实少了，甚至绝迹，主要是气候的原因，但人们仍然愿意将韩刺史和它们相连。

一个只在潮州待了八个月的匆匆过客，千百年来，却一直如潮涌般浸润着潮州，影响着潮州的一切，"江山易姓为韩"：恶溪姓韩了，叫韩江，它是广东省的第二大江；笔架山也改韩山了；韩文公祠中，还有韩木，是韩愈亲手所植橡木。潮州有太多的"韩"元素，千年绵延，尽管有附会、演绎、传说，但一切都非常美好。

2. 宗颐之星

如上言，我和韩文公，距离并不远，只隔着十二位百岁老人，其中第十二位老人，就是潮州湘桥区的饶宗颐先生。

饶父为潮州首富，他给儿子取名"宗颐"，是要儿子像北宋大理学家周敦颐那样，成为一代大儒。

2011年12月，我们这座城市发生了一个重要的文化事件，饶宗颐先生当选西泠印社的第七任社长，所有的媒体在编发消息时，都作为重要新闻处理。

西泠印社社长一职有"宁缺毋滥"的传统。观其社史，印社成立九年，才请来吴昌硕做首任社长。吴大师去世，社长位置空缺二十一年。第二任、第三任社长马衡、张宗祥任后，社长也空缺多年。第六任社长启功2005年逝世，这一职位又空缺六年多。饶公来了，的确，他担得起这个被称为"天下第一名社"的重任。

2012年6月，饶公莅临孤山脚下的西泠印社，濡墨挥毫，挥就四个苍劲大字：播芳六合，希望西泠印社的声誉如花朵芬芳，播撒天地之间。2013年10月，在西泠印社一百一十周年的庆典上，饶公再次当选为第八任社长。西泠，以饶公为荣。饶公每一次来杭州，都成为浙江文化界的盛事。

戊戌盛夏，我在潮州饶宗颐学术馆久久流连。

经学。考古。宗教。哲学。文献。金石。文学。书法。绘画。国际汉学。

哪一个门类都成就斐然，令人赞叹不已。国学大师，汉学泰斗，真正的当代大儒，什么样的称呼都不为过。如果没有足够的学养，要想完全弄懂弄通饶公的成就，确实是难事，除了赞叹还是赞叹。

是什么成就了饶公？

家学的渊源，自身的聪颖和努力，当然，还有潮州这片丰厚历史人文的土壤养育。韩文公任职潮州时，除了惊天动地的祭鳄，还有诸多功劳，其中泽被后世的，就有振兴文教。他大胆任用当地人才赵德主持学政，潮州的教育随后持续稳定发展。几个数字足以表明韩文公重教的影响力，唐代潮州，只出过三位进士，而到了宋代，进士已有一百七十二人。明清两代，潮州进士、举人则数不胜数。

学韩而兴学，兴学而尊韩，代代良性循环，韩文公在潮州人心目中的地位也越来越崇高。因此，在潮州这样重教的土地上，出现饶公这样的国学大师，也是有脉可循。

学术馆的大院里，有一株石榴，累累果实，已经将枝条倒挂得极低，人们纷纷拍照，我却想着它的寓意，这石榴是说饶公吗？是的，很像，他留给人们的是永远的果实，灿烂，鲜艳。

浩瀚的太空中，有一颗序号为10017号的小行星，它就是"饶宗颐星",饶公对人类文化发展做出的杰出贡献,和太空星辰一样,永恒于世。

3. 潮和海的相遇

潮州韩江西岸,因江水的涨退而沉积了大量的泥沙,日积月累,终于有了一片高高的洲地,潮州先民将这里叫作上埔,并开始居住生活。

上埔面积不大,整个村只有小小的半平方千米,四百余户,一千六百多人,农居混杂。

上埔也称打索上埔,索就是麻索,麻制的绳索。素洁的名词,立即让我们进入了这样的劳动现场:

滩涂边的淤泥里,长着成片的苎麻,骄阳下,咸水里,村民正弯腰砍麻,剥皮,捶打,煮,晒,这些麻的茎皮纤维,就会变成搓绳的好材料,麻绳结实耐力强,可以绑各种货物,做大小渔船的缆绳。

七十年以前,上埔村只是小作坊经济,每逢汛期,常常江水侵屋,一片汪洋,农作物被淹,牲畜遭殃,村民受困。村民谋生艰难,日复一日。

因上埔受地理条件限制,隔堤临江,陆路交通受阻,近几十年来,社会、文化、经济等各项事业,也一直落后于潮州市区周边乡村。

潮和海,有一种天然的互依互存联系。2006年开始,海博集团和上埔村合作共建新社区,上埔开始了蜕变。作为广东省"三旧"改造百个重点项目和潮州市推进"三旧"改造试点项目,上埔村将

189

建设成为有几十幢高楼、容纳三万人居住的大型高档社区，社区的名字叫海博熙泰。

我们走进社区参观。

住宅楼结实精致，高楼和别墅交错，二十多亩的城心大湖，生活市场，大型超市，五星酒店，茶艺所，视听馆，茶啡馆，甚至还有文化雕塑公园，一路鳞次栉比。楼与树与花与草相伴，居民惬意徜徉其间，宁静安详。

一个大型企业集团，将自身做强做大，这不算什么稀奇事，难的是，如何以各种方式尽全力回报社会，积极投身当地的社会公共事业。数十年来，海博以责任和情怀作企业的脊梁骨，仅在潮州，饶平县重建家园、古城文化建设、实验学校建设、广济桥修建、韩愈教育基金会，都得到其重要捐助；去年以来，熙泰社区的肉菜市场建设、滨江上埔段江滩涂公园、韩江堤防绿化美化、古巷高速出口、古水路道路景观提升工程，也都由海博主动承建。海博已将自己深深地融入了潮州，不遗余力地改善着潮州民众的居住环境。

有人告诉我，海博这个项目，受益最大的就是他们村，全村所有人都得到合适安置，每人还有数十万元不等的金额分配。村民在今后的社区规划里，可以到酒店、餐饮、休闲、服务等各个综合体工作。另外，村集体经济，从2006年的三十五万元，一跃到现在的一亿多元。

居善地，心善渊。

居住在一个美好的地方，我们的心灵就会得到舒适的安放。

韩文公治理潮州，不就是要让人民安居乐业吗？

站在熙泰社区的高楼上看韩江，江澄如练，风过处，有微浪阵阵涌过。

4. 龙湖古风

出潮州城，沿韩江古堤一直往西行。堤上长着密密的杂草，路在古堤下延伸，约莫半个小时，就到了龙湖古寨。

自南宋绍兴二年开始建寨的龙湖，又称小潮州，这从另一个角度告诉我们，这里曾经有过繁荣，它是潮州从农耕时代走向商业时代的标志之一。

是的，这里水陆交通便利，"三街六巷"中有上百座保存完好的宗祠、府第、宫庙、商宅。自16世纪资本主义开始在中国萌芽，海运业就是一个明显的标志，作为沿海的潮州，领了风气之先，而龙湖就处于韩江出海口，自然形成了小港口。

行走在龙湖古寨中心街的石板路上，两旁的古建筑，年份不一，皆具有浓厚的岭南风格，有线条洗练的宋式建筑，有简约明快的明式建筑，还有精雕细刻的清式建筑，木雕、石雕、彩绘、嵌瓷、贝灰塑等，都默默地向我们表达着昔日的荣光。

古寨北门边的侗初师祠吸引了我。侗初老师姓王，名不见经传，这座祠是他的七位不同姓的学生感恩老师教诲而建。

王老师随他高祖由福建迁潮州，父亲为贡生，当过县令，王老师也算官员知识分子家庭出身。明朝万历年间，王侗初到龙湖古寨当了老师，他教学有方，教过的肖、林、许、刘、黄、徐、谢七位学生，都成了龙湖有名的秀才。王老师无儿无女，七位学生感念老师恩情，替他养老送终。先生去世后，又哀其没有后人祭祀，学生就集资建了这座侗初师祠，祠里后来供奉着三块牌位，王老师，王老师父亲，还有一位无后的谢姓同学，每年春秋二祭，一祭就是一百多年。

1762年初秋，六姓后人又对侗初师祠进行修缮，他们欲请当时的潮州知府周某撰文纪念。开始，周知府以王侗初事迹平常推托，及至有一天，周知府到龙湖视察工作，六姓后人听说后，硬拉着知府去参观侗初师祠，这一下，有结果了，周知府看到王老师祠里的三个牌位，一下子被感动，于是痛快答应撰文勉励，我在祠里看到的碑文《府完撰给碑记》，就是周知府所写。

据《潮州府志》和《海阳县志》记载，龙湖古寨有各类书院二十八座，重教读书风气浓厚，自明朝以来，小小的古寨，出过进士、贡生、举人多达六十九人。

尊师重教，且代代相传，普通的侗初师祠，给了我们更多的思考。

现在，我们来到了阿婆祠。

明末清初的龙湖富商黄作雨，善经营，勤积蓄，富甲潮州。黄作雨心地善良，还仗义疏财，用自己的力量，不遗余力保护着一方百姓的安宁。崇祯末年，时世动荡，黄作雨出巨资招募兵勇，保护龙湖。顺治年间，他又带领乡勇积极抵抗海贼，因寡不敌众，龙湖寨好多民房被毁，他又尽力帮助房屋受损的百姓渡过难关。

黄作雨和族人商量，要建一座宗祠，但他事先声明，他生母周氏的牌位也要进宗祠。待宗祠建成，出现了新情况，族人坚决不同意他母亲的牌位进宗祠，理由是他母亲不是他父亲的正室。无奈之下，黄作雨只得又为母亲另建了一座祠，这就是我现在看到的阿婆祠。

阿婆祠，龙湖人又称它为"阔嘴祠"，大门肚要比别的建筑宽一半，大门也特别高大，比例十分夸张，我在想，这是不是黄作雨特意设计的呢？孝敬母亲，天经地义，就是要大张旗鼓！

我看阿婆祠的门匾上，"椒实蕃枝"四个大字耐人寻味，一查，原来它们出自《诗经·唐风·椒聊》："椒聊之实，蕃衍盈升。彼其之子,硕大无朋。椒聊且,远条且。"什么意思?花椒生树上,籽儿繁盛装满升。那个女子福气好,身材高大世无双。花椒籽一串串,枝条枝枝向上扬。诗经中大多用的是比兴手法,这里用花椒籽多,来比喻阿婆祠的女主人子孙众多,福气好,含义隽永。

古人为女性建祠并不多见,特别是为一个侧室、偏房,就更少见。撇去其他众多因素,单凭黄作雨对生母的一片孝心,阿婆祠就值得人们纪念。懂得感恩,并为别人树立榜样,在感恩的环境中耳濡目染,感恩的种子才会生生不息。

重师和感恩,韩江边的龙湖古寨,谁说和一千二百年前的韩刺史没有联系呢?

离开龙湖古寨时,我们几乎每人都买了一罐陈年老香黄,乌黑乌黑的,像鸡屎样难看,却是用佛手掺进陈皮等制作而成的上等消暑佳品。酷暑里,泡一杯老香黄,微酸带甘,祛湿通气。

5. 希望博雅

韩文公振兴潮州文教,不仅发现人才,他还拿出了自己微薄的薪酬,付诸实际行动:"刺史出己俸百千以为举本,收其赢余,以供学生厨馔。"(韩愈《潮州请置乡校牒》)

百千是多少钱?按资料推算,唐元和末年,一斗米合五十钱,百千,折合米两百石。又据《唐会要》记载,开元二十四年定令,四品官月俸十二千四百,也就是说,韩刺史需要拿出八个月的工资。拖家带口,且已一把年纪,他把工资全捐了,这是什么精神?

湘桥区的下津村,有一所下津博雅学校,我在校园入口处,又看到了韩文公敦厚的身影,他左手握卷书,目光正视前方,每天看着进进出出的孩子。

这所学校原来叫下津小学，是一所简陋的村小。下津村有一个乡贤机构——湘桥区博雅教育促进会，促进会负责人刘松波，看着村小日益流失的生源，心急如焚，他想出了一个办法，和政府一起来办这所学校，但不改变学校公办的性质，也就是说，他是无偿投入，只有一个目的，就是将学校办好，让农村的孩子也得到良好的教育。

近三千万元的前期资金投入，村小面貌迅速全面升级：旧教学楼整体翻新，舞蹈教室、书法教室、音乐教室，一应俱全；新建了有二十四个课室的教学楼，每间教室都配备多功能的教学一体机；配建一栋教职工宿舍楼；煤渣跑道、泥地球场，变身为塑胶跑道。我们从教学楼上往操场看，有一幅大大的山水画，校长说，那是韩江图，画家好几个月才画成，大气磅礴，学生们在校园里就可亲近山水，热爱家乡。

李军，这位年轻的校长，来自深圳一所著名的学校，他是通过全国招聘、百里选一挑出来的。李军说，去年学校招聘十七位各科教师，全国一下子有六百多人报名。

李军带我们逐层参观，如数家珍：敞开式图书室，就在每层楼的楼梯口，学生随时可席地而读；舞蹈教室里，学生正在排练，她们下月要去参加省里的比赛；书法教室中，一股墨香沁人心脾，孩子们三三两两，正躬身书写，虽然稚气，纸张也粗糙，却让人顿时心安下来；这边的写作兴趣班，老师正和孩子们互动，大家围绕如何去颐和园进行准备。

短短两年，一所生源严重流失的村小，一跃而成为潮州市重点区属小学。学生入学数连年翻倍，一些原来在市区重点小学就读的孩子，也开始回流。

业精于勤而荒于嬉，行成于思而毁于随。

这两句韩文公的名言，从韩文公祠到下津博雅学校，还有意溪中学，还有潮州许多的学校，不，应该是全国许多的学校，都被尊奉为经典。

刘松波等潮州乡贤，除前期的硬件设施巨额投入外，每年还要为学校的正常运行支付三百多万元。在我看来，这样的行为，应该是韩文公倾全俸办潮州乡校的精神和行动的延伸。

懂得感恩和回报，并将这个传统持久地保持下去。

在下津博雅，我看到了中国农村教育的闪亮光芒。

潮商，潮瓷，潮绣，潮雕，潮塑，潮味，一切皆如南海之潮，滚滚涌来而又澎湃向大海。

潮州之韩，元素无虑八位。韩江、韩山、韩木、江山易姓为韩。捌个多月换车千辛之尊崇，唐人楷，为官模。

戊戌新秋

袁祥

和冼妮娜聊冼星海

1

2017年7月18日上午，杭州壹庐，我把冼星海一家的照片给冼妮娜看。

这张照片，摄于1940年5月。前几日，我在广州榄核镇湴湄村，参观冼星海纪念馆，特意拍下此照。冼星海和夫人钱韵玲，都面带微笑，但钱夫人显然更灿烂些，冼妮娜穿着一套白色童装，黑黑的头发。我判断，照片应该摄于一个阳光非常好的日子，否则五月的延安，天气还不暖和，冼妮娜胖胖的手和脚不会都露在外面。我甚至猜测，这张全家福，极有可能是冼星海去苏联时的临行照。

冼妮娜应该无数次看过这张照片，从小看到大，从大看到老，她微笑说，这是她和父母亲一起留下的唯一一张全家福。1940年5月，冼星海从延安去莫斯科时，冼妮娜只有八个多月大。

关于冼妮娜，冼星海1939年8月5日的日记这样写着：

（夫人）玲在早上十时五十分生下一个女孩子，她长得很大很胖。从今日起我们做了父母亲了，我们叫小孩名妮娜！中央给玲二十元生产特别费。

我想象着冼星海写这段日记的激动。

遗腹子冼星海，出身贫困家庭，从小随母亲东奔西走，音乐的天赋，自身的勤奋，自费法国留学七年，是中国毕业于巴黎音乐学院杜卡斯高级作曲班的第一人。又因民族自救回国，从上海到武汉，歌咏救亡，再到延安鲁迅艺术学院音乐系做主任。从个人感情上讲，三十几岁才结婚，有了孩子，激动的心情一定难抑。

二十元生产费，要知道，在延安，朱德等高级领导的月工资，一个月才五元。这一细节，足见延安对冼星海这个特殊人才的重视。

冼妮娜笑着讲，父亲的日记，显然是激动过了头："我并没有'很大很胖'，我其实是个早产儿，早产一个多月呢，不过，因为母亲奶水多，我的早产，还救了好几个孩子。延安鲁艺第一任副院长赵毅敏，就是《九一八抗日宣言》的起草者，他的儿子赵战生，我们叫他'战战'，就和我是'奶亲'，他和我同月出生，吃过我母亲的奶，我们两人还一起合过影，他现在是国家信息安全方面的著名教授。"

的确，到延安后，穿着军装的冼星海，一直处于抗战救亡的激情中，他用生命激情谱写出的音乐的力量，抵过千军万马。

2

我们谈到《生产大合唱》。

我只知道《二月里来》，太有名了。

冼妮娜说，《生产大合唱》的词作者塞克先生，非常崇拜她父亲。当时的延安，正内外交困，各种供给严重不足，中央号召并组织生产自救。

"有一天，父亲碰到塞克先生，就问他：有没有激情一点的，来首质量高一点的。"

塞克受此鼓励。

当塞克递上《生产大自救》的歌词时，冼星海激动不已，和《黄河大合唱》谱曲一样，他差不多也只用了一周的时间就谱好了。《二月里来》，就是其中的经典，它以极快的速度传播了出去，此后，常以单曲形式表现。

> 二月里来好春光，
> 家家户户种田忙。
> 指望着收成好，
> 多捐些五谷充军粮。
> 二月里来好春光，
> 家家户户种田忙。
> 种瓜的得瓜，种豆的收豆，
> 谁种下的仇恨他自己遭殃！

二月的确好春光，家家户户种田忙。旋律柔和流畅，节奏张弛又舒缓，犁动田园，无限风光。

冼妮娜说，她父亲除了在鲁艺担任音乐系主任及承担教学任务以外，还积极参加大生产运动。如其他曲子一样，《二月里来》，也是扎根火热现实谱出的精品。

惊蛰来，万物生。

我们仿佛到了歌声中的现场，禾苗以轻盈的姿势扎根田间，当春风掠过，春雨飘过，农人们勤劳的双手抚过，它们蓄势待发，不久就会以饱满而谦虚的身姿回报大地和农人。

说完《二月里来》，冼妮娜又插了一句：《生产大合唱》中，《酸枣刺》也很有名的。

我立即搜索出《酸枣刺》，一起聆听。

这是一首童声合唱。有点激昂的童声，表达的是延安边生产边抗战的决心。

从作曲到排练，冼星海常常亲力亲为。

曲目排演时，冼星海还专门从鲁艺找了几位年纪最小的学员，扮演大生产运动中的小动物。

冼妮娜告诉我，据她掌握的情况，目前，有两位扮演者还健在，一是扮演羊的黄准，她是《红色娘子军》的作曲者，那时候，她只有十二岁。另一位叫杜翠远，在电影制片厂工作，曾是延安有名的"杜氏四姐妹"之一，她演的动物是猪。

我们就说黄准。

黄是浙江黄岩人，也是个响当当的音乐家。她十二岁就因参加革命活动被捕入狱，被地下党营救出来后，随即到了延安，进了鲁艺，成了冼星海的学生。黄准曾为《新儿女英雄传》《女篮五号》《青春万岁》《牧马人》等数百部影视作曲，最有名的，当数《红色娘子军连歌》。据黄准传记透露的细节，她创作这首曲子前，曾夸下"海口"，要写一首能流传下去的、为群众喜爱的新的革命歌曲。随后，她跟着摄制组，天天泡在现场，并深入生活，收集了众多的海南民歌，最终创作出了流传至今的《红色娘子军连歌》，节奏鲜明，铿锵有力，给人以强烈的精神振奋。

鲁艺培养出来的学生，有着和他们老师一样的风格，满怀激情，扎根大地，开出了本民族音乐的鲜艳之花。

3

我问冼妮娜，冼星海的音乐才能，是如何培养起来的？

冼妮娜只简单说是后天的勤奋，但话锋马上转到奶奶黄苏英。

"我最佩服我奶奶了，没有她的努力，就没有我父亲的音乐成就。我奶奶常唱的《顶硬上》，你知道吗？"

我知道的，此前，我已经做过比较多的功课，知道黄苏英是一位具有顽强毅力的母亲。

《顶硬上》，是一首粤语歌。

歌词是这样的：

> 顶硬上，鬼叫你穷，哎呵哟呵哎呵哟呵。
> 铁打心肝铜打肺，立实心肠去挨世，哎呵哟呵哎呵哟呵。
> 挨得好，发达早，老来叹番好。
> 血呵、汗呵、穷呵、饿呵，哎呵哟呵哎呵哟呵。
> 顶硬上，鬼叫你穷，
> 转弯、抹角、撞吓呢！留神呢！借光呢！哎呵哟呵哎呵哟呵，
> 顶硬上，鬼叫你穷。

这首《顶硬上》，其实是码头苦力唱的劳动号子，但从歌声和歌词看，显然已经不再是对命运的叹息，而是一种不屈的呐喊，一种强力的抗争。

黄苏英，就是用这样的曲和词，从小教育她的儿子，冼星海的骨子里血液中，仿佛天生就有一股自强拼搏的精神。

我去涅湄，在星海路海生街（其实是条水泥村道）上走，这个地方叫沙头顶。道一边是条小河，河边人家一户连着一户。另一边接着广阔的田野，甘蔗丛林茂密，芭蕉树宽大的叶子中间，往往藏

着成串的青香蕉，龙眼树的枝叶常常将道路掩盖，青叶里挂着密集的龙眼，看着我们垂涎欲滴的样子，刘迪生笑说，再过十几天，就可以吃了。

星海路的尽头，是宽阔的河面，谢克忠让我们停下来，指着河边的石阶：这里，就是冼星海的故里，他们家是疍民，就是船民，以船为家的，以前，他父亲捕鱼，就在这里上岸。

我们望着茫茫河面，外面连着大海，那一片海，就是冼星海的父亲和母亲打鱼的地方。冼星海的父亲，是个船工，以打鱼为生，三十六岁被大海吞没生命，而那时，冼星海还没有出生。冼星海的母亲，带着年幼的星海，一直在澳门、新加坡、广州等地漂泊。

冼妮娜说，她爷爷、曾外祖父，有可能也当过海员，爷爷去世，她奶奶就带着她父亲随曾外祖父漂洋生活。

河埠头上，有一排四棵大树，我不知道是不是榕树，从树的年纪上判断，至少上百多年了，虬枝老态，枝叶相交，营造出大片安静之地。想见的场景是，当年，冼星海的父母亲，将船拴好后，说不定就在此摆摊售鱼，树下人来人往，极热闹的鱼市。

我说到这里，冼妮娜笑笑，那个河埠头，她也去过好几次，每次都有相当的感慨，这样的小船上，竟然培养出了世界著名的音乐家，她真佩服奶奶的远见。

1918年，黄苏英将十三岁的冼星海，送进了岭南大学附中的义学，让他学习小提琴，后来冼星海进入了岭南大学附中本校。不说冼星海的音乐天分，单是黄苏英的举动，就足见她的远识。穷人专业学音乐，在温饱都没有解决的环境中，足够的勇气和博大的远见，少一样也不行。

冼星海后来巨大的音乐成就，也充分证明，黄苏英的《顶硬上》，就是他强大的精神支柱。

4

我再问冼妮娜：您现在还保留着父亲多少遗物呢？

冼妮娜说：老家涅湄村纪念馆里的东西，好多是我们捐献的。我家里还有他穿过的西装、用过的小提琴、一些手稿、毛泽东送给他的派克笔，还有一支指挥棒。这支金属指挥棒，他指挥过《黄河大合唱》，还是我父亲的学生林渊转送我的。

话题回到《黄河大合唱》。

冼星海的所有作品中，应该以这个组曲最为著名。

冼妮娜告诉我，冼星海一百周年诞辰的时候，她主编出版了《黄河大合唱》，之前编辑的过程中，她曾专程拜访了光未然先生。"光未然比我父亲小八岁，在谱写《黄河大合唱》之前，他们曾两度合作过。我去拜访光先生，他看到我，非常高兴。"

我问：光先生是不是送了两斤白糖激励您父亲呀？

冼妮娜回答：是的，的确。媒体上公开见诸的情节，最早也是我提供的。当时延安困难，我父亲又喜欢吃甜食，光叔叔就托人弄了两斤白糖，以此来激发他的创作激情。我父亲喜欢喝咖啡，但延安哪来的咖啡啊，我母亲就自己制作"土咖啡"，她将黄豆炒熟，磨成粉，加点红糖泡水。《黄河大合唱》，共八章，除《黄河怨》、《黄河颂》二章修改过三四次外，其他都是一稿一气呵成。《黄河大合唱》演出成功后，我父亲收到了毛泽东的礼物，一支派克笔，一瓶墨水。毛主席将心爱的笔送给父亲，用意很明显，他是鼓励我父亲，用笔，继续谱出人民喜爱的好曲子，好曲赛过千军万马！

1945年10月30日，冼星海病逝于莫斯科克里姆林宫医院。

1945年11月14日，延安各界为冼星海举行了隆重的追悼会。

毛泽东亲笔题词：为人民的音乐家冼星海致哀！

说到这里，冼妮娜的眼圈有点红，她说，父亲只有四十岁啊，太年轻了，六岁的她，佩戴着黑纱，被母亲牵着参加了父亲的追悼会。十一月凌厉的寒风，冻人脸，她参加从未见过面的父亲的追悼会，看着照片上父亲的脸，她和母亲一起流下了悲痛的眼泪，那就是她日思夜想的父亲。

冼妮娜说，她后来去过莫斯科，去过哈萨克斯坦的阿拉木图，追寻父亲当年的足迹。当她站在阿拉木图的冼星海大街上时，她十分欣慰，异国人民的怀念，是对冼星海为世界反法西斯战争的胜利所做贡献的充分肯定。

5

和冼妮娜告别时，她要我在送她的书上签名，签日期时，她说，就写昨天的日期吧，7月17日。我有些不解，今天7月18啊，她回我，这是聂耳逝世的日子，每年这个日子，她都会给聂叔叔的亲人打个电话，昨天，她就给聂叔叔的侄女聂丽华打了电话。

1935年7月17日，《义勇军进行曲》的作曲者，年仅23岁的聂耳不幸去世。

我想，冼妮娜心里记挂着另一位人民音乐家，同时也是在纪念她的父亲，纪念那个创造出辉煌音乐的时代。

巨匠虽已逝去，但他们的音乐，却时刻在激励着国人的心。

他们是永恒而不朽的光。

冼妮娜說，每季聶耳的祭日，她都會和聶叔之的親人聯繫。我以為這種感情，來自於對她父親的深懷念。

戊戌壹廬
陸春祥

岭外八记

岭南五日，跑马观花，以布衣之拙眼，拾得一些细碎珠光，散乱记之。

1

珠海斗门黄杨山南麓，有金台寺。

山湾里有一库碧水，库随山的走势，不是很规整，水和山和树之间还有一根黄腰带，那是冬季枯水期的痕迹，腰带很明显，越发衬得水的蓝，如黄金镶嵌。碧水的上方，就是金台寺，南宋的时候叫金台精舍。

我在心里对自己说：秀夫君，我来看您来了。

秀夫是陆秀夫，金台寺里其实没有他的像，但和他有关。崖山和金台寺很近，他抱着小皇帝赵昺跳海的那一刻，整个南宋也就不复存在。而几个士大夫，承节侍郎、大理寺丞、翰林学士，为躲避元兵追杀，跑到这里隐居，建了个精舍，用以缅怀那个失去的南宋朝廷。他们读诗吟句，招贤聚会，密谋抗元。现在的精舍，既供奉佛祖，又供奉南宋遗老，已经成岭南宝刹。

寺内的榕树，应该比较年轻，但根系发达，自由而尽情地生长。它们在自己的土地上，无所畏惧，既不怕狂风，也不怕虫子。初建精舍的南宋士大夫们，也一定知道那些榕树，即便被狂风折了，也依然要生长下去。

桐江陆氏宗谱，将秀夫当作始祖，虽没有找到非常有力的证据，但我从心里是认他的，不管他是不是我的祖先，我们毕竟都是宗亲。

我甚至还为自己取了个网名：春水秀夫，看着像日本名，其实不是，春水是我的笔名，名字中带着秀夫，是对他的尊敬。崖山那一跳，十万南宋军民都跟着跳了，正是时代的黑暗，才透出秀夫君的光焰灿烂。

2

南门村，巨大蚝墙让人震撼。

"崖山之后无中华"，南门村的赵姓老人为我们讲解菉猗堂的声音里浸着激昂，显然，作为赵宋王朝直接的后人，他一直被祖先的精神激励着。

这个堂承接着宋王朝的历史。南门菉猗堂，是赵氏的祖祠，始建于明景泰五年（公元1454年），宋太祖之弟赵匡美（魏王）的十五代裔赵隆，为纪念曾祖赵梅南（1296—1365，自号菉猗）而建。

我们都挤到菉漪堂窄窄的蚝墙弄里。这堵蚝墙，规模之大，令人惊讶。看着我们惊奇的眼神，老人为我们算细账：这蚝墙建于1454年，有65厘米厚，每平方米表层有数万个蚝，这墙里都是蚝，几千万个，层层都是。

垒成墙的蚝，奇形怪状，有的像死鱼张大了嘴，有的则如断裂了的山崖，六百多年的风雨，几乎没有什么风化的感觉。轻轻抚摸蚝墙，只能是轻轻的，那粗糙尖厉的表面，极不可亲近，也许，正是这种刺猬式的坚硬，在和大自然的抗争中，它们才保护了自己，蚝的性格，也如那些不屈的英雄，任你如何擂搋，它都不惧怕。

或者，单个的蚝壳，也很容易被捶坏，但数千万个蚝壳兄弟，组成这么一面墙，它们就成了一个整体，无论你怎样破坏它，它们都无坚不摧，于是就锻造成了一种精神：蚝墙精神，岭南特有的蚝墙精神，它也是集体主义精神的另一种形象诠释。

3

唐家湾镇，会同社区，有停摆的钟。

我盯住了五层高碉楼上的一座钟，黑黑的，双面，依稀能辨出是个钟，但它早就停摆了。社区里的人说，此钟，从建碉楼的时候起就停摆了，已经停摆两百多年。

虽然问了没什么结果，但我还是忍不住探究。

为什么建好的时候就停摆呢？

几百年前，西洋钟本来就是新鲜事，此钟在各种运输途中，坏了零件，等装上去后，不好修理，也就随它去了。这其中一个很大的原因是，日出而作日落而息的村民，不见得需要什么钟，他们没有这么要紧的事情去赶，他们也不习惯看钟，停摆就停摆呗。即便莫氏家族的人需要，但他们常年在香港澳门，做生意都来不及，他们自己有怀表、挂表，也就不在乎这个什么钟了。

也好，就这么停摆着，它对什么都漠不关心，尽管它的下面是"云飞"两个大字。是啊，几百年来的风风雨雨，早就云飞云散了，反正它已经停摆，反正它知道，即便行走，也终有一天会停摆的。

于是，会同的古村风貌，被认为是珠海保存最完好的。长塘，荷池，古榕，在这里，大陆文化与海洋文化结合兼容，但停摆的钟，我们不能无视它的存在。

4

美人树。

此树在唐家共乐园里，这里，原来是唐绍仪的私家花园。唐是清末民初的著名人物，做过清政府的总理总办、中华民国首任内阁总理、山东大学第一任校长。

这个花园建好没多久，唐就将它开放了，并捐给了唐家村，与民共乐。我们见门口有一联：开门任便来宾客，看竹何须问主人。嗯，今天我们也来参观。

园里转来转去，大开眼界。

中西合璧的建筑，融汇古今，各式珍奇，累坏眼睛。一块黄蜡石，说要好几百万，当然是现在的价格。数百株荔枝树，皆为唐手植，虽深邃荫盛，均已到苍老年纪，几年才结一次果。

我看到了一棵巨高的树，人们称它"美人树"。树的学名其实叫柠檬桉，1931年，唐绍仪请了一批国内知名的文艺界人士，到中山模范县参观，梅兰芳是主角之一，在共乐园，梅手植了这棵树。因树长得高，只好抬头看它，忽然间，它就变成了一个窈窕女子，长裙随风飘舞，婀娜多姿，千般迷人，这就是一个标准的美人呀。

梅本来就是著名花旦，他的角色也大都是美人，我看过梅的演出影像，那一招一式，一颦一笑间，确实是美人的代表，美男人演美人，比美人还美人。

细观美人树，它的根部，已严重脱破褶皱，甚至有点百孔千疮，但它依然笔直挺立，顶部的细枝，在海风中微微飘扬。我突然觉得，这根部，就是美人的脸部呀，无论人或物，再怎么美丽，总要在岁月中老去。

忽然记起，莫干山上有美人茶，正宗美人栽的茶。白云山馆的主人也姓黄，大名鼎鼎，他叫黄郛，曾代理民国总理，他的义弟蒋介石和宋美龄结婚时，就曾在那里度蜜月，宋美人还在露天舞池边上，手植了一棵山茶，人们都叫它美人茶，现在茶树依然枝繁叶茂，花开得很鲜艳。

斯人已去，共乐园长青。唐是明白人，好东西要与人分享才能永久快乐！

5

我在容闳的故乡见到了容闳。

我读中学历史的时候就知道容闳了，中国留学史上里程碑式的人物。

他是耶鲁大学第一位中国学子，靠苦读赢得了美国人的尊重。他深知，唯有教育，先进的教育，才能强国，此后，他就将这一理念当作他的终身理想，要为中华培养人才。中国第一批120位留美幼童能够顺利赴洋，并取得了不错的成绩，和容闳的努力是分不开的。

2010年7月，陆地同学去读哥大前，我和他说了胡适，说了容闳，说到了那时中国人读书的不容易，也说到了现今中国出洋读书的容易，还常常担心两种文化都学不好。我的这种担心，其实多余，即便出现个别情况，也不能以偏概全，但这种担心，正是当年那些留美幼童被中途提前遣送的重要原因，朝廷不能出了银子，还将人给学坏了！而那些幼童，比如詹天佑、唐绍仪等后来的表现，却有力证明，别人先进的东西，是可以让自己强身健体的。

容闳书院，我看到了国内少见的半身孔子雕像，夫子慈祥凝视着众人。这里，仁义礼智信，已经深深地融入了教学的各个细节中，学生匆匆经过却谦恭有礼的招呼，让人陡生温暖。

回望"有容乃大"匾额，发现这个多义"容"，除了常见义，用在此处真是恰当：读书就是一种终身的容纳，纳百川，才能让自己变强大；容还是法则规律，一个有容的社会，才是公平公正的民主社会；容还通假"榕"，岭南普遍生长的榕树，树生枝，枝又生树，子子孙孙，绵延不绝。

6

自我不见？

梅溪牌坊，有一个匾额博物馆，里面收藏无数，我拍下了"自我不见"。

估计陈世旭也拍下了，他在微信群里还特意告诉大家：这个"见"，是通假字，表示"现"，也有"显示"的意思。自我不见，就是淡定看待功名、权力、地位等，净化心灵。

我也喜欢琢磨。

现在，我将这四个字拆开，在通顺可读的前提下，来一个新的排列组合：

"自我""我不""不见""我不见""见自我""不自我""不见自我"。

也许还有很多。

"自我"肯定让人讨厌，但已经被"不自我"否定了。

"我不"，开始有警示意义，后面可以有无数的破折号填空，人生中有不少要舍弃的东西，必须舍弃。

"不见""我不见"，明确拒绝某些自己不需要的东西，但需要相当定力，否则，则会如红莲法师那样，修炼十年，兴冲冲下得山来，偶遇红尘女子，前功尽弃，还连命都丢了。

"见自我"，人的行事，可以通过比对物来观照，这样就不会迷失，这个比对物，既有身边的，也指整个社会，还可以观前人古人，总之，不断观照自己的行为，就会清醒很多。

"不见自我"，是"见自我"的最高层次，就如看山是山、看山不是山、看山还是山的第三种境界。什么都看淡看轻，什么都掀不起风波大浪，这些外物，都和我无关，我已经超越。

我不知道"自我不见"来自何处，在这里看见，就当作它是岭南出的。岭南虽处中国南部偏远地区，但因地处沿海，得开化风气之先，儒释道三家融合得更自然。

"自我不见"，接着容闳书院"有容乃大"的匾额，应该是"无欲则刚"，有了"刚"，什么人什么事，皆打不倒你！

7

观音山。

东莞樟木头镇的来历，据说是某朝一官员检查工作途经此地，见随处堆积着的樟木，就将它叫作樟木头。自然，樟木就是这里的平常物了，一般人家生了女儿，第一件事就是在门口栽下樟木，以便出嫁时做嫁妆。

观音山，茂盛的樟木成了佼佼的主体。

此山近年名声风生水起，皆因山顶坐着一位大观音。观音高33米，重3300吨，由999块莆田优质玄武岩花岗石组成，是世界上最大的花岗岩观音像。

花岗岩还未经打磨的时候，它是那么的坚硬而冷酷，经过福建匠人的巧手雕琢，它就变成了她，就有了生动无比的活泼生命。

我到达观音山顶的观音像前时，观音正面朝前山，双手合十，专心打坐。浓雾从她身边渐渐升起，弥漫，莲花座上，莲瓣尖上，观音身上，数十只鸽子，一会儿飞上，一会儿飞下。人稀的清晨，鸽子的咕咕声特别悦耳，观音，观的是世上的声音、人间的俗音，她自然也一定听得见那些鸽子的咕咕声，这声音日日伴着她，苍穹之下，观尽人世。

观音像下，陈景玉一边很熟练地给我们讲释、讲道，一边带我们上观音台虔诚绕圈。他说，他曾率队朝拜过全国一百座以上的著名寺庙，他们是去取经的，他们请了三部《大藏经》：白马寺请来汉文版的，阿坝查理寺请来藏文版的，台湾佛光山请来《佛光大藏经》。

每一个上观音山的人，在巨大的观音像下，烦躁的心，一下子平静了不少。

日头显出来了，观音周边的浓雾渐渐退去，此时，观音比先前要明亮许多。

观世音，观自在，皆由你的心生。

8

石枯松老，远古的树，已成标本。

观音山脚，有全国首家古树博物馆。

岭南地处热带亚热带，两千多年前的森林覆盖率达百分之九十以上，而那些老枯的古树，岭南也特别多。

博物馆别出心裁的地方在于，不仅搜集到相当多年份久远的古树，而且，还将古树和它们生长的年代相结合，这就让人有很直观的感受，例举三棵树：

1号古树，青皮，是黄帝时期的古树，所处的年代应该在距今4420年上下100年。哇，众人一阵惊叹。我理解，惊叹声里，表达的是岁月的绵长，世事的沧桑，自然还有树的寿长。

8号古树，来自东江支流的淡水河，主干高达16.1米，实测树龄，定为距今2515年上下85年，那时，恰好释迦牟尼诞生。观音山上有巨像观音，还有同年纪的古树，时光似乎一下子倒流了，春秋时期，百家争鸣，思想家迭出，这个时代，全世界各地，思想家频出，佛祖不做王子，不承王位，菩提树下七日省悟，佛的原意就是"达到觉悟的人"，他不就是思想家吗？

36号古树，秋枫，像一只死而不僵的怪兽，它的死亡年龄为距今720年上下40年，这恰是南宋末年。这秋枫和文天祥、陆秀夫一样，就生长在那个多难之秋，这树上的伤痕，怎么去还原呢？需要充分的想象才行。

行进在岭南，常见秋枫，它是这里常见的风景树、行道树，不过，现在，它们都长得生气勃勃。

看着那些安静地躺着的古树干，黑黑的，赤裸着，长短不一，粗细不一，年份不一，树种不一，心中却想着人，它们就是人呀，各个时期活生生的古人，它们不言语，却是那个时代的见证人之一，重要的。

秀夫君：

您这崖山一跳，已整整柒佰肆拾年了。晚辈我敬佩您，以及與您一起入海之拾萬軍民。世事難料，元蒙亦如您早已身滅，然而，您却永輝。

春水丁酉

苜蓿记

特别说明，本文不是写苜蓿的植物记，说的是菜，其实也不仅是。

1

我极喜欢《战国策·齐策》里的"冯谖弹铗"，这个故事情节的生动性曲折性，一点也不亚于司马迁写的人物列传。

齐国的穷书生冯谖，托了关系，总算投奔到孟尝君的门下了，不过呢，他是有心计的，他要看看孟尝君是不是值得他投靠。第一步，应该不错，冯谖进门时，孟曾经问过介绍人两个问题：冯有什么爱好？冯有什么才能？都没有，只是当食客，找个吃饭的地方。孟也不计较，他养士千人，不差这一个。

你想啊，这样一个吃白食的人，断不会得到人家的重视，只有粗茶淡饭罢了。过了不久，这冯谖，开始了他的三部曲。他的全部动作是这样的：靠在门边，拿着长剑，一边弹着剑，一边发牢骚唱歌，而三次牢骚的内容却一次比一次要求高：剑啊，我们回家吧，在这里，鱼都没得吃（注意啦，蔬菜肯定供应充足，只是没有荤菜，但苜蓿肯定没有）！剑啊，我们回家吧，在这里，车都没得坐！剑啊，我们回家吧，在这里，我没有办法养家！冯谖三次牢骚逐渐升级，孟尝君都笑着一一满足，把冯谖吃鱼的待遇，给冯谖配车的待遇，把冯谖老母亲接来一起养老。

至此，冯谖已经完全享受高级人才的待遇了，孟尝君满足冯谖的要求，一来他经济实力雄厚；二来，他确实是养士，这么多的士，真不知道哪一些人特别有才能，要看关键时刻。

冯谖开始崭露头角，是在孟尝君贴出告示之后，这个告示的内容是，让一个懂会计的人，替他去封地薛城（今山东股县城南）收债。冯谖应征，让孟大吃一惊，原来这人还真有水平的，于是连忙接见了冯。一阵寒暄，一阵抱歉，气氛不错。临行前，冯问：债收齐后，买些什么东西回来呢？孟交代：你看着办吧，府里缺少什么你就买什么。

冯谖矫命焚债券，替孟收买民心，孟尝君并不高兴，但他没有继续追问。

直到有一天，孟尝君被齐王贬官，孟去了他的封地薛城，望着赶了百里地来迎接他的百姓，他才真正理解了冯谖的用意。

冯谖不愧是个人才，不，奇才，他后来替孟尝君去游说梁王，梁王重金三聘，孟坚拒，齐王认错，重新重用孟尝君，孟为相几十年都太平无事。

冯谖的三次牢骚是有底气的，他装愚守拙，藏而不露，同时，他也碰到了好领导——如果不是孟尝君的宽容大度，这段佳话也成不了，极有可能，在冯谖发第一次牢骚时就被赶出去了。

2

一千多年后，果真有一个人，如冯谖一样，因吃饭问题，发了一次牢骚就被赶走。苜蓿正式登场。

这个人就是唐代的薛令之。

唐朝开元年间，东宫太子身边的官吏生活清苦，左庶子薛令之，实在忍不住了，就写了首《自悼》诗发发牢骚：

朝日上团团，照见先生盘。盘中何所有？苜蓿长阑干。饭涩匙难滑，羹稀箸易宽。以此谋朝夕，何由保岁寒？

这首诗，估计是题在墙上的，某天，恰好李隆基来东宫视察，一看太子老师的诗，一下子火了，立即在薛诗边上题了四句反讽：

啄木嘴距长，凤皇羽毛短。若嫌松桂寒，任逐桑榆暖。

薛老师看到了，吓得要命，赶忙辞职回乡。

也不能怪李隆基心胸狭窄，薛令之的这首诗，确实有点问题。

太阳上来了，照得整个餐厅通亮，餐桌上那个装菜的盘子，特别显眼，因为盘子里只有稀少的一点点苜蓿。没有好菜，真是难下饭呀，这样的日子，怎么过得下去呢？

没有好菜，饮食确实清淡，但薛令之是太子的老师，他的思想境界，不会这么低下吧，没有好菜，就不干了？

我不知道薛令之的祖上在哪里，会不会就是孟尝君的故里薛城？但他的脑子里，一定熟知冯谖的故事，那么，我也学学冯谖，说不定有转机。不想，李隆基不是孟尝君。

我有点奇怪的是，这苜蓿，我们江南叫草头，紫云英，鲜嫩的叶子，清炒，煮羹，适量加点油，应该是不错的开胃菜，薛令之为什么以此来叹苦呢？

前几日读南宋林洪的笔记《山家清供》，里面有一则《苜蓿盘》，

讲的就是这件事,林洪写道:

每次看到薛令之这首诗,都不知道苜蓿为何物。偶然和宋雪岩一起拜访郑墅钥,看到他种着苜蓿,于是从他那里得到种子和烹饪方法。苜蓿的叶子绿紫色,带点灰,能长到一丈多长。采摘后,用热水焯一下,用油炒,适量放些姜、盐,做成羹来吃,都别有风味。

林洪看样子也是书呆子,大地上这么多的常见的苜蓿,他也不认识,不过,他揣摩出了薛令之写《自悼》诗的别意:唐代许多贤才都被贬谪过,薛也是怀才不遇,才发出"食无鱼"的感叹。

原来是借口,和冯谖一样,都是借口,只是,李隆基没有孟尝君有眼光,不仅不留人,还嘲讽:这个老薛,书呆子一个,你嫌待遇差,那就另谋高就吧,不留!不送!

要是我,看了这样的嘲讽,也不敢再待下去了,弄不好,随时找个借口,分分钟可以将你弄死。

唉,借一盘苜蓿隐喻,竟然导致如此黯然而隐,真是有点倒霉。

苜蓿自然没有错,苜蓿自西汉引进中国后,两千多年来,依然很鲜艳而愉快地成长着,任何时候。

3

其实,李隆基倒也没有那么薄情。话说薛令之回到故乡,建安郡长溪西乡石矶津(今福建福安市溪潭镇廉村),李隆基还是给他安排了类似于退休工资一样的待遇,但薛虽然贫穷,依然按照在东宫时的工资标准,按月取酬,绝不多取一文。

安史之乱,乱了盛唐,也成就了太子李亨,李隆基一路向西逃去,李亨却在灵武继了位,成了唐肃宗。太子回到长安后,想起了当年的老师，立即派人征召薛令之，委以重任。不想，薛老师已经逝世好几个月了，死时，家徒四壁，肃宗大悲，于是赐老师居住所在乡为"廉村"，溪为"廉溪"，山为"廉岭"。

越一千里地，我去廉村景仰，那里早已成著名景点。

紧挨着302省道的，就是薛令之故里。

唐中宗神龙二年（公元706年），薛令之北上长安应试，成了福建的第一位进士，自隋朝开科取士以来的第一人，这是何等的荣耀啊。后面的几年，唐王朝内室动荡不安，各方都要争权，薛应该没什么大作为，不过，有一点可以肯定，他和李隆基的关系应该不错，不然的话，李隆基登位后，不会让他做谏官，不会请他做太子侍讲，当时还有一位侍讲，就是大名鼎鼎的贺知章。

这位号称明月先生的薛令之，写了好些书，如《明月先生集》《补阙集》，均没留世，现存的也只有少量的几首诗而已。

有一首《唐明皇命吟屈轶草》，可以证明李隆基是比较欣赏谏官薛令之的。某次，玄宗命群臣吟屈轶草（传说中的一种仙草），薛令之就借草能指奸佞的特性，在诗中表达了忠诚和正直：

托荫生枫庭，曾惊破胆人。头昂朝圣主，心正效忠臣。
节义归城下，奸雄遁海滨。纶言为草芥，臣为国家珍。

请注意最后两句，纶言，帝王诏令的代称，如果将皇帝的话都当作草芥的话，那么，臣子就是国家的珍宝。

由此说来，李隆基开始的时候，还真是想做一番事业的，胸怀也博大。

也许就是这首诗，给薛惹来了麻烦。宰相李林甫，和太子李亨关系不好，而薛又那么以廉洁正直自喻，这不就得罪李林甫了吗？于是，薛令之这些老师，自然受到排挤了。如果皇帝仍然关心，那也没事，问题是，后期的李隆基，不敬业了，意见听不进，奸臣当道，当薛老师借苜蓿说事时，他大大生气，也就再正常不过了。

薛令之的故里，已经远非他那个时候的草堂了，现在的名人故居，都是修了再修，明清城墙，鹅卵石道，古建筑，古码头，古雕刻，古官道，古城堡，皆有情调。不过，薛令之少年时候的读书处——灵岩草堂，还是一个不错的去处，矮矮的青山下，草堂隐在一圈围墙里，黑瓦白墙，檐角飞翘，草堂下有沟坎，长满乱草，一只长水槽，斜躺在草丛中，应该是喂猪的猪槽。阳光下，青草特别鲜，草堂也特别亮，唐代苦读少年的身影，和这里的环境很配。

我一直在寻找苜蓿，这个晚春的季节，应该是苜蓿花盛开的，可惜的是，前面的田野里，也没见到常见的苜蓿。

4

薛令之因《自悼》诗辞官归乡后，普通的苜蓿，迅速成为为官清贫和廉洁的代名词，薛也被誉为"苜蓿廉臣"。这个典故常为后代引用。曾在宁德（福安属宁德市）做过主簿的陆游，就写有"饭余扪腹吾真足，苜蓿何妨日满盘"的诗句，表示要以薛令之为榜样，每天清炒苜蓿就满足了。

惊蛰过后，冬天撒下的苜蓿种子，就会慢慢将田野铺绿，继而很快会溢满整个春天。鲜嫩的苜蓿，"苜蓿廉臣"，皆为物质和精神之良品。

薛令之本来可以过得更好一些，但苦日子却让他一时没忍住往笔一蘸，然而，因一盘苜蓿而无意成名，精神价值巨大，亦算幸事。

袁祥

亨特广州观察记

亨特其人。

美国人亨特（William. C. Hunter），著有《旧中国杂记》和《广州番鬼录》。1825年，十三岁的亨特到达广州，随即被派赴马六甲英华书院学习中文，次年返回广州。1829年，亨特加入广州的美国旗昌洋行，八年后，他成为该行合伙人。1842年，亨特退休，两年后返回美国，其后又回到中国，创设亨特洋行，在广州、香港、澳门等地生活长达二十年。亨特晚年旅居法国，1891年，在法国尼斯去世。

撇开作者立场，我们依然能从他的杂记里读到中西文化的认知冲突和交流屏障、鸦片战争前的广州和中国南部的真实状况。

1

1836年10月，广州，《中国丛报》上的一则警方消息，引起亨特的注意，他在这里，前前后后共生活了四十余年，他对中国政府如何处理外国人，向来非常关注。

这则消息是这样的：

> 福建巡抚的差官日前到达，解来夷人一名。该夷人据悉为一名印度水手，至于被何人于何时遗落在福建海岸，尚未查明。

当时，广州是外国人唯一可以上岸的口岸，所以，对于任何一个来历不明的外国人，必须查清楚，这是大事，国家的大事。

第二年的5月，有关部门开始审理这个外国人的事情了。

因为是贸易淡季，事情也挺有趣，所以，几个外国人也旁听了这次审问。那个老汤姆，是首席通事，政府和外国人之间的翻译，他必须到场。老汤姆为了摆派头，事先去木匠广场找了个做箱子和盒子的工匠，叫阿树。这阿树懂一点水手语言，人也活络，老汤姆事先给阿树戴上圆形的官帽，穿上蓝色长袍，拿着一把扇子，这样，阿树就变成他的助手了。

审问挺隆重，也挺严肃，由广州知府、知县主持，一些官员陪审。大清朝审讯所必备的人员，都在两边站立，一场正规的庭审。

这外国人，是个黑人，长得挺结实，在亨特眼里，那黑人黑得像一个长着角和尾巴的古猿。他身上穿着一件绿色丝绸长袍子，但已经破烂得不成样子，呈条条状，估计是黑人上岸时，哪位官员送给他穿的。

两名衙役押着黑人在堂下站着，一干人在好奇旁听。

姓什么？名什么？多大年纪？来自何方？来此何为？审判官一系列章程式问话过后，翻译传达，两位书记官，早已摆齐纸笔，时刻准备记录审问经过。

黑人有一张灵活的嘴巴。他一张嘴，就是一连串的句子，像机关枪发射一样，语速极快，似乎他早已准备就绪，应对这场审问。

老汤姆一听，头都大了，一句也没听懂，他判断，肯定不是英语，也不是马来语，听着像孟加拉语，似乎是多种语言的汇合，他脑子里立即显现出关于巴别塔的传说。这个传说是讲，诺亚的子孙想建一座摩天高塔，而上帝不希望他们建成，上帝只使用了一个小小的计谋，就是让造塔的人原来说同一种语言变成说各种不同的语言，于是产生了误会和混乱，以致离心离德，各自散去。老汤姆眼前这个黑人，似乎就是从未完成的塔中跑出来的。

幸好，老汤姆有先见，他立即让阿树上场。

阿树拿眼瞟了下老汤姆，心领神会。

他用孟加拉语问那个印度水手：你要什么？你要水吗？

印度水手：不要喝水，也不要别的什么东西！

阿树听完，向首席审判官翻译道：大人，夷人说他名叫拉姆·汗，三十岁，职业是水手。

亨特观察到，阿树翻完，转头向一群旁听的外国人看看，显出一副很神气的样子。审判官却问老汤姆：你说，这夷人，是由一艘番鬼船上岸的吗？那船是哪里的？

见审判官问自己，老汤姆只好亲自出马，他用广东英语问印度水手，水手环顾左右，根本听不懂。见此，阿树又发问了：要樟木箱吗？还有象棋盘要吗？一等一的货色，太漂亮了，一等便宜！

印度水手，对着一群外国听众，做了番鬼脸，用很好的孟加拉语说道：先生们，他在说什么，我根本听不懂！

阿树见此，立即跪下答：大人，他说他的船是从孟加拉来的。

船航行了多久？船受哪里管辖？停靠在何处海岸？船上载了什么货？这些问题必须问清楚，可是，那个阿树呢？却自作主张加上另外一些话：到我的店铺来，我带你去，在木匠广场九号，名叫"昌和"，很多船长、大副，都到我的店铺去。

那黑人叽里咕噜说个不停，发出了一连串听不懂的语音，还拼命地做着手势，用哀求和无助的眼光看着旁听的外国人。

老汤姆将这些话编辑加工：大人，他说，船上装的是大米，是从孟加拉开来广州的,途中起了大风,又碰上大海潮,所以船就在福建靠岸。他们希望在那里补充食物和淡水。为此,他们还派了一只五人小艇上岸,他就是五人之一。就在他们装水的时候,这个拉姆·汗,因为过度疲劳,倒在地上睡着了。过了好久,他被一群中国人弄醒,并将他衣服剥光,绑住手脚,关进了监狱。又过了很久一段时间,一个政府的差官要来广州,就将他带到了这里。

合情合理,几乎没有漏洞。

广州知府听完,转过身来,向坐在他左手的知县说:你看,懂外语真是很有用处呀。然后,他又夸奖老汤姆:你学识渊博,聪明过人,让人佩服。不过,这船是哪个国家的呢?

阿树连忙又问水手:一定来我店,九号,有好酒,一等货色,一等便宜,两元一瓶!

"拉姆·汗"要发疯了,他翻着白眼,举起了双手,又是一连串叽里咕噜,累得很想坐在地上,但两边立着的衙役,手上拿着棍棒,随时要敲打他,强迫他站着。

老汤姆很沉着地对知府说:大人,那船属于英国的。

这场牛头不对马嘴的审问皆因语言不通而起,竟然圆满结束,本来就没什么事,审不审都一样,只是,因语言而折射出的问题,实在让亨特大开眼界,这也许是他认识中国人的又一个极好的角度。

2

因语言而产生的冲突,有时简直完全可以构成各种戏剧场景。

我看过一部荒诞幽默电影《驴得水》,整个故事框架,就如上面那个牛头不对马嘴的审判场景一样，基本由语言来构筑。

民国时期，一个偏远乡村的一所小学里，一群有理想的教师在践行着他们的教育理想，因为薪水不足，他们将一头驴虚报成英语老师"吕德水"冒领薪水。有一天，忽然有消息说，教育部要来特派员检查，校长和老师们都很紧张，而这时，却突然冒出了个会说一口难懂蒙古话的小铜匠，于是，老师们就将小铜匠的蒙古话当作英语，来应付特派员的英语审核。此前，有聪明的老师已经识破特派员不懂英文，只会简单的两个词。在所谓的检查中，学校女老师张一曼扮助教念莎士比亚的经典独白，小铜匠则胡乱说着别人听不懂的蒙古语，戏剧高潮由此开始。

小铜匠张嘴：梦里常看见你的笑容，最令我难忘的是你的笑脸。

张一曼翻译：生存还是毁灭，这是一个值得思考的问题。

小铜匠张嘴：盼着孩儿回家，默默地流泪。

张一曼翻译：默然忍受命运的暴虐，或是起身反抗人世的苦难。

小铜匠张嘴：我母亲的信仰，就是我的信仰。

张一曼翻译：这两种行为哪一种更高贵？

小铜匠：向美好，努力下去。

张一曼：死了，睡着了，什么都完了。

小铜匠：我母亲的信仰，就是我的信仰。

张一曼：要是在这一种睡眠之中，我们心头的创痛，都可以从此消失，那正是我们求之不得的结局。

整一个的牛头不对马嘴，笑料迭出。不过，和亨特记录的那场对话相比，还是有些区别，老汤姆是随意应付，而这里显然是精心安排，小铜匠的话，张一曼的翻译，都有着和本剧相关的另一种言外之意。这种语言冷幽默，将荒诞表现得淋漓尽致。

3

事件闪回到亨特来广州的几十年前。

1786年，山茂召少校，受美国国会任命，担任了美国驻广州首任领事。

在山茂召的航海日记中，他也记述了中国人对外国人的态度：

欧洲人被监视并被局限在自己的地盘内，中国人从不给他们犯一点小错误的机会。有一次，同一艘船上一个法国人和一个葡萄牙人曾出现过混战，葡萄牙人被杀。中国人要求：法国人必须交出来。当被告知法国人是正当防卫时，中国人答，他们已经了解了事情的经过，但他们必须在法庭上审问他，审查之后，他们将把嫌犯毫发无伤地送回。既然有了这些承诺，那嫌犯就被送到了中国人那里，然而，第二天上午，人们发现，在商馆附近的河边，那个法国人已经被扼死了。

四年后，又发生了比较严重的"广州战争"。

从山茂召的记载中，可以看出当时政府的强硬。

一艘英国轮船，在对停泊的他船鸣炮致礼时，误炸到旁边的中国官船里的中国人，一死两伤。中国法规定杀人偿命，他们要求交出那个可怜的炮手。英国人心里很清楚四年前那个法国人的下场，出于仁慈，英方不肯交人。双方几轮谈判，中方宣布非常满意。大家以为事情圆满解决了，没想到，有一天早上，英方船上的大班被中方逮捕并关进了监狱。所有的贸易停止，中国士兵逼近商馆，事态一触即发。欧洲人要求交出大班，中国人则要求交出炮手交换。英国人最后只能交出炮手。自然，炮手到了中国人那里，就下落不明了。

亨特也算个知识分子，他读书不少，自然知道山茂召记载的这些事，因此，他对中国的观察，自有他独特的视角。

4

亨特观察，文化的冲突，首先体现在习俗上，中国人如何看待他们的西餐，是一个很有趣的视角。

1831年的一天，亨特请一位盐商的大儿子及其友人吃饭，一周后，他收到了一封信。这封信，当然不是写给亨特的感谢信，而是盐商儿子的朋友写给他北京亲戚的，但被盐商的儿子发现，特意拿来让他看的。很有趣，亨特就将信抄了下来。信有点长，我摘录一些里面写中国人认识西餐的句子：

这些粗鲁的夷人的习俗，描写起来会使你以为我是在摘引《子不语》中的故事，但我可以向你担保，这些都是千真万确的。

他认为，夷人的烹饪技术还原始得很：

他们坐餐桌旁，吞食着一种流质，按他们的话叫作苏披。接着大嚼鱼肉，这些鱼肉是生吃的，生得几乎跟活鱼一样。然后，桌子的各个角都放着一盘盘烧得半生不熟的肉；这些肉都泡在浓汁里，要用一把剑一样形状的用具把肉一片片切下来，放在客人面前。我目睹了这一情景，才证实以前常听人说的是对的，这些"番鬼"的脾气凶残是因为他们吃这种粗鄙原始的食物。他们的境况多么可悲，而他们还假装不喜欢我们的食物呢！想想一个人如果连鱼翅都不觉得美味，他的口味有多么粗俗。那些对鹿腱的滋味都不感兴趣的人，那些看不上开煲香肉、讥笑鼠肉饼的人，是多么可怜！

然后，这位盐商大公子的朋友，对咖喱的难吃、乳酪的浓烈气味、啤酒浑浑带红色的液体，均有生动描写，继而感叹，这些未开化的人，肯定不知道中国的诸多美味，接着兴致勃勃地和北京的亲戚回忆：

> 什么时候，我们能再一起品尝你我常吃的那一款无与伦比的佳肴——炖小猫？……想到这些美味，吸引力是强烈的，使我想象到我们自己的筵席正在准备，想象到酒很快就要斟出来了。我想起了卢万记的书里第六十八卷上的一句短短的但很重要的话：炖小猫，配以鼠肉，宜热食。

这封家常信，显然给亨特带来了很多欢乐。

我想，他这么忠实地录下这封信，用意极其明显，你们中国人说我们西人野蛮，未开化，吃生东西，带血淋漓，味道难闻，你们又是在吃什么东西呢？炖小猫，老鼠，是残忍，还是怪癖？

哈，据那位盐商大公子的信可以得知，那个卢万记，当时是个著名的厨师,写有《烹饪要诀》三百二十卷,他做的菜,他写的菜谱,在讲究吃的广州,都非常著名。

5

亨特已经深深地融入了中国人的日常生活中,他吃中国菜,喝中国茶,看中国戏。常常是,他被这个那个作为贵宾请去,好吃好喝后,然后,跟中国人一样,端着一壶茶,跷着二郎腿,晃悠悠地看中国戏。

他认为,没有一个国家比中国更热衷演戏了。中国戏剧的特点,总体上看,是哀伤的,悲惨的,常常也是滑稽的。他观察到,宽大的场地里,起码能容得下两三千名观众,场地两边尽头,都开着店铺,任何人都可以免费来看戏。

这一回,他去友人的乡间别墅吃饭,饭后照例看戏,戏名叫《补缸》,主角就是补破瓷器的人。

戏特别好玩,属于喜剧,亨特完整地记下了这曲戏的对白及唱词。

场景:南京城中某街。

地点:王姓贵族人家。

人物:王家小姐王娘、补缸人牛周。

夏日的街上,牛周来了,他头戴藤帽,胡须长而下垂,捏着一把大蒲扇,挑着一担东西,一头是一只箱子,箱子内装着补缸的用具,另一头挂着一条小长凳。

牛周边叹气边唱:我老汉真命苦,这从早走到现在,从东走到西,冷冷清清,一点生意也没有,不是我懒,我只是个倒霉的穷汉。

补茶缸啊！修饭碗！破碟子烂坛子！

王娘出场。

王家小姐，百无聊赖，夏天的知了叫得她心烦，其实，她真是心里烦，自己年纪也不小了，可就是碰不到心上人，日日思君不见君。

突然，王小姐听见了补缸声。哈，有了，打发闲日子的主儿来了，我要逗逗这个补缸老头，和他开开玩笑。她从窗口朝外喊：哎，补缸的！

牛周一听，很高兴：小姐，您叫我吗？有什么东西要补吗？

王娘：是的，老头，是我喊你。你补缸什么价钱呀？

牛周老实答：大的一钱五分，小的五十双。

显然，王小姐问价是假，调戏是真，她没别的什么事，随便问问价，压压价，开心找点小乐子，那牛周，可是要谋生啊，一来一去就哭笑不得：漂亮的小姐姐呀，你是存心找乐，而我清早离家，到现在还没找到活干，罢罢罢，我还是走吧，到别处再揽活。

牛周挑起担子要走，王小姐急了：哎哎哎，你别走，我真要补，真要补！补个大坛子一百钱，小坛子三十双，跟我来！

牛周跟着王小姐，来到了王家大门口。

王小姐让仆人拿出一个很破的坛子，破得太厉害了，让牛周简直没法下手。

而王小姐呢，许是刚刚找了乐子，心情大好，她进闺房去打扮了。她边唱边扮，梳髻，插花，点唇，佩玉，一身鲜亮，然后，她坐在门边看补缸。

这牛周，正在专心努力工作呢，钻孔穿针，穿针钻孔，一抬头，眼前一位俏姑娘正微笑地盯着他呢，他手一松，啪，坛子掉地上了。

233

王小姐发话：老头，摔碎了，你可得赔我钱！

牛周叹苦：我都没赚到钱，还要倒赔钱，这宗生意真不合算！

他突然向王小姐跪下：小姐呀，你细听我说，打破坛子不是我的错，只因你美貌如花我从未见过，我愿此后一生都给你补破坛子，你莫要吃惊，我的意思是，我要与你结良缘。

王小姐嗔怒：你个不识好歹的痴汉，还想娶我，我是王家小姐，不可能给你做妻房！

牛周很认真的样子：你不同意，我就吊死在你家门口。

王小姐很生气：你吊不吊死，和我没任何关系，我再也不要见你了！

剧情演到此，似乎没法发展下去了，观众在台下，只会认为，这穷补缸的，是不是有点自不量力啊，怎么可能呢？一千种，一万种不可能！

这个时候，牛周将上衣、草帽脱掉，扔掉，将胡须一把扯下，露出了真面目，原来是一个美少年啊！

王小姐见此，大笑：美丽的少年啊，你别离开，请你住到我王家府上，我愿意做你的妻房。

接着，王小姐再一次嗔怒：你这骗子，你这无赖，你假扮的补缸！

自然，王小姐最后的怒，是打情骂俏的那种，台上台下都充满了欢乐的笑声。

6

戏是中国人的日常，显然，亨特看懂了《补缸》，而且会心笑了。

轻松的喜剧,人们总是比较喜欢,因为它用夸张的方式,将人世间美好的一面,最终以出人意料的方式,呈现给观众。

因此,亨特不可避免地要经常面对中国文化的方方面面。

他作为西方人的眼光,有些还是独到的。

比如,玉。

亨特说,中国人至少在两千五百年前就认识了玉,并且给予了高度的评价。的确是这样,但这个年份还要更早,昨天杭州的消息是,良渚文化遗址,正式申报世界文化遗产项目。良渚建城的时间,确切的考证是五千年前。良渚文化里有一个标志物,就是玉琮,圆圆的,中间一个方孔,天圆地方的概念,坚硬,温润,柔和,明亮,让人爱不释手。

而玉有多种品质,玉是美德的象征,这主要的一点,让亨特很兴奋。否则,他不能理解呀,他的中国朋友,手腕上这只玉镯,要七千元,手指那枚扳指,要两千元。亨特将管仲对玉的理解一条条细列了出来,比如,玉的九种品德,详细如下:

其坚毅不屈,体现着正直

其淑静无邪,体现着贞操

其珍稀无瑕,体现着纯洁

其光滑平润,体现着仁慈

其历传不污,体现着节操

其不隐瑕疵,体现着诚实

其富丽光彩,体现着知识,

其永不腐朽,体现着坚忍

敲击时清脆之声远闻,体现着和谐

因为这样,君主就将玉看得很贵重,并将它深藏起来。

亨特知道玉，也一定知道和氏璧的故事。蔺相如保护璧玉的英雄气概，听听都荡气回肠，一点也不亚于美国西部牛仔奋斗的故事。

如果说，亨特对玉的认识还算到位的话，那么，其他方面，他只是一知半解，有好多甚至完全是自己的理解。比如端午节的来历，他这样理解：

屈原很有才能，但他不幸很忧伤，他对生活感到厌倦，任何事情都不能使他快乐，他变得郁郁寡欢，渐渐产生了自杀的念头，最后终于在五月初五这一天，自沉于汨罗江。

亨特显然没有读过《离骚》《九歌》《九章》《天问》，他说，屈原在作出自杀的决定后，写下了一些"离别之辞"，他惋惜这些作品没有流传到现代，否则的话，他就可以知道，他如何诗意地对待一种病态的思维状态。

以他西人的眼光，再加上又没有读过屈原的作品，因此，他将屈原的自杀，当作一般的溺毙，而不知诗人的远大理想和当时的残酷政治。

正因为他是外行看热闹，所以，对中国文化的理解，有些虽是外行，但也觉得有趣，毕竟，视角不一样。

比如龙王。

1833年，广州和周围农村连续八个月没有下雨。旱灾水灾都极容易让靠天吃饭的百姓一下子陷入困顿。百姓唯一的希望，就是政府救济，政府呢，为了赈灾几乎耗尽了存粮，因此，请龙王，祈雨，不仅政府官员要做，百姓更要做。

这龙王全身上下被漆过，还全身镀金，庄严而有气势。

政府高官及百姓，专门为他演戏，请他坐正中间"观看"，演完又十分恭敬地八抬大轿抬他回庙里，庙里的和尚们则轮流日夜为他念经祷告。过了好几天，龙王一点动静也没有，人们焦急死了，又抬着龙王穿街过巷，敲锣打鼓，伴着音乐，点着香，和尚道士不停地念着经，请龙王对风雨进行调控。

又是过了好多天，龙王还是没动静。

这一下，老百姓火了，他们认为，一定是龙王不肯出力，而对于不肯出力、不肯营救百姓于水火的龙王，我们也不尊重他了，将他抬出来，骂他，打他。于是，百姓轮流用激烈的话语骂龙王，怎么出格怎么骂，骂了还不解气，人们还用鞭子抽打，一边骂，一边打。喇叭声，锣鼓声，人们的嘲讽声，整个的就是盛大节日的现场，老百姓很解气呀，谁让你不下雨呢，打的就是你！

亨特也跟着看热闹，他不理解的是，从极度尊敬，到异常泄愤，中国人，为什么突然来个一百八十度的大转弯呢？

想想也正常，很多中国人的信仰，其实以实用和利己为基础的，连君王都要以民为重，不为老百姓着想，他们凭什么拥戴你呢？不仅不拥戴，还要起来反抗你，造反，推翻政权。这样想来，打几下龙王，嘲笑一下，也可以理解，你只要合百姓的意，听百姓的话，他们就会拥戴。

而且，在亨特眼里，中国人极度宽容，对宗教信仰尤其如此，无论什么人宣称自己信仰什么，谁都不会因此受到迫害或者遇到麻烦。

7

当轰轰烈烈的太平天国运动之火在南方大地燃烧时，广州城也不可避免。清政府下大力残杀、清剿，但仍然不断有起义的群众。

广州附近，有个叫增步的岛，那里约有六七千居民，何阿六占据在那里，追随者有万把人。起义者在岛上积聚了许多财物，光茶叶就有两万箱，价值不下五十五万元。

旧公行有个经官，游走于政府和洋人之间，他给官府想了个办法，无论什么人，如果能扫清增步岛，官府可以给他二十五万元，同时，官府三千名装备精良的士兵可以与其协同作战。

经官找到了亨特，先对他一番恭维，希望他接下这笔业务，做"外国总司令"，组建一支临时军队。

亨特经过几天的考虑，找到英国领事，以个人的身份，一起去增步岛观察了一下。他们在增步岛受到了良好的接待，何阿六亲自接见他们，一行人对他们非常客气，许多人都佩戴着红丝带，人也很文气，他们的武器，主要有三尖叉、剑和盾牌，还有滑膛枪、火绳枪。何阿六甚至还建议，增步岛离外国船只很近，可以建筑一些商馆，做买卖比广州方便。

经过考虑，亨特决定接下这笔业务。马上订了协议，签了字，经官给了他一张二十五万西班牙银圆的债券，待增步岛"扫清叛乱"，即可交付，并先付2.5万的现银，作为定金。

经官也很高兴，他认为，亨特打下增步岛，他的功劳也挺大，就可以有不小的奖赏。

亨特立即开始寻找帮手，一个叫德林克的朋友，几天时间就给他组织了一支一百二十五人的多国部队，有英国、美国水手，澳门的船员，印度水手，马尼拉士兵，部分南非人。这一群五花八门的人，有一个共同心态，都是喜欢玩的人，他们接到的任务是，向前开炮，吓吓所有人，向左右不断开枪，不时地欢呼一阵，不要伤人，不要停下来抢东西，枪也不要打到盟军身上。

此外，亨特还找来几只船，做联合舰队，购买了一门小小的打六磅弹药的大炮，还找来了"水师提督"的委任状给德林克，总之，一切准备就绪，外表看起来像模像样。

第二天就出发。

不想，这个时候，美国驻华全权公使，从上海赶到了广州，立即召见亨特。他对亨特组建作战部队的事一清二楚，他说亨特的做法可能带来严重的后果，弄不好所有的美国人都会遭到驱逐的，公使要求亨特立即解散部队。

没有办法的事，必须解散。

人遣散，船归还，武器、弹药卖掉。所有人都觉得，这本来是件开心的事，结果却没开心成。

亨特后来还遇到过不少麻烦，官府来要那笔定金，不过最终没要成，不符合契约精神，况且钱也都花了。

后来有一个消息，让亨特有点后悔，那消息是何阿六内部的人传出来的，要是当初给何阿六一万元，那么，他会带着所有人从增步岛上走掉。

亨特到底是生意人，他的观点是，他和政府订的合同里，并没有以杀人、斩首和破坏为目标，不过就是将何阿六那伙人从增步岛上赶出去，这实在是桩合算的大买卖，可惜了，这单生意。

我读这些细节的时候，琢磨了又琢磨，这只是亨特的一面之词，但事件大体应该是真实的。不过，亨特参与的这场闹剧背后，却可读出无限的意味：农民运动的迅速发展和无组织性可见一斑，清政府联合外国势力互相勾结镇压农民起义开了先例，另外，清政府的极度虚弱、办事能力也可见一斑。

亨特本来就是个商人，原本意图就是要赚钱。

1787年12月21日，山茂召对美国外交事务秘书约翰·杰伊，也这样赤裸裸地说：自1784年之后，这里的贸易形势已经开始不利于欧洲人，进口商品的利润远远不够支出成本，出口货物则超出想象地增加了。按照最保守的估计，每种茶叶的价格平均上涨了百分之四十以上，并且现在还没有上涨到最高点。——上封信中我提到了人参，在这个季节，我依然发现这种商品在此处很有市场，这让我相信，我国能从人参中获取巨大的利润，附的目录将表明带到这里的人参数量。最好的人参价格已经从每担一百三十美元涨到两百美元，在最后一艘船离开之时，其价格可能还会再涨二三十美元。

利益的诱惑，或追逐，古今都一样。也许，这就是所有问题的本质所在。

参考书目：

1.[美]亨特:《旧中国杂记》，广东人民出版社，2000年

2.[美]乔赛亚·昆西:《山茂召少校日记及其生平——美国第一任驻广州领事》，广西师范大学出版社，2015年

中西之間，隔着厚墙。文化是重墙，語言爲紙墙。真正無障碍时，世界也已大同。

丁酉冬日
陸春祥

花城四记

春天的诗，风在朗诵。己亥末庚子初，广州春之静美，花花世界，闲游四日，择事而录，为之四记。

1. 六榕

黄州惠州儋州，苏轼的人生坐标。苏轼在儋州时，终老在此的想法，常常涌上心头，"余生欲老海南村，帝遣巫阳招我魂"（《澄迈驿通潮阁二首》），没想到，这都是他精彩人生的必须课程。公元1100年4月，朝廷大赦，苏轼又得以复任朝奉郎，北归，归北，苏轼一路行来，这就到了广州。

苏轼虽年迈体弱，游心却一直未减。逛过了广州最古老的越王井，古井无波，南越王赵佗早已远逝，他留下的广州城却是越来越繁荣了。苏轼又在东晋南海郡太守鲍靓所建的三元宫里烧了炷长香，并不是求什么，而是表达天地通达的意念。这一日，他又来到了市中心的净慧寺，这寺极有名，南朝刘宋年间始建，南汉王刘鋹赐名"长寿寺"，高僧达摩也曾在此留宿过，宋太宗则赐名净慧寺。高高的八角形花塔独映蓝天，寺中花木扶疏，尤其是那六棵榕树，根深叶茂，枝杈繁盛，看到生命力如此旺盛的榕树，苏轼心又有所悟，这榕树就是他的人生榜样，他常从细小入微中悟出和别人不一样的心得，于是欣然题下"六榕"，自此，净慧寺就成了"六榕寺"。

1868至1875年间的数年时光里,英国人格雷和夫人,曾七次游览广州,后来,格雷将游览记录成了一本书,《漫步广州城》(也译作《广州七日》)。一个风和日丽的午后,格雷夫妇穿过旗人集中居住的花塔街道,踏进了苏轼的六榕寺,他们仰望花塔,他们在榕树下避阳,他们详细了解六榕寺的历史,然后又进了领事府边上的小花园,园中长满了高高的榕树,绿树成荫,园中还有几只鹿,当他们得知,鹿是中国的吉祥动物时,一时感慨颇多。

己亥腊月廿四上午,羊城各式艳丽的水灵鲜花,已经将整个广州扮成了花的海洋,那些遍布街巷的榕树,树冠自由舒展,它们毫无疑问是城市花树的主心骨。我在越秀区旧南海县社区徜徉,这里以前是旧南海县的县衙所在地,这几日虽说是广州最冷的日子,可那些花,却一如阳春里展示出的倩影,给人愉悦。广州城的设置,和别的州有一个大区别,从隋代开始,番禺和南海两县分治,番禺为东,南海为西。南海县衙曾多次异址,但辖区内的"旧南海县街"却一直保留着,这条街现在属六榕街道。

不过,六榕街巷深厚的文化历史底蕴,自公元前214年秦始皇平定南越设南海郡,任嚣为南海都尉筑"任嚣城"就开始了,它犹如那大榕树,枝枝蔓蔓,让人眼花缭乱,这里就是广州的根,文化的根,地理的源。

从根源上找寻和我有关的联系,这会让我眼中的广州更加亲切。

将军府遗址,清代平南王尚可喜的府邸,这几天,我一直在写戏剧家小说家李渔。公元1668年暮春的一天,李渔应这位广东最高军事长官的邀请,到广州来玩的,此行在别人眼里名为打秋风,他在尚府究竟筹得多少银子,没有明确记录,但就在此次南下途中,他完成了一生中的传奇——《闲情偶寄》的写作。我能想象出,当时尚可喜接待他的场景，红烛交辉，觥筹交错，宾主一片融洽。然而，格雷夫妇来此参观时，眼前已成一片废墟，此前，这里曾是英法联军部队驻扎的兵营，不过，他们一定理解不了大清国的屈辱。

一幢三层红楼，墙角的小报童铜像将我的目光拽牢。报童背着挎包，右手高举卷着的一份报纸，左手握着数份报纸，短裤，对襟衣，分头，嘴里是高喊的样子，看到这尊像，影视中报童的形象似乎复活，他在卖什么报呢？

大公报，大公报，七个铜板两份报！

《大公报》的临时社址就在这里。

自前几年开始，我一直在《大公报》的小公园版上开设"笔记新说"专栏，平时，常有文章发周末的文学副刊，看到卖《大公报》的报童，自然像见到了《大公报》一样亲切。这是一份让人敬仰的报纸。1902年6月17日，《大公报》在天津诞生，报头由近代著名的思想家教育家翻译家严复所题，这也是中国历史上寿命最长的一份报纸。《大公报》现在依然在香港蓬勃发展着。我也是新闻人，《大公报》的张季鸾、王芸生、范长江、萧乾，皆为杰出的编辑记者，二战时期，中国唯一守在欧洲战场的记者就是萧乾，红军长征时，范长江深入西部，为广大读者展示了一张张坚毅的真实面孔。著名的作家，杰出的新闻人，都是我学习的楷模。

《大公报》这一处旧址，是1912年至1923年间租用的办公场所，三层红色小楼，里面还有个院子，这样简单的办公场所，你完全能想象出报纸初创时期的规模和艰难。眼前的三层红色小楼，是整个旧南海社区数百幢小洋楼中之一座。二十世纪初，广州海外归侨集中购地开发六榕街一带，他们揣着从国外赚来的银子，在自己的祖地上盖起了心仪的房子。都是开过眼界的，于是，房子设计的各个环节，无不带着新技术的痕迹，带着洋气，但许多雕饰、窗花等细节，依然散发出浓厚的中国传统建筑意味。亦中亦西，一种别样的精致。这种中西结合，到了百灵路的三家巷，迅速勾起了一个久远的阅读体验。

我曾就少年时的阅读写过一篇《在饥渴中奔跑》，在书籍稀有的年代，能读到小说，那是一种奢侈。除了几部残缺本的古典名著外，印象中比较深的有现代小说《林海雪原》《苦菜花》《红日》等，欧阳山的《三家巷》，我甚是喜欢。走进《三家巷》展览馆，青春亮丽的周炳、区桃，仿佛从文字中复活。还有个笑话，读《三家巷》时，区桃的"区"，我一直读 qū，当时还想，那么美的姑娘怎么姓区，怪怪的姓，就是没想到翻字典，直到大学上现代文学课，老师说读 ōu 桃，我还十分不习惯。现在，我站在区桃的前面，那个 qū 就直接冒了出来，不过，我不脸红，我只有敬佩，倒在屠杀者枪口下的区桃英勇无畏，绚烂如桃花。《三家巷》初版于1959年，六十年过去，现在重读，依然是好小说，去年入选"新中国70年70部长篇小说典藏"丛书，沙基惨案、省港大罢工、广州起义，这些足以影响中国革命历史的大事件，都被欧阳山巧妙地揉进三家巷周、陈、何几代人的瓜葛中，特别是三家巷的青年一代，出身不同，性格不同，救亡图存的目标却高度一致。街角榕树粗壮显眼，枝条横街任意东西，看《三家巷》浮雕群，小说中的一幕幕场景又艺术再现，行人三五成群，有的低头细读，有的蹲身拍照，复原历史是为了铭记历史，文学永恒。

惠吉西路33号，"长者饭堂"前，我们驻足。这是旧南海社区的老年食堂，我细看菜单，除了灼时蔬，周一至周五菜式完全不同，比如，冬菇蒸鸡、萝卜煮鱼松、土茯苓煲猪骨、虫草花蒸肉饼、罗再读，眷恋和憧憬之情透过纸背。

信的展板边上，是左权和妻子、女儿的合影，左将军和夫人都面带微笑，女儿还是婴孩，妈妈抱着，她举手冲着镜头。1940年8月，抗日战争已经进入最艰苦的阶段，山西武乡县砖壁村，八路军以此为根据地抗击日本侵略者。左将军全家的合影，和那家信一样，都表现出了浓郁的家国情怀，以及必胜的满满信心。

左权的家信，因邮路严重破坏，大多是托人带到延安的，有时一两个月，有时长达四五个月，你不由得感叹，烽火连数月，家书真是抵过万金。

走出黄埔军校纪念馆旧址的大门，暖阳映照，心情从沉重中转向舒畅。院子里的两株大榕树，乃军校建校时栽，虽经日军飞机的数次轰炸，如今依旧繁荣昌盛，它们盘根错节，枝枝蔓蔓，浓蔽成荫，树枝上挂着不少成串的大红小灯笼，一切都是迎春的细节，热烈而奔放。

那两封久远家信散发出的浓郁情感，数月来，我一直时时回味。

亲爱的，亲爱的儿子，亲爱的女儿，亲爱的妻子，亲爱的母亲，亲爱的人们，亲爱的祖国，你们都要好好的！

嗯，亲爱的，你们放心，我们都好好的，我们必须好好的！

3. 通草画

十三行，这个名词，在我阅读的中外典籍中经常出现，它是清政府指定开放的通商口岸。1757年，清朝实行"一口通商"，清政府靠十三行和外国人做生意，十三行独揽中外贸易八十五年，那些洋货，由此地进入，中国的丝绸、茶叶、瓷器，从此涌向世界各地。

源不断，这就促进了一个产业。眼前的通草画，两类，题材五花八门，主要有人物类、屋景类、风俗信仰类、市井行当类、戏剧表演类、刑罚目不暇接。

据王恒先生介绍，馆里的线描画，只有(是他花大价钱从国外购得的。这是上色前的画有人推测，它极有可能是某个画行的样板画，户想要什么类型，指一指，他们就可以照单画就是中国人生产生活的一个重要侧面，它们的出社会的真实程度，笔记里的各种行当，我一个行当，一一细看。

捞鱼，卖竹笋，钓鱼，煨鸭仔，柴佬，妇，做锡器，卖碎皮，卖黄牙白（菜），卖什物补瓷器，看风水，补遮（伞），打包，卖棕绳，凤阳婆，买办，陶地砂，卖蒲团，卖梳笼，（做佛像），淹牛皮，磨面，卖苏货，整袜，车缝补鱼网），卖豆腐花，整蚊烟（做蚊香），打笋，打磨（石匠），裁缝，卖毛毡，压布，干，卖羊肉，掘茶地，落茶种，赖茶，择茶，西茶、炒茶、榨茶、看茶、舂茶。

边看边议，大家七嘴八舌。两百多年后的八十以上的行当，还以各种方式存在着，因为人们的衣食住行。捉鱼的，钓鱼的，挑着担卖土的，泥土气息扑面；一群孩子伸着脖子，这个洞眼里的景象太好玩了，会跑会动，会叫

十三行博物馆，坐落在荔湾区的广州文化公园内，这里就是两百多年前十三行的旧址。图版影像，各种陈列柜，中国的外国的，眼花缭乱，仅儒商王恒、冯杰夫妇无偿捐赠的1566件藏品，几天也看不完。他们捐赠的藏品中，瓷器占三分之一，刺绣、象牙扇、银器等200多件杂项，百余件家具，还有三分之一数量的通草画。在我看来，十三行的历史，不仅是一段简单的商业贸易史，也是一个朝代的兴衰史。

五颜六色、立体感极强的通草画，我第一次开了眼界，两个多小时，我一直沉浸在通草画的世界里。

通草，别名大通草、通花、方草，其实它不是草，而是一种小乔木，学名通脱木。中国南部的广大地区，向阳的山坡上，屋旁，路边，杂木林中，都有它们的身影，叶片大，有点像路边常见的八角金盘的叶子，开白色的小花，大部分高一米上下，它圆柱形的茎髓，空心，直径几厘米，高几十厘米，质松软，有弹性，易折断，这就是通草画的主要原料。

通脱木，其实很早就为我们的先民所识，不过，以药用和装饰居多。宋代笔记《太平广记》第406卷中就有"通脱木"记载：

> 通脱木，如蓖麻，生山侧，花上粉主治恶疮，如空，中有瓤，轻白可爱，女工取以饰物。

不知道是哪位画家发现了它可以作画，显然，这也是一种新创造。不过，中国人直接利用树皮或者树叶写字的故事，早已不新鲜，宋代洪皓出使金国被扣十五年，他依然教当地百姓学习儒家经典，他用的教材是自编的，在桦树皮上写《论语》《孟子》；元朝陶

宗仪写笔记《南村辍耕录》，据说也是先写在
下的破瓮里，数十年后学生挖出整理而成。
宗仪写作的艰辛，他一边劳作一边写作。

那么，这通脱木怎么成了通草画的纸了
李黎女士，原来就负责筹建这个博物馆，馆里
中。李黎介绍说，人们砍下通脱木，将茎髓
刀切成如纸般的薄片，略为晒干，就是作画
里的通草片，和一般的宣纸相比，通草片肥
着厚厚的玻璃，甚至都能闻出它浓郁的山野

几百幅通草画，一路欣赏过去，大致能
不上非常精致，但应该是那个时代的一种特
的逼真写实，也有传统中国画的审美写意，
合，难怪外国人喜欢得很。观通草画，我
笔记《武林旧事》，那是一个南宋遗民对南宋
是条例或者名词式的罗列，但正是新闻记者
一个鲜活而真实的南宋，而我眼前这些画，
本上是当时广州城的市井百态，只是，它
国人正是通过这些形象的画面来认识当时

见我和储福金兄特别痴迷，李黎嘱人送
遗产丛书"之通草画专册，我们这就对通草
有数了。十三行博物馆藏的通草画共有502幅
夫妇捐赠，但它们只是当时广州通草画产业
晚期的珠江两岸，至少有3000多人在从事通
是中国画家、画师自己的创作，还有大量订单
这通草画，犹如那些瓷器、丝绸一样，都是

街古镇，打银打锡打铁，卖靴卖壶卖席，什么都有，皆为手工精心制作，当然，卖碎皮不行了，这个行业马上要消失，各种动物皮毛，虽好看，却违反了野生动物保护法，以后一律禁止；看风水，明的没有，暗的不少；木鱼书，又叫摸鱼歌，是南方弹词，广东地区流行，就如浙江的绍兴戏，现在估计只有旧书摊上才有可能见得到，其实应该大力恢复倡导；凤阳婆，跑江湖的凤阳女子，谋生多么不容易呀。茶是一个完整的系列，挖茶地，选茶种，然后"赖茶"，看画，是一个茶农拿着长勺在施肥，旁边还有两只粪担，赖是依侍种茶为生吗？或者从茶中得到好处？不是太明白。如果说"赖茶"是浇肥培养，那么择茶、摘茶，就是采摘它的成果了；然后是"剪茶"，修剪茶树；西茶乃筛茶；檡茶，这个"檡"字有三个音：shi、tu、zhai，我不知道读什么，看画中女子仔细的眼神和动作，应该是zhai，包装出售以前，将焦叶、枯枝全部挑出；最后两幅是看茶、春茶。前一幅是男子面对一簟箩摊开的茶叶，手抓一把，正认真辨别，极有可能，他是做收购买卖的老手，闻香观叶辨色，就能知道茶叶的品质；后一幅春茶，男子双手握着长木杵，在石臼里捣茶，是按国外商人要求做成茶饼吗？完全可能。想起来了，我去云南德宏州的瑞丽，景颇族倒是有一个春茶的习俗，青年男女结婚时，夫妇两个握紧木杵捣碎茶叶，只捣十下，然后加入鸡蛋、姜蒜，冲泡成茶，寓意美好的生活。

彩色通草画，给我们展示的是一个光鲜而亮丽的世界，即便那些内容有明显的时代特征，也都趣味横生。

1870年左右，广州怀远驿街，有一家叫"永泰兴"的画铺，应该是当时广州城规模比较大且专业的通草画行，它的一份广告词上，标明了可以承接制作三十种题材的画作，比如：帝国官员的服

饰，富人从生到死的快乐生活，文武科举考试，鸦片吸食者的一生，外国人广州游指南，中国神话中的天使和先知，丝绸织造和养蚕，茶树种植和茶叶贸易，中国戏剧，新年灯会，女乐师和歌女，农业生产图，火灾、灭火器和救火方式，古代美人图，等等。看这些广告内容，你就会发觉，文化的交流，人们对世界的认识，真是一件非常奇特的事，在此国习以为常的事，到了彼国就成了西洋景，而彼此双方，无论官员、士人，还是百姓，都想看看对方，彼地到底有什么样的景象？彼地的人们和我们一样生活吗？古埃及的安东尼曾指责那升起的太阳打扰到了他的祈祷，而北极圈附近的爱斯基摩人在接触到大批白人之前，他们一直以为自己所居住的地方就是世界的中心，非洲人向来都相信神仙是白色人种，而广大的中国人，几千年来都认为，大地云端之上，有天堂，那是神仙居住的地方，大地九泉之下，有冥府，各种鬼神精怪集聚。文化的交流，会有数种结果，融合，排斥，割裂，部分融合，部分排斥，部分割裂，各种结果，均不同程度地贯穿于中国几千年的对外交流历史中。新颖而轻盈的通草画，舞动着美丽的双翅，从十三行出发，它们是中国文化交流的漂亮天使。

素色的，鲜艳的，各色画面，看似静止，其实只要细心，就能听到通草画的呼喊，鼎沸嘈杂的交易声，雷电交加的轰鸣声，雨打芭蕉的劈啪声，狂风掠草的呼啸声，痛苦万分的哭叫声，一一沾在纸背。十八世纪以后的广州十三行，只是清政府推开的一扇半透明的窗户而已，它面朝大海，飞鸟和虫子都想钻进来，而随后夹带进的就是一场场旋风，那扇窗已经抵挡不住令人窒息的强大气流，最后在一阵坚船利炮的轰鸣中，颓然倒下。

博物馆里仅有的通草茎髓和通草纸两份标本，由广州市越秀区广中路小学提供，我很想去参观一下，那里，一定有不错的传承。

4. 陈氏书院

走南跑北看过不少书院，广州的陈氏书院，是我见过规模最大最精致的。

说是书院，实为祠堂，南方常见的合族祠，为什么不叫祠堂叫书院？历朝政府向来不提倡家族势力的壮大，什么东西大了，都不好管理，如果几千上万人，甚至数十万上百万，他们都结成一个团体，不加控制，就会野蛮生长，尾大不掉。

宋代文莹的笔记《湘山野录》卷上，恰好有一则陈姓大家庭，我想先说一说。

南唐时代，五代同堂的一共有七家，先主李昪都给他们发锦旗表彰，并免征他们的劳役。江州（今江西九江）陈氏一家，最为典型。这是唐代元和年间给事中陈京的后代，老老少少加起来，一共有七百多人。陈家没有仆人，不养小老婆，上下极为和睦。起居漱洗、穿衣晾衣、男女教育、婚丧嫁娶，总之，吃喝拉撒，衣食住行，一律都有规章。吃饭的时候，大家一起坐着，捧着饭，集体吃，没有成年的小孩子则另外坐。陈家有狗百余只，喂食时，都放在一条大船内进行，一只狗没有到，其他狗都不动一下嘴。陈家还建有私立学校，各地的读书人都可以来读，都会提供食宿，江南一带名士，好多都毕业于陈家大学堂。

陈家的规矩，通过狗食这个细节，表现得淋漓尽致。是什么支撑着这个大家庭多年而不散？一定有一根精神主线，这根主线就是规矩，继而演化成强大的精神内核，严格执行，绝对不能逾越，于是代代相传。所谓家国，家也同国，治理靠内在驱动力。宋史上记载，陈家唐代就很有名了，他们创造了三百三十二年不分家的全球纪录，宋太宗赐有对联：三千余口文章第，五百年来孝义家。也就是说，陈家最兴盛的时候，有三千多人。宋嘉祐七年，宋仁宗出于统治的需要，强行将陈家拆分，一共分为291家，于是散到了全国。如果不拆分，陈姓就是一个王国，连皇帝的家族都无法与之抗衡，哪朝皇帝都害怕。

我不知道广东的陈氏是不是291家中的一家或几家，如果是，那正好可以作陈氏书院的某种注脚。

现在，我就站在陈氏书院大门前的广场上。

眼前的书院，以我这个角度看过去，就是一个结实而敦厚的举重运动员，他往赛台上一站，两脚坚实有力，扎步在大地上，粗壮的双手，轻松握杠平举，寄予胜券在握的希望。这个比喻显然不是很贴切，只是，暖阳下的书院真的给我一种足足的信赖感，只眼前这个头门，就让我看得五色目迷：两只大石狮威严，它们都蹲卧在精致的雕花石基上；大门左右，有硕大圆面石鼓，石鼓的基座上，分别雕有"日神"和"月神"；大门的门板上，两位威武门神站着，不知道是不是神荼和郁垒，或者就是秦琼和尉迟恭，他们全身披挂，左右持械迎面挺立；两门神的腰部位置，铜铸辅首门环，左右龇牙咧嘴；青灰色的墙面，青砖光滑壁立；门廊石柱，精干而坚强，石柱础下也有精细的雕饰；头门南向东侧梁架上有大型组雕"曹操大宴铜雀台"，南向西侧梁架上有大型组雕"践土会盟"。瓦面几何排列而紧实，檐角飞翘，各自伸展向蓝天。

广东的祠堂建筑，我有两个深刻印象，一是有不少结实而坚锐的蚝墙，异样的南国风光；另一个是屋顶上各类栩栩如生的陶塑和灰塑。陈氏书院头门及内里建筑屋顶上那些脊饰陶塑和灰塑，就是一次艺术的集中大展示，艺人们以非常大胆而创新的方式，将陶塑和灰塑安置到建筑顶部，将这里称作建筑工艺博物馆，也毫不为过。

陈氏书院脊饰陶塑和灰塑，和十三行博物馆中通草画的内容一样，博杂而广阔，历史故事，民间传说，瑞兽珍禽，花草虫鱼，山川风物，主体大多来自中国传统文化。人们如此精心制作，目的很简单，祈愿和祝福，当然，这里面几乎包含着塑艺人的全部心思，看看，子孙万代，花开富贵，祥瑞平安，武王伐纣，东方朔捧桃，智收姜维，书字换鹅，太白醉酒，不仅寓意经典，制作精良，场景还甚有趣味，看的人欢喜不已。

清光绪十四年（公元1888年），陈氏书院开始筹建，五年后落成，它其实是广东七十二县陈姓的合族祠，主要供广东陈姓子弟到广州参加科举考试读书生活所用，每年的春秋两祭，是陈姓家族的盛大聚会日，观者如堵。废科举后，这里办过各种学堂，1988年，列为全国重点文物保护单位，现为广东民间工艺博物馆。

如我前面的笔记所言，政府不希望宗族势力强大，但在百善孝为先的中国，祭祀祖先，无论官方还是民间，都极为重视，如此，祠堂就像雨后春笋般在各地兴起。明末清初，宗祠建筑，在珠三角地区已经非常普遍，"其大小宗祖祢皆有祠，代为堂构，以壮丽相高，每千人之族，祠数十所，小姓单家，族人不满百者，亦有祠数所。……岁冬至，举宗行礼"（屈大均《广东新语》卷十七，《宫语》）。这大约就是陈氏书院建设的大前提。陈氏书院的出现，还有若干个小前提：到广州参加科举考试的士子不断增加，清同治二年（公元1863年），广东贡院的号舍，已经增加到8654间了，但依然不够，考场紧张，说明来考试的人多，而这些考生，考试前后，必须吃住。还有，广州是广东的中心，全省各地来此办事的人也特别多，官做着做着就调省城了，候任要找地方暂住，官司打着打着，不小心就打到了省城，生意做得大的，也想到省城发展，各种原因都是宗祠的催生者，陈氏书院就在恰当的时候诞生在了岭南这片土地上，一时成岭南第一。

走进陈氏书院，布局严整，廊庑相连，庭院相隔，空间宽敞，到处都是精美绝伦的装饰，建筑物上的各类雕刻，每一组都如一本书，可以延展阅读，郭沫若有诗赞曰："天工人可代，人工天不如。果然造世界，胜读十年书。"连郭这样的大家都直呼开眼界，可见陈氏书院的博大精深。1.5万平方米的总建筑面积，将陈氏的繁荣兴盛写在了各种形象的细节上。

我在一张发黄的陈姓书院地图前伫立，此图是为了方便省内各地陈姓族人前来书院而作，从陆路或者水路，到陈氏书院这样走，一清二楚，它还画出了全国地图，并标明北京至各省的里程数。我特意看了看广州，5715里，好远呀，再看了看杭州，3003里，哈，这么细。现在，2020年3月29日上午11点30分，我在高德地图上输入目的地北京天安门广场，从杭州拱墅区左岸花园出发，1268.9公里，预计明天凌晨2:13到达，不吃不喝不歇，自驾需要时间14小时38分。书院地图上为什么如此标呢？显然，陈氏书院想吸纳更多的宗亲加入，或者，它在告诫广大的陈姓士子，好好努力吧，青年人，争取到北京城参加会试殿试！

国家由各种不同的细小分子组成，文化亦如此，陈氏书院就是那细小的分子之一。

陈氏书院右边进口处，一株硕大的古榕树，枝权交护，叶叶相盖，正勃发着浓郁的南国气息。

花城四日，沙湾古镇之姜汁撞奶念念不忘，嫩嫩的豆腐脑戏，甘饴而有浓郁姜味。我等花饱眼福，此双皮奶口福亦不浅。

乙亥腊月廿五
陆春祥

北

斯文·赫定的亚洲地理
新巴尔虎湖山歌
贺兰山下
天留下了敦煌

斯文·赫定的亚洲地理

斯德哥尔摩港口的一个场景,让少年赫定终生难忘,他当时就立下志向,以后一定要做一个像场景中的主角那样的人。

这是一个什么样的场景呢?

1878年6月,瑞典探险家诺登舍尔德,乘着维加号考察船,沿欧洲和亚洲的北海岸线航行,但船行到西伯利亚靠北极的海岸线时,被冰雪紧紧困住,一时全瑞典都在关注这条船的命运,不少国家也都积极营救,美国的珍妮特号在营救途中还不幸撞上了冰山,船上人员大多罹难。幸运的是,十个月后,困住维加号的冰块开始松动,维加号未损一兵一卒,顺利返回出发地。

1880年4月24日,整个斯德哥尔摩,为了迎接探险英雄的凯旋,特意梳妆打扮一新,港口一片明亮,人们都很兴奋。在人们的欢呼声中,维加号缓缓驶入港口。此时,十五岁的赫定,和父母一起,就站在迎接的人群中,这个场面,在他心中牢牢扎下了根:总有一天,他也要像他们一样,从远方荣归故里!

1

赫定一开始是想去北极探险的,所以,他做了一系列的准备工作。

他从阅读开始。凡是相关图书,不论新旧,统统都看,甚至每一次的探险路线图,他都一一画出。还有,寒冷的冬天里,他常常在雪地里来回走个不停,晚上睡觉,也将窗户打开,为的是练就抵御严寒的本领。

他在等待机会。他认为，机会一定会来的。

机会来了。

大学刚毕业，校长推荐他去给一个男孩做家庭教师，这个地方在里海边上的巴库，他一口应承。能出去就好，走出去就是他的梦想。

在盛产原油的巴库，他很轻松地做了七个月的家庭教师，然后，带着七个月的薪酬，开始了中东之行。

穿越厄尔布尔士山，前往德黑兰。在德黑兰，他第一次见到了波斯王纳瑟艾丁：黑亮有神的双眼，鹰钩鼻，一抹浓黑的胡子。王披着黑色斗篷，头上一顶帽，帽子上镶着一颗硕大的绿宝石。德黑兰大街虽然尘土飞扬，但王出行的路上，早已有人赶着骡队，驮着盛水的皮袋子，将沿途即将经过的道路都洒了水。

高高在上、气势不凡的波斯王，给赫定留下了深刻的印象。

策马穿越波斯，穿过美索不达米亚，赫定又前往巴格达。

途中经过一座叫巴斯拉的城，这座城给赫定留下了坏的印象：这里很脏，"城里的主要环卫工人是豺狼和鬣狗，它们夜里从沙漠的洞穴里出来，悄悄潜进城里，将大街小巷腐败的垃圾和动物残骸一并清除干净"。

赫定到了巴格达，自然要缅怀这座城市不凡的历史。

巴格达建立于公元762年，曾经繁荣昌盛到达顶峰。然而，1258年1月，旭烈兀统率的蒙古军队，将繁荣的城市践踏得千疮百孔，几乎是摧毁性的：

蒙古军遭到顽强抵抗，攻进城后，肆行焚掠、屠杀十余日，据载，巴格达军民在蒙古军攻城和城陷后的烧杀中，死难者达八十万人。

有些叙述则让人惊心动魄：

旭烈兀占领巴格达并使这座历史名城变成一片废墟，瘟疫蔓延，数百年后依然荒无人烟。伊斯兰阿巴斯王朝末代哈里发穆斯塔辛姆(1224—1258年在位)被裹在毛毯里弃置路上，遭骑兵践踏而亡。

十三世纪，蒙古人强大得让全世界都惧怕。他们曾建立了窝阔台(元太宗)、察合台、伊利和钦察四个汗国。十四世纪，察合台分裂为东西二部，相互间战争不断。1370年，帖木儿夺得西察合台的统治权，占有西部广大地区，帖木儿帝国兴起，成为中亚强大的国家。

这个帖木儿，虽然瘸着腿，野心和实力却大得很。他一生征战四十年，从无败绩，捣毁了大马士革后，1401年，又兵临巴格达城下，整座城，除了清真寺，其他一律捣毁。帖木儿甚至还用九万颗人头，堆了一座金字塔！天啊，这是什么行为？无法想象这样的场面。

1404年，他领兵八十万东征大明，但次年春，帖木儿中途病死，大军返回。

2

赫定就这样结束了第一次的长途旅行，他还将旅行的见闻故事，写成一本书，卖了六百美元的版权，心里乐开了花。

其实，这个时候，赫定还在乌普萨拉大学、柏林大学和斯德哥尔摩大学深造地理学和地质学，一边学习，一边旅行。

1890年的4月，赫定作为皇室的传译官，第二次到波斯，又觐见了波斯王。波斯王还是一身黑衣，"胸前佩戴着48颗硕大的钻石，肩带上缀有3大块翡翠，黑色的毡帽上扣着一枚钻石，腰间挂着一把军刀，刀鞘上镶嵌着宝石"。

我关注着赫定写波斯王的那些文字，好奇心让他精雕细刻般观察。

夏天,波斯王去避暑,赫定一行受邀参加。一千二百人为这次避暑行动服务,其中还有两百名士兵。山谷里一下子冒出了三百顶帐篷,就好比是一座山中小城了。赫定观察,这些帐篷的排列,是很有顺序的,每个人都清楚自己帐篷所在的位置。波斯王起居用的是红色大帐篷,另外还有一项用于抽烟,一项用于进餐。波斯王从皇宫带了不少妃子出来,妃子后面还跟着不少女仆,这些妃子也需要多顶帐篷。在王的外围,自然是各种各样的服务者了,大小官员,主要马匹、马厩、贴身警卫、衣橱、御寝、太监、水烟袋清洗工、厨师、仆役、理发师、洒水工,等等,反正,波斯王郊游的排场,也是挺复杂的。

突然想起,在唐朝寒冷的冬季,李隆基带着杨玉环去华清宫过冬,那里有世界上优质的温泉,三千宠爱集一身的杨美女,让君王都不上朝了。在汤池温暖如春的怀抱里,这一对神仙眷侣,一次待了七十多天,一次竟然待了九十多天。

赫定在觐见波斯王的那些日子里,心底一直想要去远途探险的心思,逐渐活泛而难以抗拒,他想深入亚洲腹地,探索那些人迹罕至或未至的沙漠地带乃至青藏高原。

他将计划和同伴说了,他们全部赞同。他于是向国王发电报,国王很爽快地同意他继续东进,并承诺支付旅费。

就这样,赫定的旅行,就变成了国家行动。

3

撒马尔罕,赫定印象深刻,因为这里有帖木儿。

1336年,帖木儿出生在一个鞑靼部落,传说他是成吉思汗的第七世子孙。1369年，帖木儿在撒马尔罕的王权得到巩固后，便开始远征，前面讲到他占领波斯，就是其中的一段。

帖木儿到处征战，天下无敌。

1405年的1月，他想攻打明成祖朱棣，却不幸去世，享年六十九岁。

人不可能永生，帖木儿也早就知道自己会有离开辉煌的那一天，因此事先就建造了陵墓，他还亲自主持设计。他的遗体，用麝香和玫瑰香水防腐处理，再用麻布包起来，外面是象牙棺材。他的墓墙上刻有八个字，尽显他的个性：吾若在世，人类颤抖！

帖木儿最宠爱的妻子，是中国皇帝的女儿，比比卡哈兰。

关于这个比比卡哈兰，我没有查到什么资料，仅有的资料记载着：帖木儿曾经数次攻打位于新疆一带的东察合台国，汗王哈马尔丁竟被他打得逃往阿尔泰的山中，再也不见踪影，而帖木儿却得到了哈马尔丁的女儿，估计这就是赫定认为的，中国皇帝的女儿。

4

经过了长长的间奏，赫定终于到达了中国的边境：喀什。

第一次出现在赫定眼前的喀什，是个什么样的地方呢？

每座城门都有数名中国士兵把守，大片土屋，灰黄色的，偶尔能见到一两座清真寺，露天集市里摆着各式大小货摊，卖货人中有不少是女子，很多女士没有蒙面纱，这就让赫定看到了很生动的一些画面。

赫定还观察到一个比较奇怪的现象，喀什城周围，有不少墓地，多得不可思议。他记载了一个墓的故事，我觉得意味深长：

一座圣徒墓边，一伊斯兰教长老在给他的门徒讲经，某天，有弟子向他请求：长老，给我点钱和吃的东西吧，我想去外面的世界闯闯。长老回答弟子：我只有一头驴子，你牵走吧！弟子骑着驴子，几天几夜一直走，真的走出了大沙漠，驴子却累死了。弟子将驴子埋进沙坑后，坐在驴子的坟上哭，哭得很伤心。经过此地的富商商队问明缘由后，为年轻人的忠诚感动，决定在这个山丘上建一个大的纪念碑，碑很气派，上面有高高的圆拱顶，尖端部分直上云霄。这个故事就像长了脚一样，传遍了四周，远近的圣徒都来朝拜。

多年后的一天，长老经过此地，看到他的弟子已经成为这座圣墓的长老了，很是诧异：你老实告诉我，这里安息的，到底是哪一位圣徒呢？

弟子不动声色：那不过是您给我的那头驴子罢了。现在您也老实告诉我，当年您给我们讲经的地方，埋的又是哪一位圣徒呢？

长老很平静地回答：是你那头驴子的父亲！

东晋的干宝，讲过一个和上面这座圣徒墓起源差不多的故事，但我以为，时间上显然要早许多。

南顿县民张助，有一天在田里种庄稼，看到了一个李子核，本想拿走，回头一看，旁边有一棵桑树，树上有空洞，洞中还有些泥土，就随手将李子核种在桑树洞中，又顺便弄了些水，浇灌了一下。

后来，有人见桑树中生长出李树来，就大为惊奇，迅速互相传播。有个得了眼病的人，到李树下乘凉，他在一边很虔诚地祷告：尊敬的李树神啊，如果您给我治好眼病，我将用一头猪来祭祀您。眼痛不过是一时的小病，不用医，也会慢慢好的，过了一段时间，那个人的眼病果然就好了，然而，人们却越传越神，说李树能保佑人，瞎子都能复明，这棵李树于是远近闻名。李树下常常车水马龙，祭祀的酒肉摆得到处都是。

过了一年多，张助出远门回家，看到李树下的祭祀场面，大为吃惊：这棵树有什么灵啊，它不过是我顺手种下去的李树。于是，他就将这棵李树砍了。

看来，消除谣言最有效的方法，就是将真相揭露。不过，长老的弟子本来就是造神者，他肯定不会自我揭露，只是，赫定都知道了这个故事，想必，众人也是口耳相传而心照不宣罢了。

5

1891年的春天，赫定回到了瑞典的家中。这是他第一次比较长距离的旅行，历时三年六个月零二十五天，行程超过一万公里。

这次旅行，他积累了相当多的经验，他又在等待下一次的重新出发。

1893年的10月16日，他又向东出发，前往帕米尔高原。在世界屋脊上行走，又是冬季，艰难程度无法预料。赫定一行在阿莱河谷行进，厚如高墙的积雪将毛毯帐篷围得结结实实。吉尔吉斯人讲的野狼故事，让赫定听得肝儿都颤：

野狼嗜血成性，一头野狼，就可以消灭所有的羊群。野狼还会吃同类，猎人击中野狼，刚中弹倒地，其他野狼就跑上来吃个干净。吉尔吉斯人抓住野狼，会将一根粗重的柱子绑在狼的脖子上，塞一块木头在狼嘴里，再用绳子捆结实，然后把狼放开，用鞭子一顿猛抽，用烧红的煤块烫瞎狼的眼睛，用干鼻烟灰塞进它的嘴巴。野狼太坏了，总之，他们要想尽办法折磨野狼。

1894年5月1日，赫定从帕米尔高原一路又行到喀什，这一次，领事和总督都非常欢迎他。领事饭量惊人，喝酒不要命，接连十七杯，都是一干而尽。宴会的墙上，贴着这样一句格言：饮烈酒，论妙事。

赫定得意地认为，他已经成了帕米尔高原的一个传说，传说他能像羚羊一样跃上慕士塔峰，他又如一只野雁，能飞越湖泊。

嗬，中国人造神的速度，常常让世界震惊。

6

时间如飞梭，1895年2月17日，赫定离开喀什，前往塔克拉玛干沙漠。

在沙漠边的麦盖提村，赫定住在老村长塔格霍嘉的家里，等待出发。

这老塔的权力十分了得，他竟然享有司法仲裁的权力，他每天都在自己的院子里判案。有一天，赫定看到，一个与人通奸的妇人被带到了老塔面前，老塔判决她有罪，罚她将脸涂黑，双手反绑在背后，然后，倒骑在一头公驴上，还拉去集市上游街。但赫定发现，老塔还是非常注意公平公正的，有一回，一女的指控她丈夫拿刀片施虐，男的不承认，老塔命人将男的反绑双手，并且吊在树上，男的只好承认，一顿鞭子后，男子反过来指控老婆也打他，老塔判他说谎，那男的又结实地挨了一顿鞭子。

4月10日早上，八头骆驼、四百五十五升水，各种食物，三把长枪、六把左轮手枪、两箱弹药、三台相机、一千张拍片用的玻璃夹和胶片板、常用的测量仪器，赫定带着四个随从出发了。他们甚至还带了毛皮外套、毯子、冬衣。

赫定心里盘算着，尽快用一个月的时间，穿越沙漠。

这一段的探险，下面几个细节，似乎让我也和赫定一样进入了现场：

缺水。剩下的水连一杯也不到了，赫定和随从说，到中午的时候，他会拿手帕的一角在水中蘸一蘸，滋润一下大家的嘴唇。中午，大家的嘴唇上确实得到了滋润，但到了晚上，水罐子空空如也，不知道谁将最后一点水喝光了。茫茫沙海无边无际，他们正往死亡路上走着。

赫定的日记。那天晚上，赫定在日记里写下了自认为是此生最后的几行字："停在一座高山丘上，骆驼在此无不倒下，我们用望远镜仔细眺望东方，四面尽是沙山，不见一根草，也不见一丝生命。人和骆驼都极度虚弱。求上帝开开眼！"

骆驼尿。两个随从渴疯了，他们竟然将骆驼尿收集在一个容器里，加上糖和醋一搅拌，捏着鼻子喝了下去。这尿液就是毒液呀，喝完了尿，他们浑身不能动弹，紧接着出现剧烈的痉挛，不停地呕吐，两人痛得在沙漠里打滚。

缺水以后，他们的探险变得异常艰难。

5月2日早上，太阳热得要命，赫定觉得眼前一片漆黑，他和随从在朝北的一面斜坡上，挖了一个大沙洞，赫定脱了衣服，躺在沙坑里，让随从将沙再铲到他身上，一直堆到脖子边，铲子插在沙里，挂上衣服，用来遮蔽阳光。他就这样躺了一整天，一句话也没有说，也许是没有力气说，但就是不敢睡去，丝毫也没有合眼睡一会儿。

这些事后描写，看着都让人惊心，他在濒临死亡的过程中，想的是家人和未竟的事业，难道就这么死去，就这么留下悬念地死去？他知道，一定会有人来寻他的，但茫茫沙海，哪里能找得到他呢？他一路所见，到处都是各类动物的枯骨，自然也有不少探险者的枯骨。他数次绝望，这一片未知的沙漠，一定要让他用生命付出代价吗？他实在不甘心。

这种不甘心，有时也能化作无穷的动力。

5月5日清晨，赫定居然走到了和阗河（今作和田河）干涸的河床上，一直折腾到深夜，他终于找到了一湾水。这水凉得很，水晶一般清澈，和最美的泉水一样甘甜。这个时候，他很镇静，还量了下自己几乎感觉不到的脉搏，然后，开始喝水。

接下来喝水的过程和感觉，我不想直接引用，读者此时可以充分想象，他如何喝水，如何感受水，如何喝了又喝，喝水后的感觉。一般的人，缺少食物可以忍耐一周左右，缺水只能存活三天，但这只是说常人，许多毅力惊人者，要远远超过这样的期限，意志力强大又训练有素的赫定，在他的探险过程中，常常绝地求生，这一回，他也撑到了找到水的时候。

赫定后面的经历再次证明，这只是他探险最艰困的开始而已，此后，他数次遇到生死之困，但都被他化险为夷，一一战胜。

7

1896年7月30日，赫定向新的高度发起了冲击。

赫定要进入青藏高原。这一回，他带了八个踏实可靠的仆人，其中有他忠实的伙伴伊斯兰，还有一只叫尤达西的狗。

高原上的野牦牛，生命力旺盛得令人不敢相信。

伊斯兰说，他用七颗子弹，也就是七枪，才将一头健硕的野公牦牛击倒。因为天已晚，第二天，他们赶到牦牛倒下的地方时，只发现了野公牦牛倒地的一些痕迹而已。现在，枪伤牛看见了打它的人，抬起头，怒视他们。当第八颗子弹带着猛力进入野公牦牛的身体时，牛低下牛角，向人直冲过来。直到第十一颗子弹穿透了野公牦牛的心脏，它才重重倒地。

该牦牛约二十岁，身长10.5英尺（约320.04厘米），牛角、毛穗都有2英尺（约60.96厘米）以上。

前段时间，我看过一个叫《极地》的纪录片，海拔五千米以上的羌塘自然保护区内，有普若岗日冰川，冰川的体量仅次于南极和北极。有个叫多吉次巴的野生动物保护员，他有五个孩子，一家人就住在那茫茫的荒原上，一头落单的野公牦牛，性格极其暴烈，看见他的摩托车，就毫不客气地冲过来，用角挥抵。野牦牛奔跑的时速在四十公里以上。茫茫天地间，野牦牛的长鬃在寒风中随意飘散，两只大大的尖尖的弯角，充满杀气。

这一路基本都是荒无人烟，一直走了五十五天，才再次见到了人。路上不断有强盗，有野狼，对赫定来说，有各式不怀好意的人在窥伺他们。确实，在一百多年前尚未开放的中国高原，来了一群外国人，善良的百姓只能以警惕的眼光看待他们，不知道他们的葫芦里卖什么药，谁知道他们大老远跑来干什么！

8

赫定的这一次长途探险，花费三年六个月时间，1897年3月，他到达了终点——北京。

北京值得记的，是他与李鸿章的见面。

赫定为了见李，特意花了三天时间，才将自己的形象从流浪汉变成了绅士。长期在野地荒漠里生活，吃住都无常，异常艰苦，人的面容经受风霜和雨雪的考验，所谓的有棱有角，大约说的就是这样的人。

在赫定眼里，李鸿章是位老练的政治家，敏捷睿智，也是富豪，名震天下。他渴望见到这样的人物。

真正站在赫定面前的李，却是一位笑容可掬的老者，简单，低调。

李宴请了赫定。

然而，赫定一走进宴会的屋子，就领略了李某种掩饰不住的得意，李让他看墙上的两幅照片，一幅是李和俾斯麦的合影，一张是李和英国首相格莱斯通的合影。两张照片里的他，都面带微笑，很显尊贵优越，似乎他才是中心。

谈话虽然是在精美的晚餐中进行，气氛也很友好，但仍然暗藏机锋。

李鸿章心中，将一切到访北京的欧洲人，都看成是有企图的，他看赫定也不例外：

"不用说，你来这里是想在天津大学里谋个教授的职位吧？"

赫定很淡定："即使大人给我一个这样的职位，再配上部长级的薪资，我也不会接受的。"

赫定从谈话中可以听出，李虽然见多识广，但对他的国家瑞典显然不了解，于是有点讨好地问：

"去年大人出访欧洲，离瑞典也不远了，为什么不去瑞典访问？"

李似乎有些得意地哈哈："我哪有时间将你们的国家一个个都看过来呢。不过，你不妨和我说说，你们瑞典是个什么样的国家，你们的老百姓又是怎样生活的？"

赫定答：瑞典幅员辽阔，人民生活富裕，没有富人，也没有穷人。

赫定去见李鸿章,是在俄国代理公使帕夫洛夫陪同下去的。赫定在说他国家好的时候,显然有点吹牛,幅员辽阔,亏他说得出口,他不是刚刚从中国的辽阔之地来吗?李听到这里,转向公使笑着说:这么奇妙的国家,建议沙皇将瑞典占领!

一个政治家,开出这样的玩笑,显然是极为自信的,他不怕惹出麻烦。在他看来,大清王朝,虽然吃过英国、日本等国家的亏,但正在进行的洋务运动,卓有成效,欧洲这些小国家,根本不在他眼里。

而赫定,显然也是见多识广,并不好惹,他在回答为什么要一路走过中国那么多地方时针锋相对:探索不为人知的地方,并绘制成地图,研究那里的地理、地质、植物,最终是要找出哪些省份适合瑞典占领!

李鸿章听到此,不仅没有生气,反而哈哈大笑,他认为,赫定是癞蛤蟆想吃天鹅肉,口气大而已。

他随后就从技术的角度为难赫定:你研究地质,那么能在远远的地方看出一座大山里面有没有金子吗?

显然是不可能的,他也知道,赫定不是风水师,研究地质,要研究石头的成分才能知道有没有金子,这是常识。所以,当赫定回答不能远观要近观细观研究才行,李又笑了:你这个不算什么大本事,我也做得到,我说的是要远观。

在北京停留了十二天后,赫定前往蒙古和西伯利亚,经过俄国,转道芬兰,返回了斯德哥尔摩。

9

1899年6月24日,在瑞典国王和诺贝尔的经济支持下,赫定第四次前往亚洲心脏地带旅行。

他又是全副武装,各式仪器,四个照相机,二千五百张胶片板,文具和画图原料,给当地人的礼物、衣服、书本,二十三只箱子,一千一百三十公斤重。

他又一次重回喀什,考察塔里木河,测流量,绘制河流图,每天工作达十一个小时以上。

这里最大的亮点是,1901年的3月3日,赫定发现了楼兰古城。

从记录上看,他当时并不知道是楼兰,只觉得有很多年代久远的东西。

他先将这里进行天文定位,并将十九栋屋舍都画成图纸。这里的屋舍全部用木头建成,墙壁则是成捆的柳条或者柳条糊上泥巴。

这种发掘是无规则的,破坏性的。开始的时候,大家只找到了一些毛毯碎片、几块红布、褐色的人头发、靴子底、家养牲口的骨架残余、几条绳子、一只耳环、中国钱币、陶制器皿的碎片,以及其他零零碎碎的东西。赫定狠狠心,拿出一笔诱人的奖金,谁第一个找到任何有字迹的东西,谁就可以把钱拿走。

果然,他们挖出了一尊3英尺(约91.44厘米)半高佛像的外框,佛像,木刻莲花,保存得非常完好,终于,一块小木板上发现有文字,有人领走了奖金。尝到了甜头,赫定再次设奖,不断设奖,他们将每一座屋舍都进行了地毯式挖掘,结果,一张又一张的纸片被发现,一共有三十六张,还有一百二十一根小木杖上也有铭文,两支毛笔。

事后证明,赫定具有非凡的眼光,这些东西,价值连城,它完整地展示了一千六百五十多年前,魏晋时代,一个在大沙漠里的少数民族王朝——楼兰古国的生活印迹。

那些残页，是《战国策》里的内容。纸片的年代约为东汉，也就是说，中国的造纸术就是那个时代发明的，那这些纸张就是现存最古老的了，不仅是中国最古老，也是世界最古老。试想，要不是在干燥的茫茫沙海里，这些东汉纸能保存下来吗？

大量的碎纸片，拼接出许多完整的信息，其中有数封信，挺有意思，完全可以复原这座古城以往的生活日常。

德国莱比锡大学康拉迪（中文名孔好古）教授，通过研究找到的汉文木简及赫定发现的纸本文书，证实这就是见诸《史记》《汉书》的楼兰古城。赫定引了孔好古关于一封信的译文。

有一个叫朝子的人给一位官员写了这样一封信：

> 朝及他人皆远行，吾弟妹及儿女在家中，不得相见，故有衣粮不足之苦。今家人已派人去南州天奇王黑处求谷粮五十斛，以解吃食之虞。望能与黑通融，使其按时交付。大人气节高尚，体恤仁慈，敬仰之情无须多言。朝子敬上。

这封求援信，情真意切，自然也说尽了好话，当属比较私人的，但远方来信，两人的关系显然比较要好。由此推断，这一年的楼兰，朝子家的缺粮情况，是个别呢，还是普遍？以我看来，应该是比较普遍，像朝子这样的人家，在外远行，极有可能是为了生意奔波，或者官员在外任职，他们也会遇到困难，官员如此，普通百姓，十有八九，日子也不会好过。

那么，到底是什么原因导致了这场饥荒？应该是旱灾，或者别的如沙尘暴，沙漠里不可能有水灾。当然，也有官府的原因。总之，要查具体的纪年，才会明白这个古国那段时间发生的一切。

四世纪初，楼兰古国突然湮灭。也许是内部纷争，也许是天灾，也许是外来征服者，总之，她永远消失了。

第二年，赫定再次到楼兰探险。

此后，1905年，美国地理学家亨廷顿到过楼兰；1906年，英国人斯坦因到过楼兰，1914年、1915年，斯又两次到楼兰；1910年，日本的橘博士到过楼兰。显然，后来者，都是因为赫定的发现而追踪过来的，自然，赫定的发现，也为后来者提供了不少有益的经验。

10

赫定一直有个梦想，此生一定要到拉萨。

但困难重重的并不是路途，而是政策，西藏不欢迎外国人，他们只想与世无争，和平度日。那个时候，欧洲人根本不可能去拉萨旅行，但英国人寇仁勋爵发动了战争，他麾下的英印联军，一路强攻，打死了四千多西藏人，用武力打开了从南边通往拉萨的大路。

赫定经过了长时间的精心准备，并将沿途收集的所有标本，比如在楼兰发现的古物、动物骨架、矿石、植物等，都装在箱子里，八头骆驼满满当当地驮着这些箱子，他让仆人带着这些东西经中国喀什、俄罗斯再运回国。而这边，他乔装成朝圣客，往拉萨行进。

最终，他在那曲被发现，沦为藏人的阶下囚。赫定企图突破，但那曲总督康巴邦博寸步不让：

> 你不能再往拉萨迈出一步。你一意孤行，只会让你们和我的人头同时落地。我只是尽自己的职责。每天我都从达赖喇

嘛那里得到最高指令!

立场坚定,毫无商量余地。

六年后,赫定终于在日喀则的札什伦布寺,见到了班禅大师。

赫定眼里,班禅具有极强的亲和力,自然真诚的微笑,谦逊不做作,柔和、低沉而近乎腼腆的声音,这一切,都让赫定难忘。班禅拉着赫定的手,请他在身边的欧式椅子上坐下,并问了好多双方感兴趣的话题,其间,班禅还示意两名侍从退下,私下对赫定说不要让中国人知道他受邀到此,不必张扬他曾允许赫定进入札什伦布寺,但告诉他,在这里,他有充分的自由,可以随意走动,拍照,画素描,做记录。

此后,赫定游历了札什伦布寺和日喀则,参观了好多寺庙,其中,林迦寺让他流连忘返,他进入了寺院修行的洞穴观察,在这里,他目睹了一个苦苦修炼的场景:

漆黑的石洞里,一位喇嘛已经闭关修炼了整整三年,其间与外界一切交流完全切断。他在三年前来到林迦寺,没有人知道他的来历和名字。当时,这个石洞无人占据,他便立下僧侣修行最为严厉的誓言,即把自己禁闭在石洞里,一辈子不出来。

赫定了解到,这位僧人大约四十岁,他在洞中日夜冥想,梦想涅槃。

黑洞苦修的大致程序是这样的:

每天早上,一碗糌粑,有时加一小块黄油,给洞里苦修的僧人从小孔里送进去,他喝的水,是从洞中石缝间慢慢渗出来的泉水。每过六天,他能得到一撮茶叶,而一个月里,他有两次能收到几根火柴。假如,每天给他送饭的那个喇嘛透过小孔跟他说话,他一搭腔，就会招来永生永世的诅咒，这么多年修炼的成果也会前功尽弃。如果送食的僧人将碗拿出来，发现食物没动过，那么，他就会明白，里面修行的僧人已经仙逝，但要一直连送六天，如果仍然没动过食物，大家就会砸开黑洞，将修炼者尸体搬出火葬。

赫定问陪同的僧人：里面的修炼者能听见我们说话吗？

僧人答：不会，墙太厚了。

是的，里面的苦修僧听不见其他任何声音，只能听见自己的念经声。流逝的时光感觉不到，阳光的晨起和夜落感觉不到，他只感觉到黑夜，长长的黑夜，无尽的黑夜，他只感觉到四季，因为寒冷的冬季会冻得他直打战。他的梦想就是，有朝一日，能够带领所有的众生抵达极乐世界，而要想获得这种力量，要付出的代价就是控制自己的杂念，以便更加清晰地洞察万物生息的因缘。

陪同喇嘛还给他讲起了黑洞的其他故事：

一位隐居的僧人前不久刚刚去世，他将自己关在石洞里达十二年之久。在他之前，还有一位僧人在黑洞里待了四十年！更有甚者，一位苦行僧，很年轻的时候就进了黑洞，在里面修炼了六十九年。苦行僧感觉死期临近，忍不住想再见一回太阳，于是向外面发出信号，要僧人恢复他的自由，但他已经年老眼瞎，最后还没来得及走到太阳下面，就瘫倒在了地上。

此后，赫定在翻越外喜马拉雅新山口时，在勾弗村边的一座高山上，发现了一个很奇怪的垂直山洞，洞口下方就住着从尼泊尔化缘到此的两个喇嘛和两个尼姑，他们在此服侍隐居在更高处山洞里的苦修僧人，一位叫贡桑的苦行僧已经百岁。他们也像林迦寺里修炼的苦行僧一样，在苍茫天空下，不惧苦寒，只专注于自己的内心净化。

数年前，我到青海，在塔尔寺看到了壮观的大经堂。

经堂外面，许多磕长头的信徒让人感慨。这些信众，老少不等，男女不限，每做一个动作，都十分虔诚，双手合十，眼神专注，嘴里念着经，跪倒趴下，身体挺直。这既需要体力，更需要毅力，他们往往要磕满十万个头，按基本算法，如果一个身体好的人，磕完十万个头，怎么也要好几个月，如果身体状况不是很允许，那完成这个心愿，大概需要一年的时间。

这些信众，没有人强制他们，他们完全是一种内心的自觉，是一种内心的需要，因此，他们在完成这些动作时，一定是认真而细致的，绝对不会偷工减料。他们强调动作的完美，在完美中完成他们的心愿，完成忏悔，内心坚定而清澄，不带世俗，不带杂念，为自己，为家人。

磕长头的，和赫定见到的石洞苦行僧，他们修行的目的是一样的，都是为了家人，为了来世，为了一种千年不变的信念。

11

所有的苦日子难日子，赫定都不怕，因为他的最大动力，持久不竭的动力，就是发现，不断发现，不断获得惊喜，而又转入下一个发现。

他一直想成为第一个发现雅鲁藏布江源头的白人。他先从测量大支流库比藏布江的水流量开始，得到的结果是，这条支流流量，是其他支流总和的3.5倍之多，因此，他得出结论，如果沿着库比藏布江，一直溯流而上，自然就能找到源头了。

当赫定到达源头，爬上一座巨大冰碛石的最高点时，他看到了库比冈日山上的九座山峰群，黑色的岩石，如黑纸上剪出来一样，山峰高耸连绵。他一阵激动，眼下，都是冰雪盆地，有一条长长的冰川，冰川里众多细小泉流汩汩而出，此处海拔15950英尺（约4861.56米），正是雅鲁藏布江的源头。

继续发现。

赫定又去寻找印度河的源头。

这条河的源头，应该在圣山冈仁波齐峰的北坡。千辛万苦，先到海拔5669米的卓玛拉垭山口，这里有一块大石头，一根杆子，上面系着好多经幡和绳子。让赫定吃惊的是，他看到一些信徒，拔下一撮头发，或者敲下一颗牙齿，塞进石头缝里，这么疯狂，干什么呀？献给神灵，他们做这些，毫不犹豫。赫定还看见，信徒们，将衣服扯下布条，绑在绳子上，又倒地匍匐前进，绕石头一周。他们做着这些事，平静得很，心无旁骛，就如赫定探险的念头一样，坚韧不拔。

1907年的9月10日，赫定终于到了"辛吉卡巴"，就是印度河源头。

似乎是一种享受，一种奋斗之后的自我安慰。这一晚，赫定就将帐篷搭在辛吉卡巴。他仔细观察，一口泉水，分四股细流，缓缓从一块平坦的岩石底下流出，随即重新汇合成一条水流。显然，这已经是被许多人认定的重要地方，泉水的周边，已经矗立起了三座高高的石堆，还有一道嘛呢墙，石头墙上刻着许多经文。我能想象出，那些忠实的信徒，一刀一刀地刻，将所有希望和寄托，都刻进石头里。

发现源头是一件多么让人快乐的事啊。

我到过浙江庆元县的百山祖，那里是瓯江的源头；我也到过浙江开化县的齐溪镇莲花尖，浙皖赣三省的交界，那里就是钱塘江的另一个源头。比起赫定发现的那些大河，这些区域河，只能算是中小河流了。不过，任何一条河流都有它的源头，就如我们人类，总要去寻找史前的文明一样，那是一种文化，一种命脉。

藏人对野雁的尊重，让赫定感触颇深。

在魔鬼之湖拉嘎湖畔南岸，湖中有一座小岛，叫拉齐多，都由岩石组成。每年的五月，野雁是这里的主人，它们在岛上平坦高地上的沙石里生蛋繁殖，拉萨还派了三个人，专门保护岛上的野雁，因为有狐狸，还有野狼，随时要来袭击。这三人一直待在岛上，等到冬季结冰，湖面和地面形成一体时，他们才走人。

赫定一行在尚未探明情况的雅鲁藏布江边向南行进。有一天，他们用一百卢比换来的一匹马被野狼咬死吃掉，藏人无动于衷，但他们团队里的人，射中了一只野雁时，藏人却发起狂来，他们流着眼泪说：这简直是谋杀，你们把那只野雁杀了，难道就不知道它的同伴会悲伤地死去吗？你们想杀什么动物都可以，就是别碰野雁！

我一下子想起元好问写那首著名《雁丘词》的场景，赫定肯定不会明白"情为何物"，野雁为什么会"直教生死相许"。

12

这次考察回到瑞典，赫定在家中待了三年，大多数时间都在写作，他写了六卷本的《中亚旅行之科学成果》，另附两册地图集。

他最得意的发现是外喜马拉雅山脉，他先后八次翻越外喜马拉雅山脉，经过八个不同的垭口，并将这座绵长而庞大的山脉，完整地制成地图。

这个山脉，是他的新命名，他认为，青藏高原有喜马拉雅和外喜马拉雅之分，外喜马拉雅山，其山口总体而言，要比喜马拉雅山脉上的山口高出五百米之多，但其山峰，却要矮一千五百米左右，喜马拉雅山上的雨水，都流进了印度洋，而外喜马拉雅，则是印度洋和没有出海口的内陆高地之间的分水岭。而且，赫定发现，印度河的源头，就在外喜马拉雅山的北坡上。

13

1928—1931年，赫定应中国政府之邀，领导了中瑞中国西北科学考察团，在中国新疆进行了大规模的科学考察。

赫定推荐了一位瑞典考古学家沃尔克·贝格曼参加联合考察，贝氏后来写了本《新疆考古记》，他在书的前言中，这样赞美赫定：

> 没有他的积极开创，便不会有以后的一切。……在去新疆的考察活动中，他那年轻人般的热情、极端乐观主义精神和旁人无法比拟的阅历，永远是大家信心与斗志的源泉，是我们事业的支撑。在斯文·赫定的词典里，永远没有不可能。对于我们其他人无法逾越的困难，他总是会找到克服的办法。

贝格曼在赫定的指导下，1934年3月，重返罗布荒原，终于找到了"小河5号古墓群"，虽然后来再没有人发现，但它仍然是西域探险史上独特的、唯一的发现。

1935年，贝格曼在《罗布沙漠新发现的墓葬》一文（详见《斯文·赫定七十诞辰纪念文集》）里，他记下了发现"小河"遗址的感受：

一具女性木乃伊面部那神圣端庄的表情永远无法令人忘怀。她有高贵的衣着，中间分缝的黑色长发上面冠以一项具有红色帽带的黄色尖顶毡帽，双目微合，好似刚刚入睡一般。漂亮的鹰钩鼻、微张的薄嘴唇与微露的牙齿，为后人留下了一个永恒的微笑。这位"神秘微笑的公主"，已经傲视沙暴多少个春秋，聆听过多少次这"死亡殿堂"中回荡的风啸声！而又是什么时候，她面对明亮、燃烧的太阳，永远地合上了双眼？正是为了寻找这样一些问题的答案，我才来到此地探险。

千淘万漉虽辛苦，吹尽狂沙始到金。

沙漠覆盖下的古老文明，常常是一阵狂风之后，就露出她的"金"，这需要探险和考古工作者的毅力和运气。不过，在那"荒凉得如同月亮上一样"（赫定语）的沙漠和荒原，依然有数千年前的文明，能找到并复原这些遗迹，当是赫定们最大的幸福。

14

自从1890年，赫定随一支驼队进入喀什后，他与中国新疆、西藏就结下了不解之缘。1893年，他到达塔里木地区，进行了行程万里的考察。之后，他又多次到塔克拉玛干大沙漠及青藏高原，最终发现了楼兰古城。直至三十多年后，又率队进入新疆罗布泊考察，有了贝格曼的重大发现。

几回死里逃生，数十次陷入绝境，但他的探险考察志向一直没变。

对于赫定来说，他的终身理想和使命，可以用一个著名的提问概括：为什么要登山？因为山在那里！

彼山连绵，有无穷的惊喜和无限的奥秘，值得他，也值得我们，用一生的时间去探索和发现。

参考书目

1.［瑞典］斯文·赫定：《亚洲腹地旅行记》，江苏文艺出版社，2014年

2.［瑞典］斯文·赫定：《新疆沙漠游记》，郑超麟译，上海人民出版社，2016年

3.［瑞典］斯文·赫定：《我的探险生涯》(1、2)，李宛蓉译，人民文学出版社，2016年

4.［瑞典］沃尔·克贝格曼：《新疆考古记》，王安洪译，新疆人民出版社，2013年

5. 白寿彝总主编《中国通史》，陈得芝主编第八卷《中古时代·元时期》(上)，上海人民出版社，1997年

6. 白寿彝总主编《中国通史》，王毓铨主编第九卷《中古时代·明时期》(上)，上海人民出版社，1997年

7. 任继愈总主编、金宜久主编《伊斯兰教史》，江苏人民出版社，2006年

8.〔晋〕干宝：《搜神记》卷五《张助》，上海古籍出版社，2012年

为什麽要登山？因为山在那里。斯文赫定一生都与大漠高原雨雪风霜为伴。人的志向就是登上大山的无穷动力。

丁酉初秋
陆春祥

新巴尔虎湖山歌

小　引

我一迈入呼伦贝尔的新巴尔虎右旗，就听到了下面两段故事：

据蒙古史学家记载，世界上第一个蒙古男人，叫苍狼；第一个蒙古女人，称白鹿。苍狼和白鹿，从贝加尔湖畔出发，到了斡难河的源头处定居，附近的肯特山，长生天腾格里（蒙古天神）就住在那里。在那有水有山有森林又有天神保佑的地方，苍狼和白鹿生下了他们的儿子巴塔赤罕，这就是成吉思汗的祖先。

成吉思汗的祖先中，有一个漂亮的母亲阿兰，阿兰有五个儿子。某天，阿兰给每个儿子一支箭，要求他们折断各自手中的箭，每个人都轻而易举地折断了。然后，阿兰又拿出五支捆在一起的箭交给儿子们，这一次，他们中没有一个人能够折断这捆箭。见此，阿兰开始了情景教育：孩子们，你们以后如果彼此不团结，就会像单支箭一样，很容易被人打败；如果你们团结一心，就如同这一捆箭，谁也不能打败你们！

我体味到，恶劣的气候，艰苦的环境，造就了蒙古人坚硬的性格；合力同心，一直是蒙古人千百年来坚守的信念。

可汗的子孙

蒙古人很小的时候就要定亲。

公元1176年,也速该带着九岁的铁木真,为他寻找未婚妻。也速该打算,先去他夫人诃额仑娘家部落去找,因为这个部落一直出美女,他的夫人就是从别人手中夺来的。

半道中,父子俩碰到了一位叫德薛禅(智慧)的首领。这位首领对铁木真的第一印象是这样的:目光如炬,面庞发光。首领告诉也速该:我有一个女儿,已经长成,你来看看她吧。首领的女儿叫孛儿帖,比铁木真大一岁。也速该对孛儿帖的第一印象是这样的:目光如炬,面带奇光。

一对童男童女,都有深邃的眼神,都有如克鲁伦河一样光润的脸庞,真是上天注定。

也速该在回家途中,因求食求宿,没有认出有宿怨的敌人,被塔塔尔人下毒身亡。

也速该死后,铁木真和他的母亲诃额仑及五个弟弟一个妹妹,被族人抛弃,生活艰难。不仅如此,作为长子的铁木真还一直被仇敌追杀,他们要斩草除根,但凭着铁一样的意志,铁木真终于成了年轻的首领,建立起了自己的家业,并以盛大的规模迎娶了孛儿帖。

孛儿帖为铁木真生下四个儿子:术赤、察合台、窝阔台、拖雷,并成为他四十几个皇后和妃子的第一号人物。史料说,每当铁木真决策犹豫的时候,都是孛儿帖帮他下的决定。

呼伦贝尔,新巴尔虎右旗,巴尔虎博物馆广场,我站在成吉思汗的雕塑下。大汗的骏马,埋首,扬蹄,奋力奔跑的样子,大汗则胸有成竹,稳坐马鞍。是的,这里是他庞大事业的起点,自然,这里也是年轻的铁木真春风得意的起点。

旗所在地阿拉坦额莫勒镇,蒙古语是金马鞍的意思。为什么叫这个名？原来是成吉思汗某次作战,在此遗落马鞍,他的子孙们就以此来纪念。

这边,有一个迎亲广场,高高的平台上,两匹马并辔前行,铁木真和他的新娘孛儿帖,就是从这里出发,前往他的部落。

成吉思汗和孛儿帖,是新巴尔虎人的骄傲,他们以此为荣,他们的祖先,从这里出发,去征服整个草原,整个中国,乃至欧亚大陆。

在以后的日子,成吉思汗率领的蒙古军队,东南西北出击,世界上没有哪一个人哪一支军队能做到,3500万平方公里,差不多是世界的四分之一了。

日本学者太田三郎如此评赞:自有地球以来,不知道有多少英雄席卷大陆;自有历史以来,不知道有多少帝王君主削平邦土。然而规模之大、版图之广属成吉思汗,旷古无比。

人类之王,成吉思汗。

我再次注目大汗雕像,心中涌起无限的敬仰。

海一样的湖

湖就是湖,海就是海,湖是不可以和大海相比的,但在新巴尔虎,有一个湖,面积达2339平方公里,中国第五大淡水湖,名动世界,叫达赉湖,意思是海一样的湖。当然,她还有一个更动人的名字:呼伦湖。

我在呼伦湖的西边伫立,因为这里有一个拴马桩,这不是普通的木桩,或者立柱,这是一块距岸数十米的湖中大岩石。

也速该是被塔塔尔人毒死的,他临死前痛苦呼喊:我中了塔塔尔人的奸计，我好痛苦！父亲的悲剧，似乎成了铁木真活下去的一个重要理由，必须为父亲报仇。

此后，铁木真和塔塔尔人有过无数次战斗。

某年冬天，铁木真带着百余精锐从克鲁伦河畔的营地出发，偷袭塔塔尔人。不想对方早有准备，一场激战，铁木真损兵折将，只剩十余骑，他们沿着呼伦湖撤退，塔塔尔人紧追。因着黑夜的掩护，他们行至岸边一悬崖旁，发现湖中有一巨石立在冰面上，铁木真临危冒险，躲到巨石背后，避过一劫。

这样的危险场景，在铁木真的征战生涯中常常出现，每次出现险情，他都向长生天腾格里祈祷。第二天清晨，当太阳升起，铁木真和他的战士，将战马的缰绳从巨石上解下时，向着太阳发誓：湖中的巨石，救了我们的命，待我来日成了大业，我一定来祭拜！

后人为了纪念这场营救，将此巨石叫作拴马桩，成吉思汗拴马桩，每年农历五月初三、七月十三，两次祭拜此石。

无意考证这个传说的真实性，我对着阔大无边的呼伦湖，对着远处的浩渺烟波，对着露出水面达20米高的拴马桩，合掌三行礼。

拴马桩无言，但它是铁木真统一草原的见证者之一，理应得到礼赞。

拴马桩附近，我贴着湖的沿岸线走了数百米，风不大，湖水激起了小小的浪花，虽已六月中旬，但岸边青草长得并不茂盛，甚至有点稀拉。沙滩也没有我想象中的干净，粗粝的小石子，一点也没有大海的生动。

我只是远望，想努力发现点什么，海鸟飞翔，远帆点点，但这些都没有，有的只是空旷和呼呼的风声，是低云下那种无边无际的空旷，是风刮过草原的那种呜咽声。

风甚凉，我不由得裹紧风衣。

北方大漠中的湖，显然和南方的水草丰美、鱼虾满舱，有一些区别。

但我希望区别不大，我知道，在这个讲究天人合一的民族里，有许多禁忌，比如，禁止将任何草从土里连根拔出，他们清楚，如果你连根拔了，那么，这一棵草就会死去，死去的草就不再为他们的牛羊带来生命的机遇了，而且，草一拔起，土就沙化，这沙化的程度，五十年都恢复不过来。

可是，这些禁忌，随时都被自然和人打破。

2017年6月的新巴尔虎右旗，不，几乎是整个呼伦贝尔地区，又遭受着特大的干旱。我坐的飞机，从呼和浩特经过二连浩特，降低飞行时，机下茫茫黄地，不见一点绿色，我边上的二连浩特大姐，忧心忡忡，再三说，只要有雨，只要下透了雨，草就会醒过来，牛羊也就活命了。

我在《新巴尔虎右旗志》上读到的"野生植物"条引言是这样的：以禾本科和菊科为主的饲用植物种类繁多，全旗共有野生植物66科，232属，472种。

比如，杨柳科：旱柳，细叶沼柳，筐柳，小红柳，卷边柳，兴安柳，蒙古柳。

比如，百合科：小黄花菜，少花顶冰花，藜芦，山丹，白头韭，野韭，碱韭，蒙古韭，砂韭，细叶韭，矮韭，山韭，黄花韭，兴安天门冬，南玉带。

可是，这些叫得出名或叫不出名的小花小草，此刻，似乎正沉睡着，或者以它们枯黄的身子，躲藏在草原上，不让我辨认。我真不愿意，472种野生植物都这么写在纸上，它们应该化成鲜活的样子，在蓝天白云下，竞相争艳，牛羊在它们的身边悠游。

幸好，我们深入到呼伦湖和贝尔湖之间的乌尔逊河畔，在乌兰诺尔湿地，见到了有生机的绿。绿得发青的芦苇，在风中摇曳；绿得发蓝的湖水，像深嵌在草原上的绿宝珠。间有银鸥惊起，黑雁迎风飞翔。数十平方公里的湿地，是鸟类的天堂，有数百种鸟在此集聚。

呼伦贝尔作家艾平，无数次来过这里，这一次，她无心观景，捡回了一袋垃圾，有空酒瓶、可乐罐、塑料袋等。她在叹息：有些人，就是不知道爱护草原！我读她的《草原生灵笔记》，几十种草原生灵，字里行间，她都以慈母般的护犊之心细细叙述。天人合一，是她在车上和我说得最多的话，人，各种动物，各种植物，大地，天空，都是一体的，谁也离不开谁，她用60年的生活和生命经历在体验着。

晚上，吃涮羊肉时的细节，使我对这片草原又充满了信心。

旗长说，我们这里的羊肉，从冰箱里拿出来，就有一股青草的味道。羊肉为何好吃？旗长列举了四个原因：品种好；不圈养，一天要跑一百多公里；吃碱草；心情好。第四个我有点疑问，旗长笑着解释：那些羊，在蓝天白云下，自由撒欢，精神是自由的，心情自然好了！

其中，吃碱草一项，大家认为极度重要。碱草是草原上最好的草，草中含有大量的碱，牛羊马吃了，身体产生热能，抗严寒。这种草，油绿多汁，翠绿松脆，牛羊马的最爱。蒙古族作家陈晓雷补充说，寒冬季节，牧民们会将水泡子里的冰凿来，切成条状，挂在羊圈旁，让羊啃，因为，水泡子里的水也充满碱味。

水泡子就是上苍打碎了的呼伦湖，整个呼伦贝尔，有几千个大小不一的水泡子，它们是滋润草原上子民的生命之水。

宝格德乌拉圣山

我们从阿拉坦额莫勒镇出发,不到一小时,就到了宝格德乌拉苏木。稍憩片刻,直奔宝格德乌拉山。宝格德,蒙语意为"神圣的",乌拉,是"山",宝格德乌拉,就是"神山"或"圣山"的意思。

圣山海拔922.3米,是呼伦贝尔地区乃至内蒙古最负盛名的敖包。

蒙古族人民来这座圣山,还是为了一场纪念。

新巴尔虎右旗文联主席特格喜吉日嘎拉(我们叫他马特),给我讲了大致由来:成吉思汗西征,一日兵败此处,躲避到此山。追兵又至,山上山下突起大雾,茫茫云海中,敌兵不敢轻举妄动。待雾散开,援兵已到,山上山下合力作战,转败为胜。成吉思汗脱帽跪地,又如向呼伦湖畔救他命的那块巨岩一样祷告:以后我们世世代代都要祭祀您,圣山,保佑我们的圣山。

我登圣山。

说是海拔近千米,其实并不高,基本是缓坡而上。接近山顶,左前方沟中,有一棵树,显得鹤立,我没有走近,但知道肯定是榆树,这里,只有榆树还能生长,但也绝少见到。

山顶,一个巨大的敖包迎面而立,石块上压满了蓝色和白色的哈达,包顶插着的巨束柳枝、榆枝四散伸向蓝天。包两边各有三个小敖包,也是插满枝条,枝条上也系满哈达。我带着头天晚上准备的一条蓝色哈达,顺时针绕着敖包走三圈,然后许下心愿献上哈达。我许的心愿是,愿长生天早降甘霖,让草原,所有的草原,都水草丰茂,百花盛开。

马特告诉我，圣山的正前方，远方那一大片，就是阔亦田古战场遗址。

铁木真从小就有个好朋友，换帖子的义弟札木合，他们一起在斡难河冰面上丢石玩耍，互赠自制之箭，甚至同褥共眠。两人情投意合，生死与共。起先，札木合的发展，远远要比铁木真好，当铁木真重新恢复氏族的力量时，札木合已经成为蒙古另一部落的大首领。

我在法国著名史学家格鲁塞的《成吉思汗传》中，读到了铁木真和札木合交往的生动细节。

札木合第一次正式帮助铁木真，是帮他夺回被抢走的妻子孛儿帖，札木合听完铁木真带来的口信，回答道：我已得知我的朋友铁木真的被窝里无人相伴，他胸中一半已被掏空，而我的心也为此感到疼痛，所以，我们要粉碎三姓蔑儿乞部落，我们要救回我们的孛儿帖夫人！

如此的理解，如此的心灵，可以想见他们是多么铁的兄弟。

但是，札木合极有心计，为人阴险，背信弃义又野心勃勃，他时时也想一统天下，于是，不断施展诡计，在一次寻找新牧场的过程中，两人决裂。

矛盾终于爆发。

札木合的弟弟，在两个部落的争斗中死去，札木合结集他部落及盟友共三万人，浩浩荡荡向铁木真奔袭而来。铁木真当然也不示弱，也集中了三万人马，分十三路作战。

有一个场景，充分显示了札木合的恼羞成怒：他弄了70口大铁锅，烧开水，将那些抓到的铁木真的追随者，丢进锅里煮死。

用如此恐怖手段对待俘虏，只会激起两个部落的更大仇恨。结果自然是越来越多的人追随铁木真，一股忠诚的力量在大汗周围形成：铁木真老爷会把自己的衣服脱下来送给你们穿，会从自己骑的马上跳下来，把马送给你们骑。他确实是一个值得拥有国家的人，他懂得善待部下，他能够把国家和人民管理得井井有条。

铁木真懂人心，顺应人心，他是在极度艰难环境下成长起来的蒙古青年，他要让他的人民停止争斗，大家和和气气在草原上生活。

1201年，札木合也被拥戴为"古儿汗"，意思是强大的汗，众汗之汗。

一片天空下，怎么能允许"力量"和"强大"同时存在呢？

1202年冬，冰天雪地季节，阔亦田，铁木真联军和札木合、乃蛮联军在此进行了一场生死大战。

关于阔亦田大战，格鲁塞也为我们提供了一个精彩的细节：

天亮前，札木合这一方，精通巫术的两位首领开始施魔法，只见他们口中念着咒语，将一些小石子扔进一盆净水中，想要呼风唤雨，飞沙走石，用以迷住铁木真将士们的眼睛。

一时间天昏地暗。但是，暴风雨却朝着札木合联军的方向袭去，长生天真的保佑铁木真，猛烈的进攻，加上暴风冰雨，札木合联军马上自乱阵脚，慌不择路，跌死冻死无数，一败涂地。

众叛亲离的札木合最后的结局是，他和追随的五个人，一起躲进了近3000米高的大山。有一天，厌倦了躲藏生活的五个同伴，将札木合捆绑起来，送往铁木真处。

据传，札木合的下场十分悲惨。铁木真不愿意杀死曾经的兄弟，将他交给侄子处理，侄子对札木合用了酷刑，将札的身体一部分一部分地割下来。

那种饱满的深情，草原空旷和辽阔的境界，似乎远没有达到。看过电影，见证过这一对巴尔虎青年的悲情故事，到过新巴尔虎草原，我想我有了一些新的体验。

不过，这也只是一些新理解而已，蒙古族人的歌喉，我只有惊叹。

内蒙古、西藏等男女歌手，一上台，就会给人以惊奇，那种原生态的嗓音，漂亮，结实，情感浓厚。高音嘹亮，直钻云霄；中低音浑厚，似乎要将你整个身子都融合，融合到歌里去。我曾经请教过音乐专家，他们给我的解释是，歌手们所处的环境造就了这种天赋。草原和大山，地阔天高，这个独特的舞台，会让从小生活在这里的人们，唱歌的气息越来越足，声音也越唱越嘹亮，传得也越来越远。

我们在圣山附近的牧民家用餐。

饭还没吃完，陈晓雷自告奋勇站起来放歌，在他的带动下，马特上去了，巴雅尔图上去了，乌兰上去了，艾平上去了，姚广上去了，乌琼上去了，高颖萍上去了，海勒根那也上去了，蒙古族兄弟姐妹一个个面带红光，激情地大展歌喉。旗宣传部的乌兰姑娘唱《辽阔的巴尔虎草原》，圆舞曲节奏，两手打着节拍，表情自然大方，声音高亢激情，明亮圆润，如疾马履平地似的轻松；艾平唱到"草原我的母亲"，已是泪光点点，她说，每次唱到这，都会流泪，不由自主。我能理解，一位深爱着草原母亲的汉族作家，在呼伦贝尔的60年，骨子里流淌的已经完全是这一片草原的血液。

阔大的呼伦贝尔大草原，就是巴尔虎人的大舞台，他们歌以咏之，牧歌愉悦着他们的心灵，也愉悦着我们的心灵，牧歌安抚着他们的心情，也安抚着我们的心情。

尾　声

在新巴尔虎右旗待的五天时间里，其间下过几场短雨。离开的那天凌晨，阳光早已升起，我再次走进思阁腾宾馆外的那一片草原，发现草已大绿，冰茅、车前草、胡枝子、黄莲花、猪毛菜、毛百合、防风、水木贼，等等，都已经换绿装迎风摇曳了，这种不可思议的张力，让我强烈震撼。

微风拂我面，凉爽舒适，远处牧民的小帐篷里，有轻烟袅袅，场景极其安详。

我碰到同样早起的锻炼者。他说他叫孙宝林，20世纪50年代随父母从兴安盟迁居到此，他是旗气象局的退休司机，两个孩子在做买卖，他有3000多元退休工资，90平方米住房，带车库。我问他这里有什么好，他说人少、地广、空气好，牛羊肉好吃。我问他这里有什么不好，他说风大、天冷、水少，经常干旱。

是呀，百草丰美、鲜花盛开只是草原短暂漂亮的外衣，大部分时候，这一片土地，都被白色和严寒所包围，但正是这种恶劣的环境，才使这个民族练就了对抗自然的强大内力。他们的顽强，就如那严冬下不屈的百草。

空旷无人，天地连接处，我忍不住清了清嗓子，肆无忌惮地放歌：

蓝蓝的天空上飘着白云，白云的下面跑着雪白的羊群。

虽然有些歇斯底里，虽然毫无蒙古族长调的章法，但我自忖还有些吹萨克斯的底子，尽量将气息拉长，拉长，再拉长，因为我要歌唱，歌唱巴尔虎湖山歌，歌唱成吉思汗的草原，英雄的草原，永远的歌。

到達西旗當晚，馬特熱情接待。飯后，他扶墻抱歉：陸老師，十五個的打算卻只喝了十二個，有點小失敗。我估摸一個至少二兩。

丁酉初夏
陸春祥

贺兰山下

20亿年的地质演变,贺兰山由一片汪洋成为一座奇特的山脉。因为她的挺立,西伯利亚高压冷气流被削弱,腾格里沙漠东侵被阻截,贺兰山成了中国一条重要的自然地理分界线,再加上母亲黄河390千米的独宠,宁夏于是成为中国的"塞上江南"。

唐人韦蟾有诗描绘:贺兰山下果园成。

岳飞掷豪迈名句:驾长车,踏破贺兰山缺。

柔软和坚硬。

壮阔和神秘。

千万年来,贺兰山如奔逸的骏马,飞扬出史诗般的歌唱。

1

我关注德日进,是因为他的名字,这名字取自庄子,做一个每天都积累德行的人,真够上进的。读了他的大著《人的现象》,以为他只是个哲学家,这回到了宁夏水洞沟一看,想不到他还是个响当当的古生物学家、考古学家。

20世纪初,西方许多考古探险家都将眼光瞄向中国西北部,他们身份不同,目的也不同,但都是奔着中国的神秘而来。

1919年,比利时传教士肯特路经银川附近的临河镇,在水洞沟的悬壁上发现了一具犀牛头骨化石和一件经过打磨的石英岩石片。此后,肯特在天津碰到了法国古生物学家桑志华,并告诉了他在宁夏的发现。

1923年6月，德日进和桑志华一起，结束了甘肃地区的考察，专程前往水洞沟，欲解肯特的疑问，经过12天的考察和发掘，他们有了惊人的发现：300多公斤的动物化石和远古时期人类使用的石制品，充分向世界证明，中国也有旧石器文化，水洞沟遗址就是最好的例证。

2018年9月21日下午，暖阳下，我走进了水洞沟遗址的张三小店，这是他们临时寄居了十几天的旅店，院子里一大片沙石地，德日进和桑志华的半身雕像立在花岗岩的座基上，座基上有他们的简单介绍。德日进，高鼻深目，在阳光下微笑；桑志华，光头大鼻，一副圆角眼镜显示着他的深沉。

除发掘出大量的动物头骨及石器制品，据德日进等的考察，水洞沟村还有二十八处古人类居住的遗迹，这就是圆形、方形的浅地穴、深地穴，俗称地窝子。依我的想象，史前人类的居住，绝对不可能考究，能遮风避雨，就是最理想的居住场所了，我小心地走进一个修复完整的地窝子，陡峭往下数米，里面有坑，有灶台，看着这些简单的陈设，我还是感觉吃惊，人与自然的初次博弈，便懂得退让和躲避，这冬暖夏凉的地窝子，已经有现代人舒适住宅的雏形了。

距明长城遗址不远处，雅丹地貌陡峭的崖壁边上，搭着一些脚手架，走近一看一问，原来是中国科学院考古研究所的工作人员在工作。他们好像在切片，其实是挖土，用小铲子细细地挖、刮，也许挖若干天若干月也不见得有收获，但他们坚信，史前人类的遗存，或许就在泥土深处的某一块泥结中，四万年风雨的侵蚀，足够将先人们居住的痕迹抹平，将先人们使用过的器具深藏，他们要细细地将大地切开找寻。

我听到了一大群孩子的喧闹声。

水洞沟遗址策划部的小冯告诉我，这是银川市西夏区实验小学的孩子们在模拟考古，每人一把刷子，一个小铲子，一方土。孩子们非常兴奋，也极小心翼翼，他们都听老师们讲过德日进和桑志华发现遗迹的故事，他们弯腰躬身，用小铲子一小锹一小锹地铲土，眼睛直盯，偶有学生大喊：发现了，发现了。他们发现了什么？原来是工作人员预先埋进土里的仿制小石器件。嘀，遗址现场，通过亲身体验，让孩子明白一些道理：任何一种科学发现，都要经过艰难曲折的过程，才会有发现的快乐。

水洞沟的明长城遗址，和别处的不同，日月的剥蚀，呈现在我们眼前的已经是黄泥土堆。登上明长城遗址，有一块小界碑，右边是宁夏，左边是内蒙古，一碑跨两省，朱家王朝，要防的是北边的鞑靼人，那些野性的蒙古人虽然被他们打败，但他们知道，蒙古人随时都有可能越过大漠而来，长城必须修筑坚固，守卫的士兵，双眼必须擦亮紧盯前方。

藏兵洞，现在看来有些传奇，但其实就是一处正常的军事设施。没有冲突的时候，边境往往是百姓集市贸易的好地方，大家都称它为"马市"。长城脚下的红山堡，驻守着1250多人的清水营，这支部队，在将军的带领下，日夜保护着大明江山的安全。

曲折而进，大多数通道都狭窄得很，仅容一人通过，有时还须侧身，常常是没行几步，便是机关，小冯笑着对我说，老师，您踩在机关上了，已经"被利箭射杀"。或者，玻璃底下是粗壮的铁蒺藜，那也是暗道，以前是用板或土覆盖着的，外人一不小心就会跌进陷阱，再无生还可能。突然，暗道边上又有亮光，那是延伸进去的另一片天地，堆放粮食，或者武器，或者是军队将领的住所，呀，还有灶台和水井哪！嗯，必须有，吃饭饮水是人的首要问题。我看到了一个蔬菜水果陈列小玻璃橱窗，里面有清理出来的白菜、土豆、胡萝卜，还有红枣及遗核等，经试验，五百年前的大豆种子还会发芽。

这个立体的军事防御工事，隐在山谷间，藏在雅丹地貌的厚泥土中，对阻挡鞑靼、瓦剌贵族南侵，起到了重要作用。

傍晚时分，《北疆天歌》的战鼓声在沙场上擂响，马蹄飞踏，刀光剑影，尘土飞扬，西夏王朝的传奇故事上演了！

2

在中国的名山当中，贺兰山不长也不高，南北长200多千米，最高峰海拔也只有3000多米，但如题记所言，贺兰山的名气却不小，我不知道，岳飞的"驾长车，踏破贺兰山缺"是否就确定为宁夏的贺兰山，但几乎所有的宁夏人都认为岳飞写的是他们的贺兰山。西夏王国就是贺兰山传奇里的一个生动章节。

说西夏，一定要从北魏的拓跋氏开始，这就是一个长长的源头了。唐贞观初年，拓跋氏归顺唐朝，被赐为李姓。唐末，夏州党项支系首领拓跋思忠，也就是西夏太祖李继迁的高祖，他和从兄拓跋思恭一起，率部参加了平定黄巢起义，因功被封，自此，党项李氏以夏州为中心，并逐渐占据了另外的四州。

公元982年，西夏五州尽归北宋，这时，李继迁刚刚20岁。但也正是李继迁，西夏走上了和北宋王朝分庭抗礼的道路，到李继迁的孙子李元昊时，西夏王国的诞生，终于条件成熟。

西夏190年的历史，在中国历代王朝中，也不算短，尽管它没有进入所谓的正史，但西夏传奇一直被演绎。

我在宁夏博物馆，看到了两扇石刻胡旋舞的墓门，全国仅此一件。门呈长方形状，上下有圆柱状榫，两门闭合处各有一孔，石门正中的"胡旋舞"雕刻画，是唐代音乐舞蹈巅峰状态的又一明证。

去年，我在写作《霓裳的种子》的时候，阅读了唐宋以来大量大曲和舞蹈的笔记，除霓裳羽衣曲舞外，最著名的就数这个胡旋舞了。

我始终认为，李隆基时代，这些舞曲能盛行，主要和他个人喜欢有关，上有所好，下必甚焉，但实事求是地说，李隆基不仅仅是喜欢，他本身就有超一流的水准。胡旋舞同样来自西域，动作轻盈，旋转速度快，节奏狂放又鲜明，它在长安流行的时间，长达五十余年。我推测，皇帝喜欢，王公贵族和平民百姓都喜欢，而正是胡旋舞最盛的时候，它传到了夏州。

胡旋舞多为女子所跳，独舞，二人，三人，还有多人，形式多样，但男子跳胡旋舞还是比较少，最著名的场景是，大胖子安禄山，行动都不太方便，但为了取悦李隆基，在李面前跳起胡旋舞时竟然非常轻盈：

> （安）晚年益肥壮，腹垂过膝，重三百三十斤，每行以肩膊左右挽其身，方能移步，至玄宗前，作胡旋舞，疾如风焉。
> （《旧唐书·安禄山传》）

我面前的这石刻画，所刻正是男子舞蹈者，虬髯，卷发，深目，高鼻，宽肩，细腰，典型的胡人形象，此胡人，上着圆领紧身窄袖衫，下穿紧腿裙，脚着长筒皮靴，如此重量级的舞蹈者，竟站立在一块小小圆毯上。左右两幅门，两舞者恰好面对面舞蹈，左边舞男右脚尖着毯，左脚轻踢60度角，双手举过头顶，呈十字叉形；右边舞男也是右脚尖着毯，左脚差不多踢成90度角了，右手的飘带在身后飞扬。门的四周，均雕刻着迷乱的云纹，两位舞者，似乎都在浓浓的云雾之上腾跃。

歌舞升平，花天酒地，西夏王公的祖先们，显然在这片沙漠之地上生活得优哉游哉。

然而，这仅仅是一个侧面。公元1038年，李元昊建立西夏国后，全面仿唐宋官制律令，吸收和融合汉文化。我觉得，文化的力量，才是他们传承十代的重要核心基础。

西夏文字，就是一个极其重要的载体。

5000多个已经被发现的西夏文字，除了专业的研究者，绝大部分人，可能一个也不认识。李元昊的用意很明确，要使"大白高国"永恒长远，必须有自己的文字，因此，我们不得不点赞李元昊的远见，在建国的前两年，他就命大臣野利仁荣创制西夏文字。但要在短时间内，创制一套可以使用的文字，这样的工程，实在不是件容易的事，于是，大量对汉字的偏旁换位借用，就成了西夏文字的主要特点，在此基础上，再造出独特的西夏独体字、合成字。一般人看西夏字，远看都认识，近看一个也不认识，我们就带着这种好奇，进了西夏王陵博物馆参观。

我在"西夏雕版"前伫立。

数十块黑幽幽的木活字雕版，大小不等，有的是一小段，有的是几个字，虽遭近千年来的风雨，但墨迹依旧黑浓。1908—1909年，俄国探险家科兹洛夫对黑水城进行两次掠夺性的挖掘，发现了五百多种、数千卷之多的西夏相关的文物、文献，这些珍贵文物现在都保存在俄国圣彼得堡的博物馆里。

掠夺，自然阻挡不了我们对西夏文字传承其文明的了解。这时，我忽然产生了小小的趣味思考：假如，李元昊不学习和借鉴宋朝的文化，那么，毕昇的活字印刷术他就会视而不见，如果没有西夏文字，我们今天真的无法知道更多的西夏文明。

西夏文和汉文的姓氏对照表前，一些人正饶有兴趣地找着自己的姓，我也发现了"陆"字，于是拍照，我向身旁的西泠印社姚伟荣先生提了个请求：帮我刻一个西夏文的"陆"字，我作闲章用，自此后，只有盖了这个西夏陆，才算是我的书法真迹！说完一群人大笑。转念一想，谁又说我这个"陆"字和西夏没有关系呢？我就用"步六孤"作过自己的笔名，"步六孤"，北魏拓跋改汉姓为"陆"。

党项民族不是消亡了，而是融合到各个民族中去了。就如那九座西夏王陵，千年的风雨销蚀，已经将宏伟的王陵剥蚀成一堆黄土了，时光和风雨，会消解一切而融入自然间。

远远地凝望三号陵，游人二三，缓行指点，一地的紫菀花却开得正闹，王陵寂静无声，生与死，热闹和悲凉，天地间就这么演绎着简单的循环故事。

3

西夏，也被称作沙漠王国，因为腾格里、毛乌素，这些中国著名的沙漠都和宁夏有关。

从沙坡头的索道缆车一下来，我就急切地寻找王维塑像。七年前，我曾匆匆见过它，写过一篇《大漠孤烟直》的小文，里面有一段初见王维的文字：

> 宁夏中卫的沙坡头，王维左手抚胸，右手捏着一管粗笔，抬头眺望着腾格里沙漠，口吟"大漠孤烟直，长河落日圆"，热闹的游客在嬉戏和啸叫中纷纷和孤独的诗人合影。

这次我来沙坡头，王维依然挺立在风中，姿势没有变，只是风大了些，好多人裹着防沙防风的围巾在和他合影。印象中，王维挺高大的，眼观远方黄河，但这次突然感觉，王维的身影，小了许多，不可能是别的原因，只能是人越来越多，到处都是人，王诗人混在人群中，也显得矮小了。

几位摄影家都要拍沙漠，沙坡头旅游管理处的一位小伙子，带我们坐上了冲锋舟，不按旅游线路，直接往沙漠深处寻找新的景致。

车停在一处沙湾，有山有坳，有阳光，沙漠的线条清晰，只是风极大，我裹紧了风衣和帽子，感觉细沙仍然直击嘴唇。

我和袁敏、华表、姚伟荣，在一处花棒林中会合。

这是近处唯一的小丛林，我细数花棒，约有20多株，应该有3米左右高，它被称为"沙漠姑娘"，根系发达，树龄可达70年以上，是少数能在沙漠中顽强生存的树种。它不粗壮，皮肤极粗糙，甚至有好些都裂开，露出里面红红的树身。我想，这"沙漠姑娘"真如那些在田野里苦干的劳动妇女，勤劳肯干，粗手大脚，每天承受着一般人承受不了的困苦，但尽管风大，它也只是摇曳着软软的枝条，略略低头而已。

几乎是一棵一棵地细看着这些"沙漠姑娘"。突然，看见数根枯枝，我立即有了新想法，转身招呼华表、姚伟荣，将这些枯枝捡起来，我们种一棵树吧，虽然是枯枝，却也硬得很，至少也是一道风景！大家七手八脚，一根一根捡拾，将枯枝扎进丛林边的沙漠中，让枯枝互相依靠，互相交叉，形成拱状叉形，这就有了抗击风沙的能力，虽然这棵枯树有些摇摆，但依然有存在的生机。

管理处的小伙笑着对我们说：老师，你们如果早两个月来沙坡头，这花棒会开出很好看的花呢。

我们恍然：哦，"沙漠姑娘"呀，应该有花！

回程途中，我发现了一棵被围栏围起来的大花棒，上面有牌写着：七月花开，灿若云霞。

小伙看着我被风沙折磨的样子，告诉我：今天的风还是少见，这沙坡头，和40年前比起来，风沙已经减少了三分之二，如花棒类的植物，也已由昔日的20多种发展到近500种，植被覆盖率由过去的不足百分之一上升到近百分之五十。我知道，沙坡头的治沙经验，已经在中国许多沙漠地区推广了。

沙坡头山脚的童家园子里，几十棵300多年的枣树，依然生机勃勃，树上挂着好多长枣，一阵风刮过，唰啦啦掉下许多，游客们纷纷惊叫，跑过去捡起来擦一下就往嘴里送，甜，太甜了。是的，九月的宁夏，瓜果的香味直沁人鼻，随便切开一个西瓜，甜得都不会让人失望。

说起沙，不可不提沙湖。

我们坐船行进在沙湖的芦苇荡中，湖水清澈澄亮，芦苇密集成列，这芦苇和江南的芦苇相比，显得细了些，也许，它们扎根的沙漠，没有江南黑泥的肥沃，但它们依然在风中自在摇曳，远处有水鸟惊起，游客也随即惊叫，然而，撑船的沙湖人却憨笑：这沙湖，鸟多得很，那边湖东湿地，还有一个鸟岛，岛上有鸟100多万只呢！

沙、湖、山、芦苇、鸟，组成了沙湖的主要景观。这里是银川平原西大滩的一片碟形洼地，20世纪80年代前，宁夏农垦人艰苦拓荒，用汗水筑成了国营农场，鱼跃年丰。而眼前的沙湖，已成人声鼎沸的旅游热点，人们观鸟，玩沙雕，乘热气球，骑骆驼行走，坐沙漠冲锋车冲浪，不亦乐乎。

炽热的阳光下，沙湖的沙，是如此的平静，如此的驯服，是因为有水有芦苇有鸟陪伴着吗？

沙漠故事，印象最深的要数中卫的沙漠火车旅馆了。

平生头一次住在沙漠中。

这一夜是戊戌年的八月十四，中秋节的前一晚。

我们到达"金沙海站"时，明月已经爬上沙丘很高了，一列绿皮长车静静地卧着。我住四号车厢，我也不知道这列车有多长，只见它长长地伸向沙漠深处，细看车身上有"腾格里大漠—1958年"往返箭头。哈，慢车，鸣笛，大漠，过去的许多时光，也让人留恋呀。

房间倒没有十分的特别，它依车厢改造，各种设施齐全，两只素月饼提醒我们即将到来的中秋。这样的高级车厢，要是以前，可能就是首长间了。

拉开窗帘，窗外是茫茫沙海，夜风将彩旗吹得噗噗而响，明月孤独地悬在远处，一切似乎都已经安静下来。

虽是平生头一遭，也没有多少兴奋，疲惫很快让人进入梦乡。不过，这一夜，却醒来数次，每次醒来，我都将窗帘拉开看一会，路灯昏暗，万籁寂静，彩旗依然在风中不停地抖动，明月依旧静静地看着我。

凌晨五点多，有人起床了，我猜，那一定是摄影师去拍日出了。天微明，我穿上带来的所有衣物，往沙漠去。我也不知道去干什么，反正就是体验一下，看看沙漠中的日出，感受一下沙漠中的清晨时光。

沙漠里其实不太凉，那噗噗作响的彩旗，是一种误会，空旷无垠的沙漠，只一丝丝风，那些彩旗就骄傲地扬起身子了。我很舒适地走着，索性脱了鞋，光着脚，沙里的清凉，感觉有些软软的痒痒的。深一脚，浅一脚，沙里的行走，并不轻松，因为有阻力，但这些阻力就如生活和工作中的小困难，努力一下，坚持一会儿，就轻迈过去了。

天空渐渐明亮，太阳从沙海中慢慢露头。和海上、高山上的日出相比，这沙漠日出还是有些特点，太阳浮上沙丘时，整个沙漠一片金光，连自己身上都感觉笼罩了一层光环。

晨光下的沙山，妩媚得很，没有其他印迹，沙上尽是波浪条纹，这些波浪，就如大海边潮退后沙滩上的波纹一样，只是海边的波纹带着浓郁的咸味，它是凝固的诗，而沙漠里的波纹，松散脆弱，娇嫩犹如初生婴儿，低着头对着它，你都不能哈大气，气一大，波纹就变形了。

满眼尽是沙，看久了，有些无聊，忽然想起梭罗的一句话：野地里蕴含着这个世界的救赎。我琢磨良久，虽不领其意，觉得可以仿拟一下：沙漠里也蕴含着这个世界的救赎。

往回走的时候，晨光里，那绿皮长车显得越发地绿。

4

我们向着天地间的一幅大画进发，这幅画就是贺兰山。

车越接近贺兰山岩画区，这幅画就越像真的。这是一幅大写意中国山水画长卷，整座连绵的山气势不凡，勾皴点染，疏密有致，浓淡相间，古韵生动。

我们进入到画里去看岩画，看石头表面上的气象万千。

宁夏的岩画，主要在贺兰山和卫宁北山一带，它是几千到数万年间的先人留下的，据不完全统计，有上万幅之多。自古以来，有许多著名的游牧民族都在这一带生活过，西戎，党项，匈奴，鲜卑，月氏，高车，突厥，吐蕃，蒙古，任何一个名词，都曾经在中国历史的册页上散发着自己的光辉。日常的游牧，喜庆的歌舞，原始宗教活动，部落之间的战争场面，神话传说，图腾崇拜，狩猎畜牧，或写实，或写意，都被各族先人艺术家们磨制、凿刻到岩石上，充分表达着他们的思想，线条虽粗犷稚拙，感情却豪迈奔放，汪洋恣肆，让人叹赏。

我们直奔贺兰口岩画区。

贺兰口坐落在贺兰山东麓的贺兰县洪广镇金山村，震撼我的如国画般的贺兰山，就在这一段。贺兰口岩画分布在山沟两侧的山崖、石块及山前洪积扇（季节性河流河口的扇状堆积地形）上，在约11平方千米的范围内，有2300多幅岩画，画面的个体形象达5600多个，其中人面像就在800以上。

贺兰口北侧的显要处，有一幅著名的西夏人面图。画面上有人面头饰，还有发饰，面部像一个站立的武士。该武士双臂弯曲，两腿叉开，腰挎战刀，是一个威武雄壮的战神形象。画边上有五个西夏文字：正法能昌盛。

这幅只有千余年的年轻岩画，表达着这样的历史背景：公元1033年（北宋明道二年），西夏王李元昊先自行秃发，两鬓留发饰，然后下令国民都要遵行这一法令。头为什么要剃得这么干净？这和"胡服骑射"是一样的道理，战斗是第一位的，只有战斗，才能振国威，扬民气，没有恼人的长发，打起仗来，方便多了。而"正法能昌盛"，是句佛家语，说的是"秉承正法，人民昌盛"，宣扬佛法的正法之道。这五个西夏字，显然更年轻，据考证，是明朝嘉靖年间西夏后裔刻上去的。

太阳神是贺兰山岩画的标志。

转了几个来回，终于发现，贺兰口右侧山上30米处的大岩石上，有太阳神在慈祥地望着路下的人们。因发生过塌方，岩画的上方用粗绳网挡着，主要是挡碎石，游客已不能上山近观，不过，山下依然能清晰看见，如果用镜头拉近，一点也不影响拍摄效果。

这太阳神，神就神在如铃的双环眼，光芒四射；头部圆状，顶部也呈光芒放射状；两只耳朵，如帝王蟹的大螯，折起坚硬挂下；鼻子和嘴唇处，和人一样，没有十分特别。这个造型，即便今天看来，也极为新颖奇特，没有超一流的想象力，绝对画不出来。

在先民们的认知里，有了太阳，就有了一切。

中华民族的祖先黄帝炎帝，都和太阳有关：黄者，光也，黄帝就是光明之神；炎者，日也，炎帝更是太阳神的化身。《史记·匈奴列传》载："单于朝出营，拜日之始生，夕拜月。"这些都表明，至高无上的太阳，永不熄灭，是我们的生命所在，我们崇拜太阳，我们都是太阳的子孙！人面太阳像，就是要骄傲地表明，我们和太阳神有浓郁的血缘关系。

其实，不仅仅是贺兰口的这一幅著名的太阳神，在中国其他地区，也多有太阳的图腾崇拜：仰韶文化的彩陶制品中，有大量的太阳图；马家窑文化的彩陶中，也有不少太阳纹饰图案；今年六月，我去四川广汉三星堆，看到了让人震撼的五辐太阳轮。

大家正聚精会神拍摄太阳神时，突然，一只岩羊闯入了我们的视野，它从山那边毫无征兆地跑进镜头，褐灰色，腾挪跳跃，我们惊叫着，它并没有加速，而是向着太阳神方向，一会儿跃上一块大岩石，一会儿藏身沟里，顶多两分钟时间，岩羊就隐没在高大的岩石和矮矮的灌木草丛间了，哈，极有可能跑进岩画中去了。

除了太阳为主题的岩画，我在贺兰口岩画区，还看到了各种动物形象，尤以羊图腾或羊字形状为多，如驴羊图、双羊出圈图等。对游牧民族来说，羊更是他们离不开的必需品：羊的肉食鲜美，皮毛御寒；羊的性情还温驯；羊能爬高登远；羊只吃草；我去呼伦贝尔草原，那里的牧民，就将羊骨中的羊肩胛留下，用于萨满占卜，认为十分灵验。

朴素的生活哲学和神秘的宗教信仰一旦结合，就会产生无穷无尽的想象力，而岩石上那些粗细不一的黑白线条，又何尝只是先民们当时的情绪表达？

天与地，人与神，生与死，灵与肉，爱与恨，贺兰口岩画区那些古老的石头群里，千万年似乎都响亮着的叮当声，它们不断在敲击着我的灵魂。

5

离开宁夏的前一夜，晚饭后，要回宾馆，一辆出租车在我们身边停下。

司机很耐心地看着我们上车，听着我们的交谈，他有些定神地看着我问：是老家的人吧？

我一愣：老家？您是浙江人吗？司机长着典型的西北面孔。

他笑笑：是啊，我是浙江温岭人，不过，我爸妈60年代到的宁夏生产建设兵团，我出生在宁夏。

我说我们前天刚去过沙湖呢，那儿就是宁夏兵团建设的，他说他知道，他父母就在那儿工作过。

然后，气氛就有些热烈起来，从交流中，得知这样一些不完整的信息：他父母来宁夏时，这银川街上，没有一座大楼。他1970年出生，清楚地记得，1980年，奶奶从浙江来银川，家里只有一碗白面，母亲给奶奶做了馒头吃，奶奶舍不得吃，给了他一个，那个香啊。他说这个"香"字的时候，语气加重了不少。到目前为止，他还没有去过老家，但大致听得出老家的方言，他父母都已经80多岁了。

无巧不成书，我在住宿的深航立达酒店，又碰到了"老家"人，总经理黄刚先生和我都住在杭州的运河边，他接手的是一个亏损了2600万的酒店，两年多后，立达已经赢利1000万。

"老家"，我们很有些感慨，今天的宁夏，贺兰山下，早已成了人们给心灵放假的好地方，而来自江南（准确地说，应该是全国各地）的建设者们却是艰辛的，他们的青春，都贡献给了另一个江南。

从江南到塞上,江南很仁慈给自己总结了立个:发惠民卡一个予壹一所医院一句广告语一场革命。革命革的是厕所我们都惊大奇景区洗手间的洁净。广告语是到宁夏给心灵放个假。一切都透着江南人的聪明。

天留下了敦煌

著名敦煌学家姜亮夫先生曾言，整个中国文化都在敦煌卷子中表现出来。

有一件极少人关注的卷子——敦煌日历，它由西亚的波斯星期制引入，一星期七天，都有不同的叫法：蜜（周日），莫（周一），云汉（周二），嘀（周三），温没斯（周四），那颉（周五），鸡缓（周六）。

己亥八月初五，我在云汉这一日的深夜十点二十分，从杭州飞抵沙州。

1. 敦而煌之

犬戎最擅长的是骑猎，打一枪换一个地方，抢了东西就跑，人人能战。自周朝开始，犬戎就一直让周人头疼，古公亶父率领他的族人迁到西岐，一个重要原因就是避开犬戎的骚扰。秦人先辈能封诸侯，也是因为攻打犬戎有功。

这犬戎指的就是匈奴人。

但匈奴人也有强大的对手。战国时期，河西走廊的主体民族是月氏，月氏人赶跑了乌孙人，这支游牧部落，以敦煌和祁连山为中心，向东或向西，自由而惬意地往来于水草丰盛的广阔草原之间。月氏人日益强大，连匈奴人也不得不将首领的儿子送去当人质，以求安宁。

然而，骨子里强悍的匈奴人，并不会久居他人之下，一有机会，他们就迅速崛起。秦汉之际，冒顿单于乘着战乱不断，攻城略地，一路横扫，他们不仅赶跑了月氏人，更吞并了西域地区的一些小国，一时间，整个中国北方，都成了匈奴人的天下。

而此时，汉朝初立，根本没有力量反击，只好用女人和钱物换取和平。

刘彻从小就有远大的志向，公元前140年，他继位后，立即从战略和战术上开始谋划反击匈奴。这个战略就是派遣张骞西行。公元前138年，张骞第一次西行，刘彻交给他的任务主要是，到西方去联络月氏人，请他们返回家乡，正面对抗匈奴人。好聪明的一招，以夷制夷。而张骞此行胜利归来，顺便带回来另外两个大喜讯：全面探测到了西域各国包括匈奴的政治经济军事等国家实力，这为后面霍去病夺取河西走廊打下了坚实的基础；打通了中原通往西域各国的丝绸之路，开启了中西文化交流的新里程。而张骞西行，敦煌是起点。

这一段精彩的历史演绎，使得刘彻的帝王形象更加鲜明，也铸就了霍去病的英名。公元前121年的春和夏，霍大将军两次率汉朝大军越过祁连山，正面攻击河西走廊的匈奴人，战争的结果是，匈奴浑邪王率四万余部下投降。从此，河西地区归入汉朝版图。就如跑马圈地一样，马蹄踏及的地方，必须插上红旗，当年，刘彻就在河西地区设置了武威和酒泉二郡，敦煌属酒泉郡。十年后，再从原来的两郡分设出张掖、敦煌二郡，敦煌升格，下辖敦煌、龙勒等六县。为更进一步筑起坚固的防御体系，汉朝将长城一直修到敦煌郡的西面，并设立阳关和玉门关两个关门，《汉书·西域传》开篇就载"列四郡，据两关"，敦煌从此名震天下。

此后许多年的时光里，这个塔克拉玛干沙漠东端的沙漠绿洲，沙州，瓜州，瓜州，沙州，名称一直变来变去，改名的原因，是管理权限的更替，A管辖，B统治，C占据，这是个重要门户，谁都要抢。至隋大业二年，复为敦煌。

东汉的应劭在《汉书》中注释"敦煌"二字这样说："敦，大也。煌，盛也。"这一个"敦"，真的好大呀，一直连着广阔的西域。

2. 1900年6月22日

1900年6月22日，这一天正是夏至日，莫高窟的太阳，经过一天的肆虐，已经无力向西退下，傍晚一阵劲风吹来，桦树叶子簌簌而动。五十岁的小个子王圆箓，这些天来心情不错。他最近募捐到了一笔钱，使得洞口甬道沙土清理进度加快了不少，16号窟前的沙土基本没有了；而且，就在今天傍晚，一个杨姓伙计向他汇报，说是甬道北壁的壁画后面，可能有洞，洞中之洞，想起来就神秘。

这王圆箓，湖北麻城人，大约1850年出生，在酒泉的巡防军中当过兵，退伍后，在酒泉出家做了道士。王道士后来云游到莫高窟，一看这里洞窟相连，里面佛像众多，但好多都断腿缺胳膊，就住了下来。尽管他不甚明白道和佛有什么大的区别，可他有神就信，觉得有责任要修理好那些残像，这样会积德，会加持功力。王道士以后的所有日子，就是四处化缘，然后不断修补，并将一些佛殿改造成道教的灵宫。

耐心等到半夜，四周寂静，王道士和那个姓杨的伙计举着灯，来到16号窟北壁前。王的心里有点小紧张，不知道里面会发现什么，但他心里一直有所期待。几锄下去，里面就露出了空洞，有一小门，高不足容一人，用泥块封着，他们小心挖掉泥块，一丈余大小的洞就出现在他们面前，白布包无数，堆塞得极整齐，每一白布包裹着十卷经，还有许多的佛像则平铺于白布包的下面。这自然就是举世闻名的莫高窟藏经洞了，而王道士王圆箓也随之出名。不知道当时王道士的心情如何，但有一点我可以肯定，王发现这个洞的心情，一定没有斯坦因和伯希和那样的狂喜，因为他还不清楚敦煌经卷的重大价值。

2011年8月、2019年9月，我两次站在16号窟藏经洞前，努力地将头伸进洞里看，想看得仔细一点，可什么也没有看到，唯见人头攒动的游客，人也一直被人挤着推着。王道士怎么也不会想到，一百多年前那个寂静的夜晚，会制造出如今的日日人头攒动。

9月5日晚，王潮歌导演的《又见敦煌》情景剧场中，人流顺着剧情的发展而不断移动。至第二幕，几阵阵男女对唱的信天游过后，"王道士"上场了，一身白衣白帽，有些年纪。我听他的声音中有些疲惫，也许是场次演得太频繁了，边上的管理员小姑娘说，最多时，这里一天有十二场演出。"王道士"有AB角。也许是演员深谙这个人物的心理，矛盾和谴责集一身，演得还算声情并茂。"王道士"对着我们大声地自责：我发现藏经洞有错吗？我将这些经卷卖给外国人是为了更好地保存它们啊！佛啊，您要怎么处罚我呢？忽然，雷声霹雳，闪电道道，前方的洞窟中，各色菩萨，间隔或齐身出现，纷纷指责"王道士"。我想，在王潮歌的心里，这些菩萨应该代表人民，是人民的心声。就在"王道士"要崩溃的时候，"观世音"出现了。她慈悲为怀，她渡人苦难，就算王道士犯了滔天大罪，她也会饶过他的。

世人如何评价王道士，这似乎已经不重要了，但一个事实是，敦煌学已经成为世界学科，人类共同关注的学问，而王道士，藏经洞的发现者，这一点不容怀疑。

王道士的墓，就在敦煌文物陈列中心的出口处，有指示牌，一个小土堆，看的人大多谩骂一番就走了。我脑子里一直想着斯坦因拍的那张王道士照片，戴着道士帽，穿着长衫，微笑，略有点害羞，应该是他生平第一次面对这现代化的科技，再闪现出《又见敦煌》舞台上那个王道士，心里别有一股滋味涌上心头。敦煌文物的流失，确实不能简单地归咎于王道士，它实在是对整个旧中国的嘲讽。

在王道士发现藏经洞的一个月后，八国联军的铁蹄踏入北京，慈禧太后匆匆穿着农妇的衣裳，梳着汉人的发型，带着光绪皇帝，狼狈西逃。整个大清政府，谁还有心思关注那沙漠深处荒芜而又残损的莫高窟呢？

3. 九色鹿

莫高学堂二楼，我们上体验课。我的座位前，是一块用线条勾勒出的九色鹿泥板，我们的任务是给这块板上色成画。老师强调，没有框框，靠你自己的理解。她还给我们演示了不少幼儿海阔天空的画作，鼓励我们超越。

敦煌壁画层面结构分四层，支撑体是砂砾岩，地仗层由泥壁构成，底色层为熟石灰和石膏，颜料层则用矿物颜料，我面前这泥板，有三层，完全依照莫高窟壁画所需材料制作而成。我们绘画，是完成第四层，就如同数千年前莫高窟中那些画工在洞壁上作画一样，只是，我们端坐着，舒适惬意，他们只能站着蹲着弓着腰脸朝洞壁艰难绘画。

看着画，我的思绪却一直在讲解员讲的九色鹿故事中飞扬。

莫高窟第257窟，北朝时期的画，讲解员仔细说着九色鹿拯救溺水之人的佛经故事，这一组画，由敦煌研究院的第二任院长段文杰先生临摹，原作比较小，隐在弥勒佛的左下角墙角边，不容易被发现。这个故事，生动曲折，是一则极好的寓言，一点也不亚于格林童话或者安徒生童话，我想，段先生选择描摹的画，一定有重要价值。

一人溺于水（我们称其为"溺人"吧），几没于顶，他在极力挣扎呼救，九色鹿闻声而至，迅速跳进水中，驮起了溺人。溺人跪地感谢，表示愿意做鹿的奴仆，终生服侍它，鹿说：不用感谢，你只需要做一件事，千万不能泄露我的住处！溺人发誓：我若泄露，全身长疮而死！故事接着朝另一个方向发展。溺人所在国的王后，夜晚做了一个梦，她梦见一只漂亮的鹿，身上的毛有九种颜色，双角如银。次日，王后即向国王提出，要求他派人去捕鹿，用鹿皮做衣裙。国王随即发布告，称有捕得九色鹿者，愿将国家财产的一半作为赏赐。溺人一看告示，立即见利忘义，向国王告密，国王带人进山捕鹿时，九色鹿毫无知觉，它正在高山上睡大觉呢。鹿的好友乌鸦向它发出长长的警报，试图唤醒它，但当九色鹿从蒙眬中醒来，已经被国王和士兵紧紧包围了。面对告密的溺人，九色鹿向国王控告了溺人不讲信义贪图富贵出卖救命恩人的罪行。国王是个明白人，下令放鹿归山，并告示全国不准捕猎九色鹿。而此时，那无良溺人，疮满全身，倒地而亡。

溺人之死是报应吗？是的，这报应说白了就是人类都要遵守的一种道德规范，是一种奖惩，还是一种规律，告诫人们不要随意去打破。

其实，在莫高窟，壁画上的故事多得如天上的星星，正是那些高水平的壁画，才将故事一次又一次生动演绎。讲解员提高了声音，提醒我们注意故事的六个场面，特别是溺人告密，堪称精彩绝伦。中国式的宫殿中，国王端坐着，他的衣着却是西域装扮，王后呢，又是龟兹国的装扮，看到没？她侧身依偎着国王，但又转过头来看着告密的溺人，王后食指翘起，似乎在下意识地叩击，一下又一下，再细看，王后的长裙下面，有一只光脚露出，脚指头也在晃动呢，总之，王后极尽撒娇姿态，内心活动跃然于壁画上，她就是千方百计想得到九色鹿的皮。

而这九色鹿，正是释迦牟尼的前生。

我怀着极度的虔诚，将九色鹿勾画好。白色的鹿身，就让它白色吧，我喜欢洁白，干净简洁；头、角、嘴、脚身上的花纹，我用了九种颜色，画出了心中的九色鹿。我知道，这只拯救溺人的鹿，是一个象征，整个故事是一个极好的比喻，做人要救人困苦，做人也要讲诚信，见利忘义，最终的结果是自食恶果，这和儒家倡导的仁义，没有什么区别，都是一种救世哲学，都是一种修养准则。

自北魏至今的1600多年时光里，莫高窟现存洞窟共735个，492个洞窟中留下了2415泥质彩塑像和45000平方米的壁画，壁画内容无所不包，中国文化、古希腊文化、伊斯兰文化、印度文化，它们完美交汇，灿若星辰，它们是人类共同的文明。

数千年前的这个荒漠绝谷，我仿佛看见了九色鹿在窟前的那片绿洲中悠闲地吃草，流水潺潺，林木葱郁，鹿在桦树林的小溪中沐浴，前有长河，波映重阁，天留下了日月，佛也留下了经。

九色鹿的身体里有敦煌，有莫高窟，我将所画的九色鹿小心翼翼地装进硬纸盒，带回了杭州。

4. 胡旋舞

莫高窟壁画的博大精深，无法一一写尽，我只关注喜欢的。

我的目光始终在汉唐的壁画上流连，各色人等，来来往往，眼花缭乱，似乎又幻化成长安街上那挤挤挨挨的人群。

汉唐的长安，开放包容，胡风劲吹，西域文化深入人心。汉灵帝好胡服，挂胡帐，睡胡床，吃胡饭，弹胡箜篌，吹胡笛，跳胡舞，京城贵戚，上下竞仿之。有资料说，唐贞观四年，单是在长安的突厥人就有八万人之巨。唐开元天宝之际，唐玄宗沉溺于声色犬马，乐不思政，整个长安几乎就是一座娱乐不夜城。诗人王建的《凉州行》云："城头山鸡鸣角角，洛阳家家学胡乐。"这样的情景，真是让人感觉世界成大同。"玄宗尝伺察诸王。宁王常夏中挥汗鞔鼓，所读书乃龟兹乐谱也。上知之，喜曰：'天子兄弟，当极醉乐耳'。"这是唐朝笔记大家段成式的《酉阳杂俎》前集卷十二中的记载，玄宗看他的兄弟这样沉浸于玩乐中，高兴坏了，没有人惦记他的皇位，多让人放心的事情啊。唐玄宗喜欢打羯鼓，宁王的长子，汝南王唐琎，又名花奴，和唐玄宗一样，都打得一手好羯鼓，那我猜，这里的宁王，练的也极有可能是羯鼓。

弹琵琶，吹横笛，打羯鼓，唱春莺，舞胡旋。这大概就是唐代的文化日常。鲁迅曾说：唐人大有胡气。我觉得，这应该是极高的赞扬，唐代文化兼收并蓄，玄奘西去，遣唐使东来，都是对西域文化和外国文化的大胆吸收和容纳。

唐代，敦煌舞乐也进入鼎盛时代。我走进220窟，细看唐代壁画《药师变》，这上面的燃灯舞，是唐代壁画中最大的乐舞场面。二组乐队，共二十八人，其中二十六人演奏乐器，二人唱歌。乐队的前面，有两棵灯树，每树四层重叠灯轮，各有天女燃灯。舞台中间还有一座高大的灯楼，灯光明亮，一片灯海。不过，这些似乎全都是背景，在辉煌的灯火中，有两对舞者，各自站在小圆毯子上，起劲旋转。注意噢，他们始终不离那小毯子，但舞蹈幅度巨大，或张臂回旋，或纵横踢踏，旋转如风。这就是著名的胡旋舞，出自中亚，流行于西域，初唐传入长安，唐玄宗深好此舞，杨贵妃、安禄山都跳得很好。

这胡旋舞有多流行，看看当时的记载就知道一二了。

白居易的新乐府诗有《胡旋女》，这样描写：

胡旋女，胡旋女，心应弦，手应鼓。
弦鼓一声双袖举，
回雪飘飘转蓬舞。
左旋右转不知疲，
千匝万周无已时。
人间物类无可比，
奔车轮缓旋风迟。

白诗的描写，让我立即想起广场舞，每天走路到运河广场上，就会看到那些跳广场舞的大伯大妈，音乐响起，脚底痒痒，随时随地跳，不知疲倦地跳，跳得大汗淋漓，跳到地老天荒。

我在多个场合看到过胡旋舞。

戊戌年十月，宁夏博物馆，我看到了两扇石刻胡旋舞的墓门，全国仅此一件。门呈长方形状，上下有圆柱状榫，两门闭合处各有一孔，石门正中的胡旋舞雕刻画，是唐代音乐舞蹈巅峰状态的又一明证。

丁酉年五月，河南省博物院，我看到了一个黄釉瓷扁壶，北齐年间的。壶身两侧，画的是宴会中的乐舞场景，歌舞者皆高鼻深目之西域人士，窄袖长衫，宽腰软靴，有吹横笛的，有弹琵琶的，还有一人高举双手打着节拍，中间的主角，跳的就是胡旋舞。美酒喝起来，音乐响起来，这应该是一个很欢快的歌舞会。

看莫高窟壁画时，我时常被壁画上的歌舞场景吸引，飞天和反弹琵琶，已是敦煌的象征之一。敦煌市区的城标，就是反弹琵琶女的形象。在第231窟晚唐壁画的修复现场，毕业于兰州交大、在敦煌研究院工作五年的小侯对我说，莫高窟的壁画上，出现过51种乐器种类，共画有4500多件乐器，众人听了都惊叹不已。

为什么要画这么多的歌舞场景和乐器呢？我的一个简单理解就是，表达美好的生活和理想。在敦煌这个国际化城市，美好的生活，是由各种不同肤色的人带来和创造的，这是人类的共同理想。

极乐世界是理想社会，在壁画中，理想社会还可以和我们的农耕景象和谐结合。莫高窟第296、148、205、61、55等窟中，共有80多幅农耕画面，"一种七收"，种一次，收七次，这当然是人人向往了。

有吃有喝，唱唱跳跳，晴耕雨读，虽然敦煌极少降雨，人们依旧快乐，因为洞窟中那些塑像会带给他们坚定的信仰。

5. 伤心史

敦煌藏经洞陈列馆，一块长条大石上，凿刻着陈寅恪的一句话：敦煌者我国学术之伤心史也。粗壮的刻痕深嵌进石头的身体，它也同样触痛着国人的心。

不过，今日再一味谴责王道士、斯坦因、伯希和，那些散落在国外的敦煌经卷也终究回不了敦煌，不如谨记两点，铭记陈寅恪的伤心，将敦煌保护、研究好。

敦煌研究院院史陈列馆，敦煌儿女70年保护敦煌的艰辛历程让人动容。

我走进张大千在敦煌时居住了两年多的旧居。这是一间不大的土坯房，进门稍大一间是客厅，北墙有一个土炕，那是大师的卧室，北墙上残留有一幅《墨竹图》，已漫漶模糊，是大师的真迹。1941年，张大千带着家眷门人子侄，从四川长途跋涉到这大漠深处。他为洞窟仔细编号，每天临摹壁画，从南北朝至唐五代，他都视如宝贝。

张大千临摹壁画，意义巨大，陈寅恪如此评价：

> 自敦煌宝藏发现以来，吾国人研究此历劫仅存之国宝者，止局于文籍之考证，至艺术方面，则犹有待。大千先生临摹北朝唐五代之壁画，介绍于世人，使得窥此国宝之一斑，其成绩固已超出以前研究之范围，何况其天才独具，虽是临摹之本，兼有创造之功，实能于吾民族艺术上别创一新境界，其为敦煌学领域不朽之盛事，更无论矣。

我的杭州老乡常书鸿，自1935年秋的一天，在塞纳河畔的一个旧书摊上偶然发现了伯希和的《敦煌石窟图录》后，内心的震撼无法言语，保护敦煌壁画的决心也由此萌生。常书鸿1943年3月到达敦煌后，就将他的一生和莫高窟紧紧融汇在了一起，直至他生命的终结。

常书鸿的办公室，目测不足十平方米，除了一张老式的写字台，一个简陋的书架，还有就是比别人多了几个画架，那是他的重要工作，他每天虽有处理不完的事情，但他更要关注那些洞窟里的壁画。

写常书鸿事迹的文字太多了，仅录一段他旧居墙上《九十春秋——敦煌五十年》的话，这足可表明他50年保护敦煌的心志：

> 我想，萨埵那太子可以舍身饲虎，我为什么不能舍弃一切侍奉艺术、侍奉这座伟大的艺术宝库？在这兵荒马乱的动荡年代里，它是多么脆弱，多么需要保护，需要终生为它效力的人啊！

张大千回川后，在重庆中央图书馆举办了"敦煌壁画展"，一时轰动。据当时的媒体报道，展览门票高达50元一张，但售票处常常排起长龙，有时购票队伍竟达一里多长。在国立艺专求学的青年学生段文杰，第一天去看展，没买到票，第二天一大早才得以如愿。段文杰自己坦承，他就是看了那次画展后才被吸引到敦煌去的。

我去敦煌前，专门读了段文杰的《佛在敦煌》，通俗而专业，有不少新观点，他是敦煌研究院的第二任院长，我在字里行间寻找并感悟着他在研究和保护莫高窟壁画上的心路历程。段的心志可以

用《敦煌之梦》中的一句话表达:

> 不怕风沙扬起,不惧遍地荆棘,秉烛前行在文明的宝库里。

那些发黄的手稿,工工整整,规规矩矩,那是学者的一丝不苟,那也是他们和壁画和洞窟交流的毕生心血,他们是保护者,他们也是传承者。

前院耸立着两棵古榆树,已经240多年,树冠参天,树皮极为粗糙,树纹纵深达四五厘米。这饱经风霜的榆树,忍受着大漠风沙的摧折,却越来越坚强和挺拔。这是一个极好的隐喻,这不就是千年敦煌吗?这不就是保护国宝的敦煌儿女们吗?!

有一个小遗憾,我回杭州的第二天晚上,上海沪剧院的一台大戏《敦煌女儿》,在敦煌大剧院献演,它以敦煌研究院名誉院长樊锦诗为主要原型,兼及敦煌保护者的所有群体。杭州女儿樊锦诗和演员们座谈时说,她到敦煌的第一夜就住在王道士发现的藏经洞旁的破庙里,睡土炕,喝雨水,不过,第259窟那禅定佛陀"蒙娜丽莎般的微笑",她会铭记一辈子,只是,达·芬奇创作那传世名作时,禅定佛陀已经在莫高窟笑了一千年。这笑容,就是让她在敦煌待一辈子的理由。

伤心史终成宝藏地,世界的敦煌,人类的敦煌。

6.天净沙

莫高窟的背面就是鸣沙山。抬望眼,长天碧空,一片净沙。那沙丘，形成于千万年前，风吹沙粒振动，沙土层也会共鸣，即使风停沙静，沙山也会发出丝竹管弦般的声音。

中国沙漠多，会发出声响的沙，其实不少，我去过内蒙古鄂尔多斯的响沙湾，那里的沙也以会发声而著名。只是，对鸣沙山而言，这里的响声，更具另一层的意义：莫高窟中2415尊泥质彩塑和45000平方米的壁画，它们虽无言，却日日伴随着那些沙粒，在我看来，鸣沙的声音，其实是一种信仰的传递，这是沙粒和莫高窟之间的单独约定。

夜幕降临，月泉阁翘起的檐角上，一弯明月已经升起，整个鸣沙山依旧热闹嘈杂，夜游的人们，似沙丘中的蚂蚁，沉溺于沙海中，他们在尽情戏沙滑沙。月泉阁下月牙泉，这泉，像极了刚升起的弯月。我在弯月旁的一棵左公柳下坐定，秋思——我不是天涯断肠人，这里有老树，没有昏鸦，没有小桥流水人家，我只是独坐独思而已。

眼前芦苇长得极高，我不知道这些芦苇有没有修剪过，但确实比我八年前来此茂盛多了，芦花已盛开，微风吹起，芦花轻轻摇曳，月牙泉迷死人。那一汪泉水，波平如镜，在暗夜灯光的映照下晶莹闪烁，我不知道水里有没有鱼，我猜一定是有的，但肯定不多，或许，那些鱼，听惯了喧闹的人声，该休息就休息了。这一汪泉，给人太多的遐想，我看照片，一百年前，斯坦因、伯希和他们来的时候，还有很宽的水面，而在唐代，进出这里，要坐船。

我脚下是沙，背靠的这棵左公柳，粗壮茂盛，虬枝苍劲，上有吊牌写着：学名旱柳，1892年种植。左公柳，浸润着一段厚重而沧桑的历史。

1876年，左宗棠带着他的大军进新疆平乱，左将军此行，抱着必死必胜的信心，抬棺出征，这是什么样的勇气呀。以前海瑞进谏，也抬过棺。这样的气势，没人能阻挡得了。左大将军，还是个著名的环保人士，他率领的军队，到处种树，自泾州以西至玉关，夹道种柳，连续数千里，有资料统计，仅陕西长武至甘肃会宁，种活的树就有264000多株。1879年，即将继任陕甘总督的杨昌浚，一路西行，见道旁柳树成荫，触景而成诗："大将筹边尚未还，湖湘子弟满天山。新栽杨柳三千里，引得春风渡玉关。"这夹道成荫的左公柳，把春天带到了边疆，春风吹到了玉门关外。

我索性将鞋子脱掉，双脚尽情伸进沙中，我想接收到沙粒更多的信息。

沙生活了多久，敦煌就存在了多久。嗯，是的，虽然敦煌有悠久而辉煌的历史，但沙粒要比敦煌久远许多，我尊敬沙粒，无数的沙粒。

这沙粒会移动，犹如行进的大军，有时会横扫一切。阳光下，长长的驼队，影子在沙丘上拉得很长，驼队从敦煌出发，沾着沙粒的驼脚，一步一步坚实地向西域走去，迈出了一条宽阔的丝绸之路。

不要忘了，驼背上那袋里装着的闪亮珍珠，它们也是沙粒变成的，蚌的孕育，虽有痛苦，但沙粒最终磨砺成金。

把脚收起，今晚收获颇多。我感觉，在敦煌，天净沙，每一粒沙子都已经具有了佛性。

7. 关照

元二，王维的好朋友，他要去安西都护府（下辖于阗、龟兹、疏勒、碎叶四镇）任职，朋友远行，必须送一送，也许再也见不着面了。渭城客舍，虽是晚春，夜晚还有些凉，但王诗人和元二的送行酒喝了一杯又一杯，知心话说了一遍又一遍，嘱咐的话交代了一次又一次。天公也作美，临行前又下雨，空气清新，驿道上的尘土就不会飞扬了，君要远行，终有一别，吟过这首诗，再喝一杯酒，就此别过吧！

《送元二使安西》，使敦煌西南的那个叫阳关的关塞出了名，从此出了名。不过，还是让人有点伤感：西出阳关无故人。元老二啊，您老兄自己多保重吧！

我先让元二穿越到汉朝。

元二不是去安西上任，安西那时还是西域诸国呢，元二是去西域做生意。元二从长安一路西行，至敦煌西南的阳关，前面是茫茫大漠，汉朝在此设立关口，要出关必须先取得"关照"，就是通关文牒，说明西去事由，得到敦煌郡司户参军签发的关照，经过阳关时，由守卫敦煌的阳关都尉验证，验证通过，就可以出关了。

现在，我也穿越到汉朝了。

不过，我显然比较省时省力。9月6日上午十点左右，出关的人不多，叫过姓和名，我在敦煌郡司户参军处也拿到了签发的关照，"司户参军"说了一句：恭喜你取得阳关关照，你可以出关了。我接过关照，来不及细看，就朝戴着铁帽穿着盔甲的军官答道：谢参军大人。大家都忍着笑，严肃的程度不亚于我在上海美领馆办理签证。

翻看着精美的通关文牒，经过一片沙砾地，我要出关门。

"阳关都尉"接过关照，板着脸问：叫什么？来自何处？去西域何事？

我是第一个过关验证的，打定主意要搞一下事，看看都尉的配合程度，是不是默契：我叫元二，来自吴越，去西域做访问学者！

"阳关都尉"一听，显然生气，黑脸怒斥：一派胡言乱语，拖下去，打十棍！

必须屏住笑，否则没有效果。关门边的两个老兵，一下将我按在大门上，让我趴着，举着棍就打，还真打，一下，又一下，我立即大声反抗：我抗议，我要到敦煌郡守那里告状，你们滥打无辜！抗议无效！照打！终于在笑声中打完十棍，我出关。

哈，不断有笑声传来，应该是不断有人被"打"，大笑过后，一阵轻松。十点二十分，阳光正烈，阳关遗址呈现在我眼前。四周全是沙砾，粗细不均，一块立着的大石，上书四个红色大字，这些字需要足够的想象力才能还原那时的场景。前方是库木塔格沙漠，中国第八大沙漠，甘肃连着新疆。这沙漠也连着鸣沙山，再远处，就是阿尔金雪山，烈日下，一片白茫茫，不辨视线。阳关遗址的另一面高处，是汉武帝时代的一个烽燧墩，就是烽火台，四五米高，风蚀得厉害。整个敦煌，汉代的烽火台遗址有二十几处，长城大多已和沙土齐平，遗迹不多，长城和烽火台，瞭望与警戒，作用巨大，敌人来多少，距离多远，都有专门的信号报告，守军提前做好准备，犯敌有时也会望烽而止。进和退，守和挡，都由利益决定。

精彩镜头，穿越大唐时空，自天倏然而降。1300多年前的阳关，这一场盛大的欢迎仪式，一直激动人心。

唐玄奘自玉门关偷渡出去后，已经整整18年，他用双脚丈量过100多个国家，遥想当年出关，五天四夜没有水饮，却奇迹般穿过八百里沙漠，所受的苦远超《西游记》中那个骑白马的唐僧。今天，贞观十九年（公元645年）四月，他从阳关返回大唐，大唐如今已是贞观盛世。李世民下令，敦煌吏民，全体到阳关迎接唐玄奘。你可以想象，当时的场景，万民夹道，人们嘴里不断喊着玄奘的名，挥臂高呼，神情振奋，而玄奘带着随行人员，一扫往日的疲惫，容光焕发，他的神情坚定而自信，因为长长的驼队驮着来自印度的657部经卷，那可是大唐的精神食粮。

今年四月，我重登西安大雁塔，重新感受唐玄奘西域取经的伟大精神。他已经不单单是一位高僧了，一部《大唐西域记》，足可显示他是伟大的探险家、外交家、地理学家，印度史学家阿里如此赞誉玄奘：如果没有玄奘的著作，重建印度历史是完全不可能的！

从欢迎唐玄奘回大唐的队伍中闪回，我们到了阳光镇。阳光地处阳关遗址，3000多人口，镇里有大片的葡萄园。中午，我们在疏勒村的一个葡萄庄园用餐，满架绿叶交叉掩映，成串葡萄粒粒诱人。阳光满天满地，敦煌的日照时间长，葡萄特别甜，品种多，也便宜。

阳关北去80千米，就到了玉门关，关口公路上方有牌，杨昌浚的诗显眼地挂着：新栽杨柳三千里，引得春风渡玉关。嗯，这玉门关，不用多写了，一个小方盘遗址，断垣残壁上满是故事，你可以准备几盘李广杏干，拎一壶酒，喊上王之涣，随意找个地方坐下来，喏，就到小方盘前面那块湿地边上坐吧，有草，有水，有戈壁，有巨大的野骆驼，有狂劲的野马，当然还有伶俐的飞鸟。你们喝酒胡侃，烽火，汉简，大漠，孤烟，把天上的事聊到地上，把地上的事聊到云上。哈哈，羌笛早已不怨杨柳，春风也早度玉门关了。

你们慢慢聊噢，聊到长河落日，我要去看那些奇特的雅丹地貌了。

8.舰队司令

我写过斯文·赫定的亚洲探险,这位瑞典人,自14岁起,就立下了走游世界的决心,他曾四次来到中亚,他的几本书中,详细记载了考察的踪迹。

1899—1902年,他第二次考察中亚,到达新疆的罗布泊地区,发现了楼兰古国。同时,他也发现,罗布荒漠中那些垄岗状残丘,面积巨大,它们原是河湖沉积物,河湖干涸,千万年的强风吹蚀,于是就成了千奇百怪的地貌,他将它们命名为"雅丹"。

现在,我们往雅丹地貌处深入,一站一站看,至第三站"西海舰队",我直奔滑翔机而去,我要从高空往下俯瞰,做一回"舰队司令",检阅那庞大的舰队群。

马达轰鸣,轻巧的滑翔机冲出几十米后,一下子将我从沙漠中腾空拎起。看见我的舰队了,它们排着长长的队列,一艘接一艘,大小舰紧紧相依护卫,舰与舰之间并不规则,舰的数量一下子无法看清,粗略算算,不少于几百艘,这应该是世界上最大的舰队了,联合舰群,气势无比。

"西海舰队",不是铁甲胜似铁甲,它们黄色的舰身,自露出水的那天后,就一直以沙漠为港,千万年驻守着这片土地。起先,它们并不分离,它们是一个整体,西伯利亚刮来的强风,一天天,一月月,一年年,细沙飞走,粗沙也飞走,板结的砂岩全身却被强风吹得越来越结实,如同汉子被吹跑了衣物,只能光裸着身子对着大地,沐着月光,依然顽强地抵抗着强风,而它们(沙砾岩),最终组合成了蔚为壮观的联合舰群。

百来米的高度,其实并不算高,但这个视角视察舰队,我以为角度高度正合适，我可以比较清楚地看那些舰。激情涌起，我向它们挥挥手，不断地喊着：你们好！你们好！可是，它们并没有回应我，或许是因为检阅太匆忙，它们没有接到通知，或许是检阅的"司令"比较多，它们习以为常，任由你们巡视。

这样的舰群，让考察者赫定惊奇，也让我们所有的初见者再见者惊奇，大自然的鬼斧神工，常常使人们的想象疲惫不堪，百思不得其解。

沧桑和辽阔，气势和宏伟，联合舰群所呈现的许多地方，都独一无二，它们是地球第四纪演变的使者，它们也是大地的瞭望者，看天地人生我自岿然不动如山，它们要再活5000万年！

9. 党河的早晨

鸡缓日（周六）的早晨，这一天的命名中有"鸡"，我却没有听到鸡叫，"鸡缓"，是鸡叫了五天辛苦，歇一天再叫吗？假如是，这样安排也太人性化了。阳光已经初照，空气中弥漫着别样的清新，要离开敦煌了，我必须去党河岸边走走，敦煌的水和草，我都特别喜欢。

党河，又称党金郭勒，是疏勒河的支流，敦煌的母亲河，河水主要靠冰川冰雪融化、泉水和降水，它是沙漠人的生命河。

岸东边的石堰墙上，绘有上百米长的敦煌壁画，壁画自然比莫高窟粗糙很多，但不妨碍人们对敦煌壁画的理解，在晴空下，这些壁画反而更一目了然，那些佛像日日对着来往的行人，不断地诉说着敦煌以及和敦煌有关的故事。

还有经典，也是长长的篇幅，从老聃到孔子到庄周，从《老子》

到《论语》》再到《庄子》，中国文化的精华散发出浓浓的经典气息，它们是中国人的精神支柱，和天地相辉映，千百年来都闪耀着动人的光芒。

党河中央，满河的清波，水静波平，要知道，这里是敦煌，假如在别处，在我们水网密布的江南，这样的水面，一点也不稀奇，而在这茫茫大漠中，水贵如油，这一河水，就特别让人兴奋，就如同看自己的孩子经过数年的奋斗，终于考取了一所好学校一样兴奋和自豪。

党河的远处就是鸣沙山，沙峰高高低低，错落间杂，在阳光下泛着黄色的光，那里不可能有湿润，那里终年阳光普照，那里一有雨水，立即会被榨干吸净，敦煌的年降雨量只有二三百毫米，江南地区一个小时就下足了。或许，也正是这样的干燥，才让莫高窟成了千年珍宝，然而，任何人都知道动植物和水的关系，看着眼前这一河水，真是让人感慨万千。

沙漠里其实是有不少河流的，吐鲁番沙漠深处，葡萄特别甜，原因就是喝了地下千百年的雪水。猫腰走进地下暗河参观，雪水透出逼人的寒气，你会感叹大自然的慷慨和吝啬同时存在，有时真的不可思议。我不知道敦煌的沙漠下面有没有地下暗河，即便有，这一河的水也是珍贵无比。

党河岸边，早锻炼的人群三三两两，看他们的神态和语气，大多数应该是敦煌本地的居地，皮肤深红透色，脸上淌着笑容。数千年的民族融合，你已难辨他们是谁谁的后代，他们的普通话，咬文嚼字，听了都挺舒服。

党河中央有一排长长的石礅，一块一块不大，但完全可以踏得稳健，我一步一步踩过去。我要到对岸去感受党河，那里有一个公园，我猜那些桂花树，应该有香味了；前几天我在运河边走运，那里的桂花味已经沁人心脾，醉醉的感觉。果然，那几株大的桂花树下，有几位老人在闲聊，我对敦煌的好奇，不知道是不是来源于写作的冲动，总之，我加入了他们的闲聊，哪怕几分钟也好，他们谈儿女家常，谈油盐酱醋，他们也谈丝绸之路，从他们的话题中听得出小城的闲适，也听得出这里并不偏僻。

前天从阳关回敦煌的途中，我特地观察了路边的疏勒河，基本不见河水，是的，要在沙漠和戈壁的河流中看见水，真是太难得了。在敦煌的日子，我洗手洗浴的速度都非常快，我想许多人也和我一样，无须提醒的自觉，只是缘于一种为他人着想的善良。

面对敦煌的博大、古老，自己时时显得浅陋和惶恐，唯有用身体去感觉，用灵魂去感悟，方得些许安宁，一切的一切，皆因为上苍留下的这一个厚重的名词。

天留下了日月,
草留下了根。
人留下了子孙,
佛留下了经。

录自敦煌民谣
陆春祥书

中

李白的天姥
云台广陵散
横峰葛事
惊蛰
玉茗花开
药

李白的天姥

1873年的春天,杭州西湖,依旧桃红柳绿,春意盎然,曲园居士、德清人俞樾尽兴游览一番后,转而取道南下,他要去福建霞浦看望他的兄长——壬甫哥哥在那里做太守。

在这位翰林院编修的眼里,浙东诸山,以天台、雁荡为最,但去游玩的人还是少,其实,从杭州出发,五天可到天台,八天可到雁荡,实在是不算远的。他去看哥哥,擦着天台和雁荡的边走,但都没有好好进山去玩。经过天姥峰时,山下有一天姥寺,因顺路,就拐进去看了一会儿,寺里也没什么景观,寺门外立着一块石头,上面写着:"李白梦游天姥处"。俞樾对寺里的和尚说:不如删去"天姥"两字,只写"李白梦游处",岂不更好?这次走得实在太匆忙,如果下次来,我就写这五个字刻到石头上。

显然,俞樾赶路是急了一点,没有好好欣赏浙东沿路的风景,但他未必不知,这是一条充满诗意的道路。我读他的《春在堂随笔》,至卷六这个情节时,心里和他有过小争论:删掉"天姥"两字,是显简洁,此地就是天姥山,不用再写天姥了,可李太白经常做梦,梦境也不止此处啊,有了"天姥",也可以突出和强调嘛。

1. 谢公屐

"天姥"因李白而著名,但李白,却是追着谢灵运的脚步而来,他对谢家人有天生的崇拜。

谢家人最有名的当数东山再起的谢安了。这位先生，放荡不羁，高才傲世，却也真是有才，以八万兵战百万兵，淝水之战中的淡定，唯宰相气度才能如此，这让李白佩服得五体投地。以谢安为首的谢家人，简直就是人才的集聚高地：谢安的侄女谢道韫，其丈夫王凝之，王羲之次子；谢道韫有七个弟弟，老小谢玄，有个了不起的孙子，就是谢灵运，中国山水诗的鼻祖。

谢灵运凭借父辈的资本，家产丰厚，仆从众多。他最喜欢干什么事呢？开山挖湖，没完没了，他这是在营造心中的风景呢。他还喜欢翻山越岭，总是到那些险而远的地方去，哪怕千难万阻，他也要想办法去游玩，山水在他心中烙下了深深的印痕，他的诗文，也就源源不断从心中流出。他引以为乐的事情，似乎就是山水了，别的什么也吸引不了他，即便做官，他也是一天到晚与山水为伴。

谢灵运有一首诗，题目挺长，《登临海峤初发强中作与从弟惠连见羊何共和之》，可以看作登天姥山的始祖诗：

攒念攻别心，旦发清溪阴。暝投剡中宿，明登天姥岑。
高高入云霓，还期那可寻。倘遇浮丘公，长绝子徽音。

长长的标题，涉及三个人名：谢惠连，从弟，比谢灵运小几岁；羊，羊璿之；何，何长瑜。三者都是名诗人，后人称谢灵运和他们为"谢客四友"。也就是说，这首诗，是写给他们三个人的。

这是一次出游记。据考证，这次出游的时间为元嘉六年（公元429年）的某一天，起点为始宁山庄（今浙江嵊州三界镇与上虞东山交界处）。谢灵运抛却思念和悲苦，早上从清溪出发，沿着剡溪而上，从强口到天姥山，几十里路程下来，天已经黑了，那就住在天姥峰下吧，明天起来，就可以登天姥山了。天姥山虽不高，但也是值得攀登的，我们可以将其想象成高耸入云的高山，与天相接，也许，在云霓处，可以见到仙人，只是那样，我们以后就难以见面了。

古时的山路并没有那么顺畅，谢灵运就得为他的出游开山劈道。《宋书》卷六十七《谢灵运传》记载：尝自始宁南山伐木开径，直至临海，从者数百人。临海太守王琇惊骇，谓为山贼，徐知是灵运乃安。

看看，他竟然带着数百人，从他家的别墅开始，一路往临海方向砍山伐树，要开出一条方便行走的游道呀，弄得临海太守还以为是山贼聚集造反呢！

谢灵运知道王太守这种担心后，哈哈乐了，他赠了两句诗给王太守：邦君难地险，旅客易山行。

道开出后，总要享受的，他就是在这样的过程中享受。他穿着特制的木头鞋子，鞋子下装着结实的木齿，更高明的是，这些齿可以拆卸，上山，去前齿，下山，去后齿。真是又稳当又安全。这样的鞋子，就是"谢公屐"。

凭我年少时候经常砍柴的经验，上山，必须有一双好鞋子。

我在新昌横板桥村的村文化礼堂内，就见到了陈列着的"谢公屐"，不过，这已经是改造过的鞋子了，用麻线织起来的底，鞋子沿圈都有小纽扣耳朵，用带子穿起来，穿上长袜，一抽紧，上山下山，都不会滑出。

去年五月，我和一帮朋友去上虞采风，到过谢安的东山，问起谢灵运始宁别墅的位置，都说不太清楚，但大范围应该就在上虞和嵊州交界的这一带。眼前青山绿水一片，始宁山庄一定在魏晋的时空里存在过。

2. 天姥梦

俗谓日有所思,夜有所梦。

李白游天姥山,穿着谢公屐,安全舒适,留下了《梦游天姥吟留别》。这是一个长长的梦,著名的梦,这个梦做到了极致,将他当时的追求、复杂而又矛盾的心情表达得淋漓尽致。

现在,我暂且析梦。我知道,我非专家,只能是浅浅的,表意的。

这场天姥梦,大致可以用下面几个场景拼接起来。

第一场景,梦缘:海客谈瀛洲,烟涛微茫信难求;越人语天姥,云霞明灭或可睹。天姥连天向天横,势拔五岳掩赤城。天台四万八千丈,对此欲倒东南倾。

人们常说东海中有仙山,仙山在哪里呢?仙山一定在茫茫而缥缈的滚滚波涛中,那实在是太难找到了。越地人说起天姥山,说那里云彩斑斓,云雾忽明忽暗,或许就是仙山。这天姥山,高耸得一直连着天,比五岳还要高。它附近的天台山,即便有四万八千丈,也像要倒向它东南一样。

第二场景,登山之前:我欲因之梦吴越,一夜飞渡镜湖月。湖月照我影,送我至剡溪。谢公宿处今尚在,渌水荡漾清猿啼。

越人们的传说,就是我追逐的方向。关山重重,阻挡不了我矫健的身影,我自由飞翔,半夜就飞过镜湖上空,朝下看一看,嘿,那湖面上有个移动的影子,我知道,那一定是本尊的身影,接着飞,飞呀飞,剡溪就到了。嗯,那个地点,就是谢灵运住过的别墅,他们谢家人一直在那儿隐住着,不过,今天看来,有点荒凉,只见清溪长流,茂林修竹,空谷中,偶尔传来几声猿猴的清啼。

第三场景，登山所见：脚著谢公屐，身登青云梯，半壁见海日，空中闻天鸡。千岩万转路不定，迷花倚石忽已暝。云青青兮欲雨，水澹澹兮生烟。列缺霹雳，丘峦崩摧，洞天石扉，訇然中开。青冥浩荡不见底，日月照耀金银台。霓为衣兮风为马，云之君兮纷纷而来下。虎鼓瑟兮鸾回车，仙之人兮列如麻。

大段描写，中心就是穿着谢公屐登天姥山沿途所闻所见。

好不容易得来的珍贵机会，必须起个大早，天还没大亮就出发了。这鞋子，设计得真是科学，上山一点也不累，没多少工夫，就到了半山腰，天鸡勤奋报晓，海上日出红火。天姥山处处美景，眼睛来不及看，看岩看瀑，看花看树，看云看雾，看鸟看猴，一会儿工夫，哎，怎么回事呢，天都已经暗下来了，时间在天姥山，短成了针，可梦中人还是兴致勃勃。精彩的场景来了，前奏是，飞瀑激荡起的流水声轰鸣，间杂着熊的怒吼声，间或还有龙的长吟声，忽然，电光闪闪，雷声阵阵，整座山在颤抖，整个森林在战栗！什么情况？有什么事要发生了吗？嗯，是神仙们要来了。石洞门慢慢打开，里面呈现了另外一个时空：蔚蓝的天空，耀眼的日月，金银宫阙，深不见底。神仙的排场好大，彩虹是他们的衣裳，风是他们乘坐的马匹，老虎来鼓瑟，鸾鸟在驾车，仙人们成群结队，身影密密麻麻。

第四场景，梦醒：忽魂悸以魄动，恍惊起而长嗟。惟觉时之枕席，失向来之烟霞。

是梦总要醒的。而美梦好梦，常常是在最精彩的时候断片，这个我也有体会。美梦醒来，都有点恍恍惚惚，摸摸头底下的枕头，摸摸身底下的席子，那些美景，去哪儿了呢？想着想着，不禁长叹数声，罢罢罢，都是梦。

第五场景，梦后感叹：世间行乐亦如此，古来万事东流水。别君去兮何时还，且放白鹿青崖间。须行即骑访名山，安能摧眉折腰事权贵，使我不得开心颜！

所谓世间的快乐，也不过如梦中所遇，自古以来，所有的事情，都如东去的流水一样，再也不回头。远去的朋友呀，你们什么时候才能回来呢？还是该怎么的就怎么的吧，将白鹿备好，一不开心，随时就可以出行，那些名山大川，一定能帮我们解除心中的忧愁，我等之人，怎么可能弯下腰来侍奉那些权贵而让自己不开心呢！

原来，做梦只是由头，他是以此梦来送别朋友表明心志的。

李白满腔豪情入长安，想好好作为一番，不过，他这样的性格，注定了不会得意于官场。唐玄宗天宝三载（公元744年），李白受权贵排挤，被放出京，返回东鲁（今山东）。还是远游去吧，《别东鲁诸公》，或者《梦游天姥山别东鲁诸公》，从这首诗的另外两个别名，就可以清楚见到，别，只是为了表达自己桀骜不驯的性格。

3. 天姥山

现在我们来说天姥山。

天姥山，在现今的绍兴新昌县东南五十里，东接天台华顶，西北连沃洲山。明万历《新昌县志》云：天姥高三千五百丈，围六十里，层峰叠嶂，千态万状，最高者名拨云尖，次为大尖、细尖，其南为莲花峰，北为芭蕉山，道家称为第十六福地。

谢灵运的登临海峤诗，第一次出现了"天姥"，为什么叫这个名呢？

新昌学者竺岳兵说，天姥，指的就是西王母，"母"与"姥"

同音同义。

东汉的时候，佛法西来，发展势头迅猛，严重冲击着中国的本教——道教，道教必须寻找更有效的载体来宣传自己，重要神仙领袖西王母的传说逐渐从昆仑传播到了东方沿海，她掌管仙籍，众仙都有点怵她。《后吴录·地理志》载："剡县有天姥山，传云登者闻天姥歌谣之响。"谁在唱歌谣呢？一定是西王母啊，她是在称颂这座山，歌谣就是唱给玉帝的情歌。

李白在做这场有名的"天姥梦"数十年前，其实已经到过天姥山。

唐朝开元十四年（公元726年），他第一次登天姥山，有《别储邕之剡中》诗为证：

借问剡中道，东南指越乡。舟从广陵去，水入会稽长。
竹色溪下绿，荷花镜里香。辞君向天姥，拂石卧秋霜。

深秋的季节，他从广陵（今扬州）出发，从水路进入会稽，两岸的景色就不用细说了，竹茂林深，溪水绿漾，波平如镜，荷叶散香。他要在天姥山上找一块仙石，躺在那上面，看满山红枫，看飞鸟流云，过他的神仙生活。

另一位叫李敬方的诗人，有一首《登天姥》诗，不如李太白的奇思妙想，却是实实在在的天姥展现：

天姥三重岭，危途绕峻溪。水喧无昼夜，云暗失东西。
问路音难辨，通樵迹易迷。依稀日将午，何处一声鸡。

这就是一般的登山了，不过，景色依然吸引人。新昌的文史专家告诉我说，李敬方这首诗，他登天姥山的起登点，就在今天的横板桥村。现在，村里还有太白庙，莲花峰下，还存有占地近百亩的天姥寺遗址。俞樾进去看过的天姥寺，应该就在此处。诗人们所有足迹都充分指证，横板桥村，是唐代诗人们登天姥山的一个重要驿站。

己亥春日的一个午后，我到了天姥山脚的斑竹村，走谢公古道。其实，谢公古道，在横板桥村的天姥寺遗址就有，斑竹村和横板桥村，两村都在天姥山下，相距不过十来里路。长长的古道，保存完好，一直通往临海，沿途还有威震关、黑风岭，清晰可见。

谢公古道，自然以谢灵运命名。谢灵运带着数百人上山伐树开道，就经过这里。现在，斑竹村还保留着完整的一千多米长、约两米宽的驿道。村里人说，先前，古道两边，有不少的客栈、驿铺，挺热闹。

显然，斑竹村人是真正理解了唐诗。

谢公古道的两旁，一幢幢房屋的白墙上，一首首唐诗极其醒目。甚至，他们将诗刻在了酒坛上，竹筒上，木匾上，方砖上。四百多首唐诗，将谢公古道装点得诗韵芬芳。

4. 剡中溪

李白半夜从绍兴镜湖飞过来，月亮下的影子只是点缀了一下湖面，一会儿工夫就到了剡地。

东南山水，越为首，剡为面。

唐《元和郡县志》载：剡溪出（剡）县西南，北流入上虞县界为上虞江。

剡因溪名，而这剡溪，也因王子猷雪夜访戴而名。《世说新语》记载的这个故事，人们看了差不多都会内心发笑：

子猷是王羲之的儿子，王献之的兄长，官至黄门侍郎。子猷居山阴时，有一天晚上下大雪，半夜醒来，推开窗户一看，一下兴奋起来立即叫仆人温酒。他四下看了看，呀，白茫茫一片真干净。慢步徘徊，左思的《招隐诗》随即涌上心头，念了几句，忽然想到了好朋友戴逵，此时，戴正在曹娥江上游的剡县呢。即刻备船前往，我要去看戴兄！经过大半夜的快船，到了天亮时分，小船终于到了戴家门前，结果呢，却至门不入而返。人问其故，答曰："吾本乘兴而来，兴尽而返，何必见戴！"

这就是魏晋名士的风范，做人做事，自由随兴。

唐代裴通这样描述剡：

越中山水奇丽，剡为最；剡中山水奇丽，金庭洞天为最……谷抱山阆，云重烟峦，回互万变，清和一气。花光照夜而常昼，水色含空而无底……真天下绝境也。

自晋始，骚客文人、社会名流纷纷进入剡中。佛教高僧支遁、竺道潜长期活动于剡东，王羲之、戴逵、谢氏家族等，都归隐终老于剡中。

1984年，竺岳兵就提出"剡溪是唐诗之路"，不过，那时，他只是从旅游的角度考虑。剡中，就是今天的嵊州和新昌盆地。这块盆地呈三角形，数百平方公里，西北是会稽山，东北是四明山，南边是天台山。这里的水系，呈向心性集中，就是剡溪和曹娥江。竺岳兵强调说，唐代时，这块盆地还是一片湖泊沼泽地，地面与海面的高程相差无几，大海涨潮时，就会出现海水倒灌现象。贯休有诗曰："微日生沧海，残涛傍石城。"石城，就是今天新昌的大佛寺。

嵊州金庭镇的金庭观，地处剡溪的上游，是王羲之晚年的隐居地和卒葬地。

我去金庭观膜拜书圣。观中的院子里，有两株参天古柏，人们说，这是书圣当年亲手栽下的，古柏的树干和虬枝，斑驳黑重，树干上的鳞纹，粗而糙，那是千年风雨的见证。观中的一块大石，光亮鉴人，那是书圣洗砚池中洗出来的光吗？

我想象着，那些唐代诗人，在书圣墓碑前拱手作揖的样子，一定极为虔诚，这也是他们的精神偶像。

说了剡溪，还必须附带说一下另一条溪：越溪，就是若耶溪，在今天的绍兴市区，也被称为神溪。它长达百余里，一支流向著名的镜湖，一支和曹娥江相通。诗人往天姥山去，如果先到会稽，也必须经过若耶溪。

南北朝诗人王籍的《入若耶溪》有两句著名的诗"蝉噪林逾静，鸟鸣山更幽"，写的就是若耶溪两岸的景色。李白也有诗"若耶溪畔采莲女，笑隔荷花共人语"，那些美丽的采莲姑娘，一边采莲，一边说笑，清纯可人的姿态，让李诗人心醉。

欧阳修有一首词叫《越溪春》，写的也是若耶溪。后来，"越溪春"演变为数种词牌名中之一种，成为后人作词的样板了。

5. 唐诗路

竺岳兵虽已经八十三岁，却仍然精神矍铄，他为我们细细描绘了一条以李白为中心的"浙东唐诗之路"。

1991年5月，竺岳兵率先提出这个概念；1993年8月，中国唐代文学学会正式行文定名。这是继丝绸之路、茶马古道后的又一条文化古道。

从地理角度观察，"浙东唐诗之路"的干线和支线，自钱塘江畔的西陵渡（现在叫西兴）开始，过绍兴，经浙东运河、曹娥江至剡溪，至天台的石梁。新昌的天姥山景区、天台的天台山国清寺等是精华地段。支线还延续至台州以及温州，跨越几十个县，总长千余里。

从诗歌史上统计，"浙东唐诗之路"，有451位诗人留下了1505首诗篇。我们再将这些数字立体化：《全唐诗》收载的诗人2000余人，差不多有1/4的诗人来过浙东；唐时，浙东的面积只占全国的1/750。还有一个数字，《唐才子传》收录才子278人，上述451人中就有173人。众多的诗人，还是高水平的诗人，为什么如此集中地歌唱这片窄窄的山水呢？

仅凭浙东浓郁的魏晋遗风，就让这批诗人如过江之鲫，纷纷而来。

活跃在政治、文化、道教、佛教舞台上的许多人物，都在这片土地上居住着，他们犹如魏晋星空中闪亮的明星，耀照大地。

旧史有称："今之会稽，昔之关中。"说的就是能够影响东晋政局的士族，而这些士族，有许多都居住在会稽。干宝，郭璞，谢安，谢道韫，谢玄，谢灵运，王羲之，王献之，曹龙，顾恺之，戴逵，葛洪，王导，桓温，人人有名；政治家，军事家，玄学家，文学家，书法家，画家，天文学家，家家有名。

另外，"佛道双修"的"山中宰相"陶弘景，隐居天台山与括苍山多年；著名道士司马承祯在天台山隐居三十年；高僧智𫖮，集南北朝各佛家学派之大成，在天台山南麓国清寺创立天台宗；高僧支遁，在剡中沃洲创立著名寺庙。

而如前所述，仅谢家的两位，谢安和谢灵运，就足以让李太白醉倒。

顺着竺先生的诗路，我仿佛看见，唐代的天空下，一个个诗人，个性鲜明，跋山涉水，神情笃定地行走在来浙东的路上。

杜甫晚年定居成都草堂后，写有一首自传体五古长诗《壮游》，他的大半生都可以从诗里读到，其中就有游浙东的经历：

枕戈忆勾践，渡浙想秦皇。蒸鱼闻匕首，除道哂要章。
越女天下白，鉴湖五月凉。剡溪蕴秀异，欲罢不能忘。
归帆拂天姥，中岁贡旧乡。气劘屈贾垒，目短曹刘墙。

从二十岁起，杜甫结束了他的读书生涯，开始全国各地壮游，除了二十四岁回京考试以外（自然是落第），一游就是十年。这个"壮游"，是老杜自己说的，说明他读万卷书还不够，还必须走万里路。其实，他的壮游，也是在寻求做官之道。这一游，就游到了江南的浙江，这一带的山水和人事，让他流连了四年。不过，此段壮游经历，为他打开了广阔的视野和心胸，心里装得下河山，还装不下那点人事吗？这一时期的诗风，也和后面直面现实的完全不同，年轻气盛，毕竟还是有些理想的，浪漫色彩在诗中的体现也属自然。

春风得意，少年才子，绯闻也最多的元稹，官场起起落落，曾经官至宰辅。担任宰相期间，却被觊觎宰相之位的李逢吉构陷，贬为同州刺史，长庆三年（公元822年），调任浙东观察使兼越州刺史，这一待就是六年。因此，严格说来，元稹在浙江，其实也是贬官。不过，他兴修水利，发展农业，政绩突出，做事作诗，一如既往，百姓拥戴，名声颇好。

元稹到绍兴，就在镜湖的东面找了一块地方，像蓬莱仙境一样，背山临水，建起了他的安乐窝。巧的是，这原来是诗人张若虚的老宅。一安顿下来，他就迫不及待地写诗（《以州宅夸于乐天》）给白居易，诗中如此得意地唱道：

> 州城迥绕拂云堆，镜水稽山满眼来。
> 四面常时对屏障，一家终日在楼台。
> 星河似向檐前落，鼓角惊从地底回。
> 我是玉皇香案吏，谪居犹得住蓬莱。

铁杆好友这时在杭州做官呢，他收到诗后，立即回诗，大夸他的仙居蓬莱：

> 贺上人回得报书，大夸州宅似仙居。
> 厌看冯翊风沙久，喜见兰亭烟景初。
> 日出旌旗生气色，月明楼阁在空虚。
> 知君暗数江南郡，除却余杭尽不如。

会稽的山水，让元稹无比兴奋，过了不久，他又尽情相邀好友（《寄乐天》）：

> 莫嗟虚老海壖西，天下风光数会稽。

> 灵汜桥前百里镜，石帆山崦五云溪。
> 冰销田地芦锥短，春入枝条柳眼低。
> 安得故人生羽翼，飞来相伴醉如泥。

乐天老兄，快快来吧，天下风光就数这里最好了，湖面宽阔，洁白如镜，溪水潺潺，春天来了，柳树的枝条柔软得让人心痒，您最好生出一双翅膀，赶紧飞过来，我们一起，浮大白，一醉方休！

其实，在元稹大夸会稽的时候，他应该知道，他这位好朋友，十三至十六岁的时候，曾经在越州避过乱，白居易少年时作《江楼望归》就写在这个时候：

> 满眼云水色，月明楼上人。旅愁春入越，乡梦夜归秦。
> 道路通荒服，田园隔虏尘。悠悠沧海畔，十载避黄巾。

只不过，年少，再加上动乱的年景，风光就不那么动人罢了。

不过，从此，会稽的蓬莱就名动天下了。

我去绍兴府山，那里历史遗迹十分丰富，越王台，越王殿，望海亭，文种墓，清白亭，蓬莱阁也极显眼，那是2008年重建的。明清风格，三重檐歇，檐角层层外挑，那檐角，尖而锐，穿树而向空中，嘀，那是指元稹的才气冲天吗？

不过，《旧唐书·元稹传》对元稹评价实在不高。元稹广招文人，辟为幕职，这些人都是当时的名士，比如副使窦巩。他们结社于镜湖、秦望，每月三四次，互相酬唱。窦巩名气最大，与元稹酬唱最多，时号"兰亭绝唱"。而且，此时的元稹，似乎有点放荡不羁，喜欢财物，但不太修边幅，还与美女刘采春两情相悦，卿卿我我。总之，在《旧唐书》的修撰者看来，元稹在越州，虽留下了不少诗文，却是个不务正业吊儿郎当的官员。

贺知章，浙江萧山（以前属越州）人，一生荣耀，他退休回家，弄得动静也很大。皇帝赠诗很有面子。他回浙东后，对四明山全方位考察，还一一画了图。

我在余姚的梁弄街道参观，那里有个后陈村，还有一座保存比较好的桥，名为贺水桥，溪也叫贺溪，当地人说，这都是为了纪念贺知章。贺知章有一首《题袁氏别业（一作偶游主人园）》的诗，写的就是访问四明：

主人不相识，偶坐为林泉。莫谩愁沽酒，囊中自有钱。

我就是偶然走走，走到你家别墅门口坐一小会儿。你不要担心呀，你如果想请我吃饭，尽管好酒好菜端上来，老汉我衣袋里，有的是钱。

贺的诗，一如"少小离家老大回"那样通俗亲切。哈哈，一个退休的官员，有文化，有名望，兜里也有一些散碎银子，说话的底气就是不一样。

除李白、杜甫、白居易、元稹、贺知章外，孟浩然，孟郊，崔颢，刘禹锡，贾岛，李嘉祐，严维，罗隐，邱为，温庭筠，陆龟蒙，皮日休，陆羽，韦庄，卢纶，释皎然，贯休，寒山，拾得，张志和，我的桐庐老乡方干、施肩吾、徐凝，等等，都行走过这一条充满诗意的路，灿若星辰。

6. 西陵渡

2019年2月25日下午，久雨的杭州趁空放晴，我去西兴。车过西兴大桥，拐个弯就到了钱塘江南岸的西兴老街，我去寻找诗人们出发的西陵渡、西陵驿。

西陵渡，浙东唐诗之路的头一站，所有诗人的必经之渡，它是浙东运河的起点，南来北往的关隘。西陵渡有西陵驿，漫长的行程，先住下来，调整一下心情，坐船候渡，前往越中，需要等待。

唐长庆二年（公元822年）七月，白居易到杭州做刺史。不久，他就渡过钱塘江行走越中了。先住西陵驿，他在驿馆写下《宿樟亭驿》：

夜半樟亭驿，愁人起望乡。月明何所见，潮水白茫茫。

樟亭驿就是西陵驿。钱镠嫌"西陵"之"陵"不吉利，遂改"西兴"。民国《萧山县志》说："西兴驿，唐之庄亭也，宋曰日边驿。"庄、樟、妆音同。

这诗似乎有点伤感。白刺史显然是刚来杭州不久，睡眠还没有调整过来呢，睡到半夜，仍然没有睡意，那就索性起来，伫立驿馆的楼台外远望，夜都已睡去，寂静无声，亮亮的月光下，白茫茫的钱塘江水不知疲倦地奔涌着。

估计是西陵驿风景不错，白大诗人，后来又写了一首《樟亭双樱树》：

南馆西轩两树樱，春条长足夏阴成。

素华朱实今虽尽，碧叶风来别有情。

此诗应该写在天气比较炎热的夏季，他住在驿馆的南楼西边，窗前就有两棵长势良好的樱花树，虽然樱桃果子已经没有，但碧绿的叶子在微风中摇曳，实在让人神清气爽。

唐大和七年（公元833年）十月三日，李绅担任浙东观察使兼越州刺史。他渡钱塘江到了西陵渡，正遇久雨天，刚成熟的水稻受水淹，快淹到稻穗了，"冬雨害粢盛"。他向东祭拜大禹求晴。天果然晴了，居然连晴三十五天，他的《渡西陵十六韵》特地记载了此事。

我在西兴陈列馆里，见到了和西兴有关的几位名人，勾践，范蠡，李白，贺知章，谢惠连，这个谢就是前面谢灵运诗里提到的族弟。

一条不宽的河道，两街夹紧的头上，有一个老渡口，这里就是著名的西陵渡。旁边立有全国文保的碑，2014年，大运河联合申遗成功，自然也有西陵渡的功劳。此渡的开凿年份，应该可以追溯到春秋时期，西晋怀帝永嘉元年（公元307年），会稽内史贺循主持开挖西兴运河，连接曹娥江，一直到宁波甬江入海口。除了渡口一个喷洒着水花的装置，游人极少，行人也不多，几位老人在阳光下聊天。我沿着河往前走，我知道，前面不远就是滨康路。折转进河边的西兴老街，街道逼仄，没多久，就看到了"西兴驿"标牌，也就是唐代的"西陵驿"，建筑已毁，码头废弃，一堵墙上立着张祜的水墨像和他的《题樟亭》：

晓霁凭虚槛，云山四通望。地盘江岸绝，天映海门空。

树色连秋霭，潮声入夜风。年年此光景，催尽白头翁。

西兴，自古为"浙东首地，宁、绍、台之襟喉，东南一都会也"，驿馆的规模，我想也不会小。据《萧山县志》记载，清乾隆年间，西兴驿还保持着明代规模，有房子十二座。人员有驿丞一员，攒曲一名，驿皂二名，纤夫一百四十二名，驿水夫七十名，探听夫一名，代马竹兜夫二十五名，渡夫十六名，轿夫十名。船只有站船七只，红船四只，中河船四只。这些船都停放在驿前运河里，就是我刚刚走过的那个西陵渡，所以这段河道应该特别宽阔，否则容不下那么多官船。

再往前走，西兴老街北侧的口子上，有"铁陵关遗址"。我在遗址前寻找，只有墙角一块断条青石，嵌在墙基边，约九十厘米高，纹路粗糙，看不出有什么名堂。一货车司机，捧着一碗饭在吃，他看我蹲着站起，看来看去，莫名其妙，我笑着说，这块石头，已经有二千五百多年了，越国的范蠡，在此筑固陵城抗击吴国，这铁陵关，是越国固陵城的一个重要军事隘口。司机摸摸头，也笑了。我思忖着，这个铁陵关，紧挨着西陵驿馆，唐代的时候一定有遗迹在的，诗人们夜宿馆驿，免不了东看西观，抒发一下激情。不过，他们更向往的是越地，是剡溪，是谢灵运，是天姥山。

脚著谢公屐，身登青云梯。

不过，我去天姥山，只买了一双谢公屐权做纪念，白日里却是穿着耐克上天姥山的。

李白追谢公,众人追李白。天姥山是放白鹿的好地方。一首诗筑起一条唐诗路。感谢太白兄。

己亥初夏 陆春祥

云台广陵散

1

中原大地，南太行的云台山，十二亿年前，上苍用他一双巨手，奋力在岩石间掰开一道长长的裂隙，于是我们看到了红石峡。横卧在两山之间的拱桥，俯瞰峡谷，赭岩壁立，草木葱茏，曲折蜿蜒，层瀑如软帘，静水如蓝玉，一幅藏在地底下的绝美山水风景画。

有"波痕石"突兀而立，这是一块山的标本，波纹天成，褐色的粗条纹理，放大了看，就是万壑纵横，幽壑里似乎有无数深潜的蛟龙；缩小了看，就是一块佩玉，是云台山精心打磨的迎客玉佩。

和玉佩打过招呼后，我们沿着陡峭的石阶，往地底下去探画。

除了让人不断惊叹的山水，天画的一个亮点，我以为是脚下的这条栈道。栈道沿石壁蛇行，但道的下面，却是一条水渠。当地村民，在若干年前，就开山凿壁，修成了水渠，栈道就建在渠之上。明渠变暗渠，我不知道此渠现在的主要功能，却立即想起了林县的红旗渠，万岩丛中凿出一条渠，举世闻名，云台山的这条渠，想来也不简单。

栈道狭窄，观景要十分小心。突然，岩壁上一棵桑树让我低头，它伸出两根虬枝，在栈道上空搭出一小块阴凉，再往外伸展，和其他树枝交叉掩映，骄阳下，树叶虽卷曲着，却仍然醒目，一看简介，这桑树已经一千四百多岁！江南田野里的桑树我见多了，如此苍老却又生机勃发的桑树却是第一次见。看它的根，深深地嵌进岩石的缝隙里，呈黑暗色，像极了何首乌之类的中药材，似乎已经干枯，但我知道，它和整个桑枝是连在一起的。它深入岩缝，有滴水的滋润，才有了生命。桑树的绿意，是岩石向人类的亲切表达。农业社会，有桑，衣着就会无忧。我在老桑树前，磨蹭好久，带着深深的敬意向它告别，我希望，赶快来一场夏雨，好让它的叶子舒展开来。

峡谷两边的红色岩壁，和涧里的深潭绿水，形成了强烈的对比，丹崖碧水，是这幅天然巨画的主色调。数十亿年前，自然的神奇之手开始了造山运动，高山变大海，大海成高原，含有石英砂的岩石被不断向上抬升，这些露出来的岩石中间，有大量的铁矿物质，一遇空气，就被氧化，于是就有了这红色，红石的峡谷，横空出世。

栈道边的石壁，被人不断抚摸，栈道的石阶，被人不断踩踏，有许多都呈现出了褐色。我盯住一小块仔细欣赏，发现它竟如老玉一般光滑，不仅光滑，质地也如玉，这是一种独特的玉呀，于是惊叹，这云台山，整座山都是玉呀，全球一年有近六百万人跑来观赏这块大玉。这是中国继黄山、庐山之后的著名世界地质公园，独一无二，不可比拟。

峡谷里的瀑，如宽阔的白练，这种白色，是上苍将蓝玉粉碎调和而成的白，底子自然十分珍贵，相对于峡谷封闭的环境，这些瀑布，还是比较安静的，它们在自己的舞台上表演，并没有惊天动地的张扬。

峡谷里的树，长在断崖处峭壁上，有时竟然自觉排成行，那一定不是人们有意识栽种的，它们从远方而来，被飞鸟衔来种子，随风而长，它们是峡谷里的忠诚哨兵，风一来，就会吹响集结的号子。

峡谷里的各种小草和绿苔，是这幅天画里的自然装饰。小草假如长在瀑布下，虽被碎瀑压得一弯一弯的，仍十分配合，不懈地点着头，微笑欢迎着人们的到来。而绿苔，则义无反顾地当好调色板，它们铺成不规则的绿毯，让瀑布惊艳亮相。

在黑龙潭，我突然听到了激越的古琴声，呀，这不是《广陵散》

吗？驻足细听，果真是《广陵散》。

千年而叹，这是嵇康的绝命曲啊。

2

公元263年，面对司马昭的铡刀，嵇康显得很从容。

这位音乐天才，看着长长的日影，要求死前再弹一曲心爱的《广陵散》。弹完曲，看着为他请命的三千太学生和众多百姓，天才悲愤长叹、长笑，笑声里却有着无限的惋惜：袁孝尼曾经想跟我学这首曲子，我坚守契约，一直不肯教他。看来，我错了。今天，我就要死去，从此后，《广陵散》将不存于世！

嵇康坚守的是一份什么契约呢？为什么不传于人？

《晋书》明确记载了原因：嵇康尝游会稽，宿华阳亭，引琴而弹。忽客至，自称古人，与谈音律，辞致清辨，索琴而弹曰："此《广陵散》也。"声调绝伦，遂授于康，誓不传人，不言姓而去。

这就是说，嵇康是在去往绍兴旅游途中意外得此曲的。夜住华阳亭，技痒弹琴，引来知音，而这知音，是个不明身份的高人，无论音乐素养还是实战技艺，都非常高超，他为嵇康表演并传授了《广陵散》，并要求嵇康发誓，绝对不能传给别人。从有点玄乎的情节看，这个神秘传授者只是看中了嵇康的音乐天才，而不想让曲子更多地流散，高人认为，无论嵇康以何种方式死去，《广陵散》都不应该存于世。

对这个传奇，后人自然不断演绎，宋代李昉等编的《太平广记》卷三百十七引《神鬼志》，细节有相当扩展，也更传奇，但主旨仍然是要求嵇康不能将《广陵散》传于人。

我以为，传奇的故事，只是为了增加音乐天才的悲壮色彩而已。

嵇康，我是牢记这个名字的，因为他是竹林七贤的领袖，他比我家乡还年长一岁。三国魏黄初五年，即公元224年，嵇康出生，一年后，公元225年，三国吴黄武四年，我的家乡桐庐县设立。

嵇康虽出身平民，但因为有才，娶了曹操的曾孙女长乐亭主为妻，官做到了中散大夫，这也算是高官、王公贵族。但他，显然心不在朝，官对他来说，吸引力并不大，他内心，无限羡慕那些古代隐士。嵇康擅画，《巢由洗耳图》虽已失传，画名却留了下来，从画名就可以推知他的志向，要像巢父、许由一样，听到做官之类的事，都要去洗耳朵，不恋人间快乐事，做隐士。

即便不能完全做到隐，他也要努力去践行。他的音乐理论，讲究"和"。我理解，这个"和"，就是要和大自然同气相求，尊重自然，和谐相处。

也正因为处处讲和，嵇康在劝和别人的过程中，卷入了吕氏兄弟的纷争，从而为无良者构陷，终于惹上了杀身之祸。

不过，我相信，司马昭杀嵇康，劝架只是个由头罢了，对这样一个有才而又不肯合作的人，不如趁机杀掉算了。

3

到了云台山东南部的百家岩，《广陵散》的余音仍然在我耳边回响着。

抬头望岩，百丈高的岩石，像一座雄伟的城墙，壁立连绵，那城墙里可能藏着一个显赫的王朝，或者，那岩石，就是云台山的屏障，屏障下，修竹茂林，流泉飞瀑，是隐居的仙境。

沿着一千多年前的古道，没走多少步，"嵇山碑"迎面而来。这就是嵇康的山啊，这座山，是为嵇康而生，不，嵇康和这座山连绵一体。

一千八百多年前，这里，修武县的云台山，云台山的百家岩，离京都洛阳极近。魏末晋初的政治生态严酷而血腥，而当时的玄学又极盛，使得大批不能吐真言的文人志士，转而崇尚老庄，纵情山水，喝酒赋诗，追求清静无为，百家岩，理想的场地首选。

嵇康推着打铁担子的独轮车到百家岩来了。车的左边放书呀锤呀，车的右边放酒呀礅呀，独轮车一路吱呀吱呀，车轮发出欢唱，嵇康心情舒畅。这位美男子，身高近一米九，潇洒倜傥，这是表面，真正的内里是有才，全方位的文艺人才，文章写得好，诗歌做得好，画绘得好，曲谱得好，琴也弹得好。人高力气大，嵇康抡起打铁锤，当当当，一连可以打上两个时辰，当他夹着大铁钳，将那火红的铁剑淬入水池时，听着铁剑和泉水相激荡起的嗞嗞水汽声，他有一种无限的享受，这才是他想要的理想生活，早上种田，下午打铁，晚上读经书，至于喝酒，赋诗，兴致来了，率性而为。

唯有弹奏《广陵散》，嵇康必须举行隆重的仪式，这是尊重，也是膜拜。

他常常沉浸在《广陵散》的场景中，这个故事让他感动，每一次弹奏，都是一次精神洗礼，自我灵魂的净化。

司马迁的《史记·刺客列传》中，有这首曲子的故事原型。

战国时期，聂政的父亲，替韩王铸剑，因延误日期而惨遭杀害。此后，聂政立志为父报仇，但行动没有成功。他改变策略，入山学琴十年，练成绝技，名扬韩国，观者成堵，牛马止步。不知内情的韩王，召唤聂政进宫演奏，聂政终于实现刺杀韩王的报仇夙愿，为了不连累亲友，自己将脸皮剥下，毁容而死。

嵇康死了，但《广陵散》并没有绝，他的感叹，只是一种愤怒和无奈罢了。

据明代朱权编印的《神奇秘谱》，今存的《广陵散》曲谱，分开指、小序、大序、正声、乱声、后声六个部分四十五段，每个部分，根据内容情节演绎，长短不一，如"后声"有八段：会止息意、意绝、悲志、叹息、长吁、伤感、恨愤、亡计。

复杂的构成，一般人极难达到完美的境界。

每当嵇康的《广陵散》响起，整个百家岩，都会安静下来，满山都流淌着古琴声，飞鸟似乎也有感悟，竹林、草木皆为之动容。这个时候，那喝醉酒的刘伶，也安静了，他躺在大块方石上，在嵇康的琴声中睡得特别香甜。

北宋嘉祐四年（公元1059年），河北提刑官曹泾，在百家岩刘伶醒酒处的岩石上，刻下了两行字：嵇康淬剑池，刘伶醒酒台。

此刻，我站在醒酒台边，看着这块大岩石，眼前浮现的，就是一千八百多年前的一个普通场景。

我还仿佛看见，竹林七贤中的另五个——阮籍，阮咸，山涛，向秀，王戎，他们也以各种理由和方式到达百家岩，饮酒，赋诗，傲啸，纵歌，研习，清谈，肆意酣畅。

4

众多遗迹和各种记载都指证，竹林七贤，在云台山的百家岩，断断续续生活了二十多年。一个地方，能让他们流连这么久，山水重要，伙伴也重要，内心的坚定更重要。七贤心里，应该有一个榜样，这位榜样，我猜，很可能就是大名鼎鼎的荣启期。

我在《列子》中看到了这位著名的荣隐士。

范县郊外，孔子在游学途中碰到了荣启期：

身穿鹿皮大衣，腰间懒散地用一根绳子系着，闭着眼摇着头，边唱边弹，当游泰山的孔子看见荣启期如此投入时，大吃一惊，世间还有这么快乐的人啊。

孔子一定要把这个问题弄清楚。他就问：隐士啊，您到底是为什么如此高兴呢？荣启期站起来，整整衣服，很潇洒地将长头发往后拢去，然后一二三地讲给孔子听。

我呢，快乐的理由有很多啊。首先，天地间物类成千上万，其中人是最可贵的，而我有幸能成为一个人，你说我有多快乐啊，我比其他物类真的要快乐很多。其他物类有没有快乐也难说，反正我是有快乐的。而人呢，又分男人女人，男女嘛是有区别的，我们这个社会，以男为贵，而我又有幸成为男人，男人优势太多了，这个您也知道，不用我细说，不管怎么讲，男人在管理着这个社会，一切女人都听命于男人，这是我快乐的第二个原因。人的寿命有长短，有的人一生下来就没有，有的人几十岁才没有，而我已经活到九十岁了，我见过太多的人情世故，经过了太多的大风大浪，像我这个年纪的人真是不多，因此，我非常快乐，我的许多日子都是赚来的，我已经活够了。这就是我快乐的第三个原因。听说您很有名，我这三个快乐的理由能说服您吗？

人、男人、高寿，就这么简单，荣启期快乐的原因，让孔子很感慨：您能这样想，真是让我大开眼界，和您相比，我还远远没有达到您这样的境界。您如此宽慰自己，真是个快乐的人。

这大约就是理想中的"隐"了，可是，一般人做不到，一般的

365

隐士也做不到，连孔子也做不到。如此说来，真正的"隐"，是有难度的，他必须达到一种智慧的思想高度，如怀抱珍宝入山，彻底放弃一些东西。

我说竹林七贤以荣启期为榜样，这并不是我的杜撰。

我去南京博物园，在历史馆六朝展区，看到一幅六朝陵墓中的砖画（中国目前发现最早），画名就叫《竹林七贤和荣启期》，印象深刻。

虽然是后人的艺术创作，但把春秋和魏晋两个相差七八百年时代的人物组合在一起，一定是七贤和荣隐士有相同的地方。

砖画分两个大场景，嵇康、阮籍、山涛、王戎、向秀、刘伶、阮咸、荣启期各自排列，以最能体现个性的姿势，席地而坐。人物之间，用青松、银杏、槐树、垂柳、阔叶竹相隔。

在我看来，云台山的巨岩、瀑布、茂林、翠竹，百家岩的淬剑池、醒酒台、月亮泉，还有无数不知名的野草野花，就是砖画的静态实景，嵇康弹奏的拿手绝活《广陵散》，将整个魏晋的人文和地理时空都打通激活，如此，竹林七贤隐士们的自由清高就栩栩如生了。

5

云台山深处，《广陵散》为魂，天才嵇康，用生命完成了他对《广陵散》的臻美演绎，中国音乐史上，真正的绝响。

云台广陵散，沧桑与孤独，山的亘古旋律和嵇康的悲壮琴声永远天合。

雲臺广陵散，泡繁與孤獨，山的亙古旋律，扣穗康的悲忙壯琴聲，永遠天合。

嵇武歸平　陸春祥

色的浆水就会沉淀凝结，倒去上面的浮水，再将葛粉块撬出，摊在篾垫上，经阳光的热烈暴晒，就成了白色的葛粉了。

你一捶，我一捶，两位村民哼哟哼哟的场景，仿佛回到两千多年前。日出而作，日落而息，自给自足，葛不仅可以食用，更可以制衣制鞋。

村头的空地上，有一老太太，正专心地纺线。

这架圆盘形纺机，直径一米不到，据说已有一百多年的历史。我前几天刚看过《甘地传》的电影，那圣雄，拒绝英国布，自己纺线织布，他走到哪里，都带着那架小纺车，那纺车，几乎和我眼前老太这架一模一样。纺线老太，一手摇着圆盘，一手捏着棉花，轻轻的棉花渐渐都变成了细细的白线，盘上的线圈，一圈圈在增多，老太太的手很灵活，神情专注，边上有人啧啧称赞，八十七岁了，手脚还这么灵便，真是了不起！

我傻想，老太手上的棉，要是换成葛线，多好呀，假如时光隧道再往回倒七十年，那么，这老太，就是那采葛少女了，葛花，葛布，葛衣，整一个诗意的回流。

中午，在村民家中吃农家乐。有好几道菜都和葛有关，葛粉蒸肉，葛源豆腐，皆为上饶名菜。农家土猪肉，切成片，半精半肥，用葛粉蒸，细滑嫩鲜，不油不腻，忍不住一连夹了三次；豆腐，农家磨制，卤水点的，用茶油略微滚煎一下，再加上葛粉作汤。桌子一圈没转下来，装豆腐的盘子已见底。

用完餐，横峰文联主席陈瑰芳，又给我们每人上来一杯葛粉糊羹。简单得很，先用温水将葛粉调匀，再用沸水冲泡，还可以加上适量的糖，这葛粉羹的味道，透明黏稠，柔柔的，黏黏的，味甘而辛，一小勺一小勺舀着吃，不会输于任何一种高品质的甜品。

3

横峰作协主席刘向东,带我去见葛源镇的葛农陈接义。

葛溪畔,葛源村,中年汉子陈接义,指着他那三百亩的连片葛园,脸上洋溢着自信的笑。陈汉子当过四年兵,转业后去了企业工作,改制后,他就将目光瞄准了脚下的这一片大地。如今,他成了横峰远近闻名的种植大户。看,那小山包起伏连绵的地方,都是油茶树,用的是荒地,足有六百多亩;喏,那片两百多亩的田里,都是覆盆子,做中药材的。从2006年开始,他大面积种葛,如今个人种葛已达三百亩。在他的带动下,葛源村村民种葛积极性大涨,目前已经超过了一千亩。向东插话说,整个葛源镇种葛超一万亩以上。

陈接义是个很有头脑的人,大面积种植后,他们就成立了合作社,将葛种植、加工销售一体化,使葛效益最大化,他被大家推举为理事长,自感责任重大,每天都在忙葛的事。现在,陈接义领导的合作社,自己加工葛,葛粉、葛茶饮片、葛花茶,都是"葛峰"牌,葛产品已经系列化。

我问老陈去年的生产和销售情况。

他笑笑,葛产量还是不错的,价格也很好。去年产鲜葛根十七万斤,出产葛粉约三万斤,葛片八千斤,葛花茶两千斤。我问,价格呢?葛粉卖四十元左右一斤,葛片卖十五元,葛花六十元。再问怎么销售,批发,乡村旅游带动,游客上门买,您看看,我们这里已经成旅游区了,每年到葛源来玩的人很多,来了大多会买葛产品,别的地方买不到啊。另外就是,我们还通过网店销售,山东、江苏、浙江,全国各地,台湾、香港都有。

问他今年和以后的打算,他胸有成竹:

我今年将新增葛根种植面积三百亩,我们也与葛佬、百年葛等加工企业签订葛根收购合同。还有,我们也委托外地食品加工企业生产葛凉茶,今年预计可以生产一百万瓶,每瓶卖3.3元。

4

《葛覃》中有两句重复吟咏的诗:

葛之覃兮,施于中谷。

葛藤长得长又长,满山遍野都有它。

我以为,这写的就是横峰。

我又去拜见了横峰的葛老大——"葛佬",但葛佬并不是一个人,它是一个著名的葛产品品牌。我将"佬"字拆开,偏旁反过来读,老人。假如从被先民发现开始算,葛已经好几千岁了,葛佬,名副其实的老前辈。

然而,此位葛佬却正朝气蓬勃。

偌大的葛佬公司园区,视野空旷,徽派建筑外墙的白色,在我眼里,似乎就是那葛粉的洁白,园区内的大片地里,都种着葛,这个季节,虽然葛叶还没有苏醒,但展馆内的许多鲜活的葛系列图片,让人赏心悦目。葛藤葛叶,青青的,密密的,藤连着藤,叶挨着叶,交错生长,那些往上长的嫩枝条,无规则卷曲,枝条上绿茸茸的细毛则显出幼稚的天真,它们就这样织成了一张张严密的绿网。葛花,未开花的穗头粗壮,每一枝花上的穗都紧密相连,以饱满的姿态向天空伸展，开了花的穗头，则呈暗紫色，沉稳而内敛，并不像梨花桃花那样张扬。

春来临，满庭芳，我感叹，这样的连片葛花、葛叶，会不会让两千多年前的那位采葛姑娘为难呀，如何采摘得完呢？她采摘家附近野谷里的葛花、葛叶，只是为了满足她们家的生活需要而已。但不用担心，葛姑娘望葛兴叹的场景不会出现，因为这里是中国"葛都""中国葛之乡"，葛的中心，葛的研究、生产、销售，已经系列产业化。横峰葛种植已达四万亩，县里有专门的葛博馆、药用植物园、省级葛工程研究中心，葛的开发，已经被中国生物技术发展中心列为国家重点研发项目。

在葛佬公司，我们喝葛茶。淡黄色，微甘，充满了山野的味道，喝完一杯，我又往自带的杯子里倒满了葛茶，我是想一路小口喝，再慢慢细品。

葛天生就是个劳动模范，耐寒耐旱，吃得少，又勤劳，不与民争粮，不与粮争地，也就是说，它们即使在荒山野地也可以很好地生长，给它一个空间，它就可以将绿缀满大地。而且，葛还如那些果树，一次种，多年生，这是什么样的精神和胸怀呢？不求回报，只讲贡献。只是，我们对它的认识还远远不够。在中国的植物里，我一时还想不出有什么可以和低调谦逊的葛相媲美。

"一株葛，一斤油；一亩葛，一头牛；十亩葛，一栋楼"，这些顺口溜，已经成了横峰人致富的共识，葛和当地另一大主导产业油茶一样，都是他们不竭的绿色银行，脱贫致富的金钥匙。

葛佬公司，宽大洁净的生产线上，绿罐"葛佬"，整齐而有节奏地向我们快速移动过来，它们如马拉松运动员一样稳健地跑着，它们是山的精华，大山之子，它们的终点在横峰以外的远方，很远的远方。

5

在横峰的几天时间里,喝"葛佬",吃葛菜,看葛,说葛,折磨我一个多月的咳嗽顽疾,竟然完全好了。

李时珍《本草纲目》这样说"葛":

> 葛根,甘,辛,无毒。消渴,身大热,呕吐,诸痹,起阴气,解诸毒。

嗯,神奇之草,它善待我们每一个人。

横峰归来，柳依々送了我一包野葛粉。舀々嘴角起泡，口腔溃疡时，就会泡上一碗葛粉糊々，再加一小勺蜂蜜，甘而辛！生命的气息。

戊戌春日春祥

惊 蛰

1

2016年11月底,北京饭店,我们参加第九次全国作代会。

海飞总是拎着一只布袋子进出,我仔细看了看那袋子上面的字,"惊蛰",一问,原来是他的新电视剧要开拍了。

海飞给我讲了《惊蛰》的大概。

故事发生在1940年的上海和重庆两地。多面间谍陈山,经历了与亲人相煎,和同胞对决,与日谍殊死搏杀,终于以一己之力,孤军奋起,力挽狂澜,一步步成长为坚强勇敢的爱国战士,用热血和青春,在烽烟中砥砺前行。

那为什么取名"惊蛰"呢?

海飞笑道:以惊蛰开始,以惊蛰结束,惊蛰过去了,惊蛰还会再来。在延安,在惊蛰这个节气,陈山与余小晚重逢,百感交集。惊蛰,大自然新生的节气,最终还是希望。

我若有所思,噢,惊蛰,万物生。

2

严格意义上说,"立春"只是春来了的一个表象名词,春天真正开始,要在"雨水"过后的惊蛰,轰隆轰隆声中,天要裂开的样子,春雷来了,中国大部分地区春耕正式开始。

《夏小正》曰：万物出乎震，震为雷，故曰惊蛰。是蛰虫惊而出走矣。

动物入冬天，伏藏土中，不吃不喝，那就是"蛰"。

什么东西才能启蛰呢？雷。

雷是什么东西，能惊醒万物？

《山海经·海内东经》中，有一只怪物叫"雷神"：雷泽中有雷神，龙身而人头，鼓其腹。在吴西。

龙一样的身体，人一样的脑袋，只要敲击自己的肚皮，便会发出雷声。这是人们对"雷"的初次描写。

从环境看，这只雷，生活在吴地西边的雷泽中，那么，雷应该是水神。雷的确就是水神，不是水神的话，怎么会带来大雨呢？只是，大雨前，它会弄出不小的动静来，这是在告诫人们，是我给你们带来丰沛的雨水，你们要感谢我，你们要敬我，不要惹我。

但，雷在黄帝面前，却是只小动物。黄帝将它捉来后，用夔的皮蒙鼓，用雷的骨头做槌子。鼓做成了，黄帝一擂，发出的声音可传到五百里外，天下都被震慑。

黄帝和雷是有缘分的。他娶的正妻就叫雷祖。

人类进入文明社会后，对"雷"仍然充满想象。

唐朝李肇的《唐国史补》卷下，有如此记载："或曰：雷州春夏多雷，无日无之。雷公秋冬则伏地中，人取而食之，其状类彘。又云，与黄鱼同食者，人皆震死。"

这个想象相当有趣。雷州，春夏季节，每天都要打雷的，所以叫雷州啊。这雷呢，秋冬没有，去哪里了？哈哈，躲在地里面呢。人们还从地里面，挖到了雷，形状有点像猪，味道相当不错。但是，特别告诫人们，鱼肉和猪肉不能同食，要遭雷劈。至于为什么不能

377

同食，没有人说得清。

雷像猪，不仅仅是李肇一个人这样写。宋朝李昉等的《太平广记》就引用两位唐朝作家写的雷：状类熊猪，毛角，肉翼青色（《传奇》）；身二丈余，黑色，面如猪首，角五六尺，肉翅丈余，豹尾。又有半服绛裈，豹皮缠腰，手足两爪皆金色。执赤蛇，足踏之，瞠目欲食。其声如雷。（《录异记》）

不过，在《录异记》里出现的雷，样子还是挺帅气的：有角，有翅膀，有强有力的尾巴，穿着深红色的裤子，腰里系着豹皮，手脚都是金色，只不过雷手上挥舞着的红色蛇有点吓人。

这样的雷，除了声音响亮，战斗力也是很强的。

《太平广记》引《广异记》中就记载了一场雷和鲸的战斗。

唐朝开元末年（约公元741年），雷州外的水面上空，有一只雷，在天空中翻上翻下，它对着巨大的鲸鱼，或向海面发射火力，或用力发声震击，战斗一直持续了七天，海边上观看的人群，每天都人山人海，也不知道谁获得了最后的胜利，只见远处海水红红的一片。

从战斗场面分析，雷和鲸鱼，是一场势均力敌的恶斗，谁也战胜不了谁：雷的优势在天上，虽然它也是水神，但面对海上霸王鲸鱼，它无能为力，有劲使不上，而鲸鱼却自在得很，你射火，我潜入，你声震，我潜入，你奈何不得我，气死你！

我这么不厌其烦地说雷，是因为，对惊蛰这个节气来说，雷是关键引爆点，雷就是寒冬过后起床的军号，没有雷，万物似乎都还懒睡着，暖洋洋，懒洋洋，如果不打卡，谁愿意早起上班呀！

3

万物苏醒，大地一片繁忙。

诗人们也忙碌起来了。

二月的一天，雨后，唐朝诗人韦应物，走在家乡的田园间，看到许多农人在忙，牛在忙，春草萌长，细花吐蕊，心有所触，写下了《观田家》，开头四句是：

> 微雨众卉新，一雷惊蛰始。
> 田家几日闲，耕种从此起。

这种景象，在我的少年记忆里，也仿佛如昨日一般。

我知道，惊蛰以后，布谷鸟就要开始表演了。

前段时间，我在临安神龙川夜宿，清早进山，听到布谷鸟绕山飞鸣，"清明酒醉"，我小时候一直这样理解。但读到清代作家陆以湉的笔记《冷庐杂识》，却大开眼界，他这样说布谷鸟的表达：江南一带多听成"家家看火"，又像"割麦插禾"，江北则曰"淮上好过"，山左人名之曰"短募把锄"，常山道中又称之曰"沙糖麦裹"。陆作家研究了一翻，再引《本草·释名》，那里面叫"阿公阿婆""脱却布袴"，又引陈造《布谷吟》序，谓"人以布谷催耕，其声曰'脱了泼袴'，淮农传其言云'郭嫂打婆'，浙人解云'一百八个'者，以意测之"云云。然后，陆作家就说了他家乡桐乡这样听布谷鸟：吾乡蚕事方兴，闻此鸟之声，以为"扎山看火"，迨蚕事毕，则以为"家家好过"。

相较许多能干的农村孩子，我其实并不擅长干田间活，能干的也就是砍柴割草之类的粗活。

但惊蛰留给我的,是浸入骨髓的蛇咬记忆。

一日放学后,我去砍柴。一般来说,每天放学后,回家砍一捆五六十斤重的柴,是我少年时的强项。

我们白水小村,有两个山坞,大坞和小坞。这一天,我去小坞里的刀鞘湾砍柴。在半山腰,发现了一丛青柴,面积好几平方米,很密集茂盛的那种,这一丛砍下来,我想,一捆肯定有了,心里暗暗高兴,今天不用爬来爬去东找西找了。

砍着砍着,突然,我的左手中指被什么东西刺了一下,细一看,是一条小竹叶青蛇,啊呀,我一定被它咬了,它很喜欢盘卧在这种青柴丛中的,是我粗心大意了。这蛇我知道,毒得很,我叔叔是赤脚医生,农村的孩子,一天到晚在山里混,也知道一点急救知识。

我必须自救,否则,毒浸血液就危险了。

急中生智,我往受伤的手指撒了泡尿,不管有用没有,尿液也有消毒功能吧。

然后,迅速跑下山来,在溪里洗手。溪水流动而清澈,我小心地用柴刀刮手指皮,刀刃并不锋利,轻轻地刮,皮有点破了,忍痛,还要刮,我以为,这样也等同于手术,能将蛇毒去掉。一个少年,其实没有坚强的意志,不痛是假,但似乎忘记了痛。那时,我刚看过残破本的《三国演义》,只是,我没有关羽条件好,华佗用刀为他刮骨去毒,他很英武,谈笑风生,照样喝酒吃肉,还有人和他下棋,而我只能忍痛对着左手中指刮蛇毒。

中指皮肤都刮白了,露出了骨头。

还是有点慌张,跑回家,外公找来细棕丝,将我左臂扎住,这样,蛇毒不会往心脏方向走。

外公告诫，不能跑呀，你一跑，就会加剧血液的循环。我一听，后怕得很，我是一路跑呀。

真是胆大，竟然没有想到去卫生院。百江卫生院在我们家河对面，两里地远，我不知道，那时的公社卫生院有没有治蛇毒的血清，我猜十之八九没有，但就是没想到去医院。我爸在几十里外的东溪公社工作，我叔叔在分水里邵做赤脚医生，一时都无法联系上。

到了晚上，我的左手臂，开始肿起来，肿得好粗，但最终没去看医生。也许，那只是一条小竹叶青，也许，是我先期应急处理得好，要不，就是我命大。

现在，我左手中指根部，还有一道白色的一厘米左右的疤痕，我常常伸手给人看，我是被竹叶青咬过的人。

4

惊蛰起，万物生，老鼠们此时正忙着嫁女呢。

南宋迁都杭州后，杭州、金华等地，就成为中国木版年画的中心了。

我去浙江金华木版年画博物馆，特地关注了数十幅和动物有关的年画，其中，"老鼠嫁女"，就有好几个版本。

看其中的一幅：一只戴着官帽的老鼠，骑着老虎，在前面引路，四只老鼠，是仪仗队伍，各举旗帜，有状元旗，有及第旗，大花轿则由另外四只老鼠合力抬着，轿中的新娘鼠，头戴艳花，身披红袄，边上呢，还有更多的老鼠，它们在卖力地吹打，有的抬着礼物的箱子，还有恭贺的猫、鱼。活泼泼的老鼠们，抬着花轿，一路兴高采烈，向它们的家奔去。

人与动物，其实生活在同一现场，完全可以和谐相处，老鼠只是象征物，借喻体，它借代一切生命。

子丑寅卯，鼠为大。

5

我去了趟广州榄核镇湴湄村，那里是著名音乐家冼星海的故乡。

回杭州后，我采访了冼星海的独女冼妮娜女士。

1939年8月出生的冼妮娜，从浙江图书馆退休，普通话纯正，依然健谈。虽然她八个月大时，父亲就去了苏联，她也不从事音乐行业，但她几乎就在父亲的音乐和影子里长大，她这一辈子，除了正常工作，业余时间都花在了父亲的音乐上。我们聊《黄河大合唱》，聊《生产大运动》，也自然聊到了著名的《二月里来》。

冼妮娜说，那时的延安，生产供给极度困难，中央组织全民生产大自救。当词作家塞克递上《生产大自救》的歌词时，冼星海激动不已，和《黄河大合唱》谱曲一样，他差不多也只用了一周的时间，就谱好了曲。《二月里来》就是其中的经典，它以极快的速度传播了出去，此后，常以单曲形式表现。

> 二月里来好春光，
> 家家户户种田忙。
> 指望着收成好，
> 多捐些五谷充军粮。
> 二月里来好春光，

家家户户种田忙。

种瓜的得瓜，种豆的收豆，

谁种下的仇恨他自己遭殃！

二月的确好春光，家家户户种田忙。旋律柔和流畅，节奏张弛有度，犁动田园，无限风光。

冼妮娜说，他父亲除了在鲁艺担任音乐系主任及承担教学任务，还积极参加大生产运动。如其他曲子一样，《二月里来》也是扎根火热现实谱出的精品。

然后，找出《二月里来》，我们一起欣赏。

那甜美的女声，将我们带入了二月的现场。

惊蛰来，万物生。

虫惊起，更多的却是植物的苏醒，禾苗以轻盈的姿势扎根田间，当春风掠过，春雨飘过，农人们勤劳的双手抚过，它们蓄势待发，不久就会以饱满而谦虚的身姿回报大地和农人。

6

清代褚人获的笔记《坚瓠集》，辛集卷之一有《晨昏钟鼓》，我认为讲的也是节气，自然和惊蛰有关。

天下晨昏钟声之数，基本上都是敲一百零八声。这是暗喻一年的意思。一年有十二月，有二十四节气，又有七十二物候，这些数相加就是一百零八。

但声之缓急节奏，各处还是不同。苏州一带这样敲：紧十八，慢十八，中间十八徐徐发。两度凑成一百八。杭州一带这样敲：前发三十六,后发三十六,中发三十六声急,通共一百八声息。绍兴:紧十八,缓十八,六遍凑成一百八。台州:前击七,后击八,中间十八徐徐发,更兼临后击三声,三通凑成一百八。

七十二候的起源很早,五天为一候,三候为一节气。每一候,均以一种物候现象相对应,所以叫"候应",如"桃始华",桃树要开花,讲的就是惊蛰。惊蛰来了,不仅桃树要开,杏花也急急忙忙要吐蕊,蔷薇光秃的枝干也开始绽绿。

要平安,就要遵从物候,动物该交配的时候,你猎杀,久而久之,那些动物就会绝尘而去,世上再无。桃树开花的时候,你打花甚至砍树,那就别想摘桃子。

不时敲一敲钟声,是不是也是提醒呢?提醒人们注意和周边自然世界的关系,它好,你才能好。

如果,隔个五天,就有悦耳的钟声敲起,不管紧十八,慢十八,那应该都是一种提醒,权当其是小惊蛰,温和的惊蛰,天天惊蛰。

7

中国的节气,不仅中国人在体验,那些踏上中国土地的外国人也在观察。

一个叫迈克尔·麦尔的美国人,娶了个东北夫人,就生活在东北,浑身散发出东北味,他的《东北游记》一书里,"惊蛰"一节中有这样的文字:

三月初,我们迎来一个颇有预言味的节气:惊蛰。这说明冬眠的动物就要醒来，严寒就要结束了。积雪还没有融化，荒地的空中唯一"惊"起的，是猛龙战斗机。空军飞行员在训练，驾着飞机轰隆隆飞过村子上空。

惊蛰，真的很好理解，外国人一下子也弄明白了，而且，他还概括得很准确：预言味，就是说，惊蛰的雷声，就是叫醒动植物的号令。只是，此时的东北大地，还白茫茫一片，万物似乎还在沉睡，而歼-10战斗机，它们却惊起了，它们飞向了蓝天。

哈，中国东北，惊蛰，有猛龙飞升，麦尔真逗。

蛇咬的记忆深入骨髓。我常伸手指给人看,我是被竹叶青咬过的人。

丁酉惊蛰 陆春祥

玉茗花开

> 玉茗花开，汤显祖来。临川四梦，史册永载。
>
> 玉茗花，俗称白山茶，为茶中之珍品。宋黄庭坚《白山茶赋》言，此木产于临川麻源第三谷，别有神韵，树四季常青，花高洁皓白，黄心绿蕊，有异香。
>
> ——题记

1

杜丽娘拖着婉转而期盼的腔调，从夜空中袅袅曳裙而来。她和柳梦梅，每晚都会乘着七彩光，在拟岘台上相聚相亲。

此刻，2017年6月9日的夜晚八时，农历五月十五，明月当空，我正坐在拟岘台下的广场上，看一场华丽的灯光秀。抚州的人文历史文化精华，都被这神奇的光折射到天幕上，而汤显祖和他的《牡丹亭》，无疑是这场秀的主角。

拟岘台，在抚州的临川，它和鹳雀台、幽州台一样有名，"占断江西景，临川拟岘台"，此台筑就后，便成了诗和文的台。

北宋嘉祐二年（公元1057年），裴材来到了抚州城。作为一州的父母官，他自然要走遍这里的山山水水。他发现，城东有一角，紧靠大山丘，抚河在山脚流淌，站在城角处，可以俯瞰整个抚州城，也可以望见城外连绵的山峦，但因雨水冲刷，没人管理，灌木和杂草已经掩没了城角。

裴知州略一思索，便有了整治的具体方案：索性以此为基，造一座高台，百姓可以登台望景，寄托情思！说干就干，增筑碎土石方，抬高地势，围上栏杆，加建亭台楼阁，他还替这个地方取了个名字，拟岘台。

为什么叫拟岘台？

岘，即岘山，这里的地形极似岘山。岘山很有名，湖北襄阳城南的那座岘山，裴知州心里有情结，西晋的羊祜，他心中的官员偶像，就是因为治理襄阳而留下了德政美名。羊祜去世后，百姓感其德行，在岘山立碑纪念，睹碑思人，一想起羊祜的好处，常常泪如雨下，因名"堕泪碑"。

那么，拟岘台，裴知州的用意就很明显了，为官就要以羊祜为榜样，以德政为先，为百姓生活的富足，创造一切条件。

裴材也算策划高手了。他首先请临川名人曾巩登台观景，曾大作家青春年少，春风得意，登临此台，家乡美景眼底尽收，文兴大发，立即写下了《拟岘台记》。

果然，一大批名人都为拟岘台留下了诗作，足见裴知州此举实在是有远见卓识。同是临川名人的王安石，写有《为裴使君赋拟岘台》。陆游任职临川，也常来登台，留下《登拟岘台》《雨后独登拟岘台》《冒雨登拟岘台观江涨》等八首诗。

自此，拟岘台就成了临川的中心，临川的象征。

2

拟岘台伫立在临川的天空下，历经千年，屡废屡兴，七次重修，其中第三次重修，是明嘉靖二十五年（公元1546年）。四年后，明嘉靖二十九年的八月十四（公元1550年9月24日），临川文昌桥东太平街的汤家山，书香世家的汤家，有个小生命诞生了。

他就是影响中国和世界的戏剧宗师汤显祖。

从小浸润在书香里的小汤，灵性十足，汲取知识的能力极强，五岁进私塾，十二岁能作诗，十四岁便补了县里的诸生，二十一岁以第八名成绩中举。但他显然不是天才，临川才子天下闻名，北宋著名的晏殊，十四岁就以神童入试，赐同进士出身。

那个著名的拟岘台，站在文昌桥上就可以看见，小汤的老师徐良傅也在拟岘台下居住，自然，它肯定是少年汤常常登临的地方，每一次登台，都会在他心里泛起不小的涟漪。

这汤家山，被小汤称为旧宅，他们家一住就是三十多年。每年春季，望着山上大片大片的玉茗花，小汤心情甚是愉悦，这些白色的山茶花，花瓣洁白无瑕，黄心绿蕊，这不就是品行高洁的人吗？玉茗花已在他心里扎下深深的根，此生，他要以玉茗花为榜样，不，他要做玉茗花。

万历五年（公元1577年），二十七岁的青年汤，信心满满赴京城会试。这一次，以他的文名和才学，考取，应该有相当把握。显然，考试主官们也注意到了他的才学。首辅大学士张居正，此时正处一人之下万人之上的位置上，他的儿子，取功名如探囊中物，但又不想留下坏名声，于是，找几个成绩好的士子陪考，嗬，你得第一我得第二，我们是自己努力考上的，你看看，这几个都是全国著名的才子呢！于是，青年汤就成了其中之一的理想人选。

面对如此良机，青年汤却想到了玉茗花，这是什么行为？这种行为怎么配得上玉茗花的高洁呢？"吾不敢从处女子失身也"，他毫不犹豫地拒绝张居正的延揽。考试结果，充分证明了张居正的权力之大，同时被选中的沈懋学，高中首科，而青年汤则毫无悬念名落孙山。

同样的情况，万历八年（公元1580年），又发生了一次。张居正有六个儿子呢。如果几个儿子同时考中，即便皇帝不过问，他自己也觉得不好意思啊。又游说汤，汤又拒绝，结果依旧。

张居正倒台，张四维、申时行当政，拉汤许诺以翰林做幕僚，也被汤拒绝。他不喜欢这种方式，更不认可这种行为，他要凭自己的实力。

三十四岁，青年汤变成了中年汤，这一年，他终于以极低的名次，三甲二百一十一名的名次考中了进士。

只要在临川的日子，汤显祖便会时不时去登拟岘台。登台不仅是观景，他早已立志，做官也要如羊祜，造福于民。

然而，汤显祖似乎天生不适应官场。

有了进士资格，那就好好做官吧，不，他不安分，东提意见，西提建议，当官不久，就被贬了，贬得远远的，到南粤广东徐闻，一个听都没听到过的小县，做典史，县领导中，排名第四，根本就没有什么话语权。

幸好，他到了浙江遂昌，这个小县虽然偏远，却是他人生走向顶峰的地方。遂昌知县，在遂昌，山高皇帝远，我可以说了算吧。

他把诺言带到了遂昌。嗯，在遂昌，确实是汤知县说了算，在这里，他实现了一些人生理想，爱民勤政，兴办教育，劝农田耕，灭虎除害。

官运不怎么好的中年汤，却一直爱好戏曲。从考取贡生的那天起，他就想好好地发挥一下，无奈，读书人以显祖为最大成功目标，在那个环境里，瓦肆勾栏，吹拉弹唱，都是下贱事，能有什么出息呢？于是，戏曲的种子只好深藏起来，阅读大量传奇，积累大量素材，再写点诗文，免得让人闲话。

到了遂昌，这里没人敢说他不务正业，这个爱好可以发扬光大了。《紫钗记》，改定发表；《牡丹亭》，构思酝酿。

3

十五年的从政生涯，汤显祖自觉严重不适应。明万年二十六年（公元1598年）七月，带着满腔的忧愤，带着深深的遗憾，他向吏部告了长假，回到家乡临川。

即便如此，玉茗花，那朵高洁的玉茗花，早已在他心中绽放。他索性将新居命名为"玉茗堂"，这是他晚年安居的心灵栖息地，也是剧作梦盛开的地方。所以，《临川四梦》，又称《玉茗堂四梦》。

我走进汤显祖纪念馆，细细体验"梦圆临川"。在这里，汤显祖的四个梦，都有生动的场景再现。

汤显祖这样评价自己的作品："一生四梦，得意处唯在牡丹。"《牡丹亭》完成于他回乡这一年，但我断定，这个剧本，在他任遂昌知县时，早已构思成熟，玉茗堂只是喷薄之地。

2014年8月，我去遂昌。在石练镇的石坑村，文化中心的长廊里，十几个昆曲爱好者，正练习昆曲细十番。长笛，三弦，二胡，月琴，云锣，檀板，乐器花样繁多。五六十岁的男男女女，操琴吹笛，手指节骨粗壮，显然没有专业演员熟练，但音乐却十分细腻，似乎是杜丽娘在泣诉她的爱情，"良辰美景奈何天，赏心乐事谁家院"。我们听得很认真，问得很仔细，生怕说出外行的话来。是的，在遂昌的好多地方，许多百姓都有良好的昆曲素养，他们往往都会唱几句。这是汤显祖教他们先辈的，这是文化精神遗产。

而在《牡丹亭》中，遂昌或临川的元素随处可见，他的政治理想，他做县令的怡然心情也淋漓尽致。比如第八出的《劝农》：

山也清，水也清，人在山阴道上行，春云处处生。官也清，吏也清，村民无事到公庭，农歌三两声。

山清水秀，白云悠悠，大道上，树荫下，行人旅人三三两两，来来往往。农忙时节，太守老杜下乡，他还带着女儿小杜一起来呢，他不是来旅游的，他也不是去农民家里吃鸡吃鸭的，他是去做群众工作的，农田不能荒芜，大好时令要紧紧抓住。而在农闲季节，百姓可随时造访太守办公的大堂，指指点点，甚至可以在公堂上扯上几声山歌。这样的美丽场景，这样和谐的官民关系，大约就是县官汤显祖努力践行的。有了这样的前提，他在为政中，甚至敢将犯人放回家过春节，享受节日的天伦之乐。

人生如戏，戏如人生。汤显祖的戏剧锐眼，将大明昏暗的世界彻底看穿。他在戏里沉浸，他也审视现实，无奈无奈，只能在戏剧中挖个大孔，以便喘息和生存，为自己，也为广大的民众。

《南柯记》《邯郸记》，淳于棼和卢生的两个梦，就是让人喘息的典型暗喻。

看《南柯记》：

怀才不遇的穷书生淳于棼，在自家的大槐树下喝醉酒，做了长长一个梦：娶槐安国公主瑶芳为妻，做南柯太守二十年，因功升左丞相，公主去世受排挤，终因异类，被蚁王蚁后驱逐。淳书生醒来，身边余酒尚温，原来只是南柯一梦。蚂蚁国里也有政治啊，且相当厉害，不如归隐皈依佛门。

看《邯郸记》：

以功名为最大目标的山东秀才卢生，有一天和仙人吕洞宾在黄粱饭店相遇，吕仙人设局，送了卢生一枕头，著名的黄粱梦便诞生于此。卢生娶了清河第一富家崔小姐为妻，借妻家财富，他往京城广通仕路，钦点了状元，河功边功累累，做了大官，出将入相六十年。卢生的富贵梦醒来时，书童为他煮的小米饭还没熟呢。卢生瞬间醒悟，无论美梦抑或现实，富贵都如过眼云烟，不如随吕仙人去当个洒扫庭院的道童。

在玉茗堂，每当写作间歇，他都会移步庭院，望着静静的玉茗树凝思，是啊，它们无欲无求，深扎沃土，承天接露，它们读得懂他的心思。每年的一至四月，庭院里的玉茗花就会竞相争艳，看着这些玉洁的花朵，晚年汤心情无比欣慰，这是他坚强的精神支柱，这也是他创作的源源灵感。无论现实多么残酷，他与玉茗花相约的志向不会改变。

4

《牡丹亭》等剧本完成后，我最关心两个问题，一是以何种戏剧表演的形式去传播，二是剧本送往何处出版发行。

两个问题，在抚州的宜黄和金溪，都轻松找到了答案。

用水来做县名的，中国并不多，宜黄算一个，宜水和黄水，各取江的前一个字，那就是说，这里，是江和水的集汇处，有水的地方，人也生得灵巧。

宜黄县的彭公岛，是一个长寿生态村，宜黄河将村环抱。村里有"彭氏宗祠",供奉着彭祖,就是那个中国最长寿的老人,传说中活了八百岁的寿星,他的后人,就在这粗大的樟树林和老虬似的板栗林中生活居住。我在宗祠前面看到了一大片宽阔的田野,禾苗青青,两三农人,四五头水牛,白鹭不时飞翔,远山层递而延,如画,如诗,一幅真正的田园乐耕图。

我一走进村,就在村口小广场,看到了宜黄戏。

十位农村大妈伴舞,红红绿绿,舞步不是很整齐,却很努力,一位大妈做主角,边表演边演唱,有板有眼,声音粗犷悠长,有的段落,听起来又有点像京剧,唱腔果断有力,当地人解释,宜黄腔来源于海盐腔、西秦腔,京剧和宜黄腔也有割不断的联系。

《牡丹亭》完成后,就是由宜黄戏班演出并流传开去的。

"临川才子金溪书",在抚州,这一句听得最多。自古以来有十万进士,其中一万在江西,而抚州(临川)则占了三千。在抚州名人雕塑园,不时会见到大名鼎鼎的人物,仅以文学为例,欧阳修,王安石,曾巩,晏殊、晏几道,陆九渊,汤显祖,等等,数不过来。金溪书,则是说,金溪县的浒湾古镇,为明清江西雕版印刷中心,是中国四大雕版印刷中心之一。

我去浒湾。

抚河边上,一座气派的牌坊耸立,"书铺街"三字极为醒目。我在前书铺街、后书铺街几条巷子里穿行,巷子宽三米,在明清,应该不算窄了,让人震撼的是脚下的石板路,深深的印迹,像烙铁烙出来一样,有的甚至将石板都要穿透,深印一直往前伸。友人告诉说,那是车辙印,几百年来,浒湾街上装纸装书的车子,沉沉的,将石板慢慢磨深。蹲下,仔细观察,那石板似乎一毫米一毫米地凹陷下去,我仿佛看见,这凹下去的一毫米,就是一段数十年的时光，这段时光里，抚河边，帆船林立，前店后铺，六十余家书店堂号，刻字的印书的工匠多达上千人，经史子集、戏曲话本、书法碑帖，均有刻板印行。这是书的时光，满街皆闻墨香，保存完好的一百多幢老建筑，透映出浒湾旧时印刷的繁荣盛景。

走进余大文堂刻书房的大门，这种盛景立刻再现，刻印，上色，裁纸，印刷，装订，装箱，匠人们都在忙《玉茗堂四梦》，它们成了这里常年印刷的畅销书，并源源不断卖往全国各地。

5

明万历四十四年六月十六（公元1616年7月29日），玉茗花已谢，茶树依旧青葱，汤显祖病重，临终前，他留下了一组《决世语七首》诗，要求后人对他"死后七免"：

祈免哭；祈免僧度；祈免牲；祈免冥钱；祈免奠章；祈免崖木；祈免久露。

豁达，超脱，人死如灯灭，这种生死观，我以为是《玉茗堂四梦》的继续。

不要哭，不要念经，不要搞祭奠仪式，棺材不要用粗木，死了赶紧埋，坟前不要放祭品，不要烧纸钱。

这是玉茗花的品格吗？花开总要谢，随它流水去，落花化作春泥，来年还盛开。

玉茗花依旧洁白无瑕。

为纪念汤显祖，江西省的戏剧节也定名为玉茗花戏剧节，抚州也已将玉茗花定为市花。

在抚州的夜晚，我两次行走在汤显祖纪念馆对面的汝水森林公园里，沐着清新浓郁的花树气息，别的花树，我一概匆匆招呼过，唯独对那些玉茗花树致以敬意，玉茗花虽已谢去，但花魂却在，这茶树里有汤显祖的深深寄托。

夜空如洗，灵芝湖的正前方，一座高高的楼台正光彩四射，我知道，拟岘台上，杜丽娘又要去踏青了。她喜欢在郊外的清丽山水中徜徉，那里有洁白晶莹的玉茗花，更有她可以为梦而死的至上爱情。

抚河水长，玉茗花开，玉茗堂四梦，将一直绵延。

中國拾萬進士,江西壹萬,抚州占叁。王安石曾巩晏殊晏幾道陸九淵,星光燦爛,湯顯祖臨川肆夢,字字閃光。

丁酉五月
陸春祥

药

1

天还没有大亮，丁字街口，已经鬼影似的徘徊着好多人。"一手交钱，一手交货！"一个黑衣人突然就站在了华老栓面前，他摊着一只大手，另一只手撮着一个鲜红的馒头，红的还一点一点往下滴。

鲁迅强抑着满腔的悲愤却又无奈地描述着：华老栓拿着用灯笼纸罩裹着的血馒头，像抱着一个十世单传的婴儿；而华小栓拿着黑东西，似乎拿着自己的性命一般，心里说不出的奇怪。

黑衣人康大叔，刽子手，他不仅杀人，还用死者的血赚钱。华老栓夫妇坚信，人血可以医治痨病，吃下去病便好了！儿子小栓已经病得很重。今天凌晨，夏四奶奶的儿子，夏瑜，就在这里被处决。

这一天，1907年7月15日凌晨，绍兴古轩亭口，三十二岁的鉴湖女侠就义。

2

鉴湖女侠秋瑾，完全可以不死，但此前发生的一系列革命失败事件，反而让她下了赴死的决心，用死来唤醒沉睡的民众。

1907年7月6日，绍兴大通师范学堂督办秋瑾，以光复军协领的名义，命令浙江的光复军在这一天共同起义。然而，天不遂人愿，安徽的徐锡麟起义失败，浙江金华、武义、兰溪、汤溪、浦江、永康，起义均告失败。各地的消息以及叛徒的交代还有告密，全都指向大通学堂及其主持人秋瑾。

7月11日，清政府从杭州派出三百多新军，赶往绍兴搜查大通学堂及逮捕秋瑾。其实，第二天秋瑾就得到了消息，她完全有足够的时间撤退，但她没有离开，而是从容布置，转移枪支弹药，转移各类文件，命令学生们各自分散隐蔽。7月13日下午四点多，杭州派来的新军，在管带徐方诏、绍兴知府、山阴知县、会稽知县等带领下，一起将大通学堂严实包围。

夏日的傍晚，闷热无风，民众惊异而木讷的眼光里，荷枪实弹的清军，如临大敌般，将穿着白衬衫双手被绑着却毫不慌乱的秋瑾，紧紧押着。清兵枪上的刺刀，在夕阳下反射出惨白的光，让人顿生寒意。

3

如果"安分"一点，衣食无忧，应该是秋瑾的日常。

湖南株洲，石峰区清水塘街道的大冲村中，山树掩映，我见到了耸立着的秋瑾像，高挑凛然，对襟布衫，左手捏着书卷，右手食指伸点着前方，她抬眼四望，她心有所思。

从小，秋瑾心里就有一颗报国的种子。年幼时，洋人差不多已经将中国的大地踩踏得千疮百孔，小秋瑾曾对母亲表现出这样的担忧：红毛人这样厉害，这样下去，中国人要成为他们的奴隶了！

年少时，秋瑾就开始学武术，练枪棒，拳术，剑技，棍术，她还学会了骑马驰骋。果敢爽利，豪迈仗义，豪放不羁，这些都成了铸就鉴湖女侠的重要因子。

我走进秋瑾故居，在槐庭前伫立。

1896年，秋瑾和王子芳在此完婚，这是湘潭富翁王黼臣送给小儿子结婚的华丽婚房——大冲别墅。别墅内满庭芬芳，树木成荫，庭中大槐树特别让人踏实，秋瑾就将此别墅取名为槐庭。槐花开，举子忙，这里应该是读书修身的好地方，槐树是中国古老的树种，大江南北均广泛生长，它还象征着旺盛勃发的生命力。

可以想象的场景是，槐树下，秋瑾在此读书写诗徘徊，身在槐庭，心忧天下。

看她在槐庭抒发的《杞人忧》：

幽燕烽火几时收，闻道中洋战未休。

漆室空怀忧国恨，难将巾帼易兜鍪。

洋人大肆进逼，中国满目疮痍，难以报国，无限忧虑。

槐树自古以来就是治病的良药，比如，果实槐角，味苦，性微寒，有凉血、止血功效；比如，槐籽，能明目黑发、补脑益寿；比如，槐叶，煎汤，治小儿惊痫、壮热、疥癣及疔肿等。而在秋瑾眼里，中国，这个巨人，通身都是病，且已病入膏肓，既需如槐树药般的调理，更需多剂猛药，脱胎换骨。

4

总起来说，秋瑾和王子芳的婚姻，乏善可陈。

王家虽然富足，却和一心追求自由、心向天下的秋瑾格格不入。《马关条约》的签订，"公车上书"，戊戌变法的失败，《湘学新报》等进步报刊的阅读，陈天华的《谨告湖南人书》，八国联军进京，《辛丑条约》的巨额赔款，随王子芳户部任职两次进京居住，外界不断传来的消息，所有的一切，都使得秋瑾内心，越来越不平静，她内心的革命种子开始成长，但也为自己空有报国之心却无力施展而深感苦恼。

在好友吴芝瑛的影响下，秋瑾比较明确地找到了方向，她不愿意过饱食终日、碌碌无为的日子，"人生处世，当匡济艰危，以吐抱负，宁能米盐琐屑终其身乎？"她要去日本留学，只身东海挟风雷，她要去结识更多志同道合的战友，去学习新知对国人进行启蒙教育。1896年，清政府首派十三位学生去日本留学，到1904年，中国赴日留学生迅速增加为一千三百多人，清政府没有料到的是，留学初衷大相径庭，最终培养了一大批的革命者。

此后的四年，在秋瑾短暂的生命历程中，虽属更加短暂，却是她轰轰烈烈的高潮所在，她爆发出前所未有的热烈和奔放，她对革命，倾注了全部的激情，她将生命已远远抛之脑后。

秋瑾有好几张英姿勃发的照片，基本都是男装，闺装愿尔换吴钩，骑着马，高靴，别着手枪，手上拿着剑。主持大通学堂校务期间，她也常常骑着高头大马，在绍兴街上任意回，孙文赞其"巾帼男儿"，名不虚传。

拼将十万头颅血，千秋万代铸女侠。为了革命事业，向死而生，用她的死来激发众人的生，秋瑾注定要赴死。

5

秋瑾被捕的当晚，绍兴知府贵福连夜审讯，但贵福出席过大通学堂的开学典礼,被秋瑾戏称为"同志"时,他被弄得很尴尬,遂让山阴知县李钟岳接着审。李让秋写交代材料,秋瑾写完"秋风秋雨愁煞人"这一句后,再也不肯写了。为革命失败惋惜,为祖国前途担忧,这一个"愁"字,怎生了得!

然而,这七个字却像烈焰,又像一服烈药。秋瑾牺牲后,中国大地不再沉醉,不断出现光复军和会党的武装起义,1911年,辛亥革命爆发,1912年元旦,孙中山在南京宣布成立中华民国。

大冲村的秋瑾故居,面积颇大,里面有槐庭书院、碑林长廊、新群中学、婚俗博物馆等。这里特别要提一下新群中学。1921年,毛泽东与湖南一师、一中校友黄笃杰、王洪波一起,筹资一千银圆,在湘潭十四总莲花街,办起了新群学校,初小、高小、初中齐全,后来,学校被日本侵略者炸毁。1940年,秋瑾之子王沅德,将槐庭及附近田地都捐给新群学校办学,新群中学就迁到了槐庭。

教育乃强有力的生命种子,秋瑾之子捐家产,是秋瑾最好的精神遗产之一。

6

远山如黛,槐庭的天井一角,我看到了石臼里的一丛菖蒲,它绝对不起眼,却葱青粗壮,独自散发着自己的青春气息,暮春时节已过,它还要迎接炎热的夏季,一直到寒冷的冬季,它是季节的自由使者。

《神农本草经》说:菖蒲,补五脏,通九窍,明目。

它是一味好药。

这喻的是秋瑾吗?嗯,它就是秋瑾,五脏都强,九窍皆通,耳聪目明。秋瑾的理想，就是要建立一个人人都健康而有思想的平等社会。

7

鲁迅小秋瑾六岁，都是绍兴同乡，两人在日本留学曾有交集。交集虽不多，但鲁迅在《论"费厄泼赖"应该缓行》《范爱农》《病后杂谈》等作品中却多次提及秋瑾，写于1919年4月25日的小说《药》，则寓意十分明确，祭奠秋瑾，唤醒更多沉睡的华老栓。哀民众之不幸，怒民众之不争。

一百年零一个月后，我从大冲村的秋瑾故居归来，依然用《药》为题，用意也非常明确，秋瑾毫不迟疑地将自己当成医治国民觉醒的药引，药效显然巨大，且一直影响着后世数代。

有尊严地活着，于个人，于国家，皆是一种生命尊重。

丁未秋謹絕筆:

秋風秋雨愁煞人

株洲槐庭歸來

后记：可爱的手札

《九万里风》中，除了我用心投入的文字和思考，还有那些手札。

前几年去富阳采风，认识了做元书纸的朱中华先生，这种纸能保存千年以上，做起来也挺费劲，我设计了"壹庐"信笺，请朱中华帮我印了两千张，主要用于平时的随记随录。

我不是书法家，没什么章法，只是上好的信笺在桌边摆着，有时就手痒痒，一篇文章写完了，不免写上几句，或抄几句话，或另写几句即时想到的，总之，内容都和文章有关联。我想，若干时日后，这也是一种历史吧。

感谢周保尔先生，他听说我在写手札，专门替我刻印了一方小章，"春"和"祥"，字体都是他精心挑选的，非常喜欢。那日，我在桐庐久缘吃饭，他特地送章到楼下，说了句：人老眼花，你将就着用吧。我听了挺感动的。

手札中，不时会有几个分开的姓名单体字小章，那是我前几年去日本浅草寺游玩时买的，日本人挺重视中国文化，他们精心设计汉字姓名章，字也刻得精致。

自然，这些手札，也起插图作用，有了它们，视觉上，应该会舒服一些，美编这样说。但愿吧。

再次感谢您的阅读。

己亥荷月
杭州壹庐